In den Öfen prasseln die Holzscheite, draußen wirbelt großflockiger Schnee – die Bewohner des englischen Örtchens Byford freuen sich auf besinnliche Festtage. Doch mit der Besinnlichkeit ist es nicht weit her: Der heftige Schneefall droht das Dorf von der Außenwelt abzuschneiden und dann versetzt auch noch die Nachricht von einem Mord im Pfarrhaus die Gemeinde in Angst und Schrecken.
Ein Mann wurde erschlagen aufgefunden, die Tatwaffe: ein Schürhaken. Bei dem Opfer handelt es sich um den Schwiegersohn des Pfarrers George Wheeler. Aber weder der Pfarrer noch dessen Frau Marian oder Tochter Joanna wirken sonderlich traurig angesichts ihres Verlusts. Für den ermittelnden Chief Inspector Lloyd und seine Partnerin Sergeant Judy Hill ein kniffliger Fall, denn das Mordopfer war ein gewalttätiger Tyrann, und alle in der Familie scheinen ein Motiv zu haben. Doch wer wäre tatsächlich so kaltblütig?
Diese wunderbare Weihnachtswiederentdeckung ist zugleich eine stimmungsvolle Hommage an das Goldene Zeitalter des britischen Kriminalromans.

Jill McGown

Mord im alten Pfarrhaus

Foto: © John Roan, Northampton

Jill McGown, 1947 im schottischen Campbeltown geboren, arbeitete als Sekretärin, bevor sie sich ganz der Spannungsliteratur verschrieb. Ihre Kriminalromane wurden von Presse und Publikum gleichermaßen begeistert aufgenommen. Jill McGown starb 2007 im englischen Kettering.

Barbara Först studierte Anglistik, Romanistik und Ethnologie und übersetzt seit über zwanzig Jahren aus dem Englischen. Zu den von ihr übersetzten Autoren zählen Richard Russo, Francis Duncan, Patricia Wentworth, Philippa Gregory und Kerstin March.

Jill McGown

Mord im alten Pfarrhaus

Ein Weihnachtskrimi

Aus dem Englischen
von Barbara Först

DUMONT

Hail, O ever-blessèd morn!
Hail, redemption's happy dawn!
Sing through all Jerusalem:
»Christ is born in Bethlehem!«

1

Lloyd las das letzte Kapitel, dann klappte er das Buch aus der Leihbücherei mit einem Seufzer der Erleichterung zu. Warum schaffte er es einfach nicht, nach der Hälfte aufzuhören? Doch auch wenn die Handlung noch so vorhersagbar und die Dialoge fürchterlich gestelzt waren – er fühlte sich wie durch eine Art Naturgesetz geradezu verpflichtet, jedes Buch zu Ende zu lesen. Je schlechter ein Roman war, desto schneller verschlang er ihn. Oft las er bis tief in die Nacht, bloß um es hinter sich zu bringen. Bei einem guten Buch konnte er sich entspannen, döste sogar ein beim Lesen – ein schlechtes hatte die gegenteilige Wirkung.

Lloyd legte die Lektüre auf seinen Nachttisch und strich sich mit der Hand über die Haare. Es war eine hartnäckige Angewohnheit, immer noch konnte er nicht glauben, dass sie jetzt kurz geschnitten waren. Aber ein Mensch, der allmählich seine Haare verlor, sollte sie besser nicht mehr lang tragen. Er selbst war der Meinung, dass sein Kurzhaarschnitt seltsam aussah; Judy hingegen fand, er stehe ihm gut. Lloyd hatte auch erwogen, sich einen Schnurrbart stehen zu lassen, um den Mangel an Kopfhaar auszugleichen. Er verrenkte sich den Hals, um sich im Kommodenspiegel betrachten zu können, und verzog das Gesicht. Vor der täglichen Rasur war allenfalls der Schatten eines Bartes zu sehen, außerdem glaubte er nicht, dass ihm ein Oberlippenbart stehen würde. Schnurrbärte waren etwas für hochgewachsene Männer von soldatischem Äußeren, aber nicht für einen Menschen wie ihn, der gerade die erforderliche Größe gehabt hatte, um bei der Polizei angenommen zu werden. Nein, für einen Schnauz war er zu klein und zu dunkel und würde überdies wie der Laufbursche eines Buchmachers aussehen.

Lloyd streckte sich auf dem Bett aus. Zu wissen, dass sein Arbeitspensum stetig anwuchs, während er untätig hier lag, hielt ihn wach. Da waren zunächst einmal die dreisten Einbrecher, die in eine Wohnung einstiegen und die Weihnachtsgeschenke unter dem Baum wegstahlen – manche sogar noch den Baum dazu. Hinzu kamen die vielen Betrunkenen und die heiter-besinnliche Weihnachtsstimmung, in der Taschendiebe, Scheckbetrüger und Bauernfänger Hochsaison feierten.

Ein kleines, in gestreiftes Geschenkpapier gewickeltes Päckchen sowie eine einsame Grußkarte waren die einzigen Hinweise auf Weihnachten in der Wohnung vom stellvertretenden Chief Inspector Lloyd. Im Grunde hatte er gar nichts gegen Glitzerzeug und Lametta einzuwenden und musste sogar eine wahre Schwäche für Schlittenglöckchen einräumen. Aber er war allein, und ein ehernes Gesetz besagte, dass zu Weihnachten kein Mensch allein sein sollte. Also würde er wieder einmal von Jack Woodford und seiner netten, gemütlichen Frau in ihr nettes, gemütliches Heim eingeladen werden. Lloyd glaubte eigentlich nicht, dass sie großen Wert auf seine Gesellschaft legten, doch sie mussten ihn fragen, und er wusste, dass er die Einladung annehmen musste. Er würde ihren Enkeln Geschenke kaufen, die nach Ansicht von deren Eltern viel zu teuer waren. Dieses Spiel wiederholte sich seit drei Jahren, und jedes Mal hatte ihm der Woodford-Clan eine Flasche Maltwhisky verehrt.

Lloyd liebte es, kleine Kinder zu beschenken, denn seine eigenen waren inzwischen groß und bekamen Präsente für Erwachsene. Er genoss die neuerlichen Ausflüge in die magische Spielzeugwelt. Der Weihnachtsbesuch bei seinem eigenen Nachwuchs beschränkte sich auf eine oder zwei Stunden am zweiten Feiertag, die Barbara stets mit höflicher Konversation zu überbrücken pflegte. Achtzehn Jahre lang waren sie verheiratet gewesen, als ihre Ehe zerbrach. Die Freundlichkeit der Woodfords und ihr fröhliches, lautes Familienfest waren eine Erinnerung an glücklichere Zeiten. Und dieses Jahr war Lloyd ganz besonders darauf angewiesen, denn sein Vater, der sich allmählich in den Witwerstand hineinfand, wollte nun endlich nach Wales zurückkehren. Und Judy erwartete den Besuch ihrer Schwiegereltern.

Judy war mittlerweile Detective Sergeant. Er hatte sie vor fünfzehn Jahren kennengelernt und sieben davon mit ihr zusammengearbeitet. Damals war Lloyd ein verheirateter Mann gewesen, und die einundzwanzigjährige Judy hatte seine Avancen mit traurigem Blick zurückgewiesen. Dann hatte sie selbst geheiratet und war fortgezogen. Weil Barbara es so gewollt hatte und weil er hoffte, es werde ihre Ehe retten, hatte Lloyd darum gebeten, wieder nach Stansfield versetzt zu werden. Dennoch war die Scheidung unausweichlich gewesen. Und dann, plötzlich, vor anderthalb Jahren, war Judy wieder in sein Leben getreten, als frisch beförderter Detective Sergeant. Seitdem waren sie, weil es unvermeidbar schien, ein Liebespaar geworden. Ein sehr sporadisches Liebespaar, wie Lloyd sich jetzt mit hörbarem Seufzen eingestand. Äußerst sporadisch.

Wenn Michael zu Hause war, konnte Lloyd Judy nicht sehen. Und nun, da Michael befördert worden war, verbrachte er längere Zeiträume zu Hause. Michael, der ehemalige Computervertreter, war Verkaufsleiter geworden, und aus unerklärlichen Gründen wollte Judy mit ihm verheiratet bleiben.

Die Heimlichkeit ihrer Beziehung machte Lloyd zunehmend zu schaffen, auch wenn Judy mit dem Stand der Dinge ganz zufrieden zu sein schien. Jetzt, um drei Uhr morgens, während er schlaflos im Bett lag, wünschte er, sie wäre bei ihm. Doch selbst diese Freude wäre von Judys Fähigkeit, sich ihn – zumindest im übertragenen Sinne – vom Leib zu halten, getrübt. Lloyds Blick fiel auf das kleine Geschenk, das auf seiner Kommode lag. Eine schöne Schleife könnte nicht schaden. Außerdem gehörte ein Weihnachtsgeschenk unter einen Weihnachtsbaum. Morgen würde er einen besorgen. Und Lichterketten. Morgen – nein, heute war Heiligabend. Judy hatte extra Urlaub genommen, um für Michaels Eltern die Gastgeberin zu spielen. Vermutlich sah er sie erst nach den Feiertagen wieder, aber ihr Geschenk gehörte unter einen verdammten Baum, und wenn dieser bis März stehen musste!

Lloyd löschte das Licht und schloss die Augen. Ob es wohl immer noch schneite? Seit er sich in das grässliche Buch vertieft hatte, hatte er nicht mehr aus dem Fenster geschaut. Eine weiße Weihnacht war etwas Zauberhaftes – aber die Straßen waren nicht gestreut worden, und die Verkehrspolizei hatte bestimmt alle Hände voll zu tun. Lloyds Gedanken kreisten um die Arbeit, bis sein Kopf beschloss, sie für den Rest der Nacht auf ein ruhigeres Nebengleis zu rangieren. Durch den Dämmer des Schlafes drang der seufzende Wind an seine Ohren, und Lloyds letzter bewusster Gedanke galt der gebeutelten Verkehrspolizei und drohenden Schneeverwehungen.

Unter der frühen Morgensonne strahlte der Schnee so hell, dass George Wheeler sich die Augen reiben musste. Dann wurde ihm bewusst, dass es so früh gar nicht mehr war, sondern bereits zehn Uhr – und er hatte noch kein einziges Wort geschrieben.

»Ich bin sicher, dass gerade *Sie* das verstehen werden, Herr Pfarrer. Als Christ.«

Vielleicht damals, als er dies von jemandem gehört hatte – von jemandem, dessen Motive er nicht zu ergründen wünschte, jemandem, mit dessen Werten er nicht konform gehen wollte –, vielleicht hatte er da seinen Glauben verloren. Nicht den Glauben an Gott; George Wheeler war sich dessen bewusst, dass er Gott nie als ein Wesen betrachtet hatte, an das er glauben konnte. Vielleicht war Gott die Kraft, die den Menschen zum Guten trieb – eine Eigenschaft, die ihm ohnehin angeboren ist –, aber er war keinesfalls der Oberhausmeister von Himmel und Erde.

Hatte er den Glauben an sich selbst verloren? Nein, das war es auch nicht. George glaubte an sich, er war sich seiner Existenz in Fleisch und Blut wohl bewusst. Ebenso seiner Gelüste: War es nur leicht verdreht, wenn er sich dabei ertappte, wie er die jungen Mütter in der kirchlichen Kinderspielgruppe betrachtete, oder war das schon eine Perversion? War es die Arroganz der mittleren Jahre, dass er sich einbildete, die junge Mrs Langton würde unter dem Priesterkragen den Mann in ihm erkennen, oder würde er schon bald die Straßen von Soho unsicher machen, als »gescheiterter Priester«, wie die Schlagzeilen der *News of the World* dann hämisch verkünden würden?

George legte die Feder hin und lehnte sich in seinem Sessel zurück, um über diese Zukunftsaussicht nachzudenken. In seinen Jugendjahren hatte er Fußball gespielt und gab immer noch den Schiedsrichter, wenn er die Zeit dazu fand. Er hatte sich mehr oder weniger in Form gehalten. Aber war diese Form auch für die bezaubernde Mrs Langton gut genug? Der Gedanke ließ ihn schmunzeln. Es wäre natürlich schön, wenn sich eine Gelegenheit ergäbe. Immerhin besaß er noch sein gesamtes Haupthaar, dessen Sandfarbe zwar hier und da mit ein paar Silbersträhnen durchsetzt war, doch sie verliehen ihm ein distinguiertes Aussehen, wie seine Frau sagte. Und George Wheeler glaubte ihr, eitel genug war er.

Nein, das Problem lag tiefer. Er hatte aufgehört, an den Glauben zu glauben. Dieser Gedanke kam ihm jetzt zum ersten Mal. George Wheelers Familie hatte immer schon Kirchenmänner gestellt, sein Großvater war sogar Bischof geworden. Angeblich hätte er es eines Tages zum Erzbischof von Canterbury bringen sollen; George allerdings glaubte, dass der Alte das Gerücht selbst gestreut habe. Erzbischof war er jedenfalls nicht geworden. In der Familie hatte es als selbstverständlich gegolten, dass George die kirchliche Laufbahn einschlug. Es war daher eine berufliche Entscheidung gewesen – wenn man denn von einer Entscheidung sprechen wollte –, keine spirituelle Überzeugung. Die Kirche, die Armee und das Beamtentum versprachen eine sichere Karriere. George hatte sich für die Kirche entschieden.

Er beugte sich über die blassen Linien seines DIN-A4-Blocks, doch die erhoffte Inspiration, ob göttlicher oder profaner Natur, wollte sich nicht einstellen. Man hatte erwartet, dass George sich gut entwickeln, dass er aufsteigen würde wie sein Großvater vor ihm und neuerdings sein Neffe. Doch er war nicht dazu gemacht, sich in einer Hierarchie hochzuarbeiten. Seine Beziehungen hatten gerade einmal dazu gereicht, sich eine Pfründe in einem der bezauberndsten Orte Englands zu sichern, einschließlich eines Pfarrhauses, dessen Schönheit einen Dichter zu Versen anstiften konnte. Umgeben von satten Wiesen, Sträuchern, Stauden und Ranken, prunkte das Haus innen mit lichterfüllten, elegant geschnittenen Räumen und ehrwürdigem Mobiliar. Da es auf einer Anhöhe lag, bot das alte Pfarrhaus eine wunderbare Aussicht auf gleich drei Grafschaften, die zurzeit allesamt unter Schnee begraben lagen. Außerdem war die Pfarrei nur fünfundzwanzig Minuten von dem lebhaften, modernen Stansfield entfernt, wo es Kinos und Supermärkte, Züge und Busse gab. Es war das Beste zweier Welten – daran und an seiner wohlerzogenen Gemeinde und seinem unkomplizierten Leben hatte George neunundzwanzig Jahre lang hartnäckig festgehalten. Mangel an Ehrgeiz, so nannten es seine Vorgesetzten. Pure Selbstsucht, wie er jetzt wusste.

Heute würde der Weg nach Stansfield länger als üblich dauern, dachte George, während er aus dem Fenster auf den Schnee schaute, der immer wieder von Windstößen aufgewirbelt wurde. Die Straße war schon halb zugeschneit, und die Fahrzeuge hatten Mühe, die Steigung zu bewältigen.

Es war keine Glaubenskrise, die ihn ereilt hatte, denn einen Glauben hatte er nie besessen; es war vielmehr eine Krise der Seele. George wollten einfach keine Worte für den Mitternachtsgottesdienst einfallen. Wieder legte er die Feder hin und erhob sich, streckte seine Hände in Richtung des Radiators. Eine Zentralheizung wäre das Paradies. Aber das konnte sich die Gemeinde nicht leisten und er auch nicht. Trotz der elektrischen Heizwärme wuchsen Eisblumen am Fenster seines Arbeitszimmers. Bis jetzt hatte George dies und alles andere als sein Schicksal akzeptiert.

Er hatte Gott akzeptiert, indem er in der Kirche zu ihm betete und manches Mal auch außerhalb. Er betete für die Errettung von Menschen aus großer Not, sei es die körperliche Not eines Intensivpatienten oder die seelische Not auf dem Rücksitz eines Vauxhall Chevette. Gut möglich, dass der Betende selbst Trost aus seinem Gebet zog, darüber hinaus jedoch hatte er niemals eine Wirkung feststellen können.

Dann gab es noch die Gottesverehrung. George verehrte seinen Gott nicht. Er hatte vielleicht verehrende Worte über die Heiligkeit des Lebens gesprochen, und er hatte, begleitet von seinem äußerst mittelmäßigen Organisten Jeremy Bulstrode, ein paar Kirchenlieder angestimmt. Das konnte aber keinesfalls als Verehrung gelten.

Gott zu verehren, ihm zu huldigen, war reine, offene Verherrlichung bis zur Selbstaufgabe. George jedoch hatte sich den Sinn für sein Selbst stets bewahrt. Nicht einmal an einem Morgen wie diesem, wenn sich die Elemente dazu verschworen, den Menschen in seine Schranken zu weisen, konnte er sich vergessen. Nicht einmal als Dreizehnjährigem war ihm das gelungen, als er sich hoffnungslos in seine Cousine aus Kanada verliebt hatte, die fünf Jahre älter als er und für zwei Wochen zu Besuch in England gewesen war. Nicht einmal in den Qualen erwachsenerer Leidenschaften, in Schmerzen oder Wut hatte George sich selbst vergessen. Und ganz sicher nicht auf der Kanzel von St. Augustus.

Dennoch wusste er, wie sich die Hingabe an etwas Größeres anfühlte. Nur ein Mal, vor sehr langer Zeit, hatte er sie gespürt. George ging zum Fenster und fuhr mit der Fingerspitze an einer Eisblume entlang, die unter seiner Berührung schmolz. Nicht die Hingabe an eine Frau, dachte er mit einem Lächeln. Seine Werbung um Marian war kurz gewesen, er war mit ihr ausgegangen und hatte sie schließlich geheiratet. Ihre Ehe war glücklich, erfüllt, doch von Verehrung konnte keine Rede sein. Joanna? Nein, auch bei ihr nicht. Er liebte seine Tochter von ganzem Herzen, doch er hatte ihr nie sein Herz *geschenkt.* Aus vollem Herzen, mit Hingabe geliebt, hatte er vor einer Ewigkeit.

Es war der Hund gewesen. Natürlich. Der Hund seines Großvaters, dieses außergewöhnliche Tier, das sein Leben begleitet hatte, bis er elf gewesen war. Dann war der Hund gestorben. Vielleicht ist nur einem Kind die Gabe der bedingungslosen Anbetung gegeben, denn damals wäre George am liebsten selbst gestorben, wenn nur der Hund hätte weiterleben können. Und damit hatte er, wie er nun mit Blick auf den blendend weißen Schneeteppich dachte, das erste Gebot gebrochen.

Außerdem hatte er im Sommer Blattläuse mit Insektizid besprüht – mit der vollen Absicht, Leben zu zerstören. Aber zählten Blattläuse überhaupt? Vögel auf jeden Fall.

Sein Vater hatte Vögel geschossen. George hatte ihn ein- oder zweimal auf der Jagd begleitet, aber er war ein miserabler Schütze und hätte beinahe das Wild vertrieben.

Vater und Mutter hatte er geliebt, aber das war ja nichts Besonderes. Es war nicht schwer, Menschen zu lieben, von denen man geliebt wurde, und sicherlich bedeutete es keine Auszeichnung, auf solche Weise geliebt zu werden. Wenn Verehrung der Eltern bedeutete, Blumen auf ihr Grab zu legen, dann war es bei ihren seltenen Besuchen der überlebenden Verwandten Marian, die seinen Eltern die gebührende Achtung erwies. Wenn Achtung der Eltern bedeutete, dass man ehrlich zu ihnen war, dann hatte George sie, indem er sich für eine Laufbahn in der Kirche entschied, eben nicht geachtet.

Und indem er das tat, brach er regelmäßig und jeden Sonntag wiederum ein Gebot. Für die Bibel mochte der Sonntagsgottesdienst nicht als Arbeit zählen, für George hingegen schon. Es war harte Arbeit, auf der Kanzel zu stehen, den kalten Luftzug im Nacken zu spüren und die immer gleichen, alt gewordenen Gesichter vor sich zu sehen, die ihn erwartungslos anschauten. Sie gingen wie er aus reiner Gewohnheit in die Kirche; vielleicht fanden sie sogar so etwas wie Erfüllung in dem kalten Luftzug und dem trüben Licht, das durch die Buntglasfenster fiel – George hatte es nie so empfunden. Welchen Verheißungen er auch nachjagen mochte, in St. Augustus an einem Sonntagmorgen waren sie gewiss nicht zu finden.

Ob Mrs Langton ihm Erfüllung bieten könnte? PFARRER IN LIEBESWIRREN MIT MUTTER AUS SPIELGRUPPE VERSTRICKT. Allerdings hatte Mrs Langton ihm wahrscheinlich gar keine schönen Augen gemacht, sie konnte sich vermutlich nicht einmal vorstellen, in welche Richtung sich seine Gedanken bewegten. Mithin also kein Thema für die *News of the World*, sondern eher für eine Gameshow:

»*Wir haben einhundert Pfarrer gefragt: Haben Sie jemals sexuelle Fantasien über die Mütter in Ihrer Kirchenspielgruppe gehegt? Wie viele Pfarrer, glauben Sie, haben folgende Antwort gegeben: Ja, ich habe schon sexuelle Fantasien über …?*«

»Ich bringe dir Kaffee. Du musst ja halb erfroren sein.«

Beim Klang von Marians Stimme zuckte George zusammen und wandte sich hastig vom Fenster ab.

»Entschuldige«, sagte sie. »Hast du gearbeitet oder in den Tag hinein geträumt?«

George schmunzelte. »Letzteres«, antwortete er und stellte sich wieder vor den Radiator.

»Ich habe in Joannas Zimmer den Kamin angezündet«, sagte Marian, während sie ihm den Kaffeebecher reichte. »Ungefähr sechs Feuerzeuge sind dabei draufgegangen, aber jetzt brennt er. Und, George«, fügte sie mit mahnender Stimme hinzu, »musst du deinen Overall immer in der Diele auf den Boden werfen?«

»Tut mir leid. Ich hab nur nach dem Wagen gesehen.«

»Ist er nicht in Ordnung?«, fragte Marian.

»Alles bestens. Ich wollte bloß …« Doch seine Frau hatte seine Leidenschaft für alles, was mit Technik zu tun hatte, noch nie verstehen können, deshalb sparte er sich die Erklärung. Er legte beide Hände um den warmen Becher und starrte den leeren Block auf seinem Schreibtisch an.

»Geht es nicht voran?«

»Nein, überhaupt nicht.«

Marian entsprach so gar nicht dem Bild der typischen Pfarrersfrau. George konnte die Komik verstehen, die hinter dem Begriff *Vicar's Wife* steckte. Pfarrersfrauen waren entweder hausbacken, gehemmt und taten viele gute Werke, oder sie tönten ihre Haare lila, besaßen ein burschikoses Wesen und einen gesunden Menschenverstand. Marian hatte gewelltes, dunkelblondes Haar, das sie kurz trug, und einen schelmischen Blick. Sie war gerade erst fünfzig geworden, und um ihre Augen lagen winzige Fältchen, die früher wohl nicht da gewesen waren, die für George aber seit jeher zu Marian gehörten. Auf ihrer Nase gab es eine Andeutung von Sommersprossen, und sie hatte ein breites, großzügiges Lächeln. Marian war nicht besonders groß und wirkte, nachdem die erwachsen gewordene Joanna sie um gute sieben Zentimeter überragte, noch zierlicher. George grinste. Durch seine ehebrecherischen Vorstellungen war ihm ein wenig heiß geworden, und das schickte sich nicht für einen Pfarrer um halb elf an einem Mittwochmorgen, noch dazu am Vorabend des Weihnachtsfestes.

»Welche denn?«, fragte Marian.

»Wie bitte?«

»Die für heute Abend oder die für heute Nachmittag?«

George starrte sie verständnislos an. »Wie bitte?«, wiederholte er.

»Mit welcher Predigt geht es nicht voran?«

»Ach so, das meinst du. Mit der Abendpredigt. Die Nachmittagspredigt ist ja im Grunde für Kinder. Mit Kindern ist es einfach.«

»Ich sage es ja nur ungern, aber Jeremy Bulstrode ist auf dem Weg zu uns, und er ist ziemlich aufgeregt. Er kann heute Nachmittag nicht spielen.«

»Er kann überhaupt nicht spielen. Punkt.«

»Es hat mit dem Bruder seiner Frau zu tun«, fuhr Marian fort.

»Er möchte die Angelegenheit auf höchster Ebene mit dir besprechen. Wie willst du es machen?«

»Ihn empfangen«, erwiderte George mit einem resignierten Seufzen. Denn es war ziemlich unwahrscheinlich, dass die Pfarrersfrau mit ihrer Frage auf ungewöhnliche Aktivitäten am Vormittag des Heiligen Abends abzielte. Und es ginge ja wohl nicht an, dass Jeremy Bulstrode das Haus beträte und den Pfarrer und seine Frau in flagranti auf dem Boden des Arbeitszimmers vorfände. Könnte das eine Story für die *News of the World* sein?, fragte er sich. Oder müssten dazu er und Jeremy Bulstrode von der Pfarrersfrau erwischt werden?

»Ich meinte wegen heute Nachmittag. Soll ich schon mal den Plattenspieler bereitstellen?«

»Oh – nein, das wird wohl nicht nötig sein. Mrs …« Er zögerte vor dem Namen, nicht, weil er ihn Marian verschweigen wollte, aber unehrlich war sein Ton sowieso. »Mrs Langton wird spielen«, gestand er schließlich. »Glaube ich zumindest.«

»Oh, gut«, sagte Marian heiter.

Mrs Langton war neu in Byford. Vor acht Wochen war sie mit ihrer zweijährigen Tochter in das Cottage von Byford Castle gezogen.

»Ich werde kurz bei ihr vorbeischauen und sie darum bitten«, sagte er.

»Aber Jeremy kommt doch!«

»Danach.«

»Ich kann auch hingehen, wenn du zu tun hast.«

»Nein«, entgegnete er. »Ich gehe. Ist auch ein guter Vorwand, um Jeremy loszuwerden.« Er schob den Block von sich. »Vielleicht bringt mir ja ein Besuch die Inspiration für die Predigt.«

»Was ist mit morgen? Musst du nicht auch noch die Predigt für morgen schreiben?«

»Nein. Am ersten Feiertag predige ich immer das Gleiche.«

»Wirklich?« Marian runzelte die Stirn. »Das ist mir noch gar nicht aufgefallen.«

»Mehr oder weniger«, wiegelte er ab. »Mit dem Mitternachtsgottesdienst muss ich mich aber noch eingehend befassen. Der Text, den ich geschrieben hatte, war nicht gut.«

»Warum nicht?«

Er schaute Marian an. George brachte es nicht übers Herz, seiner Frau zu gestehen, dass sie mit einem Betrüger verheiratet war. Er konnte seiner Gemeinde nicht offenbaren, dass sie all die Jahre einem Betrüger gelauscht hatte. Vielleicht würde ein Besuch bei Eleanor Langton helfen. Mit ihr konnte er frei reden, bei ihr brauchte er sich nicht zu verstellen wie bei allen anderen, selbst bei Marian.

Eleanor hatte auch einiges über sich erzählt. Sie war wissenschaftliche Mitarbeiterin gewesen und jetzt in Byford Castle angestellt, um im Winter das Archiv zur Veröffentlichung vorzubereiten und im Sommer die geführten Touren für Gäste zu organisieren. Sie war Witwe und einsam. Das hat sie dir nur in deiner Eigenschaft als Pfarrer erzählt, ermahnte sich George; dafür sind Geistliche schließlich da. Dennoch fühlte er sich ein wenig schuldig, denn natürlich hatte sie sein Interesse an ihr bemerkt, während er sich nicht hatte vorstellen können, dass sie an ihm interessiert wäre. George hatte es weder ausgesprochen noch zugegeben, aber sein Interesse war unzweifelhaft da, und das seit Wochen.

»George? Ist dir nicht gut?«

Er schmunzelte und hätte beinahe über sich selbst gelacht. »Ich überlege nur, ob ich guten Stoff für einen Artikel in den *News of the World* abgäbe.«

»*Willst* du in den *News of the World* stehen?«

»Andere Pfarrer wollen das durchaus«, behauptete George.

Marian lächelte. »Du hast doch nicht plötzlich eine Leidenschaft für Chorknaben entwickelt?«

»Grundgütiger, nein. Diese garstigen Bengel. Kann mir nicht vorstellen, was die geschassten Priester in denen gesehen haben.« Widerwillig verließ er den warmen Platz vor dem Radiator und trat an seinen Schreibtisch. »Und schon ist ein weiteres Gebot gebrochen«, fügte er hinzu, während er sich setzte.

Marian beugte sich vor und schnupperte misstrauisch. »Du hast doch nicht etwa getrunken?«

»Nein. Aber ich habe den Namen des Herrn missbraucht. Das tue ich ziemlich oft.«

»Das tust du«, bestätigte Marian.

»Wenn ich«, fuhr er nachdenklich fort, »langsam, aber sicher alle zehn Gebote bräche – dann könnte ich vielleicht Anspruch auf eine Versetzung haben.«

»Tja«, meinte Marian, während sie nach seinem leeren Becher griff. »Mir ist es völlig gleich, wie sehr du den Ochsen deines Nachbarn begehrst – ins Haus bringst du ihn mir jedenfalls nicht.«

Judy Hill schaltete das Fernlicht ein, als das Schneetreiben stärker wurde und die Sicht auf kaum einen Meter schrumpfte. Die ältere Mrs Hill thronte auf dem Beifahrersitz, während Mr Hill im Fond saß und sich über das Wetter mokierte. Judy hatte den Eindruck, dass er sie in gewisser Weise dafür verantwortlich mache.

»Idiot«, brummte sie, als ein Auto in einer Wolke aus Schnee an ihr vorbeirauschte.

»Ich freu mich schon darauf, das neue Haus zu sehen«, äußerte Mrs Hill kurz darauf.

»Wir sind noch nicht ganz fertig mit der Renovierung«, sagte Judy. »Aber es sieht schon gut aus.«

»Michael sagt, er denke daran, den Dachboden auszubauen«, warf Mr Hill vom Rücksitz ein.

Judy drosselte das Tempo noch weiter, als sie spürte, wie die Räder im tiefer werdenden Schnee ihren Halt verloren. »Ja«, erwiderte sie zerstreut, während sie in das immer dichter werdende Gestöber starrte. Die Scheibenwischer verrichteten tapfer ihre Arbeit und schoben den Schnee an die Ränder der Windschutzscheibe, vermochten aber nur wenig gegen die schiere Masse auszurichten. »Ich weiß eigentlich nicht, warum«, fuhr sie fort. »Wir haben in dem Haus mehr Platz, als wir brauchen.«

»Vielleicht denkt er an die Zukunft«, sagte Mrs Hill.

Judy hupte wütend, als ein Wagen vor ihr auf die Spur einschwenkte. Die Zukunft? Mein Gott, sie meinte doch nicht etwa eine Wohnung für die liebe Großmama?

»Steigert den Marktwert«, dröhnte die Stimme vom Rücksitz. »Wenn ihr eines Tages verkaufen wollt.«

Ach ja. Niemand kaufte ja Häuser, um in ihnen zu wohnen, jedenfalls nicht in Michaels Welt. Man kaufte sie als eine weitere Sprosse auf der Leiter zu Status und Erfolg.

»Wäre doch ein hübsches Kinderzimmer«, fuhr Mrs Hill unbeirrt fort.

»Es ist nicht mehr weit«, versicherte Judy ihren Schwiegereltern. Schon jetzt, noch bevor sie angekommen waren, konnte sie den Unterton von Verzweiflung in ihrer eigenen Stimme hören. Michael hatte nicht einmal den ausdrücklichen Wunsch gehabt, dass seine Eltern über Weihnachten blieben, er wollte bloß seinen aufwändigen Lebensstil vorführen. Mit einem stummen Seufzer der Erleichterung setzte Judy den linken Blinker. Sie hatten es fast geschafft.

Auf der Gasse, die zu ihrem Haus führte, lag so gut wie kein Schnee, und Judy verließ der Mut, als sie den Grund dafür erspähte. Ihre Einfahrt war tief verschneit, die weißen Massen türmten sich vor dem Garagentor auf. Sie parkte mit zwei Rädern auf dem Bürgersteig und stellte den Motor aus.

»Oje«, raunte Mrs Hill. »Da muss wohl jemand mit der Schaufel ran …«

Du vielleicht?, dachte Judy finster. »Ja«, sagte sie munter. »Erst mal wollen wir euch aber unterbringen.«

Mrs Hill stieg aus und fummelte ungeschickt am Vordersitz herum.

»Lass mich das machen.« Judy versuchte, ihre Genervtheit

nicht laut werden zu lassen, und kippte den Sitz nach vorn, damit Mr Hill hinausklettern konnte.

»Hier liegt übrigens ein Geschenk, Schätzchen.« Er reichte ihr ein Päckchen.

Verdammt, verdammt, verdammt. Judy hatte bei der Dienststelle vorbeifahren und Lloyd sein Geschenk geben wollen, doch wegen des Wetters hatte sie es vergessen. Sie hatte nur daran denken können, dass sie die Hills abholen und heil nach Hause bringen musste. »Danke.« Sie schob das Päckchen ins Handschuhfach. »Ist bloß für eine Kollegin.«

Judy lief voraus und schob im Gehen den Schnee vor der Haustür beiseite. Als sie sich umdrehte, sah sie, dass sie vergessen hatte, die Scheinwerfer auszuschalten. »Geht ruhig schon rein. Ich komme gleich nach.«

Im Wagen löschte Judy die Lichter. Sie starrte auf das Geschenk im Handschuhfach, als könnte sie es auf magische Weise dazu bringen, sich zu Lloyd zu bewegen. Es war jedoch undenkbar, die Hills sich selbst zu überlassen, wenn auch die Vorstellung, einfach wegzufahren, eines gewissen boshaften Reizes nicht entbehrte. Seufzend sperrte sie das Auto zu.

»Das ist aber ein schönes großes Zimmer«, sagte Mrs Hill, als Judy das Haus betrat und den Schnee aus ihren dunklen Haaren schüttelte.

»Ist schon eine Verbesserung im Vergleich zur letzten Wohnung«, gab sie zu. »Der Hund kann jetzt in seine eigene Hütte ziehen.«

»Wie bitte?«

»Nichts«, sagte Judy und zog ihre Zigaretten aus der Tasche.

»Also hör mal – ich dachte, du hättest aufgehört«, mahnte Mrs Hill. »Du solltest lesen, was auf der Packung steht, bevor du dir eine anzündest.«

Judy zündete den Glimmstängel an, ohne sich erst schlau zu machen. »Ich rauche nur sehr, sehr selten«, erwiderte sie wahrheitsgemäß. Wenn sie nämlich das Gefühl hatte, eine Kippe zu brauchen. So wie jetzt. »Ihr möchtet bestimmt einen Tee. Oder vielleicht etwas Stärkeres?«, fragte sie hoffnungsvoll.

»Tee«, sagte Mrs Hill in dem Moment, als Mr Hill den Mund aufmachte. »Vielen Dank.«

Während Judy in der Küche werkelte, hörte sie, wie Michael ins Haus kam und sofort von seiner Mutter ermahnt wurde. Offensichtlich war er für die Witterung nicht warm genug angezogen.

»Unsere Einfahrt ist zugeschneit«, verkündete er, als er in die Küche trat.

»Weiß ich. Wieso bist du schon hier?«

»Büroparty«, sagte er. »Seit ungefähr halb zwölf.« Er lehnte sich an den Kühlschrank.

Judy schob ihn beiseite und holte die Milch heraus. »Hättest du nicht dort bleiben sollen?«, fragte sie. »Dich ein bisschen unters gemeine Volk mischen?«

»Ich hab das schlechte Wetter als Entschuldigung vorgeschoben«, antwortete Michael. »Ich kann mir Sinnvolleres vorstellen, als meine Hand in den Rock irgendeiner Tippse zu stecken, auch wenn Ronnie das vielleicht anders sieht.«

Judy musste lachen. »Ronnie wird sich doch nicht ausgerechnet zu Weihnachten in einen Büro-Romeo verwandeln?«

»Denkst du«, gab Michael zurück. Er sah durch die Doppelglasfenster auf das Schneetreiben. »Sollte besser gleich mit dem Schaufeln anfangen«, brummte er. »Kann den Wagen nicht draußen stehen lassen.«

»Der Wagen« war sein Wagen. Sein Firmenwagen.

»Wenn du ihn erst mal drinnen hast, wirst du ihn nicht mehr rausbekommen«, gab Judy zu bedenken.

»Ronnie würde einen Lachanfall kriegen, wenn er das hören könnte«, grinste Michael. »Wirfst du mir vor, dass ich mich verdrückt habe?«

Auch Judy grinste nun. Sie schüttelte den Kopf.

Michael sah noch immer aus dem Fenster. Er war in Gedanken versunken, die Judy nicht teilte, wie sie sehr wohl wusste. Sein schmales Gesicht war von der Kälte ein wenig gerötet. Bis jetzt hatte sie es ganz gut hinbekommen, mehr als fünf Minuten ohne ein gereiztes Wort. Judy stellte Becher auf das Tablett, und Michael, der mit einem Schlag in die Wirklichkeit zurückkehrte, sah es mit gequälter Miene.

»Was ist?«, fragte sie.

»Wir haben Tassen und Untertassen«, sagte er.

Judy biss die Zähne zusammen, und es gelang ihr, die wütenden Worte, die ihr auf der Zunge lagen, nicht laut werden zu lassen. Sie hätten Michael mehr schockiert als die Teebecher.

»George – kommen Sie herein.« Eleanor Langton hatte bereits bei ihrer letzten Begegnung beschlossen, den Pfarrer mit Vornamen anzusprechen, dann jedoch nicht den Mut aufgebracht. Jetzt wartete sie ängstlich auf seine Reaktion.

Doch er sagte lediglich »Danke« und klopfte sich beim Eintreten den Schnee vom Mantel.

»An Ihrer Stelle würde ich den gleich ablegen«, sagte Eleanor. »Es ist sehr warm hier.«

»Danke«, sagte er wieder.

»Ist dies ein inoffizieller Besuch?«, fragte sie, während er seinen Mantel auszog. »Sie sind ja in Zivil.«

Er schmunzelte. Der Herr Pfarrer hat wirklich ein nettes Lächeln, dachte sie. Er sieht dann aus wie ein kleiner Junge.

»Ich bin gekommen, weil ich Sie um einen Gefallen bitten möchte«, sagte er.

»Was immer Sie wollen. In puncto Gefallen stehe ich doch in Ihrer Schuld.«

»Wofür?«

Eleanor wies auf einen Stuhl. »Weil Sie sich mein Gejammer so geduldig angehört haben«, erklärte sie.

»Sie jammern doch nicht. Und selbst wenn – als Geistlicher ist es meine Pflicht, Ihnen zuzuhören.«

Eleanor strich sich das blonde Haar aus der Stirn. »Und worin besteht nun dieser Gefallen?«, fragte sie.

»Mein Organist hat mich im Stich gelassen – oder die Flinte ins Korn geworfen; nennen Sie es, wie Sie wollen. Jedenfalls kann er nicht spielen, und heute Nachmittag findet doch der Singgottesdienst für die Kinder statt. Es ist nicht weiter schwierig«, beeilte er sich zu versichern. »Nur die bekannten Lieder zu den bekannten Melodien.« Er hielt kurz inne. »Werden Sie für uns spielen?«, fragte er dann.

»Oh«, sagte Eleanor. »Ich kann aber nur Elektro-Orgel spielen.«

»Es ist ja auch eine Elektro-Orgel«, sagte George. »Früher hatten wir ein Harmonium, aber ich konnte nicht einsehen, warum nicht auch die Kirche moderner werden sollte.« Wieder lächelte er. »Ohne Pedale – und Bälge hat sie auch nicht«, setzte er hinzu.

»Mit Vergnügen«, sagte Eleanor. »Ich wollte ohnehin mit Tessa zum Gottesdienst kommen.«

»Wunderbar.« George lehnte sich entspannt zurück. »Wo ist die Kleine?«

»In der Filmvorführung. Mrs Brewster hat sie netterweise mitgenommen.«

»Ach ja. Der Film im Gemeindesaal. Den hatte ich ganz vergessen.« Er beugte sich ein Stück vor. »Eleanor«, begann er mit leichtem Zögern. »Sie … Sie werden morgen Abend doch nicht etwa allein sein?«

»Nein. Richards Mutter kommt – das hat sie jedenfalls gesagt. Wenn es aber weiter so schneit …« Sie zuckte die Achseln und schaute aus dem Fenster auf die tanzenden Schneeflocken.

»Nun, das Pfarrhaus steht Ihnen offen«, sagte George. »Marian kauft jedes Jahr einen gewaltigen Truthahn, der dann bis in den April reicht.«

Eleanor lachte hell auf. »Das ist sehr nett von Ihnen. Möchten Sie nicht einen Weihnachtsdrink mit mir nehmen? Es ist ja schon fast Mittag.«

»Mit dem größten Vergnügen. Ich habe ohnehin ein Gefühl, als würde ich die Schule schwänzen.«

»Warum denn das?« Eleanor erhob sich. »Was hätten Sie denn im Augenblick zu tun?«

»Ich müsste eigentlich die Predigt für den Mitternachtsgottesdienst schreiben.«

»Oje. Also haben Sie nur wenig Zeit mitgebracht. Ich fürchte, ich kann Ihnen bloß Whisky oder Sherry anbieten.«

»Dann nehme ich einen Sherry«, entschied George.

»Sie haben also Probleme mit der Predigt?« Sie reichte ihm sein Glas, dann setzte sie sich aufs Sofa.

»Ja.« Er stand auf. »Haben Sie etwas dagegen, wenn ich mein Jackett ausziehe? Es ist ein wenig ...«

»Ein wenig zu sehr«, stimmte Eleanor zu. »Mein Heizkessel kennt nur zwei Stufen: ausgeschaltet oder eine Hitze wie am Äquator.«

George legte sein Jackett ab, dann ging er zum Sideboard und nahm das Foto von Richard in die Hand. »Ihr Mann?«, fragte er, während er sich zu ihr umdrehte.

Eleanor nickte.

»Ist es Ihr erstes Weihnachtsfest ohne ihn?«

»Nicht ganz.« Inzwischen konnte sie darüber sprechen. Lange Zeit war ihr das unmöglich gewesen. Jedes Mal, wenn sie es versucht hatte, waren die Tränen, die sie nicht hatte weinen dürfen, an die Oberfläche gestiegen. Doch darüber war sie nun hinweg. »Richard hat lange Zeit im Koma gelegen«, erzählte sie.

George stellte das Foto behutsam auf den Schrank zurück. »Das tut mir leid.«

»Tessa hat ihn gar nicht gekannt, jedenfalls nicht richtig. Nachdem sie geboren war, habe ich sie zwar ins Krankenhaus mitgenommen, aber ...«

George wirkte schockiert. »Oh, bitte verzeihen Sie«, stammelte er. »Ich habe ja nichts von den Umständen gewusst ...«

»Das macht doch nichts«, versicherte ihm Eleanor. Sie holte

tief Luft. »Es war ein Motorradunfall. Mit schweren Kopfverletzungen.«

Ohne die nötige Vorsicht gefahren. Das war alles, was man dem Autofahrer zur Last gelegt hatte. Ihr Leben war zerstört worden, nur weil jemand ohne die nötige Vorsicht gefahren war. Mit den Jahren hatte sich die Trauer in einen Zorn verwandelt, der mitunter überhandzunehmen drohte. Aber auch das würde mit der Zeit vorübergehen.

»Er ist im vergangenen Oktober gestorben«, fuhr sie fort. »Aber es ist … nun ja, es ist bereits das dritte Weihnachten ohne ihn.«

George setzte sich neben sie. »Wie schrecklich für Sie«, sagte er mitfühlend.

»Das war es. Am Anfang. Sie sagten mir, ich sollte mit ihm sprechen – verstehen Sie? Zuerst geniert man sich, aber dann wird es zu …« Sie überlegte kurz. »Zu einer Gewohnheit, könnte man sagen.« Sie wandte den Blick von seinen hellbraunen Augen ab, in denen sich Trauer und Mitleid spiegelten. Im Grunde hatte sie gar nicht über Richard reden wollen. »Nachdem er tot war«, fuhr sie mit leichtem Widerwillen fort, »habe ich Tagebuch geschrieben. Und dem Buch die Dinge anvertraut, die ich Richard gerne gesagt hätte.« Sie schaute auf. »Aber seit ich hier arbeite, war das nicht mehr nötig.«

George strich sich nachdenklich über die Oberlippe. Dann fragte er: »Hat Ihre Familie Ihnen in dieser schweren Zeit beigestanden?«

»Richards Mutter. Ich komme nicht aus Stansfield. Mein Bruder hat mich so oft besucht, wie er konnte …« Sie brach ab. »Es tut mir leid«, sagte sie. »Ich wollte Ihnen wirklich nicht mit meiner Geschichte die Ohren volltönen.«

»Ich habe es Ihnen doch schon gesagt«, wandte er sanft ein. »Dafür sind wir Pfarrer da.«

»Ich glaube nicht, dass ich es Ihnen deswegen erzähle«, sagte sie leise. Daraufhin schwiegen sie eine Weile.

Der Mann war nicht nur verheiratet, sondern auch noch Pfarrer. Er war *Geistlicher*. Der erste Mann, der nach so langer Zeit einen Funken von Interesse in ihr entzündet hatte, musste ausgerechnet ein verheirateter Priester sein. »Ich sollte doch eigentlich *Ihren* Problemen lauschen«, sagte Eleanor mit einer Stimme, die sogar in ihren eigenen Ohren künstlich klang.

»Meine Probleme?« Er nestelte an seiner Krawatte.

»Wegen Ihrer Predigt.«

»Ach so.« George seufzte. »Das ist nicht weiter kompliziert. Ich glaube einfach nicht, dass ich das Recht habe, vor Menschen zu predigen.«

»Dann tun Sie's nicht«, sagte sie. »Sagen Sie ihnen einfach, was Sie denken.«

George sah sie an, sah ihr in die Augen, dann schmunzelte er. »Ich glaube nicht, dass das eine so gute Idee wäre.«

Eleanor schloss für einen Moment die Augen; er lockerte seine Krawatte noch ein wenig mehr. Wieder herrschte Schweigen. Sie musste etwas sagen, etwas tun. »Tut mir leid, dass es hier so heiß ist.«

»Haben Sie schon jemanden nach der Heizung schauen lassen?«

»Die Burgverwaltung meinte, sie würden jemanden schicken, aber bis jetzt ist niemand gekommen.«

»Ich könnte ja mal nachsehen.« Er lächelte. »Ich bin in solchen Dingen ziemlich gut.«

»Würden Sie das tun?«

Er stellte sein Glas auf den Tisch. »Gehen Sie voran«, sagte er, während er sich erhob.

»Aber Sie haben doch so viel zu tun!«

»Wahrscheinlich ist nur der Thermostat zu hoch eingestellt.« Er folgte ihr zu dem kleinen Nebengebäude des Cottages. Das Cottage selbst war kurz nach dem Bürgerkrieg als Unterkunft für die Adelsfamilie errichtet worden, während in der Burg die Verwüstungen behoben wurden, die in der Besatzungszeit durch die

»Rundköpfe« – die puritanischen Anhänger des Parlaments – entstanden waren.

George schnappte nach Luft, als er durch die stehende Hitze schritt, an die Eleanor sich längst gewöhnt hatte. »Sie könnten tropische Früchte anbauen«, sagte er.

Eleanor schaute ihm zu, während er über der vergilbten Bedienungsanleitung brütete, und holte die gewünschten Schraubenzieher und Zangen – wie eine OP-Schwester, die dem Chirurgen assistiert.

George wischte sich den Schweiß von der Stirn. Er richtete sich kurz auf. »Warum die das verdammte Ding unbedingt in die hinterste Ecke …«, brummte er, dann widmete er sich wieder seiner Aufgabe und beugte sich so tief hinunter, dass seine Krawatte durch den Staub hinter dem Kessel schleifte. Wieder richtete er sich auf. »Können Sie mir die Krawatte abnehmen?«, bat er. »Sie ist mir im Weg, aber ich darf jetzt nicht loslassen.«

Als Eleanor ihm die Krawatte abnahm, küsste er sie, wie sie bereits geahnt hatte. Es war nur ein zarter, sanfter Kuss.

Langsam zog sie die Krawatte aus seinem Kragen.

»Ein Priesterkragen hätte mir nicht den Vorwand geliefert«, gestand er mit verlegenem Lachen. »Vielleicht bin ich deswegen in Zivil gekommen.«

Eleanor antwortete nicht, es hatte ihr die Sprache verschlagen.

»Sind Sie mir jetzt böse?«, fragte er einen Moment später.

Sie schüttelte den Kopf. Es gab so vieles, was sie hätte erzählen wollen. Die endlosen Monate, in denen sie sich gewünscht hatte, dass Richard lebte, während sie gleichzeitig auf seinen Tod wartete. Die Erleichterung, als es endlich zu Ende ging, und die unvermeidlichen Schuldgefühle, weil sie erleichtert war. Das Gefühl, in einer Art Vorhölle gefangen zu sein, weder verheiratet noch verwitwet, mit einem Baby, das großgezogen werden wollte. Eine Vorhölle, in der man innerlich ausdörrte. Und dass es so gar nicht passen wollte, dass ausgerechnet er, George, derjenige sein sollte, der diese furchtbare Schranke, die sie vom Leben trennte, niederriss. Für all das vermochte sie einfach nicht die richtigen Worte zu finden. Doch sie streckte die Hand nach ihm aus und fand einen anderen Ausdruck für ihre Gefühle – bis die Türglocke anschlug und sie erschrocken auseinanderfuhren.

»Tessa«, sagte Eleanor nur.

George nickte. »Ich glaube, ich habe es tatsächlich geschafft, Ihren Boiler zu reparieren«, sagte er. »Es war also nicht nur ein Vorwand.«

Eleanor trat einen Schritt zurück, um ihn vorbeizulassen. »Weiter werden wir aber nicht gehen, nicht wahr?«

George schüttelte den Kopf. »Ich glaube nicht, dass wir dafür geschaffen sind«, sagte er, während sie durch den Korridor ins Wohnzimmer gingen. Dort zog er sein Jackett wieder an. »Ich liebe meine Frau«, fügte er hinzu, doch das unterstrich lediglich die Wirkung seiner letzten Behauptung.

Eleanor reichte ihm seinen Mantel.

»Aber ich will auch nicht so tun, als hätte es niemals stattgefunden«, beeilte er sich zu sagen. »Ich weiß nicht genau, was ich will.«

»Sie meinen also, wir sollten es in Reserve halten«, sagte Eleanor schmunzelnd.

»Vielleicht will ich das damit sagen.«

Eleanor ging zur Tür. »Wann ist der Singgottesdienst?«, fragte sie, während sie Mrs Brewster und Tessa hereinließ. Das kleine Mädchen wurde beim Anblick des Fremden sogleich schüchtern.

»Da sind wir«, sagte Mrs Brewster.

»Um drei«, erwiderte George.

»War es schön?«, wandte sich Eleanor an ihre Tochter. »Warum bleiben Sie nicht noch zum Tee, Mrs Brewster?« Sie drehte sich zu George. »Drei?«, wiederholte sie. »Dann komme ich um halb. Ist das in Ordnung?«

»Wunderbar.« Er verwuschelte Tessas Haare und verabschiedete sich von Mrs Brewster. »Vielen Dank noch mal, Mrs Langton«, fügte er im Gehen hinzu.

Und als er aus der Tür war und von den beiden anderen nicht mehr gesehen werden konnte, lächelte er ihr noch einmal zu. Und *zwinkerte* dabei.

Eleanor wandte sich wieder an Mrs Brewster. »Sie können nicht zufällig noch zehn Minuten auf Tessa aufpassen?«, fragte sie. »Ich muss nämlich einen Anruf machen.«

Marian bedachte den jungen Mann auf ihrer Schwelle mit einem kalten Blick.

»Ich will nur mit ihr reden«, sagte er. »Sie ist meine Frau.«

»Das ist mir durchaus bewusst.«

»Wir können doch nicht ewig so weitermachen!«, jammerte er.

»Sie ist nicht hier, Graham. Zumindest nicht im Moment.«

Vom Scheitel bis zur Sohle glich Graham Elstow dem erfolgreichen Steuerberater, der er war. Er senkte den Blick. »Ich muss sie sehen«, murmelte er.

Zur Tür des Pfarrhauses musste man mehrere Stufen hochsteigen. Graham war, nachdem er geläutet hatte, ein paar Schritte zurückgetreten, und so war Marian wenigstens einmal der Luxus vergönnt, auf einen Mitmenschen herabzusehen. Sein Scheitel in dem blonden, gut geschnittenen Haar war wie mit dem Lineal gezogen, er ähnelte dem eines Schuljungen. Marian schaute an Graham und dem Vordach vorbei; das Schneetreiben nahm zu. Sie begann sich Sorgen um Joanna zu machen, die nach Stansfield gefahren war, um ihre Weihnachtseinkäufe wie üblich in letzter Minute zu erledigen.

»Wann kommt sie zurück?«, hörte sie Graham fragen.

»Ich habe keine Ahnung.« Marian starrte in das weiße Gestöber und wünschte, Joannas Wagen möge nicht auftauchen, andererseits aber doch. Die Welt war voller Gefahren.

»Kann ich reinkommen und auf sie warten?«

»Nein, Graham«, entgegnete sie fest. »Das kannst du nicht.«

Er wirkte überrascht. Tatsächlich überrascht.

»Ich muss mit ihr reden«, wiederholte er.

»Dann schlage ich vor, dass du wiederkommst, wenn sie da ist.«

»Aber …« Er drehte sich halb und wedelte mit den Händen in Richtung des Schneesturms.

»Daran kann ich auch nichts ändern. Ich will dich hier nicht haben. Tut mir leid.«

Wieder senkte er den Blick. »Das kann ich verstehen«, gab er zu.

Dann geh doch endlich, dachte Marian. Geh und lass Joanna in Frieden.

»Ich werde mir das nie verzeihen.«

Marian erwiderte nichts darauf. Sie konnte nur darum beten, dass Joanna ihm nicht verzieh. Nicht diesmal. Ganz gewiss nicht dieses Mal.

»Ist es in Ordnung, wenn ich nach dem Lunch wiederkomme?«, fragte er, schon halb zum Gehen gewandt. »Wenn ich mir im Pub etwas hole und dann noch einmal vorbeischaue? Ist sie bis dahin zurück?«

Marian gab keine Antwort. Der junge Mann stapfte durch den Schnee zu seinem Wagen. Sie sah ihm nach, bis er verschwunden war, dann drückte sie mit zitternden Händen die Haustür zu. Ihre Knie gaben leicht nach. Einen Augenblick lang hielt sich Marian an der Türklinke fest, schließlich nahm sie sich mit aller Macht zusammen.

Ungefähr eine halbe Stunde später kehrte Joanna zurück, rotwangig und mit leuchtenden Augen. »Ich hab eine geschlagene Stunde bis Stansfield gebraucht«, sagte sie, während sie ihre Tüten in der ganzen Küche verteilte, dem einzigen ständig warmen Raum in dem zugigen alten Haus. Sie nahm ihren Schal ab und zog einen Schmollmund beim Anblick der nassen Wolle. »Den hänge ich besser auf«, sagte sie. »Er tropft noch alles voll – und das war bloß von dem Weg vom Wagen *hierher.*«

»Graham ist hier gewesen«, sagte Marian. Sie sah keine Möglichkeit, ihrer Tochter die Neuigkeit schonender beizubringen.

Joannas Lächeln verschwand. »Wann?«

»Eben. Er hat gesagt, dass er wiederkommt.« Sie schaute zu, wie Joanna sich am Tisch niederließ, das blonde Haar tropfnass, die Hände in den Schal gekrallt. »Er sagt, dass er mit dir reden will«, fuhr sie fort, während sie sich neben ihre Tochter setzte. »Du musst aber nicht, Jo.«

»Doch, ich muss.«

»Noch nicht. Nicht heute.« Marian nahm ihr den nassen Schal ab und hängte ihn über einen Stuhl. »Du kannst mit ihm sprechen, wenn *du* dazu bereit bist.« Sie nahm Joannas Hand, hielt sie fest.

»Jetzt ist ebenso gut oder schlecht wie später«, sagte Joanna. In diesem Augenblick fiel die Haustür ins Schloss. Ängstliche graue Augen starrten Marian an.

»Wir werden noch eingeschneit, wenn das so weitergeht«, sagte George, als er in die Küche kam. Er rieb sich die Hände und ging zum Ofen, stellte sich mit dem Rücken davor und schaute die beiden fragend an. »Was ist passiert?«

Joanna ließ Marians Hand los und verließ die Küche.

»Was hat sie denn?«, fragte George.

Marian sagte es ihm. Er geriet prompt in Wut, wie sie vermutet hatte.

»Will wohl zurückkommen, was?« Verärgert knöpfte er seinen Mantel wieder zu. »Das hat er sich ja fein ausgemalt! Im Pub, hast du gesagt?«

»George«, widersprach Marian müde. »Joanna wird es dir nicht danken.«

»Ich erwarte auch keinen Dank! Ich will die kleine Ratte nicht mehr in meinem Haus haben – weder jetzt noch später.«

»Er ist ihr Mann.«

»Marian – er wird sie wieder rumkriegen. Sie wird zu ihm zurückkehren.«

Marian rieb sich die Augen. »Dazu ist Joanna zu vernünftig«, wandte sie ein.

»Vernünftig ist sie die anderen Male auch nicht gewesen!«

»Da hatte sie ihn auch noch nicht verlassen.«

»Sie hat ihm verziehen – immer wieder.«

»Aber sie hatte ihn noch nicht verlassen«, beharrte Marian. »Es sind jetzt zwei Monate. Sie wird nicht wieder zu ihm gehen. Wahrscheinlich will sie nicht mal mit ihm sprechen.« Sie stand auf. »Nun denn«, sagte sie aufgeräumt. »Das Essen ist fertig. Ruf bitte Jo.«

George starrte sie an. »Warum tust du so, als wäre nichts geschehen?«

Weil dies die einzige Art war, wie Marian mit dieser Sache umgehen konnte. George hatte seinen Zorn, er konnte wutschnaubend in den Pub stürmen und einen Aufstand machen. Marian hingegen musste nachdenken und sich eine Strategie überlegen, um Probleme zu bewältigen.

»Du musst trotzdem etwas essen«, beharrte sie. »Im Moment ist er ja nicht hier, also können wir auch nichts tun.«

»Es *gibt* etwas, das ich tun kann!«

»Aber das wirst du nicht«, sagte Marian und vertrat ihm den Weg. »Zieh deinen Mantel aus und sag Joanna Bescheid, dass das Essen fertig ist.« Sie schaute zu George auf, und plötzlich wurde ihr bewusst, wie schwach sie im Vergleich zu ihm war. Sie konnte ihn nur deshalb am Gehen hindern, weil George sich, wie die meisten Männer, aus freien Stücken zurücknahm, weil er sich freiwillig dafür entschied, seine Stärke nicht auszuspielen.

Widerwillig knöpfte er seinen Mantel auf und warf ihn über den Stuhl, auf dem schon Joannas Schal lag.

Schweigend nahmen sie den Lunch ein, bis George es nicht mehr aushielt. Letzten Endes sind die Probleme der anderen eben sein Job, dachte Marian.

»Und?«, begann er in angriffslustigem Ton und schaute Joanna an.

»Ich muss mit ihm reden«, antwortete sie.

George spießte einen Kartoffelschnitz auf. »Ich will ihn hier nicht haben«, sagte er mit Nachdruck.

Joanna legte Messer und Gabel hin. »Es gibt keinen anderen Ort«, sagte sie – recht vernünftig, wie Marian fand.

»Du musst doch nicht mit ihm sprechen!«

»Muss ich wohl, Daddy! Er hat recht. Wir müssen reden. Und wenn es hier nicht geht, dann eben im Pub.«

Marian schaute vom einen zum anderen. George stieg die Zornesröte ins Gesicht.

»Hab ich nicht recht?« Joanna schlug einen Volley. Klarer Vorteil für sie.

»Wenn du hier mit ihm sprichst, werde ich dabei sein.«

»Das wirst du nicht«, entgegnete Joanna. »Außerdem musst du zum Kindergottesdienst.«

»Den kann ich absagen.«

»Nein, das kannst du nicht. Und wieso glaubst du eigentlich, ich könnte in Ruhe mit ihm reden, wenn ihr beide vor der Tür steht und darauf wartet, dass er womöglich …?« Sie brach ab. »Geh du ruhig zu deinem Gottesdienst. Und du geh den Weihnachtsmann spielen«, sagte sie zu Marian. »Ich wäre wirklich lieber allein, wenn Graham kommt. Er findet es hier ohnehin sehr einengend.«

»Er findet es …«, begann George mit puterrotem Gesicht.

»Es ist *mein* Problem, Daddy. Ich kümmere mich darum.« Spiel, Satz und ein Beinahe-Sieg. Joanna schob ihren Teller weg. »Danke«, sagte sie abschließend, als sie aufstand. Der freundliche Händedruck am Netz. »Ich weiß, dass ihr mir nur helfen wollt. Aber ich werde trotz allem mit ihm reden, mehr gibt's dazu nicht zu sagen.« Damit verließ sie die Küche.

George schaute Marian an. »Willst du trotzdem gehen?«, fragte er sie.

»Ich muss, George. Außerdem will ich nicht, dass Joanna den Eindruck bekommt, von einem Publikum belauscht zu werden – das macht es nur noch schwieriger für sie.«

George seufzte und beendete seine Mahlzeit. Marian war sicher, dass ihm gar nicht bewusst war, was er aß. »Ich sollte mich lieber umziehen«, sagte er.

»Wo ist denn deine Krawatte?«, fragte Marian. Plötzlich fiel ihr auf, dass es der lockere Hemdkragen war, der George ein fremdes, leicht verwegenes Aussehen verlieh.

Seine Hand wanderte an den Kragen. »Oh – ich hab sie abgenommen«, sagte er. »Muss sie wohl irgendwo hingelegt haben.« Er erhob sich. »Vielleicht werde ich der kleinen Kröte mit größerer christlicher Demut gegenübertreten, wenn ich entsprechend angezogen bin.«

Marian begann den Tisch abzuräumen.

»Was ist, wenn sie doch zu ihm zurückgeht?«, fragte George.

»Das wird sie nicht«, sagte Marian voller Überzeugung, während sie Spülmittel in die Schüssel spritzte. »Nicht dieses Mal.«

Doch als sie und George eine Stunde später das Haus verließen, schaute sie sich immer wieder ängstlich um. Vielleicht taucht er ja gar nicht auf, versuchte sie sich zu beruhigen.

Und ihr Blick ruhte unablässig auf dem Telefon, während sie mit der Leiterin des Kinderheims sprach und kaum ein Wort von dem hörte, was die Frau sagte.

Es geht dich nichts an, Marian Wheeler, sagte sie sich streng, während die Leiterin geduldig ihre Worte wiederholte. Du *kannst* sie nicht anrufen. Warte, bis du wieder zu Hause bist. Sie wird nicht zu ihm zurückkehren. Sie wird es *nicht* tun. Dazu ist sie letzten Endes zu vernünftig.

◇

»Du willst einfach nicht zuhören, Graham, nicht wahr?«

Graham nahm die Karaffe ihres Vaters zur Hand und schwenkte sie auffordernd in ihre Richtung.

»Nein, danke. Und ich finde nicht, dass du noch mehr trinken solltest«, sagte Joanna.

»Darf ich Daddy nicht den Whisky wegsaufen? Ich besorg neuen.«

»Du hast genug gehabt, Graham. Du hattest schon zu viel, als du gekommen bist, und das ist jetzt dein dritter!«

Er prostete ihr zu. »Einer der Vorteile des Junggesellenlebens«, sagte er. »Du kannst dich besaufen, ohne dass einer an dir rumnörgelt.« Er ließ die Hand mit dem Glas sinken und setzte sich, senkte den Kopf. »Es tut mir leid. Es tut mir leid. Ich wünschte einfach, du würdest nach Hause kommen und wir könnten es allein miteinander abmachen.« Er schaute auf. »Ich kann nicht – hier dringe ich einfach nicht zu dir durch. Es ist zu ...« Er zuckte die Achseln. »Zu niedlich, zu sehr à la Enid Blyton. Ich wette, du schläfst auch wieder in deinem alten Zimmer. Als hätte es mich nie gegeben.«

»Warum hast du nur so viel getrunken?«, fragte Joanna. Trinken gehörte trotz allem, worüber er sich gerade beschwert hatte, nicht zu Grahams Lastern. »Warum?«, bohrte sie.

»Aus keinem bestimmten Grund«, brummte er.

»Weil du herkommen musstest – in dieses Haus?«

»Nein!«, rief er. »Vergiss es. Hör mal – Jo. Komm doch einfach zu mir zurück. Bleib nicht hier. Wollte dein Vater nicht gerade das sagen? Ich meine: All das Zeug über Mann und Frau, die Gott im heiligen Bund der Ehe zusammengefügt hat?«

Joanna riss die Augen auf. »Graham, du redest, als hätte ich dich bloß aus Jux und Tollerei verlassen!«

»Ich weiß«, sagte er kopfschüttelnd. »Ich weiß, was ich getan habe. Es wird nicht wieder vorkommen.«

»Doch, das wird es.« Sie stand auf und ging zum Fenster, betrachtete den Schnee, der vom dunkler werdenden Himmel fiel. Schweigen senkte sich über den Raum. Im Wohnzimmer war es kalt, doch Joanna hatte es der gemütlichen, warmen Küche vorgezogen, wo sie sich vielleicht in einer falschen Sicherheit gewiegt hätte.

»Joanna, ich schwöre es. Ich tu das nie wieder.«

Plötzlich klang seine Stimme ganz nah. Sie drehte sich um. Er stand direkt hinter ihr.

»Sieh mich nicht so an«, bat er. »Bitte. Bitte sieh mich nicht so an, als ob du dich vor mir fürchtetest.«

»Ich fürchte mich vor dir.« Sie wandte sich wieder dem Fenster zu.

»Aber es liegt nicht an mir«, beharrte Graham. »Du fürchtest dich nicht vor mir.« Sanft legte er ihr eine Hand auf die Schulter. Joanna sah ihn an. »Etwas geschieht mit mir. Etwas schnappt ein.«

»Dann solltest du mit jemandem darüber reden«, sagte sie.

»Nein. Ich kann das Problem selber lösen.«

»Aber ohne mich.« Joanna zwängte sich an ihm vorbei und legte so viel Distanz zwischen ihr und ihm, wie im Zimmer nur möglich war.

»Aber es geht auch dich an. Du bist meine Frau.«

»Und du glaubst, das gibt dir das Recht?«

»Nein!« Graham leerte sein Glas. »Aber …« Er seufzte. »Na schön«, lenkte er ein. »Ich werde mit jemandem reden. Ehrenwort!« Er wartete auf ihre Antwort, die nicht kam. »Ich *verspreche* es!«, brüllte er.

Versprechen. Als hätten sie dieses Gespräch nicht schon unzählige Male geführt.

»Was soll ich denn deiner Meinung nach tun?«, fragte er und durchquerte den Raum mit großen Schritten.

Joanna wich zum Fenster aus, während er wieder nach der Karaffe griff.

Sie erblickte in der Scheibe ihr Spiegelbild und zog den Vorhang zu. »Warum *trinkst* du so viel?«, wiederholte sie ihre Frage. »Was ist los mit dir?«

»Nichts. Gibt keinen Grund.«

»Liegt es an mir?«

»Hat nichts mit dir zu tun. Ich habe jemanden …« Er brach ab. »Hab jemanden getroffen. Nein – ist gar nicht wahr. Vergiss es.«

Graham redete wirr. »Trink nicht noch mehr«, bat sie.

»Warum nicht? Was erwartest du denn? Läufst mir einfach weg …«

»*Gelaufen* bin ich ja nun nicht gerade«, gab sie in scharfem Ton zurück.

»Oh Gott, Jo«, flüsterte Graham. »Es tut mir leid. Es tut mir ja so leid. Sag mir, was ich tun soll, und ich mach es sofort.«

»Geh zu jemandem, der dir helfen kann«, riet Joanna. »Und erzähl ihm, was mit dir passiert.«

Graham stellte die Karaffe hin. Sein Gesicht wurde glühend rot. »Das schaffe ich nicht.«

»Weil du es nicht zugeben willst?« Sie holte tief Luft. »Nun, aber jetzt wirst du es tun müssen«, fuhr sie fort. »Wenn du es tust – wenn du mir beweist, dass du dir helfen lässt …«

»Dann kommst du zurück?«, fragte er erwartungsvoll.

»*Zuerst* musst du dir Hilfe holen«, betonte Joanna.

»Das mach ich. Das mach ich.« Er kam auf sie zu. »Verlass mich nicht, Jo. Hilf mir. Ich weiß nicht, wie …« Er wedelte mit der Hand. »Du weißt schon, was ich sagen will: Wie ich es anstellen soll …«

»Ich werde mich darum kümmern. Ich suche dir jemanden. Und ich komme mit. Zu dem Arzt oder wem auch immer. Wir holen uns Rat.«

»Ja. Gut.« Er stellte das leere Glas ab. »Gott sei Dank«, sagte er.

Joanna sah ihn lange schweigend an. »Das ist deine letzte Chance, Graham«, mahnte sie dann.

»Ich weiß. Ich weiß.« Er nahm ihre Hände. »Ich weiß«, sagte er noch einmal und küsste sie. Dann lächelte er und küsste sie auf die Wange. »Lass uns nach Hause fahren.«

»Nein, Graham. Du musst den ersten Schritt tun.«

»Aber du hast doch gesagt, dass wir ihn zusammen tun werden!«

»Das werden wir auch. Aber du hast mir schon so viel versprochen. Ich werde nicht zu dir zurückkehren, bevor ich sicher sein kann, dass du etwas dagegen unternommen hast. Ich helfe dir. Aber bis ich mir sicher bin, bleibe ich hier bei meinen Eltern.«

Die Uhr surrte leise, gleich würde sie die volle Stunde schlagen. Graham ließ ihre Hände fallen. Joanna kannte diesen leicht verwirrten Blick.

»Was hast du gesagt?«, fragte er. Und auch den Ton kannte sie.

Sie wusste, was jetzt kam.

2

Beim Kindergottesdienst hatte Eleanor mit dem Rücken zur Gemeinde gespielt. Sie hatte ihn nur einmal kurz angesehen und mit einer Geste angedeutet, dass er seine Krawatte bei ihr vergessen hatte.

George hatte den Kindern von den vielen Menschen auf der Welt erzählt, die weder einen Truthahn noch einen Weihnachtspudding bekamen. Mit einem ernsten Lächeln hatte er in die kleinen, mitleidigen Gesichter geschaut. Wie wunderbar wäre es, wenn dieses Mitleid in eine Ministerlaufbahn hinübergerettet werden könnte! Aber das war wohl zu viel verlangt. Sobald ein Mensch eine derart hohe Position erreichte, waren ihm die heiklen internationalen Beziehungen wichtiger als Brot für die Welt.

George schloss das Kollektengeld ein – offenbar hatte er mit seiner Predigt auch einige Erwachsenenherzen gerührt, denn im Klingelbeutel hatte sich eine Fünfpfundnote befunden. Nachdenklich betrachtete er die Geldkassette, dann öffnete er sie noch einmal und gab eine zweite Fünfpfundnote dazu. Er würde dafür sorgen, dass das Geld Save the Children oder einer anderen Hilfsorganisation zugutekam. Das Kirchendach konnte warten: Kirchendächer weinten keine Tränen.

George trat hinaus in den schon dunklen Abend und schaute zu dem sternenlosen Himmel auf, aus dem unablässig Schnee fiel. Irgendwann musste er seine Krawatte abholen. Warum hatte Eleanor sie nicht gleich mitgebracht? Hatte sie neugierige Blicke gefürchtet? Oder steckte die Absicht dahinter, dass er zu ihr kommen musste, um seine Krawatte wiederzubekommen? Wie auch immer – dies war eine Komplikation, die er nicht unbedingt gebrauchen konnte.

Stiefel wären auf jeden Fall besser gewesen; seine Schuhe versanken im Schnee. Frei geräumte Stellen gab es nicht. Seufzend schlug George seinen Mantelkragen hoch, und sogleich rieselte Schnee in seinen Nacken. Zumindest die Sorge wegen der Mitternachtspredigt war er nun los: Bei dieser Witterung würde er vor leeren Bänken sprechen.

Als George um die Ecke des Kirchengebäudes bog, traf ihn der eisige Wind voll ins Gesicht. Mit gesenktem Kopf strebte er auf die Straße zu, die wie eine dünne Falte durch das weiße Laken aus Schnee schnitt. Während er sich, wie er glaubte, am Straßenrand hielt, hörte er ein Auto hinter sich und trat zur Seite, um es vorbeizulassen. Doch dann ertönte eine Hupe. Er hob den Kopf. Im Wagen saß Marian.

»Soll ich dich mitnehmen?«, fragte sie und beugte sich herüber, um die Beifahrertür zu öffnen.

George stieg ein und schlug die Tür zu. »Was für ein Wetter!«, stieß er hervor.

»Die Straße nach Stansfield ist zugeschneit«, teilte Marian ihm mit.

»Na toll.«

Seine Frau fuhr ein wenig rasanter, als er selbst es unter diesen Umständen getan hätte. Schlitternd glitt das Auto in die Einfahrt des Pfarrhauses. »Sein Wagen ist noch da«, bemerkte Marian, als sie zum Stehen kamen. Sie sah George an. »Joanna wird nicht zu ihm zurückkehren«, versicherte sie. »Dazu ist sie zu vernünftig.«

»Nicht, wenn es um Graham geht.« George stieg aus und stürmte die Stufen hoch. Als er die Haustür öffnete, hörte er, wie oben eine Zimmertür geschlossen wurde. »Jo?«

Die Eheleute wechselten einen Blick.

»Sie wollen wohl allein sein«, meinte Marian.

»Das könnten sie unten auch«, bemerkte er düster.

Marian stand einen Augenblick still und schaute besorgt nach oben. Dann richtete sie ihren Blick langsam auf George. »Sie wird nicht zu ihm zurückgehen«, wiederholte sie trotzig.

Nach Georges Meinung war eine Zimmertür, die geschlossen wurde, wohl kaum ein Zeichen für eine unwiderrufliche Trennung. Aber Joanna *durfte* sich nicht überreden lassen. Er fühlte sich hilflos. Sein gesamtes Berufsleben lang hatte er Menschen in Not beigestanden, doch mit seiner Tochter konnte er nur streiten. Als wäre es ihre Schuld, dass sie in einer unglücklichen Ehe gefangen war!

»Was können wir nur tun?«, fragte er.

»Nicht viel«, erwiderte Marian mit einem weiteren Blick nach oben. »Ich denke, wir sollten weitermachen wie gewohnt.«

»Ausgehen, meinst du?« Jeden Heiligabend pflegten sie mehrere Stunden im Dorfpub zu verbringen. Diesen Brauch hatte Marian angeregt. Die Kirche würde besser besucht sein, hatte sie gesagt, wenn die Gläubigen ihren Pfarrer als Menschen in ihrer Mitte erleben könnten. »Und was ist, wenn er mitkommen will?«

»Darum kümmern wir uns, wenn es so weit ist.«

»Ach ja?«, fragte George zweifelnd.

»Ja«, erwiderte seine Frau fest. »Komm, wir ziehen uns um.«

»Oben?« Die Vorstellung löste Verlegenheit in ihm aus. Joannas Zimmer lag zwar auf der anderen Seite des Flurs, dennoch hatte er das Gefühl, sie zu stören.

»Nun ja, unsere Kleider sind dort«, sagte Marian. »Außerdem habe ich nicht vor, mich von ihm einschränken zu lassen. Dies ist mein Haus, in dem ich tue, was ich will.«

George wechselte die Kleidung, wobei er im Stillen betete, dass seine fehlende Krawatte nicht erwähnt würde, und sie wurde nicht erwähnt. Marian bat ihn nur, das Kleidungsstück, das sie als sein »Arbeitshemd« bezeichnete, mit nach unten zu nehmen, weil sie eine Maschine waschen wollte.

»Am Heiligabend?«, fragte George ungläubig.

»Warum nicht?«, entgegnete sie, ein wenig defensiv.

Wenn das Leben kompliziert wurde, fand Marian stets etwas Nützliches zu tun. George hob beschwichtigend die Hände. »War bloß eine Frage.«

»Was hältst du davon?«, fragte Marian und hielt ein Kleid in die Höhe, das er noch nie gesehen hatte.

»Wann hast du das denn gekauft?«

»Du schenkst es mir zu Weihnachten«, sagte sie.

»Ich habe ja wirklich einen sehr guten Geschmack. Es ist ein wunderbares Kleid.«

»Joanna hat es ausgesucht. Sie meinte, du wärst einverstanden.«

George setzte sich, um seine Schuhe anzuziehen. »Wozu solltest du mein Einverständnis brauchen?«, fragte er zerstreut.

»Wie bitte?« Marian trat auf ihn zu. »Du bist noch immer in dieser sonderbaren Stimmung, nicht wahr?« Sie legte ihm eine Hand auf die Schulter. »Was hast du denn?«, fragte sie und küsste ihn auf den Scheitel. »Ist es wegen Joanna?«

George schaute zu ihr auf. Marian glaubte an ihn. Sie glaubte, dass er genau der sei, der er zu sein vorgab. Und sie würde keinen Moment lang glauben, dass er Eleanor Langton besuchte, weil sie tolle Beine und lange blonde Haare hatte.

»Männliche Wechseljahre«, sagte er, als sie sich neben ihn setzte und ihren Kopf an seinen lehnte. George legte den Arm um seine Frau. »Heute Morgen habe ich mit dir Liebe machen wollen«, gestand er.

»Warum hast du mich nicht geweckt?«

»Du warst längst wach«, sagte er. »Aber ich wollte Jeremy nicht in Verlegenheit bringen.«

Marian lachte.

»Ist das hier wichtig für dich?«, wollte er wissen.

Marian runzelte leicht die Stirn. »Das Haus?«, fragte sie. »Oder der Ort?«

»Beides.«

»Auf einer Skala von eins bis zehn«, sagte sie, »würde ich beidem wohl eine Sieben geben.« Sie wirkte beunruhigt. »Sollst du etwa nach Brixton versetzt werden?«

George lachte. »Nein. Darum geht es nicht.«

Marian lebte sehr gern hier. Es ist ihr wichtig, dachte er, während er sich die Schuhe zuband. Das machte alles nur noch schwieriger. Marian, du bist mit einem Schwindler verheiratet, aber ich bin ein ehrlicher Schwindler, also muss ich mein Amt aufgeben. George nahm sein »Arbeitshemd« mit nach unten.

»Jemand hat das Licht im Wohnzimmer brennen lassen«, bemerkte er.

»Ich glaube, wir haben das Zimmer zuletzt an Ostern benutzt«, sagte Marian. »Wollen wir hoffen, dass es nicht seit damals brennt.«

Als George die Tür aufmachte, sah er sich Joanna gegenüber. Mit Tränenspuren im Gesicht schaute sie zu ihm auf. Um ihre Augen begannen sich Blutergüsse zu bilden, ihre Lippen waren geschwollen.

»Mein Gott«, sagte er tonlos.

»George?« Marian hatte hinter ihm gestanden, nun lief sie rasch auf Joanna zu.

George betrachtete die beiden, während sich ein taubes Gefühl in seinen Gliedmaßen ausbreitete. Joanna brach erneut in Tränen aus, und Marian brachte sie in die Küche; dort kühlte sie ihrer Tochter die Augen, wobei ihr bleiches Gesicht grimmig wirkte. Joanna schluchzte und murmelte unverständliche, zusammenhanglose Worte. Und er schaute einfach nur zu, während ihm die Kälte in die Glieder kroch. Dann fiel ihm wieder ein, dass sie bei ihrer Ankunft gehört hatten, wie eine Zimmertür ins Schloss gefallen war.

»Er ist oben«, sagte er und wandte sich zur Tür.

»Nein!«, rief Joanna. »Lass ihn, bitte. Lass ihn. Er ist betrunken. Er muss sich ausschlafen …«

George war schon aus der Küche, noch bevor sie ihren Satz beendet hatte, doch Marian war ihm gefolgt. Sie legte ihm die Hand auf den Arm.

»George, bitte hör auf sie.«

»Ich habe ihm prophezeit, was ihm blüht, wenn er sie noch einmal anrührt.« Er wollte die Treppe hinaufstürmen, doch mit einer Kraft, die er von ihr nicht erwartet hätte, hielt Marian ihn zurück.

»Das wird nichts nützen«, sagte sie.

»Es wird *mir* nützen!«

»Du wirst Ärger kriegen! Joanna wird sich aufregen – und wofür? Dadurch wäre doch nichts gelöst, oder?« Ihr Gesicht, ebenso vernünftig wie ergrimmt, schaute zu ihm auf. »Komm zurück, George«, setzte sie hinzu. »Soll er seinen Rausch doch ausschlafen.«

»In meinem Haus? Er muss fort. Jetzt.«

»Das kann er nicht«, sagte Joanna. Unbemerkt war sie in die Diele getreten.

George schaute seine Tochter an, betrachtete ihr misshandeltes, geschundenes Gesicht und spürte die Zornestränen in seinen Augen. Sie hatte sich für Graham sogar schick gemacht.

»Er kann nicht fahren«, erklärte Joanna. »Er hat deinen Whisky mit aufs Zimmer genommen und zu viel getrunken.«

»Wenn ich mit ihm fertig bin, setz ich ihn in ein Taxi!«, brüllte George, doch er kam nicht von der Stelle, weil Marian seinen Arm umklammert hielt.

»Die Straße ist blockiert«, gab sie zu bedenken. »Nach Stansfield kommt er ohnehin nicht mehr.«

»Ist mir egal, wohin er kommt, solange er nur mein Haus verlässt!« Endlich gelang es ihm, Marian abzuschütteln.

»Bitte, lass ihn in Ruhe!«, rief Joanna. Echte Angst sprach aus ihrer Stimme.

George, der bis zum Kopf der Treppe gelangt war, stoppte jäh und drehte sich zu ihr um, aber Joanna war schon wieder in der Küche verschwunden. Wie von einer Last beschwert, ließ er sich auf die oberste Stufe sinken.

»Was für einen Sinn soll es haben, noch mehr Probleme zu schaffen?«, fragte Marian, stieg die Treppe hinauf und setzte sich neben ihn. »Wenn du ihn zusammenschlägst, wird es auch nicht besser.«

»Da«, sagte er und drückte ihr sein »Arbeitshemd« in die Hand. »Trag du es.«

»George …«

»Ich meine es ernst. Mir steht es nicht zu. Nicht, wenn ich auch noch die andere Wange hinhalten soll. Nicht, wenn ich einen solchen Menschen auch noch lieben soll.«

»Ich meinte das nicht unbedingt im christlichen Sinne«, sagte Marian. »Ich appelliere bloß an deine Vernunft. Joanna hat schon zu viel durchgemacht – eine Schlägerei zwischen euch kann sie nicht auch noch gebrauchen. Was sie braucht, ist, dass wir zu ihr stehen.« Sie erhob sich und streckte ihm die Hand hin.

George schaute zu ihr auf und nahm ihre Hand, ließ sich schwerfällig hochziehen. »*Er* findet das alles ganz toll, nicht wahr?«, brummte er und warf einen grimmigen Blick auf die geschlossene Zimmertür.

»Sprich mit ihm, wenn du dich beruhigt hast und er seinen Rausch ausgeschlafen hat«, empfahl Marian und führte ihren Mann wieder nach unten. Am Fuß der Treppe hielt sie an. »Ich sollte vielleicht das Bett im hinteren Schlafzimmer beziehen«, sagte sie. »Für Joanna.«

»Von allen Unverschämtheiten …«, schäumte George. »Wenn man mir prophezeit hätte, dass ich eines Tages einem solchen Menschen Gastfreundschaft gewähre …«

»Und du solltest jetzt mit Joanna ausgehen«, fuhr Marian ungerührt fort.

»Was?«

»Ich möchte Joanna nicht hier haben, wenn er aufwacht. Und dich übrigens auch nicht«, fügte sie hinzu.

»Sie wird nicht mitwollen«, sagte George.

»Doch, das wird sie – du kannst sie dazu überreden. Das weißt du.« Marian tätschelte ihm aufmunternd die Schulter. »Mach schon. Rede mit ihr.«

George seufzte und ging in die Küche, wo Joanna am Herd saß und lustlos in den Kohlen herumstocherte.

»Deine Mutter meint, du sollst mit mir in den Pub gehen.«

Joanna schüttelte den Kopf. »So, wie ich aussehe?«

»Ja, das habe ich mir auch gedacht.« George zog sich einen Stuhl vom Tisch heran und setzte sich neben sie. »Aber wenn du dich nicht einsperren willst, dann musst du früher oder später vor die Tür gehen.«

»Eher später«, sagte seine Tochter.

»Dann werden sie dich einzeln und zu zweit sehen«, widersprach George. »Warum kommst du nicht mit mir, dann können dich alle gleichzeitig sehen?«

Sie lächelte unter Tränen.

»Was du ihnen auch erzählen willst, ich unterstütze dich darin«, versprach er. »Kommst du?«

Joanna schwieg.

»Morgen wird es schlimmer aussehen.« George gab sich sachlich, doch in Wahrheit wollte er in Tränen ausbrechen. Er wollte Elstow seine eigene Medizin zu schlucken geben. Er wollte nackt durch den Schnee rennen, in den *News of the World* stehen.

»Ist dein Angebot so gemeint, dass du mit mir reden willst?«, fragte Joanna.

»Ich hoffe eher, dass *du* mit mir redest«, erwiderte George. »Ist mir aber egal. Du kannst auch schweigen.«

»Du willst wirklich, dass ich mitkomme?«

Er nickte.

»Na schön«, sagte Joanna. »Kann sein, dass ich dir einen Haufen Lügen auftische«, warnte sie ihn.

»Auch gut«, sagte er. »Ich erzähle seit Jahren nur Lügen.«

»Was soll das denn heißen?«

»Ach – das erzähle ich dir irgendwann einmal.« Er grinste. »Wenn du groß bist.«

Marian schaute zu, wie Joanna langsam aus der Einfahrt zurücksetzte. Vielleicht würde ein gemeinsamer Abend Vater und Tochter einander wieder näher bringen; in letzter Zeit hatten sie sich auseinandergelebt.

Während sie Bettzeug für Joanna holte, warf sie einen Blick auf deren Zimmertür, dann ging sie rasch hinunter, während sie überlegte, ob sie den Kamin im hinteren Zimmer hatte ausfegen lassen. Sie erinnerte sich, mit George darüber gesprochen zu haben; benutzt wurde das Zimmer ohnehin nicht mehr. Aber ja, jetzt fiel es ihr wieder ein. Vernünftigerweise hatte sie beschlossen, den Kamin trotzdem reinigen zu lassen, nur für den Fall.

Nur für den Fall, dass sie den gewalttätigen Ehemann ihrer Tochter beherbergen mussten.

Anderthalb Jahre, dachte Marian, während sie mit raschen, geübten Bewegungen das Bett bezog. Erst achtzehn Monate verheiratet, und schon war ihre Tochter mit Misshandlung vertraut. Dieses Mal sei es gar nicht so schlimm gewesen, nichts im Vergleich zum letzten. Marian schüttelte den Kopf und strich das Laken glatt. Vielleicht war man als Frau ja sogar dankbar, wenn man mit einem blauen Auge davonkam.

Sie setzte sich aufs Bett und dachte an die ersten anderthalb Jahre ihrer Ehe, in denen sie George immer besser kennengelernt und mit der Zeit begriffen hatte, dass sie nicht verpflichtet war, seine rechte Hand zu sein. Dennoch gab es nichts Schöneres, als dieser selbst auferlegten Verpflichtung nachzukommen. Sie hatten nicht oft Streit gehabt, was man ein Glück nennen konnte. Natürlich lernte sie Georges Jähzorn kennen, aber der Auslöser für seine Wutanfälle war meistens etwas, das außerhalb ihres häuslichen Bereichs lag.

Seinen ersten Wutanfall hatte sie erlebt, als sie seit ungefähr einem halben Jahr verheiratet gewesen waren. Marian erinnerte sich noch genau, wo sie sich aufgehalten hatten, als der Streit ausbrach: im Gartenschuppen, ausgerechnet dort! Er hatte etwas mit dem Garten zu tun gehabt – soweit sie sich erinnerte, hatte sie eine seiner kostbaren Pflanzen falsch behandelt. George sagte, sie habe die Pflanze getötet. Er war rasend vor Zorn. Marian versuchte sich vorzustellen, wie ihr zumute gewesen wäre, wenn er sie geschlagen hätte, doch dazu reichte ihre Fantasie nicht aus. Nie hatte sie vor George Angst gehabt.

Sie bezog das Bett fertig, dann machte sie sich daran, den Kamin anzuzünden. Diese Kunst beherrschte sie nicht sehr gut. Seit sechsundzwanzig Jahren kämpfte Marian mit den Feuerstellen im Pfarrhaus und hatte nichts dazugelernt. Doch schließlich glaubte sie, dass die Scheite Feuer gefangen hatten und gut brennen würden, wenn ihre Tochter zurückkehrte.

Während Marian sich den Kohlenstaub von den Händen schrubbte, hörte sie wieder Joannas Worte, als sie ihr die Augen gekühlt hatte. Ihre Tochter hatte ganz leise gesprochen – so leise, dass George, der immer noch unter Schockstarre stand, sie nicht gehört haben konnte.

Marian hatte sie aber sehr wohl gehört.

Nach einer gewissen Zeit machten einem die neugierigen Blicke kaum noch etwas aus. Auf neugierige Fragen hatte Joanna etwas von einem Zahnarztbesuch gemurmelt, denn ihr war eingefallen, wie einmal ein Bekannter mit einem blauen Auge vom Zahnarzt zurückgekehrt war. Ihr geschwollener Mund ließ die Geschichte noch plausibler erscheinen, dennoch verbarg sich hinter den Augen der anderen Gäste fast so etwas wie ein Vorwurf.

Sie saßen an einem Ecktisch, wo sie reden konnten, ohne belauscht zu werden. Joanna schaute ihren Vater an, dessen Gesicht immer noch von Zorn verdüstert war.

»Er braucht Hilfe«, sagte sie.

George nahm einen kräftigen Schluck Bier. »Er braucht eine Abreibung.«

»Er wird zu einem Therapeuten gehen.«

»Höchste Zeit!«

»Ich fahre mit ihm nach Hause«, sagte sie vorsichtig. Wartete einen Augenblick ab. »Wir werden uns gemeinsam Hilfe suchen«, sagte sie dann.

Ihr Vater starrte sie an, während er langsam den Bierkrug absetzte. »Das ist doch nicht dein Ernst?«, stieß er hervor.

Joanna wusste, was sie ihm damit antat, doch jetzt musste sie es durchstehen. »Es ist nicht seine Schuld«, betonte sie.

»Mir ist es *gleich*, wessen Schuld es ist!«, zischte George erbittert. »Ist mir total egal, Joanna. Um *dich* mache ich mir Sorgen!«

»Er weiß nicht …« Sie brach ab, als die Kellnerin kam und die leeren Gläser abräumte.

»Sie sehen ganz schön ramponiert aus«, sagte sie fröhlich.

Joanna lächelte schwach.

»Der Zahnarzt, hat Bill gesagt. Oberer Eckzahn, wie? Der kann einem verdammte Probleme machen.« Sie lachte kurz. »Möchte ja nicht in der Haut Ihres Mannes stecken«, fügte sie noch hinzu, bevor sie weiterging, um ein paar launige Worte mit einem anderen Gast zu wechseln.

»Er weiß nicht, was er tut«, setzte Joanna ihren Satz fort.

»Er weiß ganz gut, dass er aufhören muss, wenn er jemanden kommen hört«, sagte ihr Vater mit Nachdruck. Er beugte sich zu ihr vor. »Was wäre passiert, wenn er uns nicht gehört hätte, Jo? Dann wäre es so schlimm gekommen wie beim letzten Mal, nicht wahr? Vielleicht noch schlimmer.«

Joanna starrte in ihren Cidre, den sie kaum angerührt hatte.

»Er ist *gefährlich*, Jo. Das musst du doch einsehen. Du kannst nicht zu ihm zurück! Das ist …«

»Er versteht dich nicht«, fiel sie ihm ins Wort.

George nahm noch einen Schluck. »Darauf lege ich auch keinen Wert«, sagte er kühl.

»Er versteht nicht, warum du so dagegen bist, dass wir versuchen, die Dinge zu klären.« Ihr war bewusst, dass sie ihrem Vater mehr Schmerz zufügte als jedem anderen Menschen, obwohl sie ihn doch liebte. »Er findet, du solltest nicht trennen wollen, was Gott zusammengeführt hat«, fügte sie hinzu.

»Ich finde, er sollte sich mehr Mühe geben, dich zu lieben und zu achten.«

»Derjenige, der an alle diese Dinge glauben sollte, bist aber *du*«, insistierte Joanna. »Wenn ich eine Fremde wäre, würdest du mir helfen. Sogar Graham würdest du helfen, wenn er ein Fremder für dich wäre.«

George starrte sie dermaßen erschrocken an, dass sie wünschte, sie hätte den Mund gehalten. Aber sie hatte nur die Wahrheit gesagt.

»Liebst du ihn?«, fragte er unvermittelt.

Joanna wandte den Blick ab. »Er ist nicht immer so«, sagte sie ausweichend.

»Liebst du ihn?«, wiederholte er.

»Ich habe ihn geliebt! Als ich ihn heiratete.«

»Und liebst du ihn immer noch?«

Joanna sah sich in dem kleinen Gastraum um, der voller Menschen in Festtagslaune war. »Ich weiß es nicht«, erwiderte sie. »Es ist so schwer, das eine vom anderen zu trennen. Es ist nicht seine Schuld. Ja. Ja, ich liebe ihn.«

»Aber du hast nicht einmal versucht, ihn anzurufen, nicht wahr? Warum nicht?«

Joannas Augen brannten. Sie trank einen Schluck Cidre.

»Warum nicht, Joanna?«, wiederholte er seine Frage.

»Weil ich Angst hatte«, antwortete sie. »Ich hätte ihn gar nicht erst verlassen dürfen. Dadurch ist alles nur noch schlimmer geworden.«

»Wie kannst du den Menschen lieben, vor dem du Angst hast?«

Joanna schaute ihn über den Glasrand hinweg an. »Das solltest du doch am besten wissen«, meinte sie. »Sollst du Gott nicht fürchten und ihn gleichzeitig lieben?«

Ihr Vater lehnte sich zurück. »Ich kann dir nicht helfen, Jo«, sagte er. »Ich weiß nicht, wie ich dir helfen soll, weil ich dich nicht verstehe. Ich kann dir nur raten, wie du dich verteidigen sollst. Sei stets wachsam – und lerne, dich zu wehren. Lerne, dein ganzes Gewicht in einen Schlag zu legen, lerne, wie du dich ducken und ausweichen …«

»Hör auf.« Noch nie hatte sie in der Stimme ihres Vaters so viel Bitterkeit vernommen. »Wir machen einander bloß unglücklich«, fuhr sie fort. »Zusammen auszugehen war wirklich keine gute Idee.«

»Nein«, sagte George. »Vielleicht nicht.« Er leerte seinen Krug. »Wie kannst du daran denken, zu ihm zurückzukehren, wenn er dir eben erst so etwas angetan hat?«

»Ich habe meine Gründe«, sagte Joanna. *Einen* Grund. Den sie aber keinem Menschen verraten würde.

Eleanor versuchte, das Spielzeug zusammenzubauen. Hatten die Leute früher nicht Spielzeug gekauft, das bereits fertig war? Verzweifelt starrte sie auf die Bauanweisung für das Tretauto. Was in aller Welt war ein …? Mit zusammengekniffenen Augen versuchte sie, die winzigen Druckbuchstaben zu entziffern. Doch selbst als sie das Wort entschlüsselt hatte, wusste sie nicht, um welches Bauteil es sich hierbei handelte, und schon gar nicht, welches von den vielen verschiedenen zu ihren Füßen es sein sollte.

Als sie es endlich geschafft hatte, das Gewinde einer Plastikschraube zu fixieren, klingelte es an der Tür, und die Mutter rutschte ab und fiel auf den Boden. Wütend starrte Eleanor in Richtung Haustür. Natürlich – ausgerechnet jetzt, wo sie endlich den Bogen heraushatte, musste jemand kommen und stören. Sie schob den Vorhang zurück, und ein Lächeln breitete sich über ihr Gesicht. Es war Georges Wagen – bestimmt war er gekommen, um seine Krawatte zu holen. George musste doch wissen, wie man so ein Tretauto zusammenbaute.

Was er wohl von ihr wollte? War dies der harmlose Flirt, über den man so viel in den Kummerkästen von Zeitschriften las? Sie nahm die Krawatte vom Tisch und hängte sie sich um den Hals. Vielleicht konnte sie sich revanchieren.

Sie machte die Tür auf – und erstarrte.

»Guten Abend«, sagte Marian Wheeler.

Nun konnte sie die Halsbinde nicht mehr abnehmen, das wäre ihrer Besucherin aufgefallen. »Oh, hallo«, grüßte Eleanor, wobei sie sicher war, dass ihre Miene sie verriet, falls es die Krawatte nicht schon getan hatte.

»Ich wollte nur vorbeischauen und Georges Einladung bekräftigen«, sagte die Pfarrersfrau. »Sie wären uns wirklich sehr willkommen.«

»Danke«, sagte Eleanor, immer noch wie gelähmt.

»Bitte scheuen Sie sich nicht, zu uns rüberzukommen«, fuhr Marian Wheeler fort. »Jederzeit. Und keine Sorge, wenn zufällig keiner von uns da sein sollte – wir schließen nie ab. Fühlen Sie sich einfach wie zu Hause!«

»Danke«, sagte Eleanor wieder, während ihre Lebensgeister langsam zurückkehrten.

Bitte die Frau herein, ermahnte sie sich. Das ist deine Pflicht – immerhin hat sie gerade eine Weihnachtseinladung ausgesprochen. »Möchten Sie nicht reinkommen?«, fragte sie, fand aber selbst, dass es nicht allzu überzeugend klang.

»Nein, danke, ich muss noch eine Menge anderer Besuche machen.«

»Nun – dann danke ich Ihnen für Ihr Kommen.«

»Aber das war doch keine Mühe. Oh, und falls Sie heute Abend jemanden anrufen wollten ...« Sie machte eine kurze Pause. »Ihre Schwiegermutter, nicht wahr, die erwarten Sie doch? Das kann ich gern für Sie übernehmen – ich weiß schließlich, dass Sie Ihr kleines Mädchen nicht allein lassen können.«

Hatte sie die Krawatte gesehen? Und deshalb für einen Moment gestutzt? Oh Gott, war das der Grund für die kleine Sprechpause gewesen? »Sehr freundlich von Ihnen«, erwiderte Eleanor. »Aber ich ... nein. Nein, vielen Dank.«

»Nichts zu danken. Und bringen Sie Tessa einmal mit während der Feiertage. Es ist lange her, dass ein kleines Mädchen im Pfarrhaus war.« Sie wandte sich zum Gehen. »Sehr lange«, betonte sie.

Lloyd leerte sein Glas und stellte es auf die Theke.

»Noch einen?«

»Nein, danke, Jack.« Er warf einen Blick auf seine Uhr. »Ich glaube, ich geh jetzt besser«, sagte er. »Zur Abwechslung mal früh in die Falle.«

»Ist doch erst zehn«, entgegnete Jack. »Ich hab gedacht, du gehst nie an dem Tag zu Bett, an dem du aufstehst?«

Lloyd rutschte von seinem Barhocker.

»Hast 'ne Verabredung, was?«, meinte Jack.

Lloyd warf ihm einen raschen Blick zu. Jack klang überhaupt nicht mehr nett. »Ich will bloß den Weihnachtsmann nicht verpassen«, versicherte er.

»Judy hat angerufen«, erzählte Jack. »Ich soll dir ausrichten, dass es ihr leidtut, dich verpasst zu haben, und sie wünscht dir schöne Weihnachten.«

Das will was heißen, dachte Lloyd. »Ich hoffe, sie amüsiert sich mit ihren Schwiegereltern«, sagte er.

»Schwiegereltern zu Weihnachten sind Pflicht«, betonte Jack und leerte sein Pint. »Hast ja recht«, gab er zu. »Man soll am Heiligabend nicht zu lange ausbleiben. Ich fahr jetzt mal nach Hause und überrasche meine Frau. Würdest du mich mitnehmen?«

»Klar.« Gegen seinen Willen musste Lloyd grinsen. Jack Woodford war der treueste Ehemann, den er kannte, doch er liebte es, den gegenteiligen Eindruck zu erwecken. Auch Lloyd war einst ein treu sorgender Ehemann gewesen. *Vor* den ganzen Streitereien – die ja so schlimm auch gar nicht gewesen waren, denn man konnte sich mit Küssen beschwichtigen und wieder versöhnen. *Vor* den langen Schweigeperioden, die schrecklich gewesen waren, denn sie schufen eine dicke Luft, in der man kaum atmen konnte. *Vor* den Klagen über seine langen Arbeitszeiten und den Anschuldigungen, dass er sie vernachlässige. Inzwischen war Barbara für ihn fast eine Fremde. Aber vielleicht war sie ihm ja immer fremd gewesen.

»Das Problem mit unserem Job«, sagte Lloyd, während er Jack

die Tür aufhielt, »ist, dass man am Ende die Kollegen besser kennt als die eigene Familie.«

»Oder dass sie *dich* besser kennen«, betonte Jack, während sie durch den Schneematsch über den dunklen Parkplatz pflügten. »Ich meine, es gibt Dinge, über die kannst du mit deiner Familie einfach nicht reden – nicht mal mit deiner Frau. Dinge, bei denen sie dankend abwinken würden.«

»Dinge, die sie nicht einmal verstehen würden«, fügte Lloyd hinzu, während er die Beifahrertür aufsperrte. Kleine Dinge. Winzige Ärgernisse und Triumphe, die man mit Menschen teilte, denen man sie nicht zu erklären brauchte.

»Ja«, sagte Jack, der wie so oft die Gedanken seines Freundes lesen konnte. »Wie dieses verdammte Buch.«

Lloyd lachte. Die Vorstellungen des Superintendent zum Thema Produktivität in der Polizeiarbeit fanden keinen allgemeinen Beifall. Das Wachbuch wurde stets so hingelegt, dass der wachhabende Beamte auf einen Blick sehen konnte, dass … ja, was eigentlich? Lloyd konnte sich nicht mehr recht entsinnen. »Wie dieses verdammte Buch«, bestätigte er.

»Dennoch«, meinte Jack und brachte seine langen Beine in eine bequemere Position. »Du hast jedenfalls reinen Tisch gemacht, nicht wahr?«

»Mit dem Buch?«, fragte Lloyd verwirrt.

»Mit dem Problem.«

Oho. Lloyd gab keine Antwort, während er über die Einfahrt zum Parkplatz schlitterte. Es begann wieder zu schneien. Er seufzte.

»Du und Judy Hill«, sagte Jack, der nicht lange auf den Busch klopfte, wenn die Vögel nicht auffliegen wollten. Er steckte einfach seine Kanone rein und drückte ab.

»Dachte ich's mir doch, dass ich überreif für 'ne Standpauke bin«, sagte Lloyd.

»Ich halte dir doch keine Standpauke – sondern weise dich lediglich darauf hin, dass es nicht sonderlich clever ist.«

»Ja, vielen Dank auch, Sergeant.« Eine nicht ganz so subtile Anspielung auf ihre unterschiedlichen Dienstränge.

»Komm mir nicht so«, warnte Jack. »Die Beförderungen liegen in der Luft, und Barton wird im neuen Jahr gründlich durchgerüttelt werden.«

Jack war zehn Jahre älter als Lloyd, benahm sich aber stets so, als wäre er alt genug, um sein Vater zu sein. Woodford, der mit siebenundzwanzig den Rang eines Sergeant erreicht hatte, hatte Lloyd dazu bewogen, sich ebenfalls für eine Laufbahn bei der Polizei zu interessieren. Jack selbst hatte nie mehr als Sergeant werden wollen, er hatte seine Nische gefunden und sich gemütlich in ihr eingerichtet.

Lloyd stellte die Scheibenwischer an. »So schrecklich ehrgeizig bin ich nicht, Jack.«

»Und Judy? Ist die etwa auch nicht ehrgeizig?«

Darüber hatte Lloyd nie wirklich nachgedacht.

»Sieh mal, Lloyd. Ich weiß nicht, wie ernst es euch beiden ist – ich sag ja bloß, dass du aufpassen sollst. Ihr steht beide kurz vor der Beförderung – aber wenn einer zur Schnecke gemacht wird, dann eher sie als du.«

»Es ist doch nicht gegen das verdammte Gesetz!« Außerdem herrschte zurzeit Funkstille. Seit Michael in den Innendienst versetzt worden war, hatte er Judy kaum außerhalb der Arbeit gesehen.

»Wenn sich ihr Mann in den Kopf setzt, deswegen Beschwerde einzureichen …« Jack ließ den Satz mit Bedacht offen.

»Dann was?«, konterte Lloyd. »Was, glaubst du, werden sie dann tun, Jack? Sie aufs Rad flechten? Judy wird einfach in eine andere Dienststelle versetzt, mehr wird nicht passieren.«

»Als Sergeant. Ohne Beförderung – und es ist schon schwer genug für eine Frau, es bis zum Inspector zu schaffen, auch ohne den Ruf einer …«

Das Auto geriet leicht ins Schleudern, als Lloyd den Blick von der Straße abwandte. »Den Ruf hat sie *nicht*!«, rief er wütend.

»Sorry, tut mir leid. Hab's nicht so gemeint. Es wäre aber ein schwarzer Fleck. Einer, den sich eine Frau in diesem Beruf nicht leisten kann.«

»Seit wann engagierst du dich in der Frauenrechtsbewegung?«, brummte Lloyd und kurbelte das Fenster herunter, um den Querverkehr besser im Blick zu haben.

»Sie ist ein nettes Mädchen – und sie ist gut. Ich sähe es einfach gern, wenn sie vorankäme.«

Lloyd hielt vor Jacks Haus. Woodford löste seinen Sicherheitsgurt, blieb jedoch sitzen. Er wandte Lloyd sein Gesicht zu. »Wenn es bloß eine Affäre ist, riskiert sie mehr als du. Das ist alles, was ich damit sagen wollte.«

Lloyd seufzte. »Das ist es im Grunde nicht«, sagte er. »Die Geschichte mit Judy und mir geht schon sehr lange. Sie fing schon an, bevor sie verheiratet war.«

Jack zog erstaunt die Augenbrauen hoch. »Das habe ich nicht gewusst.«

»Nein. Du weißt eben nicht alles, oh Weiser Grauer Rabe.«

»Sorry. Geht mich ja auch gar nichts an«, meinte Jack beim Aussteigen.

»Nein. Aber ich gebe deine Nachricht gern weiter.«

»Gut.« Jack beugte sich in den Wagen. »Komm morgen, wann immer du willst. Das Mittagessen steht um halb drei auf dem Tisch.«

»Bombig. Danke, Jack – ach, und ...« Er grinste. »Danke für die Warnung.«

Es war schon nach elf, als Lloyd seine Wohnung betrat, und erst nach Mitternacht hatte er den kleinen Baum aufgestellt. Er zupfte sich die Kiefernnadeln vom Pullover und fädelte die Lichterkette zwischen den Zweigen hindurch. Dann holte er feierlich das kleine Geschenk aus dem Schlafzimmer und umwand es mit weißem Nylongeschenkband. Zum Schluss brachte er eine ziemlich klägliche Schleife zustande und schnitt die Enden des Bandes ab, damit sie mehr oder weniger gleich lang waren.

Die abgeschnittenen Stücke legte er in den großen, leeren Aschenbecher, den in seiner Wohnung nur Judy benutzte. Dann stöpselte er die Lichterkette ein.

Während er sein Werk aus gebührender Entfernung bewunderte, fragte sich Lloyd, ob Judy daran interessiert sein könnte, Detective Inspector in Barton zu werden.

Michaels Mund streifte ihren Hals und begab sich auf eine Reise, die angenehm vorhersagbar war. Judy drehte sich zu ihm und reagierte beinahe gedankenlos auf die vertraute Annäherung. Als Michael sich plötzlich abwandte, runzelte sie verwirrt die Stirn.

»Was hat das für einen Sinn?«, hörte sie ihn fragen.

»Michael?«

»Es hat doch keinen Zweck.«

»Woher willst du das wissen? Wir haben doch noch gar nichts gemacht.«

Er schwang seine Beine aus dem Bett und blieb mit dem Rücken zu ihr sitzen. »Wäre es dir denn aufgefallen, wenn wir etwas gemacht hätten?«, fragte er bitter.

»Michael! Das ist nicht fair.«

»Nein?« Seine Schultern sackten leicht nach vorn. »Das ist alles so …«, setzte er an, gab es dann auf. »Als wärst du auf Autopilot, verdammt«, fügte er hinzu.

Der Protest, der Judy auf den Lippen gelegen hatte, erlosch, als sie einsah, dass er sich zu Recht beschwerte. »Entschuldige«, sagte sie und berührte ihn an der Schulter. Er reagierte nicht. Judy nahm ihre Hand fort. »Jetzt komm schon, Michael«, sagte sie. »Was erwartest du denn? Wir sind doch viel zu lange verheiratet, um …«

»Um was? Um ein wenig Interesse am Geschehen vorzutäuschen?«

»Ich wünschte, du würdest wieder ins Bett kommen«, klagte Judy. »Es ist eisig kalt.«

»Ich erwarte ja keine Leidenschaft«, fuhr er fort.

»Bei Leidenschaft waren wir doch noch gar nicht angelangt, oder?«, versuchte Judy einen lahmen Scherz.

»Wir haben sie nie erreicht.« Michael drehte sich um und sah sie an. »Aber früher war wenigstens ein wenig Begeisterung dabei. Jetzt nicht mehr.« Einen Augenblick lang betrachtete er sie schweigend. »Jetzt ist es nur noch so eine Art Zeitvertreib. Als würde man ein Kreuzworträtsel lösen, nur viel kälter.«

»Willst du damit sagen, dass es nur an mir liegt?«, fragte sie aufgebracht.

»Nicht so laut«, mahnte er. »Sie schlafen auf der anderen Seite des Korridors!«

»Ich bin laut, wann ich will! Unsere Ehe mag ja nicht so beschaffen sein, dass man begeisterte Briefe nach Hause schreibt – aber du bist derjenige, der Probleme mit einer emotionalen Bindung hat, nicht ich!«

Michael wandte den Blick ab. »Tut mir leid, wenn ich dich langweile«, sagte er kühl.

Judy runzelte die Stirn. »Das tust du doch gar nicht«, widersprach sie. »Ist dir langweilig mit mir? Ist es das?« Sie setzte sich auf und grinste. »Ist es an der Zeit für besondere Praktiken?«

»Red keinen Unsinn!«

Judy ließ sich in die Kissen zurücksinken. »Worauf willst du hinaus, Michael?«

Wusste er über sie und Lloyd Bescheid? Erstaunt stellte Judy fest, dass sich in ihrer Magengrube ein kalter Teich aus Angst zu sammeln begann. Es war nicht das schlechte Gewissen, wie sie leidenschaftslos konstatierte. Sondern lediglich Panik, dass sie durchschaut worden sein könnte, bevor sie dazu bereit war. Aber das konnte doch nicht sein! Michael musste schon vor langer Zeit beschlossen haben, jedweden Argwohn über sie und Lloyd in den hintersten Winkel seines Kopfes zu verbannen und dort ruhen zu lassen. Warum sollte es ihn gerade jetzt stören, wo sie Lloyd nicht einmal *traf*?

»*Willst* du etwas dagegen tun?«, fragte sie. »Dann sag es mir. Im schlimmsten Fall kann ich immer noch Nein sagen.«

»Es gibt da etwas, von dem ich möchte, dass wir es machen«, murmelte Michael eben so laut, dass sie es hören konnte. Er schaute sie über seine Schulter hinweg an.

Judy wartete; sie war auf alles gefasst.

»Ich wünschte, wir hätten ein Baby.«

Sie war doch nicht auf alles gefasst gewesen. Judy hatte das Gefühl, als stünde die Welt still, während sie Michael anstarrte. Nun, da er ihr sein Herz ausgeschüttet hatte, wirkten seine Augen nicht mehr trostlos.

»Ein Kind ist in einer Ehe etwas vollkommen Natürliches«, betonte er.

Nachwuchs hatte in Judys Plänen keinen Platz, wenn sie denn überhaupt Pläne machte. Das Leben war kompliziert genug ohne ein Kind. »Warum?«, brachte sie heraus, als sie ihre Stimme wiedergefunden hatte.

»Warum nicht?«

Warum nicht? Mein Gott, sie könnte ihm ein Dutzend Gründe nennen.

»Du magst Kinder doch, oder nicht?«, fragte er. Es passte nicht, dass ausgerechnet er, dass ausgerechnet Michael das fragte – Michael, der Aufsteiger, Michael, der Karrierist.

»Sie sind mir ein klein wenig sympathischer, als sie Herodes waren«, gab Judy zur Antwort.

»Ach, zum …« Er ließ sich schwer auf den Rücken fallen. »Du hattest eingewilligt, dass wir eines Tages darüber reden«, behauptete er.

»Hab ich das?« Judy konnte sich keine Umstände vorstellen, unter denen sie diese Einwilligung gegeben hätte. »Also, dann reden wir eben darüber.« Jetzt hatte sie wirklich auf Autopilot geschaltet. Passende Worte füllten Gesprächslücken, während ihr der Kopf schwirrte, weil sie die Richtung, die das Gespräch nahm, einfach nicht fassen konnte.

»*Ich* rede darüber«, betonte Michael. »Du begnügst dich mit launigen Bemerkungen.«

»*Wann* habe ich dir das versprochen?« Plötzlich kam sie wieder zu sich. »Du hast nie das geringste Interesse daran gezeigt, eine Familie zu gründen.« Judy riss die Augen auf, als ihr die Erkenntnis dämmerte. »Es ist deine Mutter, stimmt's?«, fragte sie wütend. »Deine Mutter will, dass wir ein Kind bekommen!«

»Nicht so laut!«, mahnte er wieder. »Ja, na schön, sie hat es eben erwähnt. Sie will ein Enkelkind – auch das ist ja wohl nicht unnatürlich.«

»Na, dann sag ihr, dass es mir leidtut, aber gerade passt es nicht.«

»Wir können nicht ewig warten.«

»Was soll denn dieses *Warten*? Ich warte auf gar nichts.«

Michael setzte sich auf. »Aber jetzt ist der Zeitpunkt, an dem wir eine Familie gründen sollten. Ich fliege nicht mehr um die halbe Welt. Wir haben dieses Haus. Es ist an der Zeit, Wurzeln zu schlagen.«

Judy klappte der Mund auf. »Du und ich?«, fragte sie ungläubig. »*Wurzeln?*«

»Warum nicht?«

»Weil wir getrennte Leben führen«, erwiderte sie.

»Früher waren wir getrennt«, hielt Michael dagegen. »Jetzt nicht mehr.« Er ließ sich in die Kissen sinken. »Die Leute erwarten von einem Mann in meiner Position, dass er Familie hat«, setzte er hinzu.

»Und ich dachte, das hättest du hinter dir gelassen«, meinte Judy müde.

»Wirst du darüber nachdenken?«

Sie schüttelte den Kopf.

»Aber dafür ist die Ehe doch da!«, protestierte er.

»Nicht unsere Ehe.«

»Was stimmt denn nicht mit unserer Ehe? Wir sind seit zehn Jahren zusammen«, beharrte Michael.

Judy lehnte sich in die Kissen zurück. »Wir sind zusammengeblieben, weil es bequem war«, sagte sie. »Du hast mich geheiratet, weil ich einen Beruf hatte und du sicher sein konntest, dass ich dir nicht am Rockzipfel hängen würde. Du hast mich geheiratet, weil ich keine Frau bin, die sich beschwert, weil du das halbe Jahr fort bist, und weil ich dir nicht zu viele Fragen stelle, wenn du zurückkehrst. Wir haben geheiratet, weil sich eine Ehe in deinem Lebenslauf gut macht – so wie Kinder auch, vermutlich. Das sind deine Gründe gewesen.«

Michael leugnete sie nicht. »Warum hast du mich geheiratet, Judy?«, stellte er die Gegenfrage.

Weil sie Lloyd nicht hatte haben können. »Aus sämtlichen falschen Gründen, die es gibt.«

Das Telefon auf dem Nachttisch läutete, und sie zuckten erschrocken zusammen.

»Halb zwei«, brummte Michael. »Wird wohl für dich sein.«

Judy nahm den Hörer ab.

»Judy?«, sagte Lloyd. »Tut mir leid, aber du wirst hier gebraucht. Wir haben einen Mordfall.«

3

Lloyd winkte, als er Judy am Fenster sah. Bald darauf trat sie aus dem Haus und blieb kurz an ihrem Wagen stehen, um etwas herauszunehmen. Dann kam sie zu ihm. Mit ihr wehte ein eiskalter Windstoß in seinen Wagen.

»Frohe Weihnachten«, sagte Lloyd.

»Sehr witzig.«

»Das war kein Witz.«

Judy wirkte schuldbewusst. Ein wenig verspätet wünschte sie ihm »Frohe Weihnachten« und überreichte ihm ein schweres rechteckiges Paket. »Eigentlich wollte ich heute Morgen kurz in die Dienststelle kommen. Hab's aber nicht geschafft.«

Lloyd schmunzelte und legte das Geschenk auf den Rücksitz. »Dcins ist bei mir zu Hause«, verriet er und ließ den Wagen an.

»Wohin fahren wir?«, fragte Judy mit einer Stimme, die kein großes Interesse bekundete.

»Nach Byford.«

»Ich dachte, die Straße sei immer noch zugeschneit«, sagte sie.

Wieder lächelte Lloyd. »Wir haben unseren ganz persönlichen Schneepflug zugeteilt bekommen.« Judy wirkte davon längst nicht so beeindruckt wie er.

»Sind wir die Ersten am Tatort?« Er vernahm einen Seufzer in ihrer Stimme.

»Nein«, sagte er. »Sie haben einen Dorfpolizisten. Ich nehme an, dass er die Lage meistert.« Er warf ihr einen raschen Seitenblick zu, aber es war zu dunkel, um ihr Gesicht zu erkennen.

»Was ist los?«

»Was für ein Mord ist es?«, fragte Judy, ohne auf seine Frage einzugehen.

»Beziehungstat.«

Sie stöhnte.

»Hat auch seine Vorteile«, betonte Lloyd. »Keine mobile Einsatzzentrale, keine mühsamen Haus-zu-Haus-Befragungen – und den Verwandten müssen wir es auch nicht schonend beibringen, weil sie vermutlich ohnehin die ganze Zeit über in der Nähe waren.« Immer noch keine Reaktion von ihr. »Deshalb musste ich dich ja holen«, setzte er boshaft hinzu. »Ein Fall von häuslicher Gewalt verlangt nach einer zarten Frauenhand.«

Doch nicht einmal diese Provokation nötigte Judy eine Erwiderung ab. Etwas war ganz und gar nicht in Ordnung. Andererseits, dachte Lloyd, hatte er sie am Weihnachtsmorgen um zwei Uhr früh aus dem Bett geholt. »Tut mir leid«, sagte er.

Judy hatte nicht einmal nach den Details gefragt, die er doch so gerne mit ihr teilen wollte.

»Ein Toter«, präzisierte er. »Mehr weiß ich auch nicht. Aber du wirst nie erraten, wo es passiert ist.«

Keine Reaktion. Nicht einmal Verärgerung. Lloyd redete unbeirrt weiter. »Im Pfarrhaus, stell dir das mal vor! Jetzt haben wir unseren eigenen *Mord im Pfarrhaus.*«

»Wie meinst du das?«

»*Mord im Pfarr...*« Er seufzte. »Du bist kein Agatha-Christie-Fan, oder?«

»Nein.«

»Pfarrhäuser und eingeschneite Dörfer«, fuhr Lloyd grinsend fort. »Mit etwas Glück treffen wir auf einen angloindischen Oberst, einen Heiratsschwindler, einen leicht sinistren österreichischen Professor und auf eine alte Dame, die den Fall schließlich für uns aufklärt.«

»Hm.«

»Hörst du überhaupt irgendein Wort von dem, was ich sage?«

»Ich hatte nicht den Eindruck, dass du etwas besonders Wichtiges gesagt hast«, gab sie zurück – und bereute es sofort. »Tut mir leid. Hör gar nicht auf mich.«

Vor ihnen blinkten die gelben Signalleuchten eines Schneepfluges. »Lassen wir ihn lieber ein Stück vorausfahren«, sagte Lloyd und hielt an. Er wartete darauf, dass Judy den Mund auftat. Sie tat es nicht.

»Ein kleines Vögelchen hat mir gezwitschert, dass man dich abwerben will«, bemerkte er.

Nun hatte er endlich Judys Interesse geweckt. »Was soll das heißen?«

»In Barton wird darüber geredet. Soll im neuen Jahr spruchreif sein, soviel ich gehört habe. Aber – es gibt ein Aber.«

»Und zwar?«

»Deine Beziehung zu mir könnte ein Problem darstellen.«

»Warum?«, sagte Judy. »Was hat denn das eine mit dem anderen zu tun? Wir würden doch nicht mal mehr in derselben Dienststelle arbeiten.«

»Es sollte auch keine Rolle spielen«, pflichtete Lloyd ihr bei. »Es sei denn, Michael würde sich meinetwegen beschweren.« Obwohl er die möglichen Folgen als Unsinn abgetan hatte, wusste Lloyd sehr gut, dass Jack mit seinen Befürchtungen recht hatte.

»Michael weiß von nichts«, sagte Judy.

»Kannst du dir da sicher sein?«

»Ja. Wenn er Bescheid wüsste, hätte er längst seine Koffer gepackt.« Sie seufzte schwer. »Oder meine.«

»Und was ist, wenn er es spitzkriegt?«

»Michael beschwert sich nicht«, versicherte sie. »Das würde ja einen Aufstand bedeuten. So einer ist er nicht.«

»Du würdest den neuen Posten also annehmen?«

»Lass uns warten, bis sie ihn mir offiziell anbieten, ja?«

Die gelbe Signalleuchte war langsam aus Lloyds Gesichtskreis verschwunden; er fuhr wieder an und tastete sich behutsam durch die Mondlandschaft. Folgte dem Stern, der am Firmament leuchtete. Mit einem wehmütigen Lächeln erinnerte er sich daran, dass er sich immer Schnee an Weihnachten gewünscht hatte, doch es hatte nie geschneit. Früher war Weihnachten so schön gewesen. »… *dass ich mich nie erinnern kann*«, zitierte er, »*ob es sechs Tage und sechs Nächte lang geschneit hat, als ich zwölf war, oder ob es zwölf Tage und zwölf Nächte lang geschneit hat, als ich sechs war.*«

»Dylan Thomas«, sagte Judy.

»Siehst du?«, sagte er. »Ich habe dir etwas beigebracht.« Judys fehlender Sinn für Romantik war etwas, das Lloyd ständig beklagte, doch im Grunde gefiel es ihm. Denn hier war ein jungfräuliches Feld, das er bestellen konnte. »Falls es nicht blindlings drauflosgeraten war«, fügte er hinzu.

»Aus den *Weihnachtserinnerungen*«, sagte sie, und er hörte, dass sie dabei lächelte. Immerhin.

Lloyd kurbelte das Fenster herunter, als sie sich dem riesigen Schneepflug näherten.

»Alles geräumt da vorn!«, rief eine Stimme von dem Ungetüm herunter. »Vorerst wenigstens. Raus kommen Sie aber vielleicht nicht mehr.«

»Ihnen auch fröhliche Weihnachten!«, schrie Lloyd zurück. Seine Stimme klang dünn zwischen den aufgetürmten Schneewänden.

Unerwartet antwortete ein Chor von Stimmen mit herzlichen Weihnachtsgrüßen. Judy wirkte weiterhin vollkommen unbewegt. Lloyd schaute sie finster an. Aber es hatte keinen Zweck, sie nach dem Grund ihrer schlechten Laune zu fragen.

Vor dem Pfarrhaus stand ein einsamer Streifenwagen. Als sie ausstiegen, kam ein junger Constable auf sie zu.

»Chief Inspector Lloyd?«

»Ja – und das ist Sergeant Hill«, sagte er mit einer Geste zu Judy.

Der Constable nickte. »Parks, Sir«, sagte er. Er stampfte mit den Füßen auf, um sich warm zu halten.

Lloyd grinste. »Spitzname Parky …?«, fragte er verschmitzt.

Der Constable schmunzelte, und Lloyd war dem jungen

Mann dankbar für seinen Humor, nachdem er von Judy so schlecht behandelt worden war. »Also«, sagte er. »Was ist denn nun passiert?«

Constable Parks ging ihnen voran zu den Stufen, die zur Haustür hinaufführten; anscheinend empfand er es dort als wärmer. »Der Tote heißt Graham Elstow«, sagte er. »Er ist mit einem Schürhaken erschlagen worden.«

Lloyd stöhnte und warf Judy, die ein wenig beklommen dreinsah, einen raschen Blick zu.

»So schlimm ist es nicht«, sagte Parks mitleidig. »Im Haus befinden sich noch drei weitere Leute. George Wheeler – das ist der Pfarrer, Sir. Seine Frau Marian und seine Tochter Joanna – das ist Elstows Frau. Sie hat den Toten identifiziert, Sir.« Er rieb seine kalten Hände aneinander. »Sie sagen, dass es passiert sein muss, als sie unterwegs waren und Elstow allein im Haus war.«

»Aber Sie glauben das nicht?«, fragte Lloyd, der einen geringschätzigen Ton herauszuhören meinte.

»Die Tochter ist ziemlich schlimm misshandelt worden, Sir. Ich nehme an, von ihrem Mann.«

»Na wunderbar«, brummte Judy.

»Es ist nicht meine Schuld, Sergeant.« Als der junge Constable sich zu ihr drehte, strömte ihr sein Atem entgegen und schwebte als Wölkchen im Licht, das aus der offenen Haustür fiel.

»Gut, danke. Wir schauen uns um«, sagte Lloyd. »Ist Ihnen die Familie bekannt?«

»Mit Mr Wheeler habe ich schon des Öfteren nett geplaudert«, antwortete der Constable. »Und Mrs Wheeler und ihre Tochter kenne ich vom Sehen – aber so lange bin ich ja noch nicht hier.« Er zog die Haustür ein wenig zu, als fürchtete er lauschende Ohren. »Die Tochter ist seit Oktober bei ihren Eltern zu Besuch«, fuhr er mit gesenkter Stimme fort. »Bis heute habe ich nicht einmal gewusst, dass sie verheiratet ist.«

Lloyd nickte und schob die Tür wieder auf.

Sie betraten einen langen, breiten Korridor, der weihnachtlich geschmückt war, sogar mit einem Baum, unter dem Geschenkpäckchen lagen.

»Die Leiche ist oben in einem der Schlafzimmer«, teilte ihnen der Constable mit. »Die Familie sitzt in der Küche. Seit ich vor Ort bin, ist niemand in den Zimmern gewesen. Die Wheelers meinen, es muss ein Einbrecher gewesen sein, also hab ich mir gedacht, dass Sie sich wahrscheinlich auch im Rest des Hauses umsehen möchten, nur für alle Fälle.«

»Da haben Sie richtig gedacht«, lobte Lloyd. »Guter Mann.« Während er das sagte, fuhr ein weiterer Wagen vor. »Da ist ja Freddie«, sagte Lloyd zu Judy. »Das ist der Arzt, Constable – Sie führen ihn nach oben, und zeigen ihm den Toten. Okay?«

»Sir.«

Lloyd stellte Judy und sich kurz der Familie vor, die so steif um den Küchentisch versammelt saß, als handelte es sich um eine Aufsichtsratssitzung. Der Pfarrer war ein großer, stattlicher Mann, zu dem der Priesterkragen nicht recht zu passen schien. Seine Frau war hübsch – und im Hosenanzug, wie Lloyd überrascht vermerkte. In seiner Vorstellung trugen Pfarrersfrauen Twinsets und Perlenketten, doch es musste dreißig Jahre her sein, seit er es mit einem solchen Exemplar in Reinkultur zu tun gehabt hatte. Die Tochter war vermutlich nett anzusehen, wenn sie nicht gerade misshandelt worden war. Niemand weinte, niemand hatte einen hysterischen Anfall. Mr Wheeler erhob sich, um ihnen die Hände zu schütteln.

Nachdem der Höflichkeit Genüge getan war, entschuldigte sich Lloyd: »Ich fürchte, der Schnee hat uns alle kalt erwischt«, sagte er. »Wir sind ein bisschen knapp an Personal. Wenn Sie uns entschuldigen wollen – wir sind in ein paar Minuten wieder da.«

»Du solltest besser mal Freddie Hallo sagen«, sagte er an Judy gewandt, sobald sie auf dem Korridor waren. »Und schick mir Parks runter, ja?«

So konnte er die Untersuchung komplizierter machen und würde nicht umhinkönnen, die Spurensicherung hinzuzuziehen. Lloyd schaute ihm entgegen, als Parks die Treppe herunterkam. »Wie sieht's oben aus?«

»Tja«, meinte der Constable. »Wenn meine Mum so was sehen müsste, würde mir das gar nicht gefallen.«

Die arme Judy. Lloyd ließ Parks nach Unterstützung telefonieren und ging selbst wieder zu den schweigenden Menschen in die Küche.

»Geht es Ihnen so weit gut, Mrs Elstow?«, fragte er. »Brauchen Sie einen Arzt?«

»Nein«, erwiderte sie. »Ich bin in Ordnung, danke.«

Ihr Gesicht, kreidebleich und angespannt, strafte ihre Höflichkeit Lügen.

»Nun«, begann er sanft. »Dann erzählen Sie doch zunächst mal, was Ihnen zugestoßen ist.«

Sie warf ihrer Mutter einen Blick zu. Die atmete tief ein, wollte ihrer Tochter die Antwort abnehmen.

»Ich würde es lieber von Mrs Elstow selbst hören«, sagte Lloyd rasch.

»Ich ... ich meine ...«, setzte die junge Frau an, dann stockte sie. »Graham – das ist mein Mann – er ...«

Lloyd setzte sich an den Tisch. »Sie haben ihn verlassen«, sagte er und hoffte, richtig geraten zu haben.

Sie nickte.

»Und warum ist er hergekommen?«

»Er hat mich gebeten, wieder nach Hause zu kommen«, erwiderte sie mit dumpfer Stimme. »Das wollte ich aber nicht.«

Lloyd stützte sein Kinn in die Hände und schaute sie forschend an. »Und er hat gehofft, Sie *damit* zu überzeugen?«

Ihr Blick war voller Trotz. »Er ist wütend geworden«, sagte sie – um ihren Mann zu verteidigen.

Lloyd lehnte sich zurück und nickte langsam. »Und wann war das, Mrs Elstow?«

Wieder warf sie ihrer Mutter einen kurzen Blick zu, doch die sah starr auf ihre Hände.

»Heute Nachmittag. Abend. Ich weiß es nicht genau.« Schließlich fügte sie mit leiser Stimme hinzu: »Gegen fünf.«

»Mr … Lloyd, nicht wahr?«, schaltete sich Wheeler ein. »Ich verstehe nicht ganz, was das eine mit dem anderen zu tun haben soll.«

Lloyd zog fragend die Brauen hoch.

»Wir waren alle nicht im Haus«, fuhr der Pfarrer fort. »Jemand Fremdes muss …«

»Wann wurde er gefunden?«, unterbrach ihn Lloyd.

»Um kurz vor eins«, antwortete Mrs Wheeler. »Ich habe ihn gefunden. Wir waren gerade vom Mitternachtsgottesdienst zurückgekehrt.«

»Danke«, sagte Lloyd. »Wer von Ihnen hat ihn als Letzter lebend gesehen?«

Sie sahen einander an, mieden seinen Blick.

»Ich«, sagte Joanna Elstow. »Um fünf.«

Langsam und schmerzlich schälte sich die Geschichte heraus. Lloyd bestand nicht auf Einzelheiten oder Erklärungen. Er merkte sich die Punkte, die ihm rätselhaft erschienen, stellte aber keine Fragen, sondern hörte lediglich zu.

George Wheeler und seine Tochter hatten das Haus um sieben Uhr verlassen, Mrs Wheeler gegen zehn vor acht. Wheeler und seine Tochter waren als Erste zurückgekehrt und hatten vor verschlossener Tür gestanden. Als Mrs Wheeler heimkam, hatte sie die Tür aufgesperrt. Gegen elf hatten alle drei erneut das Haus verlassen und waren zum Mitternachtsgottesdienst gegangen.

Während Lloyd die Familie befragte, vernahm er gedämpfte Geräusche, die ihm verrieten, dass die angeforderte Unterstützung eingetroffen war. Nachdem Marian Wheeler noch einmal berichtet hatte, wie sie Elstow gefunden hatte, bedankte er sich bei der Familie und tat, als nähme er ihre Geschichte für bare

Münze. Ein angemessenes Verhalten, wie er fand. »Wenn Sie mich bitte noch einmal entschuldigen wollen.«

Lloyd ging nach oben, wo Judy dem Fotografen sagte, aus welchen Winkeln er die Leiche aufnehmen sollte. Der Fingerabdruckexperte pfiff leise vor sich hin, während er vorsichtig über den Toten hinwegstieg. Von allem unbeeindruckt schoss der Fotograf seine Bilder, der Arzt gab interessierte Laute von sich, und Judy war leicht grün im Gesicht.

»Was denkst du?«, fragte Lloyd.

»Ich denke, dass ich nach Hause gehen und den Fall Miss Marple überlassen möchte«, erwiderte sie.

Also hatte sie seinem Monolog doch gelauscht und lediglich auf stur geschaltet, aber das passte zu ihrem Naturell. »Geh du jetzt nach unten und schau, was du aus ihnen rauskriegen kannst«, schlug er vor, nachdem er ihr die kargen Fakten anvertraut hatte.

Judy verließ beinahe fluchtartig den Tatort, und Lloyd schaute sich in dem Zimmer um. Der Schürhaken lag auf dem Boden neben der Leiche. Er warf einen kurzen Blick auf die Tatwaffe, bevor sie eingepackt wurde. Dann hockte er sich neben den Arzt. »Nun?«, meinte er. »Wie lange?«

»Weniger als zwölf Stunden. Mindestens fünf, höchstens elf. Das ist natürlich nur eine grobe Schätzung, die ich erst später eingrenzen kann.«

Lloyd rechnete zurück. »Zwischen sechzehn Uhr dreißig und zweiundzwanzig Uhr dreißig also?«

»Nun – meine *Schätzung* liegt bei acht bis zehn Stunden. Die Obduktion wird das vermutlich bestätigen.«

»Könnte das eine Frau getan haben?«, fragte Lloyd.

»Oh ja. Es sind zwar sehr kräftige Schläge, aber eine Frau mit einer guten beidhändigen Rückhand könnte das sehr wohl getan haben.« Der Arzt grinste, wobei sein mageres, ernstes Gesicht aufleuchtete. »Wenn ich davon ausgehe«, er nickte zu der Whiskykaraffe hinüber, von der gerade Fingerabdrücke genommen wurden, »und von dem Geruch hier im Zimmer, dann würde ich sagen, er hat es seinem Mörder ziemlich leicht gemacht. Die Laboruntersuchung wird das bestätigen.«

»Seine Frau sagt, dass er bereits eine Menge getrunken hatte, bevor er hier ankam.«

Freddie nickte. »Das würde ich auch sagen. Und er hat jemanden geschlagen.« Wieder grinste er breit. »Falls dir das irgendwie weiterhilft.«

»Seine Frau.«

»Aha. Der getretene Wurm, der sich endlich wehrt?«

»Sie waren alle nicht da, als es passiert ist«, sagte Lloyd mit weit aufgerissenen Augen, die Hände in hilfloser Unschuld erhoben.

»Natürlich nicht«, sagte Freddie. »Kannst du für mich eine Aufnahme aus diesem Winkel machen, bitte?«, bat er den Fotografen und zeigte ihm, was er meinte. »Die Fingerabdrücke auf dem Schürhaken scheinen von einer Frau zu stammen.«

Der grelle Blitz ließ Lloyd blinzeln. »Wie viel Zeit ist zwischen dem Angriff und seinem Tod vergangen?«, fragte er.

»Nicht viel. Sieh mal her.«

Lloyd gab vor, genauer hinzusehen, tatsächlich aber hatte er eine Technik entwickelt, die alles vor seinen Augen verschwimmen ließ.

»So viel Blut ist gar nicht geflossen.«

»Was?« Nun hatte er doch zum Bett geschaut!

»Oh, einiges ist schon gespritzt«, meinte Freddie gleichmütig. »Aber er hat nicht lange blutend auf dem Boden gelegen. Das kann ich dir allerdings erst genauer sagen, nachdem ich ihn gründlich untersucht habe. Das ginge sogar heute noch, du müsstest bloß dafür sorgen, dass jemand von euch dabei ist«, fuhr er fort. »Wenn du jemanden auf dem Kieker hast, dem du den Weihnachtsschmaus verderben willst …«

»Dann mach ich's lieber selber«, sagte Lloyd.

»So ein Pech«, meinte der Arzt. »Hatte schon gehofft, dass ich ein paar Stunden lang Sergeant Hills angenehme Gesellschaft genießen könnte.«

Lloyd grinste. »So gemein bin ich nicht.«

»Liegt es an dem vielen Blut oder an mir?«, erkundigte sich Freddie.

»Sir!«

Lloyd ging zum Kamin, wo der Fotograf verkohlte Überreste von Kleidung entdeckt hatte.

Freddie beugte sich tief hinunter, um sie zu begutachten. »Oh ja«, meinte er dann. »Da ist noch genug übrig, um den Träger zu identifizieren.« Er richtete sich wieder auf. »Diesmal hast du deinen Fall in trockenen Tüchern, Lloyd.«

Joanna saß am Tisch neben ihrer Mutter, Sergeant Hill gegenüber. Ihr Vater saß am Herd.

Sergeant Hill ist sehr attraktiv, dachte Joanna zerstreut. Gut angezogen.

»Können Sie mir sagen, aus welchem Grund er Sie geschlagen hat?«

»Er kam her, um mich zu bitten, zu ihm zurückzukommen, und ich wollte nicht«, antwortete Joanna mit schwacher Stimme. Sie wollte auf keinen Fall in Tränen ausbrechen.

»Es tut mir leid«, sagte Sergeant Hill. »Ich weiß, wie schwer das alles für Sie ist, und ich werde Sie auch nicht lange aufhalten, das verspreche ich Ihnen. Aber ich muss wissen, was heute Abend hier vorgefallen ist.«

»Das war gar nicht am Abend«, schaltete sich der Vater ein. »Sondern am Nachmittag. Es hatte nichts mit dem zu tun, was am Abend geschehen ist.«

Die Polizistin schaute über ihre Schulter zum Kamin. »Waren Sie zu der Zeit hier, Mr Wheeler?« Es war eine ganz unschuldige Bitte um Information, doch Joanna sah Zornesröte auf den Wangen ihres Vaters aufflammen.

»Nein, war ich nicht!«

»George«, wandte ihre Mutter ein, »sie muss diese Fragen stellen!«

»Verzeihung.«

»Das macht nichts, Mr Wheeler«, sagte Sergeant Hill beschwichtigend. Sie wandte sich an Joanna. »Wann ist es passiert?«

»Das habe ich doch dem Inspector schon erzählt«, erwiderte Joanna. »Um fünf.« Im Geiste hörte sie immer noch die Standuhr, die in dem Moment die volle Stunde geschlagen hatte, als Graham auf sie losgegangen war. Der Kopf tat ihr weh, und sie wollte nichts lieber, als ihre Augen zu schließen, die sie nur unter großen Mühen offen halten konnte. Sie wollte allein sein, wollte nachdenken, sie wollte herausfinden, was das alles für sie bedeutete. Graham war fort. Und damit war auch ihre Angst verschwunden. Doch das machte nur einen kleinen Teil ihrer Gefühle aus. Sie musste sich auch über den Rest klar werden.

»Er hat nur deswegen aufgehört, weil er gehört hat, dass wir nach Hause gekommen sind«, gab ihr Vater zu Protokoll.

»Sie und Mrs Wheeler?«

»Ja.«

»Wann war das?«, hakte die Beamtin nach.

»Mal sehen«, sagte der Vater, »ich war eine ganze Weile in der Kirche. Muss sie so gegen Viertel nach fünf verlassen haben. Ist das denn so wichtig?«

Sergeant Hill lächelte entschuldigend. »Das weiß man in diesem Stadium der Ermittlungen noch nicht genau«, sagte sie.

»Es waren noch andere Leute in der Kirche, sie sind erst kurz vor mir gegangen«, fuhr er fort. »Die könnten Sie ja befragen.«

»Ich habe dich gegen zwanzig nach abgeholt«, sagte seine Frau. Sie wandte sich an Sergeant Hill. »Und wir sind direkt hierhergefahren.«

»Und stimmt das nun, Joanna?«, fragte die Polizistin. »Er hat aufgehört, weil Ihre Eltern nach Hause kamen?«

»Als er ihren Wagen hörte«, erwiderte Joanna in kläglichem Ton. »Da ist er nach oben gegangen.«

In diesem Augenblick kehrte der Inspector in die Küche zurück und entschuldigte sich für die Unannehmlichkeiten, als trüge er die Schuld daran.

»Ich fürchte, wir werden noch eine ganze Weile hier bleiben müssen«, sagte er. »Die Wagen haben große Schwierigkeiten, durch den Schnee zu kommen. Und es gibt« – er wedelte mit der Hand – »noch eine Menge zu tun.«

Er meint, dass sie Graham noch nicht fortschaffen können, dachte Joanna grimmig.

»Besonders«, fuhr der Inspector fort, »weil Sie aussagen, dass es geschah, während Sie außer Haus waren.«

»Weil wir das *sagen*?«

Joanna zuckte zusammen, als sie die warnenden Vorzeichen in der väterlichen Stimme vernahm.

Inspector Lloyd trat an den Tisch und stützte beide Hände auf die Platte, beugte sich fast konspirativ vor. »Wir haben die Spurensicherung hinzuziehen müssen«, sagte er, wobei Joanna zum ersten Mal sein Waliser Akzent auffiel. »Damit sie uns berichten kann, was in dem Zimmer geschehen ist.« Er schwieg kurz. »Und das kann sie.« Er richtete sich wieder auf. »Täuschen Sie sich nicht. Alles, was sich in diesem Zimmer befindet, hat eine Geschichte zu erzählen.« Während er weitersprach, fixierte sein Blick Joanna. »Wenn Sie uns also Zeit und Mühe ersparen wollen …«

Joanna schaute den Inspector gleichmütig an. Er hatte blaue Augen.

»Mrs Elstow?«, hakte er nach.

»Ich habe Ihnen alles gesagt, was ich weiß.«

Der Inspector trat vom Tisch zurück und stellte sich vor die Tür, als glaubte er, sie würden aufspringen und fliehen.

»Joanna«, sagte Sergeant Hill. »Sie haben mir eben erzählt, dass Graham nach oben gelaufen ist. Wo hatten Sie denn den Streit mit ihm?«

»Es war kein Streit«, entgegnete Joanna hilflos. Dann, wie an sich selbst gerichtet: »Es war kein Streit.«

»Verzeihung. Wo waren Sie, als er Sie geschlagen hat?«

»Im Wohnzimmer.«

»Und wo befindet sich das?«, fragte der Inspector.

»Die letzte Tür auf der linken Seite«, antwortete Joanna.

Er öffnete die Küchentür und sah den Korridor entlang. »Und Sie sind nicht irgendwann bei ihm oben gewesen?«

»Nein.«

Sergeant Hill warf dem Inspector einen Blick zu. Joanna sah, wie er kurz nickte.

»Sind Sie sicher, Joanna?«, fragte sie dann.

»Natürlich bin ich sicher.«

»Haben Sie versucht, sich zu wehren?«

Sich zu wehren. Joanna schüttelte den Kopf. »Ich habe bloß versucht, zu fliehen«, erwiderte sie.

»Wie?«

»Ich wollte zur Tür hinaus, aber er hat sie zugeworfen.«

Der Inspector verließ die Küche. Aus irgendeinem Grund, den sie sich nicht so recht erklären konnte, war es Joanna lieber so.

»Haben Sie nicht versucht, sich zu verteidigen?«

Joanna schaute der Frau in die klaren braunen Augen, die sie scharf beobachteten. »Es ist nicht *möglich*, sich zu verteidigen«, versuchte sie dieser Frau, die niemals in ihrer Lage gewesen war, zu erklären. Wahrscheinlich hatte Sergeant Hill regelmäßig mit Kneipenschlägereien und wild gewordenen Axtmördern zu tun. Aber sie hatte keine Ahnung, wie es war, von dem eigenen Mann verprügelt zu werden.

»Sie müssen doch wütend gewesen sein, Joanna.«

»Wütend?« Sie war ehrlich verblüfft.

Die Polizistin sah sie fragend an. »Sie waren nicht wütend?«

»Nein. Ich hatte Angst«, erwiderte Joanna. »Mehr nicht.«

Sergeant Hill notierte ihre Aussage. Sie schrieb einfach *alles* auf. Das machte Joanna allmählich nervös.

»Was haben Sie gemacht, nachdem er nach oben gegangen war?«

»Nichts.«

»Aber Ihre Eltern sind doch nach Hause gekommen. Haben Sie sie nicht begrüßt?«

»Nein. Ich habe das Wohnzimmer nicht verlassen. Ich hörte, wie sie hereinkamen, und dann, wie sie nach oben gingen.«

»Und Sie blieben, wo Sie waren?«

»Ja.«

»Wie lange?«

Joanna schüttelte den Kopf. »Ich weiß es nicht.«

»Wir haben vielleicht eine Viertelstunde oder zwanzig Minuten gebraucht«, kam der Vater ihr zu Hilfe. »Wir hatten ja keine Ahnung, was geschehen war. Wir sind einfach nach oben gegangen, um uns umzuziehen. Wir haben geglaubt …« Er brach ab. »Wir haben geglaubt, Joanna sei in ihrem Zimmer«, sagte er dann. »Und wir wollten sie nicht stören.«

Sergeant Hill schaute von ihm zu Joanna. »Aber Sie waren die ganze Zeit unten im Wohnzimmer?«

»Ja. Bis Daddy die Tür aufgemacht und mich gefunden hat.«

»Warum sind Sie dort geblieben, Joanna?«

»Hören Sie – ist das alles denn nötig?«, wollte der Vater wissen.

»Warum?«, fragte Sergeant Hill unbeirrt.

Joanna schluckte.

»Warum sind Sie nicht aus dem Wohnzimmer gekommen, als Ihre Eltern heimkehrten? Warum haben Sie ihnen nicht erzählt, was passiert ist?«

»Weil …« Joanna spürte, wie sie rot wurde, während sie es zu erklären versuchte. »Weil man sich schämt«, sagte sie schlicht.

◇

Leise stellte Eleanor das Tretauto ans Fußende des Bettes. Das schwache Licht des Mondes, das vom Schnee reflektiert wurde, schien durchs Fenster. Sie konnte sich noch ganz genau daran erinnern, wie es gewesen war, ein Kind zu sein und am Weihnachtsmorgen den Strumpf mit den Geschenken im Zimmer hängen zu sehen.

Tessa wacht in ein paar Stunden auf, ermahnte sie sich. Es war nicht vernünftig, die halbe Nacht zu grübeln und sich Sorgen über etwas zu machen, das sie nicht ändern konnte.

Während sie ihrer Tochter beim Schlafen zusah, kamen Eleanor die Tränen. Wenn Tessa ihn doch nur gekannt hätte, wenn er sie nur ein Mal hätte sehen können! Aber ihre Tränen galten nicht Richard. Um ihn hatte sie schon lange nicht mehr geweint, nicht mehr seit dem Augenblick, als er von dem Auto überfahren worden war. An diesem langen Abend hatte sie für kurze Zeit geglaubt, sie würde aus ihrer niederschmetternden Einsamkeit entlassen werden. George hatte sie gebraucht – und es war lange her, dass jemand sie gebraucht hatte.

Tessa braucht dich, ermahnte sich Eleanor, während sie ihrer Tochter dabei zusah, wie sie sich auf die andere Seite drehte und im Schlaf wohlig seufzte. Aber Tessa war von ihr abhängig, das war etwas vollkommen anderes. Ein zweijähriges Kind braucht einen Menschen, der es ernährt und kleidet, der Unheil von ihm fernhält. George jedoch, ein erwachsener Mann, der für sich selbst sorgen konnte, hatte *sie* gebraucht. Und sie hatte ihm geholfen. Richard nicht mehr helfen zu können war furchtbar gewesen. Seit Langem hatte sie keine Hilfe mehr geben können. Es war ein Schritt in Richtung einer offenen Tür, hin zu einem Licht, das ihre Dunkelheit vertreiben konnte.

Der heutige Tag markierte einen Wendepunkt. Dennoch hätte sie es nicht tun dürfen; sie hatte es schon vorher gewusst, sich aber nicht zurückhalten können. So lange hatte sie gewartet. Also waren ihre Tränen vielleicht Tränen der Reue. Ein kurzer Moment der Zufriedenheit, gefolgt von Selbstvorwürfen. Sie weinte doch nur um sich selbst.

Eleanor stopfte die Decke um Tessas schlafende Gestalt fest. Vielleicht war es nicht die Erlösung gewesen, auf die sie gewartet hatte, aber zumindest ein Moment der Ruhe; sie hatte ihn verdient.

Und die Tränen trockneten bereits.

Sie nahmen die geschleuderten Kleidungsstücke aus der Waschmaschine, nachdem sie äußerst höflich um Erlaubnis gebeten hatten. George hatte seine Erlaubnis gegeben – mit einer Bereitwilligkeit, die er so keineswegs verspürte.

Er sah den beiden Constables dabei zu, wie sie jedes einzelne Kleidungsstück auflisteten. Dann wandte er seine Aufmerksamkeit wieder dem Inspector zu.

»Wann sind Sie und Ihre Tochter aus dem Pub zurückgekommen?«, wollte der wissen.

»Um kurz vor zehn«, sagte George schnell, ohne Joanna anzusehen. »Joanna war müde, also sind wir ein bisschen früher als üblich gegangen.«

»Und Sie sind auf direktem Weg nach Hause gefahren?«

»Ja«, erwiderte George. »Aber dann standen wir, wie Joanna ja bereits gesagt hat, vor verschlossener Tür. Das ist doch sicher wichtig?«, setzte er hinzu. Den Inspector schien dieser Umstand allerdings nicht so brennend zu interessieren. »Das war kein Zufall«, betonte er. »Wir schließen nämlich nie ab.«

»Nie?«, wiederholte Sergeant Hill.

»Nie«, sagte George. »In Byford ist es noch nicht so weit gekommen, dass wir die Häuser zusperren müssen. Zumindest das Pfarrhaus nicht. Hier gibt es nichts, was einen Diebstahl lohnte.«

»Und doch glauben Sie, dass gestern Abend ein Dieb ins Haus gekommen sein muss?«, fragte der Inspector.

»Ich bin sicher, dass jemand ins Haus eingedrungen ist«, sagte George bedächtig. »Als er in Joannas Zimmer kam, hat er sich vor Elstow erschreckt. Und bevor er das Haus verließ, muss er aus irgendeinem Grund die Türen abgeschlossen haben.«

Joanna begrub ihr Gesicht in den Händen, und Marian legte ihr einen Arm um die Schultern.

»Wer auch immer der Eindringling war, er hätte einen Schlüssel für die Hintertür besitzen müssen«, gab der Inspector zu bedenken.

»Dieser Schlüssel steckt immer«, erwiderte George.

»Ich habe geglaubt, Graham hätte abgeschlossen«, sagte Joanna, ohne die Hände vom Gesicht zu nehmen. »Ich dachte, er wollte einfach allein ...«

»Und die Vordertür hat ein Yale-Schloss«, murmelte der Inspector vor sich hin. »Aber warum sollte überhaupt jemand die Türen zusperren?«

George wusste nicht, ob die Frage eine Antwort erforderte. Er begnügte sich mit einem Kopfschütteln.

»Tja«, meinte Lloyd. »Dann wollen wir mal sehen, was die Fingerabdrücke bringen. Gut, dass Sie einen Schlüssel hatten, Mrs Wheeler.«

»Am Schlüsselbund für den Wagen hängt einer«, erwiderte sie.

»Hat jemand nach Mr Elstow geschaut, bevor Sie zum Pub gefahren sind?«, fragte Sergeant Hill.

»Nein«, erwiderte George mit Nachdruck. »Marian hat mir zugeredet, ihn erst wieder nüchtern werden zu lassen.«

»Und nachdem Sie zurückgekehrt waren?«

»Da glaubten wir ja, dass er uns absichtlich ausgeschlossen hätte. Also haben wir ihn schmoren lassen.«

»Seit fünf Uhr ist Mr Elstow also nicht mehr gesehen worden?«

»Nein.«

»Mrs Elstow?«, wandte sich Lloyd an Joanna.

Sie hielt immer noch die Hände vors Gesicht. Schüttelte den Kopf.

»Die Haustür«, schaltete sich Marian ein. »Als wir zum Mitternachtsgottesdienst aufgebrochen sind, habe ich den Schnapper wieder nach oben gedrückt. Dabei habe ich vermutlich alle Fingerabdrücke verwischt.«

»Was ist mit der Hintertür?«, fragte Sergeant Hill.

»Die habe ich aufgeschlossen«, antwortete George. »Es hat mich geärgert – ich dachte, Elstow …« Er fuhr sich übers Gesicht. »Es muss einfach ein Einbrecher gewesen sein!«

»Aber es wurde nichts gestohlen«, gab Sergeant Hill ruhig zu bedenken. »Unter dem Baum in der Diele liegen Geschenke – wenn er unten fündig wird, warum sollte ein Einbrecher dann überhaupt erst nach oben gehen?«

»Ich habe keine Ahnung, warum. Offenkundig hat dieser es getan.«

»Warum sollte irgendwer ins Haus kommen und ausgerechnet in das Zimmer gehen, in dem sich jemand aufhält?«, fragte Sergeant Hill.

George schaute von ihr zum Inspector. »Ich weiß es nicht«, sagte er. »Aber genau so muss es sich abgespielt haben.«

»Das war's«, sagte die Polizistin, die die Wäscheliste aufgestellt hatte. »Wenn Sie bitte hier unterschreiben würden, Mrs Wheeler?«

Marian kam der Aufforderung nach und erhielt einen Durchschlag.

»Wir werden versuchen, Ihnen die Sachen so schnell wie möglich zurückzugeben«, sagte der Inspector. »Aber da jetzt die Feiertage kommen, kann ich nichts versprechen. Wir wissen Ihr Entgegenkommen wirklich zu schätzen.«

»Wir verstehen das«, sagte George. »Sie dürfen gern alles mitnehmen, von dem Sie glauben, dass es Ihrer Ermittlung dienlich sein könnte.«

»Sie müssen wohl Ihre Arbeit tun«, ergänzte Marian, worauf der Inspector ein wenig verkrampft dreinschaute.

»Nun«, meinte er. »Es ist so: Wer auch immer die Tat begangen hat, muss seine Kleidung gewechselt haben. Wir müssen Möglichkeiten ausschließen und andere in Betracht ziehen.«

Marian erhob sich. »Wenn Sie Joanna jetzt nicht mehr brauchen, könnte sie doch zu Bett gehen?«

»Selbstverständlich«, sagte Lloyd.

»Ich weiß, dass Sie die Kleider mitnehmen, weil Sie glauben, ich hätte es getan«, sagte Joanna.

»Wir versuchen festzustellen, was sich hier abgespielt hat«, entgegnete Lloyd. »Mehr nicht.«

George hätte ihm fast geglaubt. Er gab Joanna einen Kuss, bevor sie mit Marian die Küche verließ. Dann wandte er sich wieder Lloyd zu, wobei seine Schultern kraftlos herabsackten. »Sie glauben, dass es Joanna war«, sagte er tonlos.

»Die Möglichkeit besteht immerhin«, erwiderte der Inspector. »Nicht wahr?«

George stand auf und hielt den Kessel unter den Wasserhahn. »Ich könnte jetzt einen Tee gebrauchen«, sagte er. »Unsere gute alte englische Medizin. Möchten Sie auch einen? Mir ist durchaus bewusst, dass wir Ihnen das Fest verderben.«

Sergeant Hill runzelte leicht die Stirn. »Ich nehme nicht an«, sagte sie langsam, »dass Ihr Weihnachtsfest in irgendeiner Weise schöner geworden ist.«

George ließ den Kessel volllaufen und schaltete ihn ein. »Sergeant Hill«, er drehte sich zu ihr um, »mir war das Fest bereits verdorben, als dieser junge Mann heute Nachmittag vor unserer Tür stand. Dass er mein Haus in Kürze verlassen wird, wenn auch mit den Füßen voran, erfüllt mich mit beträchtlicher Befriedigung.«

Sergeant Hill machte große Augen.

»Sie finden, ein Mann Gottes sollte mehr Mitgefühl zeigen.«

»Oder verschwiegener sein«, gab sie lächelnd zurück.

George lachte. Er musste wirklich lachen. Diese Lady mit den klugen braunen Augen und der flinken Zunge gefiel ihm.

»Ich weiß nur eines: Joanna wird nie mehr unter ihm zu leiden haben. Und ehrlich gesagt ist es mir *gleich*, wer ihn getötet hat. Joanna war es jedenfalls nicht.«

»Sie scheinen Ihre Tochter mit allen Mitteln beschützen zu wollen, Mr Wheeler«, sagte Lloyd.

»Ach, tatsächlich?«, meinte George. »Genau wie jeder andere Vater auch.«

Sergeant Hill ging zur Fensterfront, unter der Marian Fotos von Joanna angeheftet hatte. Es war das ganze Leben ihrer Tochter, seit sie drei Wochen alt gewesen war. George sah zu, wie die Polizistin die Aufnahmen betrachtete.

»Meine Frau hatte vor Joanna zwei Fehlgeburten«, erzählte er. »Man sagte uns, dass sie nach Joanna keine Kinder mehr bekommen könne.«

»Sie ist sehr hübsch«, sagte Sergeant Hill.

»Dann müssen Sie sich aber an die Fotos halten«, meinte George. »Im Moment kann man sie kaum als hübsch bezeichnen.« Er trat neben die Beamtin. »Sie ist einundzwanzig«, sagte er und tippte auf die Wand. »Das sind die gesamten einundzwanzig Jahre von Joanna.« Gedankenversunken betrachtete er die Fotos. »Vor zwei Monaten musste ich sie aus dem Krankenhaus abholen, Sergeant.«

»Krankenhaus?«

»Oh ja«, erwiderte George. »Angebrochene Rippen. Ein gebrochenes Schlüsselbein. Misshandelt – das ist doch die Bezeichnung dafür, nicht wahr?«

»Hat sie ihn angezeigt?«, fragte Sergeant Hill.

George schüttelte den Kopf. »Ich dachte, Sie würden sich mit misshandelten Ehefrauen auskennen, Sergeant. Sie schämen sich zu sehr – und haben zu viel Angst. Zu viel …« Er zuckte die Achseln und ging wieder zum Tisch. »Ich weiß es nicht«, sagte er. »Haben Sie Kinder, Sergeant?«

»Nein.«

»Sie, Inspector?«

»Zwei«, erwiderte Lloyd. »Einen Jungen und ein Mädchen.«

»Wie wäre *Ihnen* zumute?«, fragte George. »Wie wäre Ihnen zumute, wenn Sie Ihre Tochter in diesem Zustand vorfänden?«

Lloyds blaue Augen flackerten nicht. »Ich wäre wütend«, sagte er.

George nickte. »Genau so ist mir zumute.«

»Und«, fuhr Lloyd fort, »ich würde vermutlich denken, dass er die schlimmste Strafe verdient hat, die es gibt.«

George ließ sich schwer auf einen Stuhl fallen.

»Und wenn ich ins Haus käme«, fuhr der Inspector in gemessenem Ton fort, »und sähe, wie sie mit einem Schürhaken auf ihren Mann einschlüge, dann könnte ich geneigt sein, die Sache … in Ordnung bringen zu wollen?«, schlug er vor. »Und zwar so in Ordnung zu bringen, dass sie keine Schuld trifft.«

»So könnte ich auch denken«, sagte George. »Ich auch. Aber zum Glück war das ja nicht notwendig.«

Lloyd glaubte ihm nicht, das sah er ganz deutlich.

Marian saß bei ihrer Tochter, bis sie einschlief und ihr armes zerschlagenes Gesicht beinahe wieder friedlich aussah. Oben gingen immer noch Leute umher, polterten die Treppe hinauf und hinunter, verließen das Haus oder betraten es. Telefonierten. Sprachen mit gedämpften Stimmen. Sogar im Wohnzimmer waren sie. Marian beugte sich hinunter und gab Joanna einen Kuss, wie früher, als sie noch ein Kind gewesen war, und sprach ein kurzes Gebet. Dann richtete sie sich auf und ging zurück in die Küche.

»Mrs Wheeler«, sagte Inspector Lloyd, während er sich erhob. »Ich glaube, ich sitze auf Ihrem Platz.«

»Oh, bemühen Sie sich nicht. Ich setze mich dorthin.« Sie nahm am Tisch bei Sergeant Hill Platz.

»Bald fallen wir Ihnen nicht mehr auf die Nerven«, versprach diese.

Marian schaute zu George, der sie sanft anlächelte. »Wie spät ist es?«, fragte sie ihn.

Er warf einen Blick auf seine Uhr. »Fünf nach halb fünf«, erwiderte er.

Marian hatte angenommen, dass es viel später sei. »Was machen Ihre Leute im Wohnzimmer?«, fragte sie den Inspector.

Er räusperte sich, bevor er antwortete. »Ihre Tochter hat ausgesagt, dass sie und ihr Mann sich in diesem Zimmer aufhielten, als er die Beherrschung verlor«, erklärte er. »Sie ist brutal zusammengeschlagen worden, Mrs Wheeler. Dem Zimmer sieht man das aber nicht an.«

»Ich habe aufgeräumt«, sagte Marian. »Bevor Sie kamen. Nachdem wir Joanna dort gefunden hatten.«

In den Augen des Inspector dämmerte eine Erkenntnis auf. »Natürlich«, sagte er. »Ich habe einfach nicht nachgedacht – bin wohl zu müde.«

Marian war erstaunt, dass sie selbst gar nicht müde war. Nach so einem Abend. Aber irgendwie fühlte sich das Schreckliche so an, als würde es anderen Menschen zustoßen. »Beschuldigen Sie Joanna, ihn getötet zu haben?«, fragte sie.

»Wir beschuldigen niemanden«, erklärte der Inspector. »Noch nicht.«

»Mrs Wheeler?«, schaltete sich Sergeant Hill ein. »Niemand, absolut niemand hat Mr Elstow zwischen fünf Uhr, als er von Ihrer Tochter abließ, und kurz vor eins, als Sie ihn gefunden haben, gesehen. Ist das korrekt?«

»Ja«, sagte Marian, ein wenig beklommen.

»Niemand hat nach ihm geschaut oder versucht, mit ihm zu sprechen?«

»Nein.«

»Was hat *Sie* dann dazu bewogen, zu ihm hinaufzugehen?«

Marian schaute George an. Es musste eine Qual für ihn sein, ruhig dazusitzen und all diese Fragen zu ertragen, ohne eine richtige Antwort geben zu können. Heute hatte er davon gesprochen, dass er nur vorgebe, ein Pfarrer zu sein. Er war schon den ganzen Tag über in einer sonderbaren Stimmung gewesen. Und auch seine Predigt war merkwürdig gewesen. Während sie ihn anschaute, zog George sein Taschentuch aus der Hose und wischte sich über die Stirn. Und da sah sie das Ding aus seiner Hosentasche hängen: die Krawatte.

Marian konnte ihren Blick nicht davon lösen. Wieder war sie wie erstarrt. Oh mein Gott. Mein *Gott*. Und er hatte gesagt, er sei den ganzen Abend über mit Joanna zusammen gewesen. Oh mein Gott.

»Mrs Wheeler?«

Verwirrt blickte sie die Polizistin an. »Verzeihung?«

»Was hat Sie dazu bewogen, zu ihm hinaufzugehen?«

»Joanna«, antwortete Marian. Sie versuchte, die Krawatte aus ihren Gedanken zu verdrängen. »Sie wollte nachschauen, ob es ihm gut ging. Immerhin ist ja Weihnachten, da denkt man an die anderen.«

»Er hat Joanna leidgetan!«, fiel George ihr zornig ins Wort. »Da habe ich gesagt, wenn jemand zu ihm geht, dann bin ich es, und dass ich mit ihm in einer Sprache reden werde, die er versteht!« Er wandte sich direkt an die Beamtin. »Ich bedaure es, Sergeant Hill, wenn ich Ihren Erwartungen an einen Geistlichen so gar nicht entspreche. Offensichtlich bin ich für meine Tochter eine Enttäuschung – und sogar für meinen Schwiegersohn, wie ich heute Abend erfahren musste. Aber so war mir eben zumute.«

»Fast wären sich Joanna und George seinetwegen an die Kehle gegangen«, sagte Marian. »Also bin ich zu ihm hinaufgegangen. Ich wollte ihm bloß sagen, was er uns allen antut. Und da habe ich ihn gefunden.«

»Haben Sie etwas in dem Zimmer angefasst, Mrs Wheeler?«, fragte Inspector Lloyd.

Sie schüttelte den Kopf. »Ich habe sofort George gerufen.« Marian wusste kaum, was sie sagte. Sie konnte nur daran denken, dass George bei Eleanor Langton gewesen war.

»Und ich habe dann die Polizei angerufen«, ergänzte George.

»Nur noch eines«, sagte der Inspector. »Als Sie das Haus verließen, wohin sind Sie da gegangen, Mrs Wheeler?«

»Ich habe bei unseren älteren Dorfbewohnern vorbeigeschaut. Weil das Wetter so schlecht war. Um mich davon zu überzeugen, dass es ihnen gut geht.«

»Könnte ich eine Liste der Leute bekommen, die Sie besucht haben? Natürlich nicht sofort. Morgen vielleicht?«

»Ja. Ja, natürlich.«

Marian war nur halb bei der Sache, als sich die Beamten verabschiedeten. Sie war sich nicht sicher, ob sie es verkraften konnte.

George kam wieder herein. »Du könntest zu Diana gehen«, sagte er. »Du musst nicht hier bleiben.«

Marian schüttelte nur den Kopf. Langsam stand sie vom Tisch auf. Schaute ihren Mann über die Breite der Küche hinweg an. Ihr Gesicht war traurig.

»Wie viele Gebote hast du heute gebrochen, George?«

»Nun, Watson?«, fragte Lloyd, als er den Motor anließ. »Was halten Sie von der Sache?«

Judy lehnte den Kopf zurück und schloss die Augen. »Ich finde das alles sehr deprimierend«, erwiderte sie. »Und er ist ein reichlich merkwürdiger Pfarrer.«

»Ist er das? Mit Pfarrern kenne ich mich nicht so aus«, meinte Lloyd.

»Er ist anders als alle, die ich kenne«, sagte Judy und gähnte. »Wobei ich so viele auch wieder nicht kenne.«

»Jemand hat versucht, Kleidung zu verbrennen«, wechselte Lloyd das Thema. »Was es war, wissen wir noch nicht. Aber das werden wir schon noch rauskriegen, so wie ich es Mrs Elstow versprochen habe.«

Judy runzelte die Stirn. »Warum dann dieser Zirkus mit der Waschmaschine? Wo du die Klamotten doch schon gefunden hattest?«

Lloyd grinste. »Verwirrung des Feindes«, erklärte er. »Und niemals etwas für bare Münze nehmen. Was ist deiner Meinung nach passiert?«

»Ich glaube, dass Joanna ein Mal zu oft geschlagen wurde und sich gerächt hat, nachdem er eingeschlafen war«, erwiderte Judy. »Und dass ihre Eltern sie decken.«

»Aber warum dann die verschlossenen Türen?«, gab Lloyd zu bedenken. »Und warum haben sie es überhaupt erwähnt? Damit ist ihre ganze schöne Einbrechertheorie zum Teufel.«

Judy war zu müde und zu durcheinander, um Lloyds Hirngespinsten allzu viel Aufmerksamkeit zu schenken. »Du glaubst doch wohl nicht ernsthaft an diesen Einbrecher?«, fragte sie in scharfem Ton.

»Nein.«

»Können wir diese Theorie dann so lange ruhen lassen, bis wir mehr Informationen haben?«

»Sehr wohl, Miss.«

Judy rieb sich die Stirn; wenn es so weiterging, würde sie rasende Kopfschmerzen bekommen.

»Glaubst du, dass du es im Zweikampf mit der jungen Mrs Elstow aufnehmen könntest?«

»Die Ärmste. Ja, das könnte funktionieren.« Wieder gähnte Judy. »Wann?«

»Morgen Nachmittag, würd ich sagen.«

»Und mit ›morgen‹ meinst du in Wahrheit ›heute‹?«

»Ich fürchte, ja.« Er grinste schuldbewusst. »Du solltest mit *mir* Mitleid haben. Ich muss bei der Obduktion anwesend sein.«

Judy schloss die Augen. »Michael wird vor Wut an die Decke gehen. Für ihn ist es jetzt schon der Gipfel des schlechten Geschmacks, an Weihnachten ermordet zu werden.«

»Du kannst nach Byford fahren, wann es dir am besten passt«, schlug Lloyd vor, den Michaels Probleme offenbar nicht so brennend interessierten. »Brauchst sie ja nicht vorzuwarnen.«

Der Wagen hoppelte über eine vereiste Schneeschwelle, und vom Himmel fiel ein neuer Schneeschauer.

»Ich werde wohl so gegen vier in der Dienststelle sein«, sagte Lloyd. »Dann kannst du mir Bescheid geben, wie du vorangekommen bist.«

»Das ist in elf Stunden«, sagte Judy düster. Ihre Lider waren bleischwer.

»Lass Michael das Abendessen kochen«, empfahl er.

»Muss ich ihm wohl vorschlagen«, sagte Judy.

Darauf sagte Lloyd längere Zeit nichts. Das war ungewöhnlich, denn er redete gern, und Judy genoss die Rolle der Zuhörerin. Jetzt jedoch war sie dankbar, dass er schwieg und sich auf die zunehmend gefährliche Piste konzentrierte.

»Wenigstens ist die Straße nicht blockiert«, murmelte sie und ließ die Augen wieder zufallen. Nur für einen Moment …

»Wir sind da«, verkündete er. Judy stellte erschrocken fest, dass sie sich auf dem Parkplatz der Polizeistation befanden. »Oh, Lloyd, bitte entschuldige.«

Die Heizung war natürlich ausgefallen. Judy übertrug ihre Notizen auf die Schreibmaschine, bis ihre erstarrten Finger keine Tasten mehr anschlagen konnten. Lloyd hinterließ ein paar Instruktionen für die Tagesschicht und verkündete dann endlich, dass sie fertig seien.

Judy ließ sich auf den Beifahrersitz plumpsen. »Heimwärts, Fahrer«, befahl sie.

»Komm vorher mit zu mir.«

Sie drehte ihm ihr Gesicht zu. »Lloyd, Michael und seine Eltern wollen mit mir ganz normale, besinnliche Weihnachten feiern! Außerdem ist es fast sechs Uhr morgens!«

»Deswegen musst du dich ja erst mal entspannen. Komm mit.«

Entspannung wäre schön, dachte sie.

»Nur auf einen Kaffee«, beharrte er.

Auf der einen Seite Lloyds ruhige, erholsame Wohnung, auf der anderen Mrs Hill, die endlos von leuchtenden Kinderaugen vor dem Christbaum schwärmen würde – da fiel die Wahl nicht sonderlich schwer. »Na gut«, sagte Judy. Obwohl selbst von Mrs Hill so etwas um sechs Uhr morgens nicht zu erwarten war. Judy rollte sich zu einer fröstelnden Kugel zusammen, bis sie in Lloyds Wohnung mit ihrer erlesenen Zentralheizungswärme angekommen war. Zum ersten Mal, seit sie in dieser Nacht aufgebrochen war, zog sie den Mantel aus.

»Ich setze Kaffeewasser auf«, sagte er und blieb an der Küchentür stehen. »Geh ruhig schon rein.«

Judy öffnete die Tür zu dem dunklen Wohnzimmer, in dem nur der winzige Baum leuchtete; seine kleinen bunten Glühbirnen warfen exotische Schatten in den Raum. Judy schmunzelte. »Das ist ja wunderhübsch.« Sie betrat das Zimmer.

Lloyd folgte ihr. Ihr Geschenk fand neben seinem einen Platz unter dem Baum. »Ich dachte, das wäre ein netter Einfall«, sagte er und nahm ihre Hände. »Frohe Weihnachten, Sergeant Hill.«

Er küsste sie und drückte sie an sich. Es fühlte sich so gut an, ihn ganz allein für sich zu haben. Zu gut. »Mach das Licht an«, sagte sie.

»Warum?«

»Weil du was von Kaffee gesagt hast und nichts von Küssen bei Lichterkettenschein.«

Lloyd grinste und schaltete eine Tischlampe an, die einen sanften Schein in das Zimmer warf.

»Das ist auch nicht viel besser«, beschwerte sich Judy, obgleich ihre Hände immer noch in seinem Nacken verschränkt waren.

»Was erwartest du von einem Junggesellen? Bei mir gibt's nur Licht, das zur Verführung taugt.«

Judy kicherte. »Dafür braucht's aber mehr als ein bisschen Licht. Eine Aufputschpille vielleicht oder ein paar Prisen gemahlenes Rhinozeroshorn.« Sie küsste ihn auf die Wange. »Wann hast du die neue Lampe gekauft?«

»Vor ungefähr sechs Wochen.«

Sofort bekam Judy ein schlechtes Gewissen. »Ich bin seit einer Ewigkeit nicht mehr hier gewesen.«

Lloyd nickte. »Ich gehe jetzt und mache wirklich Kaffee.«

Judy liebte Lloyds Wohnung, die er Stück für Stück so einrichtete, wie er sich das vorgestellt hatte. Sein Heim war ruhig und beschaulich – alles, was Lloyd nicht war.

Er kam zurück. »In fünf Minuten ist der Kaffee fertig«, verkündete er. »Übrigens ist der Weihnachtsmann da gewesen.«

Lloyd nahm auf dem Sofa Platz. Judy setzte sich auf den Boden und packte ihr Geschenk aus: die kleine Katze aus Ebenholz, die ihr vor Monaten so gut gefallen hatte. »Lloyd«, sagte sie, »ich hatte nicht gemeint, dass du sie *kaufen* sollst.«

»Mir ist schon klar, dass du sie nicht mit nach Hause nehmen kannst. Brauchst es gar nicht erst zu sagen. Aber sie kann doch hier bleiben, findest du nicht? Oder du kannst sie im Büro aufstellen.«

Judy lächelte. »Wo brauche ich denn am meisten Glück?«

Lloyd antwortete nicht und zog sein Geschenk unter dem Baum hervor.

»So romantisch wie deins ist es aber nicht«, warnte sie ihn.

»Da wäre ich auch schwer enttäuscht«, gab er zur Antwort. »*Ein* Romantiker in einer Beziehung ist genug.«

Nervös sah sie ihm beim Auspacken zu, doch sein Lächeln kündete von echter Freude. »Der neue«, sagte er. »Auf den hab ich sehnlich gewartet.« Er schlug das Buch auf. »Und sogar *signiert*! Wie hast du das denn geschafft?«

»Indem ich zwei Stunden lang angestanden habe«, erwiderte Judy.

»*Das* ist romantisch«, betonte Lloyd. »Wie war er denn so?«

»Wie jemand, der zwei Stunden lang Bücher signiert hat.«

Für den Rest der zugestandenen fünf Minuten, aus denen schließlich zehn wurden, kam sie zu ihm aufs Sofa. Bald jedoch stieß sie »Kaffee« hervor und schob ihn von sich.

»Kaffee.«

Lloyd kehrte mit einem Tablett zurück, auf dem zwei Becher, die Kanne, Sahne und eine Flasche Brandy standen. »Hatte gerade keine Aufputschpillen und Rhino-Horn mehr da.«

Sie gaben großzügig Brandy in den Kaffee; die Wirkung war allerdings eine andere als die von gemahlenem Rhinozeroshorn. Eng umschlungen saßen sie auf dem Sofa, wobei ihnen fast die Augen zufielen. Judy schielte auf ihre Uhr. »Schon nach sieben«, sagte sie. »Ich muss.« Aber sie blieb sitzen.

»Was ist nur mit dir los, Judy?«, fragte Lloyd.

»Ach, nichts. Und alles. Ich weiß auch nicht.«

»Setzen Michaels Eltern dir sehr zu?«

»Ja. Michael übrigens auch. Und das Wetter. Wir haben fast eine Stunde von Byford hierher gebraucht!«

»Ich weiß«, sagte Lloyd. »Ich war der Fahrer.«

»Tut mir leid, dass ich am Ende auch noch eingepennt bin.«

»Na ja.« Er drückte sie an sich. »Das gefiel mir jedenfalls besser als vorher, als du mich völlig ignoriert hast.« Er schaute sie an. »Hast du Krach mit Michael gehabt?«

»Ja.«

»Weswegen?«

»Wegen nichts.«

»Nun erzähl schon.«

»Nein – es spielt sowieso keine Rolle.«

»Ach, komm schon«, sagte Lloyd. »Vielleicht hilft es, wenn du's dir von der Seele redest.«

Judy seufzte tief. »Er hat gesagt, dass er sich ein Kind mit mir wünscht«, sagte sie mit geschlossenen Augen. Und spürte, wie Lloyd von ihr abrückte.

»Was hast du darauf zu ihm gesagt?«, wollte er wissen.

»Oh, Lloyd! Was glaubst du wohl, was ich gesagt habe?«

Er saß eine ganze Weile schweigend da. Schaute sie nur an.

»Lloyd – ich habe nicht vor …«

»Judy«, fiel er ihr ins Wort. »Judy, ich glaube nicht, dass ich es noch länger aushalten kann, dich mit ihm zu teilen.«

Oh Gott. Sie kam sich vor wie ein Stehaufmännchen, das, kaum hat es sich aufgerichtet, im nächsten Augenblick wieder umgestoßen wird. »Keine Diskussion, Lloyd«, bat sie. »Nicht jetzt.«

»Aber jetzt ist mir danach.«

»Ich bin schon mit Michael zerstritten.« Sie raufte sich die Haare. »Ich war die ganze Nacht lang auf den Beinen. Ich habe einen Mann anschauen müssen, dem der Schädel eingeschlagen wurde. Meine Schwiegereltern erwarten, dass ich ihnen ein tolles Festessen serviere – so etwas kann ich einfach nicht *gebrauchen*, Lloyd!«

»Nein«, sagte er und stand auf. »Und es zählt ja immer nur, was du brauchst, nicht wahr? Immer.«

»Ich will nicht streiten«, sagte Judy müde.

»Das ist kein Streit. Nur die Wahrheit. Ich kann die Vorstellung nicht ertragen, dass du und er …«

»Dann *denk* eben nicht dran!«, brüllte sie.

»Ich kann es nicht mehr ignorieren – verstehst du? Das ist das Problem!«

Judy starrte ihn an. »Ich war von Anfang an ehrlich zu dir«, sagte sie, den Tränen nahe. »Ich habe nie etwas anderes behauptet.«

Lloyd goss Brandy in seine leere Tasse. »Die Dinge ändern sich nun mal«, sagte er. »Ich will nicht, dass es so weitergeht. Jetzt nicht mehr.«

»Du darfst gern trinken – wenn du mich vorher nach Hause fährst«, sagte Judy giftig.

Lloyd stellte seine Tasse ab. »Du hast Angst, ihn zu verlassen«, konstatierte er. »Weil er nie etwas von dir verlangt. Im Gegensatz zu mir.«

Judy schwirrte der Kopf. »Das ist nicht fair«, sagte sie. »So sollte es nicht sein.«

»Nein. Es sollte so sein, dass du deine nette, sichere Ehe weiterführen kannst, während ich hier rumsitze wie eine verdammte Flasche Aspirin und darauf warte, deine Kopfschmerzen zu kurieren.«

Judy vermochte nicht zu sagen, ob dies ein grundloser Angriff oder einfach nur die unbequeme Wahrheit war. Das würde sie später entscheiden, wenn sie ein wenig Schlaf bekommen hatte. Im Moment würde sie auf grundlosen Angriff tippen.

»Ich will das nicht mehr«, sagte Lloyd.

»Fährst du mich bitte nach Hause?«

Er fuhr schweigend. Und sein Schweigen gefiel ihr gar nicht.

Judy hatte immer schon gewusst, dass sie auf einem Hochseil zwischen Triumph und Verderben balancierte. Und jetzt war sie heruntergefallen.

»Halt besser hier an«, sagte sie vor der Einmündung zu der Gasse, die noch stärker zugeschneit war als am vergangenen Nachmittag. Sie stieg aus und atmete die scharfe, kalte Winterluft ein, dann beugte sie sich wieder zum Wagen hinunter. »Ist es jetzt vorbei?«, fragte sie.

Lloyd streckte die Hand nach der offenen Tür aus. »Nein, du dummes Stück! Ich will dich heiraten!« Damit schlug er die Tür zu und fuhr so rasant an, dass sein Hinterrad im Tiefschnee durchdrehte.

Sie war wirklich vom Seil gestürzt. Doch sie wollte verdammt sein, wenn sie wusste, nach welcher Seite sie gefallen war.

4

Eleanor öffnete die Tür und seufzte erleichtert. »Gott sei Dank. Im Radio haben sie gerade gesagt …« Sie trat hinaus auf den eiskalten Hof.

»Sie … Du hast es also schon gehört«, sagte George.

»Meine Schwiegermutter hat es gehört. Ich wusste nicht, was ich tun sollte – zum Glück ist dir nichts passiert.«

»Es ist Elstow«, sagte George. »Elstow ist tot.«

Eleanor nickte. »Aber wie? Was in aller Welt ist denn nur passiert?«

George leckte sich über die trockenen Lippen. »Jemand hat ihn erschlagen.«

»Jemand?« Der Wind, der sich wieder über den Wiesen erhoben hatte, brauste plötzlich in den Hof und wirbelte ein Gestöber nadelspitzer Schneeflocken auf. Eleanor stand da wie eine Statue; sie starrte ihn wortlos an und blinzelte, als ihr die Haare in die Augen geweht wurden.

»Eleanor?« Eine Frau – die Schwiegermutter, wie George annahm – kam mit einer Instamatic-Kamera an die Tür. »Hättest du etwas dagegen, wenn ich ein paar Fotos mache? Die verschneite Burg sieht so schön aus.« Erwartungsvoll lächelte die ältere Mrs Langton George an; Eleanor war jedoch zu tief in Gedanken versunken, um die Neugier ihrer Schwiegermutter, die diese nur notdürftig unter einer plötzlichen Fotoleidenschaft verbarg, zu befriedigen.

»Ja«, sagte sie. »Tu dir keinen Zwang an.«

»Ach du meine Güte.« Mrs Langton bibberte. »Bleib bloß nicht zu lange draußen. Du holst dir ja den Tod.« Daraufhin begab sie sich, möglicherweise ein wenig widerwillig, auf ihre angekündigte Fotosafari.

Eleanor wartete, bis ihre Schwiegermutter um die Hausecke verschwunden war. Dann bat sie George herein.

Er folgte ihr in das Wohnzimmer, wo Tessa hingerissen einen Zeichentrickfilm schaute.

»Ist er gut?«, fragte George und hockte sich neben die Kleine.

Sie nickte und jauchzte fröhlich, als Bugs Bunny nach einem schlimmen Sturz unbeschädigt wieder aufstand.

George schmunzelte. »Zumindest für sie ist das Leben in Ordnung.«

»Guck mal!«, rief Tessa. »Guck doch mal, Mummy!«

»Ich sehe es«, sagte Eleanor.

George erhob sich wieder. »Ich finde, das solltest du wissen«, sagte er ohne weitere Umschweife. »Ich habe der Polizei gesagt, dass ich den ganzen Abend mit Joanna zusammen war.«

Eleanor, die immer noch gehorsam Bugs Bunny anschaute, löste ihren Blick ganz langsam vom Bildschirm und sah ihn an. »War das klug?«, fragte sie zweifelnd.

»Ich weiß es nicht«, erwiderte er müde. »Klugheit schien in dem Moment nicht gefragt zu sein.« Er wandte den Blick ab. »Es liegt ganz bei dir, wie du dich dazu verhalten willst«, setzte er hinzu.

»*Jetzt guckt* doch mal! Er ist *platt*!«

»Wie ich mich dazu verhalten will?«, wiederholte Eleanor. »Warum sollte ich mich irgendwie *verhalten*?«

George setzte sich. »Wir glauben, dass es ein Einbrecher war«, sagte er. »Aber die Polizei nimmt uns das nicht ab.«

Eleanor ließ sich aufs Sofa sinken, wobei sie ihn mit ihrem besorgten Blick fixierte. »Was tut sie denn?«, fragte sie. »Die Polizei, meine ich.«

»Das Übliche. Sie stellen Fragen. Laufen überall herum – überprüfen jeden Schritt, den wir getan haben. Untersuchen sogar unsere Kleidung.«

Tessas helles Lachen ließ George Richtung Bildschirm schauen. In der Trickfilmwelt war alles so simpel: Wenn man aus der Fassung geraten war, dann schüttelte man sich einfach, und alles war wieder da, wo es hingehörte.

»Sie werden es rausfinden«, sagte Eleanor. »Wenn sie Fragen stellen, werden sie herausbekommen, dass du …« Sie warf einen Blick zu Tessa; offenbar versuchte sie, Worte zu finden, die ihre Tochter nicht verstehen würde. Tessa hörte aber ohnehin nicht zu. »Dass du nicht ganz ehrlich zu ihnen warst«, schloss sie.

»Vielleicht aber auch nicht«, widersprach George. »Im Pub war viel los – sie müssen nicht unbedingt dahinterkommen, wie lange wir dort waren.« Er seufzte. »Aber du hast vermutlich recht. Am Ende kommt es heraus.«

»Kommt jetzt noch einer?«, fragte Tessa. Der Abspann lief bereits.

»Ich weiß es nicht, Tess«, sagte Eleanor. »Warte einfach ab.«

Es gab noch einen Kinderfilm, und Tessas Aufmerksamkeit war sogleich wieder von der Mattscheibe gefesselt.

»Was soll ich deiner Meinung nach tun?«, fragte Eleanor.

»Was immer du für richtig hältst. Ich hatte nicht das Recht, zu lügen. Wenn du ihnen die Wahrheit sagen willst, dann tu es.«

Eleanor schüttelte den Kopf. »Ich werde bestimmt nicht zur Polizei gehen«, sagte sie. »Aber falls ich gefragt werde – ich weiß nicht, George. Warum hast du gelogen?«

»Werden sie dich denn fragen?« Doch sie antwortete darauf ebenso wenig wie er auf ihre Frage.

George hatte gute Gründe für seine Lüge, die er Eleanor aber nicht anvertraute.

»George«, sagte sie leise, »weißt du denn, was wirklich geschehen ist?«

Judy saß beim Weihnachtsdinner der Hills. Genau so fühlte es sich nämlich an: als wäre sie nicht in ihrem eigenen Haus. Sie hatte ja nicht mal gekocht.

Als sie nach Hause gekommen war, war sie auf Zehenspitzen nach oben geschlichen und hatte Michael beim Ankleiden vorgefunden.

»Ich konnte nicht schlafen«, hatte er gesagt.

Judy, die wütend und durcheinander war, hatte sich ehrlich bemüht, ihren Ärger nicht an Michael auszulassen, den nun wirklich keine Schuld traf. Die Erkenntnis, dass sie das ganze Chaos allein sich selbst zuzuschreiben hatte, hatte dazu geführt, dass sie nicht mehr ganz so durcheinander, dafür aber umso wütender war. Und als Michael das heikle Thema des Weihnachtsessens angesprochen hatte, war sie ausgeflippt.

»Herrgott noch mal, Michael! Es ist doch alles *fertig* – du brauchst es lediglich in den Ofen zu stellen. Ich bin sicher, dass deine Mutter sowieso nichts dagegen hätte, die Kocherei zu übernehmen.«

Michael hatte mit einer Geduld zugehört, die sie wahnsinnig machte.

»Ich hab doch nur gemeint, dass wir ebenso gut am Abend essen können. Dann bekommst du vorher noch eine ordentliche Mütze voll Schlaf.« Dies sagte er ganz sanft und beflissen und darauf bedacht, ihr ein schlechtes Gewissen zu machen, weil sie ihm an die Gurgel hatte gehen wollen.

»Tut mir leid«, hatte sich Judy entschuldigt. »Nein – nein, ein paar Stunden reichen mir. Es tut mir leid, Michael«, hatte sie noch einmal versichert, die Gereiztheit aber nicht völlig aus ihrer Stimme verbannen können. Und das war ungerecht. Unfair. Lieblos. »Ich hab eine harte Nacht hinter mir«, war sie fortgefahren. »Es tut mir leid. Wirklich.«

Michael war über diese Reaktion offenbar verblüfft. So wortreiche Entschuldigungen für ein vollkommen alltägliches eheliches Scharmützel! »War es denn schlimm?«

Judy hatte zur Bestätigung kurz genickt, woraufhin Michael von weiteren Fragen absah. »Und heute Nachmittag muss ich schon wieder los«, hatte sie ihn vorgewarnt.

Michael hatte sich bereits zum Gehen gewandt, drehte sich aber noch einmal um. »Ich nehme an, dass das absolut notwendig ist?«

»Ja.«

»Tja. Dann solltest du wirklich zusehen, dass du ein bisschen Schlaf bekommst.«

»Ich will erst baden. Du hast doch nicht das ganze heiße Wasser verbraucht?«

Das Wasser war kalt, und sie schlief unruhig, weil die Nachbarskinder eine Schneeballschlacht veranstalteten; zweifellos hatten sie alle Geschenke, bei denen die Batterien fehlten, links liegen gelassen und waren ins Freie gestürzt. Und kaum hatte Judy die Augen zugemacht, als sie auch schon wieder aufstehen musste, um mit einem Glas Sherry anzustoßen und mit den Hills Geschenke auszupacken. Und danach mit ihnen zu speisen.

Sie versuchte, das Festmahl zu genießen, das natürlich köstlich war. Mrs Hill vergaß nie, die Teller anzuwärmen, und niemals ließ sie das Gemüse verkochen. Ihr Truthahn war nie zu trocken. Michael musste die Kochkünste seiner Mutter schmerzlich vermissen, aber er hatte sich nie beschwert. Lloyd hätte bestimmt etwas gesagt, dachte Judy. Aber Lloyd nahm ja auch nicht automatisch an, dass es allein die Aufgabe der Frauen sei, in der Küche zu stehen.

Es hatte keinen Sinn, die Vor- und Nachteile beider Männer gegeneinander abzuwägen; es gab keinen Vergleich zwischen Lloyd und Michael.

Mr und Mrs Hill und ihr Sohn Michael sprachen eine Sprache, die Judy nicht verstand. Sie redeten über Dinge, an denen sie keinerlei Interesse hatte. Sie beobachtete Michael, der so in das Gespräch mit seinem Vater vertieft war, dass ihm ihr prüfender Blick völlig entging.

Ihre Stimmen wurden leiser und vermischten sich, bis sie zu einem verworrenen Hintergrundgeräusch wurden. Judy studierte ihren Ehemann wie in einer Nahaufnahme im Kino. Sein schmales Gesicht war selbst beim Zuhören lebhaft. Seine Augen wanderten von seinem Vater zu seiner Mutter, wenn diese das Wort ergriff. Er trank einen Schluck Wein und schenkte allen nach, auch Judy. Aber er war in einer Welt, in der seine Frau gar nicht existierte: einer Welt der Immobilienverkäufe und Dachausbauten, einer Welt, in der es eine Rolle spielte, welche Kilometerleistung ein Austin Princess im Vergleich zu einem Rover erbrachte, obwohl keiner der Anwesenden ein solches Gefährt besaß. Eine Welt der kleinen Investitionen, der Steuervergünstigungen und Rentenfonds.

Sie, Judy, hatte einen Mann gesehen, der gewaltsam zu Tode gekommen war.

Welche Art von Masochismus wollte sie hier befriedigen? Warum hing sie an einem Mann, der ihr fremd war und immer fremd bleiben würde, statt zu einem zu gehen, der sie verstand? Und den sie verstehen konnte. Was hatte Michael von dieser Scheinehe, dass er sogar noch ein Kind hineinbringen wollte? Judy kannte die Antwort darauf sehr wohl. Sie lautete: Unabhängigkeit. Die bloße Tatsache, dass sie miteinander verheiratet waren, sorgte dafür, dass niemand anders Anspruch auf sie erheben konnte. Deshalb hatten sie ja geglaubt, es könne funktionieren. Das hatte es zwar nicht, aber nun konnten sie beide nicht loslassen.

Judy quälte sich durch den Rest des Festessens, wie immer bei diesen seltenen Familienfeiern. Wenn sie ihre Familie besuchten, war Michael bestimmt genauso zumute. Dass er nichts beitragen konnte, nicht einbezogen wurde.

Nach dem Lunch fuhr sie wieder zu Joanna.

Joanna wollte nicht schon wieder mit Sergeant Hill reden, doch wie es schien, hatte sie keine Wahl. Sie waren in das hintere Schlafzimmer gegangen, wo das Feuer hell loderte. Das Zimmer erinnerte Joanna an ihre Kinderkrankheiten. Immer, wenn sie hatte liegen müssen, war das Bett hier unten aufgeschlagen worden, damit ihre Mutter nicht hatte ständig treppauf und treppab laufen müssen. Wie sehr der Ausschlag auch gejuckt, wie sehr der Hals auch geschmerzt hatte – in diesem gemütlichen Zimmer mit dem Kaminfeuer hatte Kranksein fast Spaß gemacht. Hier fühlte Joanna sich sicher, doch sie wusste nicht, ob dieser Zustand unter dem forschenden Blick von Sergeant Hills braunen Augen anhalten würde. Bei Graham hatte sie die drohende Gefahr stets spüren können, deshalb hatte sie die Unterredung mit ihm ins Wohnzimmer verlegt. Sei auch jetzt wachsam, ermahnte sie sich, während Sergeant Hill mit unendlicher, unerträglicher Geduld auf ihre Antwort wartete.

»Ich habe versucht, mich zu *schützen*«, sagte Joanna, als sie das Schweigen nicht länger aushielt. Sie wandte den Blick ab. »Nicht, mich zu verteidigen.«

»Na schön«, sagte Sergeant Hill. »Dann werde ich Ihnen jetzt eine andere Frage stellen.«

Widerwillig hob Joanna den Blick.

»Sie haben gesagt, dass der Streit mit Ihrem Mann …«

»Es war kein *Streit*«, widersprach sie. Ein *Streit.* Schon zwei Mal hatte die Frau es so bezeichnet. Sie hatte einfach keine Ahnung. Überhaupt keine Ahnung.

»Sie haben ausgesagt, dass Ihr Mann gegen fünf Uhr gewalttätig wurde«, korrigierte die Beamtin.

Joanna nickte. Wieder hörte sie den Stundenschlag der Uhr, sah Grahams Gesicht vor sich.

»Und dass er von Ihnen abließ, als er das Auto Ihrer Eltern hörte«, fuhr sie fort.

Joanna machte sich steif. Sie hatte geglaubt, dass dieser Punkt inzwischen erschöpfend besprochen worden sei. »Das haben Sie doch schon gefragt. Und meine Antwort steht in Ihrem Notizbuch.«

Sergeant Hill nickte und deutete auf das kleine Buch. »Darin steht, dass Ihre Eltern um halb sechs gekommen sind«, sagte sie.

»Ja.«

Sergeant Hill schaute sie einen Moment lang schweigend an, dann blätterte sie zu einer leeren Seite vor.

»Es kann aber keine halbe Stunde gedauert haben.« Sie wies auf Joannas Blutergüsse. »Sonst wären Sie wieder ins Krankenhaus eingeliefert worden.«

Joanna wurde rot. Sie hatte nicht geahnt, dass die Polizei über die Sache mit dem Krankenhaus Bescheid wusste.

»Also lassen Sie uns noch mal von vorn beginnen«, sagte Sergeant Hill.

»Ich sehe nicht ein, was das eine mit dem anderen zu tun hat!«, protestierte Joanna. »Das ist meine Privatsache.«

»Er hat, lange bevor Ihre Eltern eintrafen, aufgehört, Sie zu schlagen«, fuhr die Polizistin fort, als hätte Joanna nichts gesagt. »Warum?«

Joanna gab keine Antwort.

»Waren Sie mit ihm oben, Joanna?«

»Nein.«

Die Beamtin machte ein nachdenkliches Gesicht. »Es gab einen Grund dafür, dass er aufhörte«, sagte sie. »Und das waren nicht Ihre Eltern, die mit dem Auto vorfuhren, nicht wahr?«

Joanna schwieg, den Blick abgewandt. Es ging niemanden etwas an. Absolut niemanden.

»Man wird es verstehen«, hörte sie Sergeant Hill sagen. »Wenn Sie einen Gegenstand genommen haben, um sich zu verteidigen.«

»Habe ich nicht. Ich habe Ihnen *erzählt*, was passiert ist.«

»Das war aber nicht die Wahrheit.« Die Polizistin streckte den Arm aus und berührte ihre Hand. »Gestern haben Sie gesagt, dass Sie sich geschämt haben, wenn er Sie schlug.«

Joanna schaute zu Boden.

»Ich weiß, Sie glauben, dass ich davon keine Ahnung habe«, fuhr Sergeant Hill fort. »Aber ich weiß ein paar Dinge über Gewalt und Gegengewalt.« Sie lehnte sich wieder zurück. »Etwas hat ihn also davon abgebracht, Sie weiter zu schlagen«, fuhr sie fort. »Beim derzeitigen Stand der Ermittlungen sieht es für mich so aus, als hätten Sie sich gewehrt.«

»Habe ich nicht.«

»Das glaube ich ja auch nicht«, sagte die Polizeibeamtin. »Was also ist passiert? Es gibt nichts, wofür Sie sich schämen müssten, Joanna.«

»Schämen?«, wiederholte Joanna verwirrt. »Ach so«, sagte sie dann. »Sex? Reden wir jetzt über Sex?«

»Das ist kein so ungewöhnliches Muster«, erwiderte Hill. »Manche Männer werden …«

»Werden davon angetörnt? Mag sein, aber so war es nicht.«

»Es tut mir leid, falls ich Sie gekränkt habe.«

»Es wäre hilfreich, wenn Sie die Dinge beim Namen nennen würden!«, sagte Joanna aufgebracht.

Sergeant Hill lächelte. »Das wäre es wohl«, sagte sie. »Na schön. Irgendwas hat ihn aufgehalten, Joanna. Und wenn dieses Irgendwas nicht war, dass er ermordet wurde – was war es dann?«

Joannas Augen füllten sich mit Tränen. »Das Kind«, sagte sie gepresst. »Ich erwarte ein Kind. Ich dachte, Graham hätte ihm etwas angetan, deswegen hat er aufgehört.«

»Wusste er, dass Sie schwanger sind?«

Joanna schüttelte den Kopf. »Vorher nicht«, erwiderte sie. »Ich hatte solche Angst – ich habe ihn angeschrien, und da hat er aufgehört.«

»Warum in Gottes Namen haben Sie das nicht von Anfang an gesagt?«, rief Sergeant Hill, nun ebenfalls zornig.

»Weil ich nicht wollte, dass jemand …« Plötzlich kamen die Tränen; sie verlor die Fassung. »Ich wollte es meinen Eltern nicht sagen!«, schluchzte Joanna, während Sergeant Hill sie in den Arm nahm. »Deswegen bin ich im Wohnzimmer geblieben. Ich wollte sie nicht sehen.« Sie sprach stockend, verzerrt, konnte nicht einmal mehr atmen, so sehr schüttelte sie der Weinkrampf. Mühsam rang sie um Beherrschung.

»Das ist bloß der Schock«, tröstete die Polizistin. »Weinen Sie ruhig.«

Doch es war nicht der Schock. Joanna wusste, warum sie

weinte, und es wäre so einfach gewesen, es zu sagen, es einfach zu gestehen und die Sache endlich hinter sich zu bringen. Doch sie konnte nicht. Sie schluckte Luft, während sie schluchzte, und vergrub ihr Gesicht in der Schulter der Beamtin, bis das heftige Zittern nachließ.

Danach versuchte sie, zu erklären. Sie wollte von Sergeant Hill verstanden werden. Doch die Worte, die sie fand, beschrieben nicht einmal annähernd ihre Gemütsverfassung, die einer Hysterie nahe gewesen war, und ebenso wenig Grahams Reue, ihre Tränen, seine Zärtlichkeit, die Nähe zwischen ihnen. Sie beschrieben nicht die alte, tief sitzende Angst, dass das Kind zu Schaden gekommen sein könnte – eine Angst, die Joanna gerade erst zu verstehen begann.

Sie schaute auf und erwartete Skepsis, doch Sergeant Hill sah sie voller Mitleid an. »Ich wollte heimkehren«, fuhr Joanna fort. »Ich wollte nach Hause gehen und von vorn anfangen. Mit Graham und dem Kind. Ich wollte das *Richtige* tun. Doch dann hörten wir den Wagen meiner Eltern, und ich habe ihn überredet, nach oben zu gehen und dort zu bleiben. Sonst hätte Vater ihn umgebracht.«

Immer noch hielten die Arme der Polizistin sie umfangen; Joanna spürte bei ihren letzten Worten eine leichte Reaktion und zuckte zurück. »Es ist eine Redensart«, sagte sie. »Bloß eine Redensart.« Aber warum hatte sie diese Wendung benutzt?

»Ich weiß«, sagte Sergeant Hill.

»Ich hatte solche Angst«, wiederholte Joanna. »Ich hatte solche Angst um mein Kind.« Wieder strömten ihr die Tränen übers Gesicht. »Ich wusste, wenn ich meinen Eltern gegenüberträte, würde ich es ihnen sagen. Das wollte ich unter allen Umständen vermeiden.«

Die Polizistin kramte ein Taschentuch hervor und reichte es ihr. »Und sie wissen es immer noch nicht?«

»Nein.« Joanna holte tief und angestrengt Luft. »Es ist nicht ihr Kind. Und wird es niemals sein.«

Ein Nicken, vielleicht ein wenig Verständnis. »Sind Sie schon beim Arzt gewesen?«

»Ja. Ich habe verschiedene Untersuchungen machen lassen. Aber die Ärztin hat gesagt, dass es nichts gibt, worüber ich mir Sorgen machen müsste.«

»Gut.«

»Sergeant Hill? Sie werden es meinen Eltern doch nicht verraten?«

Die Beamtin schüttelte den Kopf. »Früher oder später werden sie es aber erfahren *müssen*«, betonte sie.

»Ich weiß. Es ist dumm ... aber jetzt noch nicht.«

»Das *kann* ich verstehen«, sagte die Beamtin mit leisem Lachen. »Glauben Sie mir.«

Jeder hatte eben seine Probleme. Joanna fragte sich, welche Probleme Sergeant Hill haben mochte.

»Wie lange waren Sie verheiratet?«, lautete die nächste Frage.

»Achtzehn Monate«, erwiderte Joanna. Achtzehn Monate, dachte sie. Eine Juni-Braut.

»Hat er schon früher zu Gewalttätigkeit geneigt?«

»Nein. Nicht am Anfang. Er war böse auf mich – er mochte sie ...« Sie wandte den Blick ab. »Er hat meine Eltern nicht leiden können. Und damit hat es irgendwie angefangen.«

»Sie haben ausgesagt, dass er getrunken hatte. War er häufig betrunken?«

»Nein, er hat eigentlich nie getrunken. Er sagte, er hätte jemanden getroffen. Ich nehme an, dass sie einfach ...« Sie hob die Schultern. »Es ist Weihnachten. Die Leute trinken zu viel.«

Joanna sah sich in dem gemütlichen Zimmer um. »Graham hat dieses Haus gehasst. Er meinte, ich wäre nie aus dem Schoß meiner Familie herausgekommen.«

Während Freddie fröhlich Teile von Graham Elstow vom Tisch räumte, ließ er unabsichtlich seine Bombe platzen.

»Zwischen sieben und neun Uhr abends«, sagte er. »Das stimmt doch, oder, Kathy?« Die Frage war an seine Assistentin gerichtet, die mit ihrer Arbeit – einer Gewebeprobenuntersuchung – ebenso glücklich und zufrieden zu sein schien wie ihr Chef.

Lloyd machte ein langes Gesicht. »Wie bitte? Was ist denn aus den ursprünglichen fünf Uhr geworden?«

»Fünf? Nein. Da war er definitiv noch am Leben und hat seine letzte Mahlzeit verdaut. Die er laut der Kellnerin im Pub um zwei Uhr eingenommen hatte.«

Die Kellnerin hatte allen Grund gehabt, sich an Elstow zu erinnern, weil er sich geweigert hatte, das Lokal zur Schließungszeit zu verlassen. Zum Schluss hatte sie Verstärkung holen müssen, um Elstow hinauszuschaffen, während dieser lautstark protestierte, dass er kein Heim habe, wohin er gehen könne; niemand könne so etwas ein »Heim« nennen …

»Um fünf war er noch am Leben«, fuhr Freddie fort. »Ebenso um sechs – und mit an Sicherheit grenzender Wahrscheinlichkeit auch noch um sieben.« Er grinste breit. »Aber um neun war er dann definitiv tot.«

»Tu mir das nicht an, Freddie! Das wirft ja unsere ganze Theorie über den Haufen!«

Freddie atmete vernehmlich ein. »Knifflige Sache, diese Theorien«, sinnierte er.

»Laut unserer Theorie«, fuhr Lloyd unbeirrt fort, »taucht Elstow am Nachmittag auf, um sich mit seiner Frau auszusprechen. Er hat Erfolg, und sie gehen hoch in ihr Zimmer. Aber er muss sie eine Zeit lang herumstoßen, um in Stimmung zu kommen – und als er dann schläft, rächt sie sich mit dem Schürhaken.« Er hielt die Hände in die Höhe. »Ganz simpel.«

»›Simpel‹ ist das treffende Wort«, meinte Freddie. »Simpel, ordentlich, sauber – wie schade, dass die Fakten nicht dazu passen.«

Worüber er nicht allzu erschüttert wirkt, dachte Lloyd säuerlich.

»Der Mann ist gestorben, als Mrs Elstow schon längst im Pub war«, fuhr Freddie fort und nahm ein paar Papiere vom Tisch. »Der vorläufige Bericht von der Kriminaltechnik«, sagte er. »Hast du deinen schon?«

»Nein.« Lloyd funkelte ihn wütend an.

»Liegt wahrscheinlich längst auf deinem Schreibtisch. Sie haben noch nicht viel Material – und sind im Übrigen völlig unterbesetzt, die Hälfte der Belegschaft konnte gar nicht zur Arbeit erscheinen. Aber hier steht, dass sie auf der Innenseite der Wohnzimmertür einen Handabdruck von Elstow gesichert haben – was ja auch zu erwarten war, wenn er sie zugeworfen hat, wie Mrs Elstow angab. Und auf den glänzenden Dielen waren Schrammen, die auf einen Kampf zwischen zwei Menschen hindeuten.«

»Schon gut, schon gut«, meinte Lloyd. »Kannst aufhören, mir selbstgefällige Vorträge zu halten.«

Freddie lachte. »Als Elstow angegriffen wurde, lag er auf dem Bett«, sagte er. »Wahrscheinlich im Tiefschlaf.« Er schaute auf. »Das passt zu deiner Theorie. Allerdings nur, wenn er ein paar Stunden früher gestorben wäre.«

Joannas Blutergüsse mussten im Pub Aufsehen erregt haben. Sie war dort von allen Gästen gesehen worden, als sie um zehn nach sieben mit ihrem Vater gekommen war. Und dennoch, dachte Lloyd: Freddie hat nicht ausgeschlossen, dass der Mann *um* sieben Uhr gestorben sein könnte.

»Hätte sie ihn töten können, bevor sie zum Pub fuhren?«, fragte er.

»Und zehn Minuten später friedlich ihren Cidre schlürfen?«, stellte Freddie prompt die Gegenfrage. »Nein, Lloyd. Ich bin davon überzeugt, dass er um sieben noch am Leben war.«

»Aber wäre es theoretisch möglich?«

»Theoretisch hätte er um Punkt sieben den Löffel abgeben können. Aber da Wheeler und seine Tochter um zehn nach sieben im Pub eingetroffen sind – und dafür gibt's *einige* Zeugen –, müssen sie das Haus um sieben verlassen haben. Bei dem Wetter wären sie sicher nicht gerast, sondern in einem vernünftigen Tempo gefahren. Und dann hätten sie vom Pfarrhaus zum Pub auf jeden Fall zehn Minuten gebraucht.«

»Soll das also heißen, dass Elstow nicht einmal ein paar armselige Minuten vor sieben gestorben sein kann?«

»Das soll es heißen. Sieben und neun sind die äußersten Eckdaten, Lloyd. Realistischerweise würde ich sagen: zwischen halb acht und halb neun.«

»Also habe ich keinen Spielraum?«

»Nein«, sagte Freddie. »Nicht, was die Zeit angeht. Aber es gibt zwei andere interessante Punkte.« Seine Miene hellte sich auf.

Lloyd schüttelte ungläubig den Kopf. »Andere Leute würden jammern, wenn ihnen auf diese Weise der Feiertag verdorben würde, Freddie. Warum du nicht?«

»Weil ich meine Arbeit liebe«, erwiderte der Rechtsmediziner achselzuckend.

Lloyd warf einen Blick auf Freddies Arbeit und schüttelte wieder den Kopf.

»*Das* hat mir den Tag versüßt«, fuhr der Obduzent begeistert fort. »Es ist ein Rätsel, Lloyd. Wenn du dir ansiehst, wie …«

»Ich glaube dir aufs Wort, Freddie, was immer es ist.«

»Gut. Zwei Schläge sind ihm erst nach seinem Tod zugefügt worden. Sie waren allerdings nicht besonders hart – nicht annähernd so hart wie die anderen.«

»Wer immer das getan hat, hat eine Menge Energie verbraucht«, sagte Lloyd.

»Ganz sicher. Und deshalb konnten die letzten Schläge nicht mehr so hart sein«, stimmte Freddie zu. »Aber wenn man sowieso erschöpft ist, warum sollte man dann noch einmal zuschlagen?«

»Sie hat einfach weitergemacht, nur um ganz sicherzugehen«, sagte Lloyd. Er verstand nicht recht, warum Freddie derart begeistert war.

Ein Hochziehen der Augenbrauen hatte der Mediziner bei der Erwähnung einer Täterin allerdings nicht vermeiden können. Andererseits hatte er Lloyd erst anhand der Fingerabdrücke auf dem Schürhaken darauf gebracht. Und Lloyd nahm an, dass es Joanna Elstows Abdrücke seien, und er würde es weiterhin annehmen, bis man ihm das Gegenteil bewies. Gott allein mochte wissen, wann das sein würde! Heute war Weihnachten, es schneite wie verrückt und die Ermittlungsmaschinerie war offenkundig knirschend zum Stillstand gekommen.

»Elstow war fast augenblicklich tot«, sagte Freddie. »Aber er hat noch zwei weitere Hiebe versetzt bekommen – und zwar eine ganze Weile *nach* seinem Tod.«

Lloyd runzelte die Stirn. »Warum sollte jemand so etwas tun?«

»*Du* bist der Ermittler«, sagte Freddie mit breitem Grinsen.

Lloyd schaute ihn säuerlich an. »Wenn du nicht gerade in 'ner Leiche rumwühlst, bist du genauso langweilig und trübselig wie wir anderen auch«, bemerkte er. »Richtig glücklich bist du eigentlich nur in der Nähe des Todes. Ganz schön gruselig, Freddie.«

»Hat man mir schon mal gesagt. Was soll's – ich mag halt tote Körper.« Freddie grinste. »Ein paar von den lebenden übrigens auch. Hat sich Sergeant Hill von ihrer Nachtschicht erholt?«

»Ja, danke der Nachfrage«, sagte Lloyd. »Du hattest von zwei Punkten gesprochen. Welcher ist der andere?«

»Die Fingerabdrücke auf dem Schürhaken – ach, ich vergaß: Du hast ja den Bericht noch nicht gelesen.«

»Was ist mit den Abdrücken?«

»Die Techniker sind auch der Meinung, dass sie von einer Frau stammen könnten. Da wir aber noch keine Vergleichsabdrücke von der Familie haben ...«

»Die Fingerabdrücke der Wheelers sind so schnell wie möglich abgenommen worden«, erklärte Lloyd übertrieben geduldig. »Gib nicht mir die Schuld daran, wenn sie in irgendwelchen bürokratischen Schneewehen verschwunden sind.«

Wieder lachte Freddie. »Oben an der Spitze ist es nun mal einsam, Herr Stellvertretender Chief Inspector.«

»War das der Punkt, den du meintest? Dass es weibliche Fingerabdrücke sind?«

»Es *könnten* die Abdrücke einer Frau sein. Und ja, in gewisser Weise ist das der Punkt, den ich meinte, denn der Schürhaken ist nur mit einer Hand gehalten worden. Um aber Schläge von solcher Kraft auszuführen, müssten die meisten Frauen den Haken schon mit beiden Händen halten.«

Lloyd nickte. »Eine gute beidhändige Rückhand, wie du heute Morgen gesagt hast.«

»Und das denke ich immer noch«, sagte Freddie. »Da hast du's. Dann mach dich mal schön an die Lösung dieses Rätsels, während ich mich um die Details kümmere. Falls wir die irgendwann kriegen«, setzte er hinzu.

Lloyd stöhnte. »Es ist doch gerade erst letzte Nacht passiert«, machte er geltend. »Und heute ist Weihnachten, Freddie – das ist ein Tag, an dem das einfache Volk feiert.«

»Solange wir die Abdrücke nicht haben, kannst du nicht wissen, ob du nach einem Einbrecher suchen musst oder nicht«, gab Freddie zu bedenken.

»Einbrecher!«, schnaubte Lloyd. »Es war eine Beziehungstat. Ganz simpel!«

»So wie deine Theorie?«

Lloyd seufzte. »Erinnere mich nicht daran. Ich habe Sergeant Hill gerade losgeschickt, damit sie eine der hundert Zeuginnen unter Druck setzt, die, wie du mir gerade gesagt hast, zu der Zeit im Pub war, als der Verstorbene vor seinen Schöpfer trat.«

Freddie reagierte leicht gereizt. »Dann hoffen wir mal, dass sie ihren Gummiknüppel zu Hause gelassen hat … Hör zu – du hättest lieber nicht auf meine Worte am Tatort hören sollen. Ich habe dir ja gesagt, dass es nur eine grobe Schätzung ist – und dass die Tat vielleicht auch nur acht Stunden zurückliegen könnte.«

Lloyd hielt beschwichtigend die Hand hoch. »Ich weiß, ich weiß. Aber die junge Mrs Elstow sagt uns nicht die Wahrheit. Sie rückt nicht damit heraus, wo sie sich zum Zeitpunkt seines Todes aufgehalten hat.«

»Wann genau hat er aufgehört, sie zu schlagen?«, fragte Freddie.

»Genau darum dreht es sich.« Wieder schüttelte Lloyd den Kopf. »Wie du in einer Leichenhalle Witze reißen kannst, geht über meinen Verstand.« Er schaute auf seine Uhr. Sechzehn Uhr dreiundvierzig. Bis er es zur Dienststelle schaffte, würde Judy angekommen und schon wieder weggefahren sein. »Bis dann«, sagte er. »Genieß deine Zeit mit den Überbleibseln von Mr Elstow.«

»Das tue ich, keine Sorge«, sagte Freddie fröhlich.

»Grahams Vater ist am Telefon«, teilte Marian ihrer Tochter mit. »Ich habe ihm aber nicht gesagt, dass du hier bist.«

Fast wäre sie ins Zimmer gegangen, als sie Joanna weinen gehört hatte. Und sobald Sergeant Hill fort gewesen war, hatte sie es auch getan. Aber Joanna hatte gesagt, dass alles in Ordnung sei. Sergeant Hill habe sie getröstet und nicht zum Weinen gebracht. Also war Marians Sorge unbegründet gewesen.

»Ich rede mit ihm«, sagte Joanna. »Es wird um die Bestattung gehen. Ich hatte versucht, ihn zu erreichen, aber er war nicht da.«

Die Beerdigung. Marian hatte nicht einmal daran gedacht. Für sie war Graham Elstow vergessen, sobald seine Leiche aus dem Haus geschafft worden war. Aber es war natürlich noch nicht ausgestanden, noch nicht zu Ende. Noch lange nicht.

»Man kann ohnehin nichts tun, bevor die Polizei ihn freigibt«, sagte Joanna. »Aber eigentlich sollte ich zu seinem Vater fahren.«

»Ja«, sagte Marian zerstreut. »Das solltest du vielleicht.«

Sie hörte Joannas Stimme am Telefon, die mal leiser und mal lauter sprach. Es geht vorüber, sagte sie sich. Eines Tages ist alles vorbei, und wir können zu unserem Leben zurückkehren.

»Der Pfarrer«, antwortete Eleanor auf die unvermeidliche Frage, die sie bereits seit geraumer Zeit erwartete.

Pennys Lächeln erlosch. »Der *Pfarrer*?«, wiederholte sie. »Du hast mir nicht gesagt, dass du die Leute *kennst*.«

»Ich kenne sie ja auch nur flüchtig.« Eleanor liebte ihre Schwiegermutter, die ihr in den letzten beiden Jahren eine treue Stütze gewesen war: Mutter, Freundin, Ratgeberin, eine Schulter zum Ausweinen und Babysitterin. Aber Penny war nun einmal mit unersättlicher Neugier geschlagen, was die Angelegenheiten ihrer Mitmenschen betraf.

»Was hat er hier gewollt?«

Eleanor schob ihren Stuhl vom Tisch zurück und betrachtete die traurigen Reste des Weihnachtsessens. Tessas Teller, den das kleine Mädchen stehen gelassen hatte, um *Dumbo* zu gucken, sah wenig verlockend aus. Aber eine Zweijährige hatte nun einmal keine vorgefassten Ansichten darüber, welche Speisen zueinander passten.

»Das haben wir im Handumdrehen abgeräumt«, versicherte Penny, während sie sich erhob. Mitten in der Bewegung hielt sie jedoch inne. »Du bist doch nicht etwa …?«, setzte sie an, merkte dann jedoch, dass es unverschämt gewesen wäre, in dieser Richtung weiter nachzuforschen. »Warum war er hier?«, fragte sie unumwunden.

»Sie haben uns eingeladen«, berichtete Eleanor. »Er wollte mir persönlich sagen, was geschehen ist.«

»Oh.« Penny begann Teller zu stapeln. »Isst du deinen Pudding noch?«, erkundigte sie sich.

Eleanor schüttelte den Kopf.

»Ich habe doch gesehen, dass du heute Morgen bedrückt warst. Warum hast du mir nicht gesagt, dass du sie kennst?« Sie häufte einen widerlich aussehenden Berg von Resten auf den obersten Teller.

»Ich wollte dich nicht beunruhigen«, sagte Eleanor. »Es reicht doch, wenn eine von uns sich Sorgen macht.«

»Wer ist getötet worden?«, fragte Penny leise.

»Das weiß ich nicht genau«, erwiderte Eleanor nicht ganz wahrheitsgemäß. »Einzelheiten hat er nicht genannt. Es war wohl jemand, der bei ihnen zu Besuch war.«

Penny sah missbilligend drein. »Wie ist es passiert?«

»Sie glauben, dass es ein Einbrecher war.«

»Du meinst, irgendwer ist einfach in das Haus eingebrochen und hat jemanden *umgebracht*?« Penny stieß die Küchentür auf. »Ist denn niemand verhaftet worden?«, fragte sie alarmiert.

»Nein, ich glaube nicht.« Eleanor nahm den Sahnekrug und den Pudding, den kaum einer angerührt hatte. Sie wusste nicht, ob sie dieses Kreuzverhör noch lange durchstehen würde.

»Es gefällt mir gar nicht, dass du hier oben so allein wohnst«, sagte Penny. »Warum kommt ihr nicht zu mir, du und Tessa? Und verbringt den Rest der Feiertage in Stansfield?«

Eleanor brachte ein Lächeln zustande. »Ich habe keinen Urlaub, sondern nur heute und morgen frei.«

»Mir wäre es hier zu einsam.« Penny ließ nicht locker. »Und Tessa hat ja gar keine Spielkameraden.«

»Normalerweise schon. Es gibt eine Spielgruppe – im Dorf leben sehr viele Kinder.«

»Aber jetzt, zu Weihnachten, meine ich. Meine Nachbarn haben einen kleinen Jungen, der nur ein paar Monate älter ist als Tessa – das wäre doch die richtige Gesellschaft für sie, nicht wahr?«

»Es geht uns wirklich gut hier, Penny. Wir werden schon nicht in unseren Betten ermordet, das verspreche ich dir.«

Die ältere Mrs Langton seufzte und begab sich in die Küche. Einen Moment lang hörte man Wasser in die Spüle laufen. Dann wurde es abgestellt.

»Aber jemand *ist* ermordet worden!«, rief sie. »Vergiss das bloß nicht.«

5

»Ich hab was Merkwürdiges gefunden«, sagte Jack Woodford und steckte den Kopf zu Lloyds Tür herein. »Hast du mal 'ne Minute für mich?«

»So viele Minuten, wie du willst«, sagte Lloyd. »Etwas Merkwürdiges bedeutet, dass wir endlich vorankommen.«

Jack wirkte nicht so überzeugt wie Lloyd, als er mit einem Blatt in der Hand das Dienstzimmer betrat.

Judy rauschte herein, bevor Jack die Tür schließen konnte. »Dachte, ich trete besser mal an«, verkündete sie.

Lloyd war es tatsächlich gelungen, ihr am Vortag, nach seiner Stippvisite in der Leichenhalle, aus dem Weg zu gehen; heute, so hatte er gehofft, würde sie sich gar nicht erst zum Dienst melden.

»Du willst bloß vor deinen Schwiegereltern flüchten«, bemerkte Jack.

»Das auch«, gestand Judy schmunzelnd und zog ihren neuen Ledermantel aus.

»Jack wollte uns gerade was Neues reingeben«, sagte Lloyd. Er war froh um Jacks Anwesenheit. Erst gestern hatten er und Judy sich gestritten; ihm kam es vor wie ein Jahr. Aber es war erst der zweite Weihnachtsfeiertag, die Festtage zogen sich schier endlos hin, die Geschäfte waren geschlossen, und im Fernsehen kam auch nichts Anständiges, falls er dafür überhaupt genug Energie hätte aufbringen können.

Jack legte das Blatt auf Lloyds Schreibtisch. »Meine Jungs haben die Leute überprüft, die Mrs Wheeler besucht hat«, sagte er. »An Heiligabend.«

Lloyd schaute auf die Liste. Neben die Namen hatte Jack die Uhrzeiten gekritzelt.

»Es sind bloß Schätzungen«, kam er Lloyd zuvor, bevor der eine Frage stellen konnte. »Die Leute haben natürlich nicht auf die Uhr geguckt, für den Fall, dass die Pfarrersfrau ein Alibi braucht.«

»Natürlich nicht«, sagte Lloyd.

»Aber sie hat angegeben, dass sie das Pfarrhaus gegen zehn vor acht verlassen hat – stimmt's?« Jack wartete die Bestätigung gar nicht erst ab. »Und der früheste Besuch, den wir ermitteln konnten, war bei ...« Er beugte sich vor und las die auf dem Kopf stehende Liste. »Mrs Anthony«, sagte er, während er mit dem Finger an den Namen entlangfuhr. »Bei der war sie also um fünf vor halb neun. Was aber merkwürdig ist – Mrs Anthony wohnt in einem Cottage, das ganz in der Nähe vom Pfarrhaus steht.«

Lloyd entsann sich, an diesen Reihen-Cottages vorbeigefahren zu sein, kurz nachdem sie mit den Männern im Schneepflug gesprochen hatten.

»Selbst wenn Mrs W. auf Händen und Knien bei Windstärke acht zu Mrs Anthonys Haus gekrochen wäre«, fuhr Jack fort, »hätte sie für den Weg nicht mehr als fünf Minuten gebraucht. Was für mein ungeschultes Auge eine halbe Stunde ergibt, für die sie keine Erklärung hat.«

»Schön, schön, schön«, sagte Lloyd munter, während er zu Judy hinübersah. »Ich denke, dann sollten wir mal mit Mrs Anthony reden – meinst du nicht auch?«

Während der Fahrt erläuterte Judy ihm die Aufzeichnungen zu Joannas Verhör, die sie mitgebracht hatte. Offensichtlich glaubte sie Joannas Schilderungen; Lloyd verließ sich in dieser Hinsicht zwar ganz auf Judys Instinkt, hatte aber dennoch eine Frage.

»Wenn sie sich versöhnt haben – warum ist sie dann nicht sofort nach ihrer Heimkehr zu ihm nach oben gegangen?« Er drosselte das Tempo, damit Judy die Hausnummern der Cottages lesen konnte.

»Elf, dreizehn – siebzehn muss das mit der gelben Tür sein«, sagte sie. »Das weiß ich auch nicht. Merkwürdig ist es schon.«

»Sieht dir gar nicht ähnlich, dich so über den Tisch ziehen zu lassen«, sagte er.

Judy stieg wortlos aus. Lloyd hatte diese Bemerkung nur gemacht, um sie zu ärgern. Doch Judy ließ sich nicht den leisesten Ärger anmerken und befolgte damit Lloyds eigene Regel, dass ihre Zusammenarbeit niemals von ihrer Beziehung belastet werden dürfe. Judy war viel professioneller, als er jemals sein würde, und die Ungezwungenheit, mit der sie sich den sprichwörtlichen Diensthut aufsetzte, ärgerte Lloyd. Ziemlich irrational, wie er zugeben musste. Aber er konnte nichts dagegen tun.

Mrs Anthony brauchte eine ganze Weile, um an die Tür zu kommen; als diese schließlich geöffnet wurde, sahen sie sich einer gebrechlichen alten Dame im Rollstuhl gegenüber. Lloyd stellte sich und Judy vor, woraufhin sie in ein kleines, ordentliches Wohnzimmer gebeten wurden.

»Erinnern Sie sich, wie Mrs Wheeler am Heiligabend zu Ihnen kam?«, fragte Judy mit leicht erhobener Stimme und überdeutlicher Aussprache.

Lloyd unterdrückte ein Schmunzeln, als er Mrs Anthonys vorwurfsvollen Blick sah. »Ich bin fast achtzig Jahre alt«, sagte die betagte Dame. »Manchmal muss ich diesen Rollstuhl benutzen. Ich würde es vorziehen, fünfunddreißig zu sein und so wie Sie durch die Gegend springen zu können, aber ich kann Ihnen versichern, dass weder mein Gehör noch mein Scharfsinn oder mein Gedächtnis durch meine Gebrechen beeinträchtigt sind.«

Judy lief rosa an. »Oh … ich bitte um Verzeihung, wenn Sie den Eindruck gewonnen haben sollten …«

»Habe ich«, sagte Mrs Anthony in scharfem Ton.

Es mochte ein wenig pervers sein, aber Lloyd genoss es, dass sein tüchtiger Sergeant so gründlich gemaßregelt wurde.

»Es tut mir leid«, sagte Judy.

»Da wir nun klargestellt haben, dass ich mich an alles erinnern kann, was vorgestern geschehen ist – was möchten Sie von mir wissen?«

»Wir hätten gern gewusst, um welche Zeit Mrs Wheeler zu Ihnen kam«, sagte Lloyd.

»Um fünf vor halb neun. Genauer gesagt: zwischen fünf vor halb und halb«, erwiderte Mrs Anthony ohne das geringste Zögern.

»Sind Sie sich da ganz sicher?«, fragte Judy.

»Welchen Sinn hatte es, die Frage zu stellen, wenn Sie mir nicht zutrauen, die genaue Zeit anzugeben?«, schnaubte Mrs Anthony.

Judy sah man ihr Unbehagen an. »Ich habe mich nur gefragt, woher Sie das so genau wissen können.«

»Weil der erste Teil der Sendung, die ich mir angesehen habe, in diesem Moment zu Ende war«, erwiderte Mrs Anthony ein wenig milder gestimmt. »Als es läutete, lief gerade die Werbung, und ich hoffte, dass der Besucher, wer immer er sein mochte, nicht lange bleiben würde. Das hat sie allerdings doch getan«, setzte sie hinzu.

»Wie kam sie Ihnen vor?«, fragte Lloyd.

»Nicht wie sonst«, lautete die prompte Erwiderung.

»Sie kennen sie gut?«, fragte Judy.

»Wenn ich Marian Wheeler nicht gut kennen würde, dann könnte ich ja nichts über ihre normale Verfassung wissen, nicht wahr?«, blaffte die alte Dame. »Ich kenne sie ihr Leben lang.«

Lloyd fand, dass es nun genug war; er mochte nicht länger mit ansehen, wie Judy von der alten Dame zum Frühstück verspeist wurde. »Und wie ist Mrs Wheelers normale Verfassung?«

Die alten Augen, die schon zu viel gesehen hatten, musterten ihn. »Sie war immer ein sehr zielstrebiges Mädchen«, sagte Mrs Anthony nachdenklich.

»Ach ja?« Lloyd hatte am Radiator gestanden; nun kam er näher und setzte sich neben Mrs Anthony. »Warum sagen Sie das?«

»Der arme George Wheeler.« Die alte Dame lächelte leise wie bei einer wehmütigen Erinnerung. »Ich kann mir nicht vorstellen, dass er jetzt noch Pfarrer wäre, wenn er nicht Marian geheiratet hätte.«

Eine Pause entstand, in der Judy sich eifrig Notizen machte. Dann schaute sie mit leicht gerunzelter Stirn auf. »Wie meinen Sie das, Mrs Anthony? Warum wäre George Wheeler jetzt kein Pfarrer mehr?«

Die alte Dame lächelte wieder auf ihre wehmütige Art, ihre Augen jedoch blieben trüb. »Fehlender Glaube«, sagte sie nüchtern. »Marian hat es jedoch für richtig befunden, ihn trotz seiner Zweifel zu ermutigen; sie fand, das mache ihn zugänglicher. Für seine Schäfchen. Marian glaubt immer, dass sie recht habe«, fügte sie erklärend hinzu.

»Und Sie glauben das nicht?«

Mrs Anthony zog ihre Augenbrauen hoch. »Eine Neigung zum Glauben ist bei einem Pfarrer durchaus wünschenswert«, sagte sie. »Meiner Meinung nach hätte George, wenn er eine andere Frau geheiratet hätte, schon viel früher festgestellt, dass er nicht unbedingt zum Geistlichen taugt.«

»Und jetzt, meinen Sie, hat er das festgestellt?«, sagte Lloyd.

»Oh ja«, erwiderte die alte Dame. »In seiner Predigt im Mitternachtsgottesdienst ist es deutlich geworden. Für mich zumindest.«

»Und worum ging es in dieser Predigt?«

»Dass man sich treu bleiben soll«, lautete die Erwiderung.

Judy und Lloyd wechselten einen Blick, während Mrs Anthony näher an den Radiator rollte. »Marian will nur, dass man ihr die Treue hält«, fuhr sie fort. »Mehr verlangt sie nicht. Aber es ist ihr nicht gelungen, George vor seinen Zweifeln zu bewahren«, sagte sie und stellte den Temperaturregler höher. »Allerdings hat sie sich verdammt viel Mühe gegeben, das muss man ihr lassen.«

Judy, die ein wenig beklommen wirkte, sah auf. »Glauben Sie, dass das etwas mit den Vorfällen im Pfarrhaus zu tun hatte?«

»Sagen wir mal so: Es überrascht mich kaum, dass Sie mich nach Marian Wheeler fragen«, sagte die alte Dame. »Es überrascht mich nicht im Geringsten.«

Sie rollte zu den Sesseln zurück, in denen die beiden saßen. »Und jetzt sag ich Ihnen, wie sie mir vorgekommen ist«, wandte sie sich an Lloyd. »Nervös ist sie mir vorgekommen. Aufgeregt.«

Judys Gesicht nahm einen Ausdruck an, den Lloyd nur zu gut kannte. »Wie hat sich das geäußert?«, fragte sie zweifelnd.

»Zunächst einmal«, sagte Mrs Anthony, deren Augen plötzlich aufblitzten, »haben ihre Hände so stark gezittert, dass sie Kaffee auf ihr Kleid verschüttete.«

Judy gab sich geschlagen und verschanzte sich hinter ihren Notizen.

»Zum Glück«, fuhr Mrs Anthony fort, »ist das meiste auf der Untertasse gelandet.«

»Hat sie gesagt, was sie so nervös machte?«, erkundigte sich Lloyd.

»Das hätte sie wohl kaum getan. Nicht wahr, Mr Lloyd?«

Nervös zu sein sei ja kein Verbrechen, gab Lloyd auf der Fahrt zum Pfarrhaus zu bedenken.

Marian Wheeler öffnete ihnen die Tür und seufzte leicht.

»Joanna ruht sich aus«, sagte sie. »Falls es nicht wirklich wichtig ist, wäre es mir lieber, wenn Sie sie jetzt nicht stören würden.«

Lloyd lächelte. »Das verstehe ich gut«, sagte er. »Aber eigentlich wollten wir zu Ihnen, Mrs Wheeler.«

»Oh.« Ihr Gesicht zeigte eine merkwürdige Mischung aus Sorge und Erleichterung. »Dann kommen Sie besser herein.«

Sie folgten ihr durch den Korridor in die Küche, wo George Wheeler Geschirr abtrocknete.

»Es ist die Polizei«, sagte Mrs Wheeler.

»Sind Sie weitergekommen?«, fragte Wheeler und sah sie an.

»Die Dinge kommen in Bewegung«, sagte Lloyd. »Ziemlich langsam, fürchte ich. Aber die Ermittlung kommt in Gang.«

»Gut.«

»Wir sind gekommen, Mrs Wheeler, um eine kleine … Ungereimtheit zu klären.«

Lloyd erläuterte, worin diese Ungereimtheit bestand, während Wheeler eine Tasse so lange abtrocknete, dass man glauben konnte, sie würde sich auflösen.

»Sind Sie ganz sicher, dass Sie um zehn vor acht aus dem Haus gegangen sind?«, fragte Lloyd.

Marian Wheeler legte die Stirn in Falten. »Ja«, erwiderte sie schließlich. »Ich muss wohl auf meiner Liste jemanden vergessen haben.«

Judy reichte ihr einen Durchschlag. Mrs Wheeler nahm ihre Lesebrille aus der Handtasche. »Ich weiß nicht, wen ich vergessen haben sollte«, sagte sie, während sie die Liste überflog. »Aber ich war ein wenig durcheinander, als ich die Namen aufschrieb. Ich kann mich beim besten Willen nicht mehr genau erinnern.«

»Vielleicht könnten Sie noch einmal darüber nachdenken?«, schlug Lloyd vor. »Und mir dann Bescheid geben, wenn es Ihnen wieder einfällt.«

»Mit dem größten Vergnügen.« Sie gab ihm die Liste zurück.

»Mrs Anthony hat gesagt, Sie hätten aufgeregt gewirkt«, warf Judy ein.

»Hat sie das?« Marian Wheeler nahm ihre Brille ab. »Ja … ja, das wird wohl stimmen. Natürlich war ich aufgeregt nach allem, was Joanna zugestoßen war.«

Endlich stellte Wheeler die Tasse hin. »Was wollen Sie damit andeuten?«, fragte er.

»Gar nichts«, erwiderte Lloyd. »Wir versuchen, eine halbe Stunde aufzuklären, die irgendwie verloren gegangen ist.« Er wandte sich wieder Marian Wheeler zu. »Ich bin sicher, dass es Ihnen einfällt. Sie haben doch die Nummer, unter der Sie mich erreichen können?«

»Ja, danke.«

»Nun, ich danke Ihnen. Wir finden schon hinaus.«

Lange blieben sie nicht auf der Wache. Judy ging noch vor Lloyd. Er beschloss, dass er ebenso gut jetzt Barbara und die Kinder besuchen konnte.

Zwei Stunden später kehrte er in seine Wohnung zurück. Seine Familie zu sehen hatte seinen Sorgen und seiner Gereiztheit lediglich neue Nahrung gegeben. Er tröstete sich mit einem großen Glas Whisky aus dem Geschenk der Woodfords, und ein paar Kapiteln aus dem Buch, das Judy ihm geschenkt hatte.

Und am nächsten Morgen waren die Dinge, die sich zuerst so träge vom Fleck bewegt hatten, heftig in Bewegung geraten, denn die Welt hatte die Doppelbehinderung durch Schnee und Weihnachten überwunden. Am späten Samstagnachmittag studierte Lloyd den ersten detaillierten Bericht der Kriminaltechnik.

Die Fingerabdrücke auf dem Schürhaken stammten von Marian Wheeler; weitere hatte man auf dem Boden des Flurs gefunden, wo sie versucht hatte, einen Blutfleck zu entfernen. An einem ihrer Schuhe waren Blutspuren gefunden worden. Nachdenklich blickte Lloyd von dem Bericht auf.

Er fragte sich, warum Freddie der festen Überzeugung war, dass eine Frau den Schürhaken mit beiden Händen gehalten haben müsse. Und zwar jede Frau, wie er gesagt hatte. Was also würde er von der Theorie halten, dass die zierliche Marian Wheeler den Schürhaken einhändig geschwungen hatte? Nicht viel. Wahrscheinlicher war, dass Mrs Wheeler, nachdem sie Elstow gefunden hatte, die Spuren am Tatort verunreinigt hatte. Sie war in das Zimmer gelaufen, hatte den Schürhaken ergriffen – und Blut auf ihren Schuh bekommen. Und warum hatte sie nicht einfach gesagt, dass sie in dem Zimmer gewesen war?

Doch die Menschen, das wusste Lloyd, handelten unter Stress nicht rational. Kriminalromane und das Fernsehen hatten gute Arbeit geleistet, indem sie Lesern und Publikum einimpften, dass der Schauplatz eines Mordes sozusagen sakrosankt war. Würden sie doch auch die segensreiche Botschaft vermitteln, dass man einen Mord am besten gar nicht erst beging!, dachte er verwirrt.

Durchaus möglich, dass Marian Wheeler bewusst war, dass sie nichts hätte anrühren dürfen; aus diesem Grund hatte sie geleugnet, das Zimmer betreten zu haben. Andererseits war sie wohl kaum die passende Täterin, um Elstow die Schläge mit dem Schürhaken zu verpassen … Lloyd zuckte die Achseln und widmete sich wieder dem Bericht.

Keine Spuren von einem Einbrecher, weder im noch vor dem Haus. Keine Fingerabdrücke außer denen des Verstorbenen und der Familie. Nichts durchwühlt, nichts gestohlen, nichts beschädigt. Nur eine Leiche.

Die Kleider. Die Techniker gaben an, dass es sich bei dem verbrannten Kleidungsstück um ein Frauenkleid handele, vermutlich Größe 38, aus einem rosa- oder pfirsichfarbenen, nicht gemusterten Stoff, wie man aus dem verstärkten Kragen und den Bündchen schließen konnte, die nicht wie der Rest verbrannt waren. An einem der Bündchen fanden sich Blutspuren, Gruppe B, die der des Verstorbenen entsprach.

Größe 38. Judy trug Größe 40, ebenso wie Barbara und – falls er das beurteilen konnte – die junge Mrs Elstow. Mrs Wheeler dürfte Größe 38 haben. Es sah nicht sonderlich gut aus für Marian Wheeler.

Lloyd fand es ein wenig suspekt, als Mann auf Anhieb die Kleidergröße einer Frau bestimmen zu können, aber fraglos war es eine wertvolle Eigenschaft, die Gigolos und Detectives gleichermaßen besitzen sollten.

Marian Wheeler musste vorgeladen werden.

Er wählte Judys Nummer. Nach dem ersten Läuten nahm sie ab.

»Wir haben Arbeit zu erledigen«, sagte er.

»Na Gott sei Dank!«

Er grinste, als das Freizeichen ertönte, und legte den Hörer auf.

»Ein Kunstfaserstoff«, sagte der Inspector. »Uni – vermutlich rosa- oder pfirsichfarben.« Er schaute von Joanna zu Marian. »Besitzt eine von Ihnen ein solches Kleid?«

Marian fiel auf, dass George sie unwillkürlich ansah, als der Inspector seine Frage stellte. Und sie hörte, wie Joanna versuchte, den leisen Laut der Bejahung zu unterdrücken, der ihr wider besseres Wissen entfahren war.

Weihnachten war vorüber, das Warten vorbei. Die Polizei, die von Anfang an einen starken Verdacht gegen Marians Familie gehegt hatte, hatte Kleidung und Schuhe mitgenommen. Jeden Tag hatten die Beamten vorgesprochen und höflich um eine Wiederholung der Aussagen gebeten. Im ganzen Dorf waren sie umhergeschwirrt, überall hatten sie ihre Fragen gestellt.

»Wenn es ein Einbrecher war« – leichte Betonung auf »wenn« –, »dann muss er im Dorf aufgefallen sein. Er hätte ja Blut an seiner Kleidung gehabt.«

Das war, da Marian nachgebohrt hatte, die Erklärung für das ständige Kommen und Gehen im Pfarrhaus gewesen. Die energische, präzise Polizistin namens Hill hatte sie ihr geliefert.

Und nun war sie schon wieder hier, zusammen mit dem Inspector. Beide hatten strenge und ein wenig traurige Mienen aufgesetzt. Und sie konzentrierten sich ausschließlich auf Marian.

»War es Ihr Kleid, Mrs Wheeler?«, fragte Sergeant Hill.

Sie hatten die Asche aus dem Kamin in Joannas Schlafzimmer und aus dem Küchenherd mitgenommen. Irgendwie hatte Marian es geschafft, Weihnachten zu überstehen. Obwohl es angesichts der Ereignisse eigentlich kein richtiges Weihnachten gewesen war. Es hatte sie enorme Anstrengung gekostet, nicht ständig daran zu denken.

»Mrs Wheeler?« Wieder kam die Frage von Sergeant Hill, die durchaus nicht ungeduldig wirkte.

Sie schulterte beinahe so viel wie der Chief Inspector. Marian ertappte sich bei dem Gedanken, ob ihn das möglicherweise ärgerte. Sie kam jedoch zu dem Schluss, dass es ihn nicht stören konnte, da er seine Untergebene ja sonst daran hindern würde. Oft hielt *er* sich im Hintergrund, während sie die Befragung durchführte.

Sergeant Hill trat auf sie zu. »Mrs Wheeler«, insistierte sie. »War es Ihr Kleid?«

»Ja.«

Inspector Lloyd räusperte sich. »Mrs Wheeler, ich wäre Ihnen sehr verbunden, wenn Sie uns zur Dienststelle begleiten würden«, sagte er. »Wir möchten Ihnen einige Fragen zum Mord an Graham Elstow stellen.«

»Das ist ungeheuerlich!«, brüllte George.

»George«, sagte Marian. »Sie tun doch nur ihre Arbeit.«

George starrte sie mit offenem Mund an und schüttelte den Kopf.

»Mrs Wheeler«, drängte Sergeant Hill, »wenn Sie bitte Ihren Mantel holen ...«

»Nein!«, rief Joanna. »Ich verstehe nicht ... was soll denn das?«

Inspector Lloyd wirkte alles andere als glücklich. »Mrs Wheeler hat sich damit einverstanden erklärt, uns bei unseren Ermittlungen zu unterstützen ...«

»Einverstanden?«, fragte George. »Von einem Einverständnis habe ich nichts gehört.«

Lloyd sah Marian an. »Mrs Wheeler?«

»George hat recht«, sagte sie. »Ich habe im Grunde nicht eingewilligt, mitzukommen.«

»Wollen Sie mich zwingen, Sie zu verhaften?«, fragte Lloyd.

»Ja!«, brüllte George. »Wenn Sie wollen, dass meine Frau mitgeht, müssen Sie sie verhaften!« Er machte einen Schritt auf den Inspector zu. »Wehe, wenn Sie sich Ihrer Sache nicht sicher sind, Chief Inspector Lloyd!«

Marian sah, wie der Inspector seinen Sergeant ansah und kaum merklich die Achseln zuckte. Dann wurde sie in Haft genommen.

Man belehrte sie darüber, dass sie nicht verpflichtet sei, eine

Aussage zu machen. Der Wortlaut war Marian bekannt. Sie fragte sich, wann die englische Polizei es für nötig befinden würde, diesen schlichten Satz in ganze Paragrafen mit gesetzlich verankerten Hinweisen abzuändern, wie es in Amerika üblich war. Oder etwa nur in New York? Überhaupt war es merkwürdig, dass die amerikanischen Bundesstaaten unterschiedliche Gesetze hatten.

Man brachte sie zum Wagen. George war kreidebleich; Joanna hatte einen Arm um seine Taille geschlungen und hielt sich wie ein Kind an ihm fest. Er rief etwas von einem Anwalt. Die Polizistin stieg zu ihr auf die Rückbank, und der neu riechende Ledermantel, den sie trug, quietschte leise. Am Steuer saß ein Constable, der die Beifahrertür schloss, während George immer noch auf den Inspector einredete.

Joanna war, offenbar auf Georges Drängen, ins Haus gegangen und kam mit den Mänteln wieder. Sie stieg in ihren eigenen Wagen. George ließ den Inspector stehen, drehte aber noch zwei Mal den Kopf und rief ihm über die Schulter etwas Wütendes zu.

Endlich stieg auch der Inspector ein und knallte die Autotür zu. Marian sah, wie sich die Spannung in seinem Nacken staute, als der Wagen in einem Schneeschauer anfuhr. Fünf Tage Schnee, dachte sie, und kein Ende in Sicht. Es schneite zwar nicht permanent – das Pfarrhaus wäre sonst unter weißen Massen begraben gewesen –, aber jeder Tag hatte Neuschnee gebracht. Die vielen Autos hatten den Schnee ihrer Einfahrt in Matsch verwandelt, der zu überfrieren drohte. Da konnte sich jemand leicht den Hals brechen. Es hieß, dass in so einem Fall der Hauseigentümer verantwortlich sei. Falls ein triftiger Grund für das Kommen des Besuchers vorlag: der Briefträger, zum Beispiel, oder der Zeitungsjunge. Oder auch die Polizei.

Sergeant Hill hatte eine Frage gestellt, aber Marian hatte nicht zugehört.

»Mrs Wheeler?«

Sie wandte sich der Frau zu. Ein angenehmes Gesicht, wie

ihr erst jetzt auffiel. Sergeant Hill war nicht unbedingt »schön« zu nennen, aber sie war anziehend, sie hatte ein Gesicht von der Art, wie Fotografen es lieben. Warme braune Augen und eine Offenheit und Freundlichkeit, die selbst dann noch zu spüren war, wenn sie einen verhaftete.

»Ist alles in Ordnung mit Ihnen, Mrs Wheeler?«

»Oh – ja, natürlich. Wie aufmerksam.«

Weiter über Straßen, zwischen Schneewechten hindurch und hinein nach Stansfield, während im Wagen Schweigen herrschte. Ein Schlenker um die neue Fußgängerzone im Zentrum und weiter zur Polizeidienststelle, die auf der anderen Seite lag. Früher einmal hatte Marian dort in einem Komitee für jugendliche Straftäter gesessen. Das hatte sich zerschlagen – nicht wegen eines Mangels an jugendlichen Straftätern, sondern weil es nicht wirklich helfen konnte.

Während der Fahrer eine Kurve beschrieb, um einzuparken, öffnete Sergeant Hill bereits die Autotür. Als der Wagen hielt, stand sie schon draußen und streckte Marian ihre Hand entgegen. Dann wurde Marian abgeführt – anders konnte man es nicht bezeichnen, sie wurde *abgeführt*, die Hand der Beamtin an ihrem Ellenbogen – und in das Gebäude gebracht. Zum Empfang, wo der Diensthabende mit dem Ausfüllen einiger Formulare begann. Er wiederholte die Belehrung: »Sie haben das Recht zu schweigen, doch alles, was Sie sagen …« Marian unterschrieb. Dann wurde sie in einen Raum mit einem Resopaltisch und mehreren Stühlen geführt; er ähnelte dem des Komitees. Eine junge Streifenpolizistin in Uniform kam herein, und Sergeant Hill wies Marian an, sich zu setzen. Nun war es so weit, dass man ihr Anweisungen erteilte.

Wie befremdend für einen Menschen, der daran gewöhnt war, stets höflich gebeten zu werden!

»Lass ihn einfach hier stehen«, sagte George, als Joanna vor der Polizeistation hielt.

»Das geht nicht«, wandte sie ein. »Hier ist eine gelbe Doppellinie.«

Eine gelbe Doppellinie. Marian war gerade verhaftet worden, und ihre Tochter sorgte sich wegen einer gelben Doppellinie. Aber genau das hätte Marian an Joannas Stelle auch getan, dachte er.

»Geh du rein. Ich fahre hinten auf den Parkplatz«, sagte sie.

George betrat das Revier und sah Inspector Lloyd im Gespräch mit Sergeant Hill auf dem Gang stehen. Er wandte sich gar nicht erst an den Diensthabenden, sondern stiefelte entschlossen auf die beiden zu. »Wo ist meine Frau?«, fauchte er den Inspector an.

Lloyd unterbrach sein Gespräch und drehte sich um. »Mr Wheeler, Sie können jetzt nicht zu Ihrer Frau. Es tut mir leid.«

»Sie hat das Recht, während des Verhörs einen Anwalt dabeizuhaben«, sagte George.

»Selbstverständlich hat sie das«, sagte Lloyd.

»Aber wo bekomme ich bloß einen Anwalt her?«, hörte George sich selbst in flehentlichem Ton fragen. »Am Samstagnachmittag!«

Lloyd zeigte Richtung Pforte. »Gehen Sie zum Diensthabenden«, empfahl er. »Er wird Ihnen behilflich sein.«

»Ja?« George war verunsichert. In den letzten Tagen hatte die Polizei für ihn ein neues Gesicht bekommen. Vorher war sie ein Symbol für Recht und Ordnung gewesen, nun präsentierte sie sich als Eindringling in sein Privatleben. Als Feind. Warum sollte ausgerechnet ein Feind ihm zu Hilfe kommen?

Doch Hilfe gab es tatsächlich, und der Anwalt versicherte, er werde sich umgehend auf den Weg machen. Nachdem er den Hörer aufgelegt hatte, schaute George sich nach dem Inspector um, der aber nirgends zu sehen war. Er verließ das Gebäude und ging zu dessen Rückseite, wo Joanna im Wagen auf ihn wartete.

»Warum hat sie bloß ihr *Kleid* verbrannt?«, fragte Joanna, kaum dass George eingestiegen war.

»Ich weiß es nicht.«

»Aber … warum?«, insistierte sie. »Welchen Grund könnte sie dafür haben?«

»Ich weiß es *nicht*!«, schrie George, doch seine Wut war nicht gegen Joanna gerichtet. »Wobei …«, sagte er nach einiger Überlegung. »Vielleicht weiß ich es doch.«

»Ja?«

Eleanor. Es musste mit Eleanor zu tun haben. »Vielleicht«, sagte er und hieb mit der flachen Hand auf das Armaturenbrett. »Vielleicht weiß ich den Grund. Weil sie wütend auf mich war.«

Joanna riss erstaunt die Augen auf. »Aber was hast du denn getan, um sie so wütend zu machen, dass sie dein Weihnachtsgeschenk verbrennen musste?«

George schloss die Augen. »Ist nicht so wichtig«, sagte er. »Ein Missverständnis. Ich meine ja nur, es könnte der Grund sein.«

Joanna musterte ihn besorgt, stellte aber keine weiteren Fragen.

Schweigend saßen sie im Wagen. Der Anwalt brauchte reichlich lange, wie George fand. Er hatte doch zugesagt, unverzüglich zu kommen.

Es musste eine einfache Erklärung geben. *Musste*. Doch Marian hatte sie ihnen verweigert. Und er hatte geglaubt, die Polizei habe Marian einschüchtern wollen, damit sie eine Aussage machte, und sie deshalb gebeten mitzukommen. Deswegen hatte er etwas von »Verhaftung« gebrüllt, hatte geglaubt, sie hätten nichts gegen seine Frau in der Hand, nicht mit so dürftigen Beweisen. Doch dann *war* Marian verhaftet worden, als reichte die Bestätigung, dass es ihr Kleid gewesen sei. Was mochten sie noch gefunden haben, um Marian mit dem Mord in Verbindung zu bringen? Gut – sie hatte das Kleid verbrannt. Na und? Es war schließlich *ihr* Kleid. Sie konnte damit tun und lassen, was sie wollte.

Doch wie durch eine Hintertür sickerten Zweifel in seine Gedanken ein. Er hatte Marian gesagt, dass sie sich in Bezug auf

Eleanor irre. Spätestens da hätte sie ihm doch gestehen *müssen*, dass sie das Kleid aus Wut verbrannt habe? Oder hatte sie sich für ihre Tat geschämt? Als er sie gefragt hatte, warum sie es nicht trage, hatte sie erklärt, es sitze nicht gut. Warum hatte sie nicht einfach die Wahrheit gesagt? Oder hatte sie gehofft, er würde es vergessen? Hatte sie denn die Folgen nicht bedacht, die sich daraus ergaben, wenn sie der Polizei eine so gewichtige Tatsache verschwieg? Hatte sie nicht bedacht, was die Beamten denken würden, wenn sie die Kleiderreste im Kamin entdeckten? Oder hatte Marian geglaubt, das Feuer habe das Kleid gänzlich vernichtet?

Und außerdem, bohrte es unablässig in seinem Kopf, auch wenn er den Gedanken mit aller Kraft zu unterdrücken versuchte: *Wann* hatte sie es verbrannt? Elstow war doch die ganze Zeit über im selben Zimmer gewesen …

Seine Augen waren immer noch fest geschlossen. »Ich brauche frische Luft!«, stieß er hervor und kletterte aus dem Auto. Er rannte auf die dichte Hecke zu, die an einer Seite des Parkplatzes wuchs, und übergab sich heftig.

Teilnahmslos sah Joanna zu, wie ihr Vater vornüber gebeugt im Gebüsch stand und würgte. Sie konnte ihm nicht helfen.

Die unsinnige Theorie der Polizei würde widerlegt werden: Wenn ihre Mutter das Kleid in einem Wutanfall verbrannt hatte – auch wenn ihr das gar nicht ähnlich sah –, aber falls sie es getan *hatte*, dann würde sie es zugeben und unverzüglich aus der Haft entlassen werden. Doch wie es aussah, hatte sie es nicht erzählt, zweifellos in dem törichten Versuch, ihrem Mann eine Peinlichkeit zu ersparen. Und wenn dem so war, dann sollte *er* jetzt hineingehen und der Polizei erzählen, warum ihre Mutter seiner Meinung nach das Kleid verbrannt hatte.

Es war geradezu lächerlich, dass ihre Mutter sich in diesem Gebäude befand, dass sie verhaftet worden war. Lachhaft. Joanna nahm an, ihr Vater baute darauf, dass die Polizei schließlich selbst darauf kommen würde, einen grotesken Fehler gemacht zu haben, auch ohne seine Einmischung. Und sicher würden die Beamten das noch rechtzeitig einsehen.

Joanna freute sich schon auf den Moment, wenn die scharfäugige, scharfzüngige Polizistin Hill von ihrem hohen Ross heruntersteigen und sich entschuldigen musste. Denn das war unumgänglich; sie konnten einfach nicht daran festhalten, dass ihre Mutter schuldig war. Es war ein unglückliches Zusammentreffen belastender Umstände, mehr nicht. Alles würde sich finden. Natürlich konnte es Stunden dauern, bis ein Verdächtiger wieder aus der Haft entlassen wurde. Aber alles *würde* sich finden. Es musste einfach. Tränen strömten ihr übers Gesicht. Doch Weinen half hier nicht. Ebenso wenig, wie es half, sich in ein Gebüsch zu übergeben.

Sie trocknete ihre Augen und stieg aus dem Wagen. Ein paar Stufen führten hoch zu einer angelehnten Tür. Joanna holte tief Luft und ging hinein.

Sie geriet in einen Korridor mit vielen Türen, die alle geschlossen waren. Irgendwo muss doch jemand sein, dachte sie und ging weiter. Als sie Schritte hinter sich hörte, drehte sie sich um. Es war ein junger Constable.

»Kann ich Ihnen helfen?«, fragte er.

»Ich möchte zu Sergeant Hill«, sagte Joanna.

»Wenn Sie mit mir kommen, dann werde ich sehen, was sich machen lässt.«

Joanna folgte ihm in den Eingangsbereich, wo er sie bat zu warten.

Wenige Minuten später kehrte der junge Constable zurück. Joanna folgte ihm ein weiteres Mal durch einen Raum voller Menschen in ein Vorzimmer. Als sie hereinkam, stand Sergeant Hill auf.

»Joanna«, sagte sie mit besorgter Miene. »Nehmen Sie Platz.«

»Nein, danke.« Nun, da sie zu Sergeant Hill vorgedrungen war, wusste sie nicht mehr, was sie hatte sagen wollen. Der Beamtin Schimpfwörter an den Kopf zu werfen war wohl kaum die passende Strategie, im Grunde jedoch das Einzige, was sie wollte.

»Wir hatten keine andere Wahl, als Ihre Mutter zu verhaften«, sagte Sergeant Hill.

»Keine andere Wahl?«, rief Joanna. »Sie können doch nicht im Ernst glauben, dass meine Mutter Graham ermordet hat!«

»Wir wollten ihr nur ein paar Fragen stellen, Joanna. Dass es zu einer Verhaftung kam, war eigentlich nicht nötig.«

Irgendwo, tief im Hinterkopf, wusste Joanna, dass die Polizistin recht hatte. Ihr Vater hatte die Beamten so in die Enge getrieben, dass sie keine andere Wahl gehabt hatten.

»Aber warum?«, fragte sie. »Warum muss sie verhört werden? Wegen des Kleides? Mein Vater glaubt, dass sie es verbrannt hat, weil sie wütend auf ihn war – es ist ein Weihnachtsgeschenk von ihm.«

»Oh?«, machte Sergeant Hill. »Und warum war sie wütend auf ihn?«

»Das weiß ich doch nicht! Das müssen Sie ihn schon selbst fragen.«

»Wo ist er?«

»Draußen. Er übergibt sich!«

»Das tut mir leid«, sagte Sergeant Hill. »Bitte setzen Sie sich doch, Joanna.«

Joanna spürte, wie sich ein Teil ihres Zorns in Hoffnungslosigkeit verwandelte. Sie sank auf einen Stuhl. »Warum haben Sie meine Mutter verhaftet?«, wiederholte sie.

»Das darf ich Ihnen nicht sagen. Aber wegen des Kleides würde ich nun doch sehr gerne mit Ihrem Vater sprechen.«

Joanna verließ das Gebäude, um George zu holen. Er war wütend, weil sie von dem Kleid angefangen hatte.

»Wenn du glaubst, dass Mom einen guten Grund dafür hatte, es zu verbrennen, dann muss die Polizei ihn wissen!«, sagte Joanna.

»Ich habe doch nicht behauptet, dass sie einen guten …« Er seufzte. »Entschuldige«, sagte er. »Ist ja nicht deine Schuld.«

Joanna wartete beim Empfang auf ihn. Alles würde sich finden.

»Ja«, sagte Eleanor so heiter, wie es ihr nur möglich war. »Ich werde darüber nachdenken. Ich verspreche es.« Und sie winkte ihrem Besucher nach, als er aus dem Hof fuhr. Dann schloss sie mit einem Seufzer die Tür.

»Du solltest hingehen«, sagte Penny, als Eleanor ins Wohnzimmer kam.

»Ich sehe mich aber nicht auf einer Silvesterparty«, sagte sie.

Penny schüttelte den Kopf. »Irgendwann musst du wieder unter Leute gehen«, betonte sie. »Je früher, desto besser. Brauchst ja nicht allzu lange zu bleiben. Aber du solltest wirklich ausgehen.«

Eleanor wusste all das. Aber wie konnte sie ausgerechnet jetzt damit anfangen? Penny verstand es nicht. Und Eleanor würde dafür sorgen, dass es so blieb.

»Ich würde auch auf Tessa aufpassen«, bot Penny an. »Das weißt du.«

Eleanor schmunzelte. »Ich weiß«, sagte sie. »Du hast ja recht. Ich glaube nur nicht, dass ich es über mich bringen kann.«

»Tu wenigstens, was du gesagt hast. Denk drüber nach.«

»Mach ich.«

»Ich habe mir etwas überlegt«, fuhr Penny fort. »Ich weiß ja, dass du nicht mitkommen willst – aber würde es dir etwas ausmachen, wenn ich Tessa morgen Abend mitnähme? Hier hat sie doch nicht viel Abwechslung – und du musst arbeiten. Bei mir hätte sie mehr Spaß. Im Nachbarhaus wohnt ein kleiner Junge, mit dem sie spielen könnte.«

»Hast du mir schon erzählt«, bestätigte Eleanor lächelnd.

»Was hältst du davon? Du hättest ein paar Tage Ruhe, und ich habe Tessa so gern um mich!«

»Ja, natürlich«, sagte Eleanor.

»Falls sie mit mir kommen möchte«, schränkte Penny ein.

Aber Tessa würde bestimmt fahren wollen. Wenn es etwas gab, das sie noch lieber mochte als Besuche, dann waren es Besuche bei ihrer Großmutter. Im Augenblick konnten sie das Mädchen allerdings nicht fragen, weil es sich bei den Brewsters aufhielt, die drei der Kinder hatten, von denen Penny nicht müde wurde zu behaupten, dass es sie in Byford nicht gebe.

»Danke dir«, sagte Eleanor. »Es wäre schön, mal ein bisschen Ruhe zu haben.«

George Wheeler war nicht gerade mitteilsam gewesen in der Beantwortung der Frage, warum seine Frau wütend auf ihn hätte sein sollen. Er hatte einfach nur dagesessen und ausgesehen wie der leibhaftige Tod, hatte beteuert, dass es sich um ein Missverständnis handele, bis Judy gesagt hatte, dass er gehen könne.

Lloyd horchte auf, als sie ihm davon berichtete. »Hört sich für mich nach mittlerer Verzweiflung an«, meinte er. »Die beste Ausrede, die er sich ausdenken konnte.«

»Ich weiß.«

»Wobei …«, sagte Lloyd. »Ich glaube nicht, dass Freddie viel von der Vorstellung hält, dass es Mrs Wheeler gewesen ist.«

»Hat sie überhaupt schon irgendwas gesagt?«

»Nein«, erwiderte Lloyd. »Willst du es mal versuchen?«

Judy stand auf. »Ist ihr Anwalt inzwischen gekommen?«

»Nein. Ich nehme an, dass Wheeler auf ihn wartet«, sagte er. »Jedes Mal, wenn ich den Mann sehe, rast er aufs Klo.«

Judy ging zur Tür. »Kommst du?«, fragte sie.

»Ja«, sagte er müde. »Warum nicht?«

Marian Wheeler saß am Tisch im Vernehmungsraum und sah vollkommen gefasst aus.

Judy nahm Platz. »Haben Sie sich inzwischen daran erinnert, wo Sie am Heiligabend gewesen sind?«, fragte sie.

»Nein.«

»Können Sie uns erklären, wie Ihre Fingerabdrücke auf den Schürhaken gekommen sind?«

»Nein.«

Judy faltete ihre Hände und überlegte für einen Moment, bevor sie die nächste Frage stellte. »Sind Sie in das Zimmer gegangen, in dem Elstows Leiche lag?«

»Nein.«

»Haben Sie das Zimmer am Heiligabend überhaupt betreten?«

»Während des Tages war ich immer mal wieder drin«, antwortete Marian Wheeler. »Zum letzten Mal so gegen zwei, würde ich sagen. Kurz bevor ich am Nachmittag wegging. Ich habe Feuer im Kamin gemacht.«

»Sind Sie sicher, dass Sie zu diesem Zeitpunkt das letzte Mal in dem Raum waren?«

»Ja.«

»Jetzt hören Sie aber auf, Mrs Wheeler!« Lloyd, der mit dem Rücken zu den beiden Frauen gestanden hatte, fuhr herum und starrte die Pfarrersfrau an.

Sein Tonfall erschreckte Judy. Marian Wheeler jedoch sah so gleichmütig aus wie zuvor.

»Ihre Fingerabdrücke waren auf dem Schürhaken. Es ist der Versuch gemacht worden, ein Kleid zu verbrennen – *Ihr* Kleid, an dem Blutspuren waren. Gruppe B. Elstows Blutgruppe.«

Marian Wheeler schwieg.

»Diese Fakten müssen Sie uns schon erklären, Mrs Wheeler.« Judy klang ebenfalls vollkommen gefasst.

»So wie ich es verstanden habe, muss ich gar nicht mit Ihnen reden.«

Judy stieß einen Seufzer aus. »Irgendwann werden Sie eine Aussage machen müssen«, betonte sie. »Sie werden sich gegen die Vorwürfe verteidigen müssen.«

»Ich bin doch gar nicht angeklagt, oder?« Nun veränderte sich Mrs Wheelers Verhalten, sie zeigte ein nüchternes Interesse, machte jedoch nicht den Eindruck, als fühlte sie sich persönlich betroffen.

»Nein«, erwiderte Judy. »Das sind Sie nicht. Aber wir werden Anklage erheben, wenn Sie uns keine Erklärung vorlegen können. Wollen Sie das jetzt tun?«

»Nein«, sagte Marian Wheeler.

»Nein?«, wiederholte Lloyd. »Wollen Sie damit sagen, dass Sie nicht *wissen*, wie die Blutflecke auf Ihr Kleid gekommen sind? Dass Sie nicht wissen, wie Ihre Fingerabdrücke auf den Schürhaken gelangt sind?«

Er beugte sich über den Tisch; Mrs Wheeler lehnte sich zurück.

»Sie haben behauptet, das Zimmer nicht betreten zu haben, Mrs Wheeler. Wie kommt es dann, dass Blut aus dem Zimmer in den Flur getragen wurde – an *Ihrer* Schuhsohle?«

»Das kann ich Ihnen leider nicht sagen.«

»Sie wissen es nicht.« Lloyds Stimme klang leise und drohend, sein walisischer Akzent war nun deutlich herauszuhören. »Jemand hat versucht, das Blut im Flur aufzuwischen – haben Sie das gewusst? Jemand, der neben dem Blutfleck auch seine Fingerabdrücke hinterlassen hat.« Er hieb mit der flachen Hand auf den Tisch. »*Ihre* Fingerabdrücke, Mrs Wheeler. Und Sie wollen angeblich nichts davon wissen?«

Die Frau ging Lloyd allmählich an die Nieren. Judy konnte erkennen, wann sich sein vorgetäuschter Zorn in pure Verzweiflung verwandelte. »Ich habe gerade mit Joanna gesprochen«, warf sie im Plauderton ein.

Mrs Wheeler erstarrte.

»Sie deutet an, Sie könnten das Kleid verbrannt haben, weil Sie auf Ihren Mann wütend waren.«

»Sagt sie das?« Ein Schatten glitt über das gelassene Gesicht.

»Waren Sie wütend?«

»Nein.«

»Das war also nicht der Grund, warum Sie das Kleid verbrannt haben?«

»Nein, natürlich nicht.«

Ein Schweigen entstand. Lloyd setzte sich und lehnte sich entspannt zurück.

»Aber Sie *haben* es doch verbrannt, nicht wahr, Mrs Wheeler?«, fragte Judy.

Die Frau nickte. Judy fühlte, wie ihr Herz schneller schlug.

»Ich wollte, dass er geht«, brach es aus Marian Wheeler heraus. »Ich wollte ihn unbedingt aus dem Haus haben, ich wollte es ebenso sehr wie George. Ich wollte ihn lediglich bitten, uns endlich in Ruhe zu lassen und Joanna nicht mehr wehzutun. Also bin ich nach oben gegangen. Aber – aber als ich mit ihm reden wollte, ist er einfach … auf mich *losgegangen*. Er war wohl betrunken. Ich sagte ihm, er solle mich in Ruhe lassen, aber er hörte nicht auf mich. Da habe ich mir den Schürhaken gegriffen. Ich habe ihn *gewarnt*, dass ich zuschlage, wenn er nicht aufhört.«

Judy schaute zu Lloyd, der auffordernd eine Braue hob.

»Wollen Sie damit sagen, dass Sie in Notwehr gehandelt haben, Mrs Wheeler?«

»Ja«, sagte Marian Wheeler. »Ich war in Panik. Ich habe ihn gewarnt. Aber er wollte nicht hören. Er hat sich auf mich gestürzt, und da habe ich zugeschlagen. Er ist zusammengebrochen. Mir war sofort klar, dass er tot war.«

»Für uns sieht der Fall aber nicht nach Notwehr aus«, deutete Judy vorsichtig an. »Die Beweislage zeigt, dass er bei dem Angriff im Bett lag.«

Marian Wheeler riss die Augen auf. Für einen Moment schienen ihr die Worte zu fehlen. Dann schüttelte sie den Kopf.

»Er hat also nicht auf dem Bett gelegen?«

»Nein. Er ist auf mich losgegangen.«

»Wo war das? Wo haben Sie ihn niedergeschlagen?«, fragte Lloyd.

»Am Kamin«, erwiderte Mrs Wheeler. »Deshalb kam ich ja an den Schürhaken heran.«

»Und dort haben Sie ihm, wie Sie sagen, den ersten Schlag beigebracht?«

»Ja.«

Lloyd schaute Marian Wheeler lange schweigend an. Sie erwiderte seinen Blick mit großen Augen. Judy hielt sich aus diesem Duell der Blicke heraus. Nach einer Weile seufzte Lloyd vernehmlich und fuhr sich mit der Hand über das Gesicht. »Ich habe es Ihnen ja gesagt, Mrs Wheeler: Alles in diesem Zimmer hat eine Geschichte zu erzählen.«

Die Pfarrersfrau wandte den Blick von den beiden ab, als wäre ihre Aufmerksamkeit von etwas ganz anderem gefesselt worden.

»Blutflecke«, fuhr Lloyd fort. »Blutflecke erzählen eine Geschichte. Elstow hat sich zum Zeitpunkt des Angriffs nicht einmal in der Nähe des Kamins befunden.«

Jetzt sah sie ihn wieder an, Herausforderung im Blick. »Doch«, beharrte sie. »Er stand am Kamin.«

»Was ist dann geschehen?«, wollte Lloyd wissen.

»Auf meinem Kleid war Blut. Ich zog es aus und legte es ins Feuer. Es wollte aber nicht richtig brennen, weil das Feuer schon zu stark heruntergebrannt war. Also habe ich es wieder angefacht, mit Streichhölzern und Kaminanzündern. Als ich hinausging, sah ich, dass ich Spuren im Flur hinterlassen hatte. Ich habe also zuerst meinen Schuh gesäubert und dann den Blutfleck weggewischt.«

Sie überlegte kurz. »Ich habe mich gewaschen und bin in mein Zimmer gegangen. Dort habe ich mich umgezogen, auch die Schuhe gewechselt, und dann bin ich zu den älteren Gemeindemitgliedern gegangen, denn das hatte ich ja ohnehin vor. Und ich *habe* die Türen abgeschlossen«, fügte sie hinzu. »Damit niemand ihn finden konnte.«

Judy fiel zwar die Betonung auf – »Ich *habe* die Türen abgeschlossen« –, doch sie zog nicht die richtigen Schlüsse daraus.

Während Mrs Wheelers Aussage abgetippt wurde, traf ihr Anwalt ein. Er entschuldigte sich wortreich bei seiner Mandantin für die Verspätung. Sein Wagen sei mitten im Nirgendwo zusammengebrochen, wo er nicht einmal eine Telefonzelle habe finden können, sodass er gezwungen gewesen sei, durch den Schnee zur nächsten Werkstatt zu laufen. Entgegen seinem Rat unterzeichnete Mrs Wheeler ihre Aussage. Lloyd erhob noch immer keine Anklage, was den Anwalt nicht unbedingt glücklich machte. Judy aber konnte Lloyds Beweggründe gut verstehen.

Als sie wieder im Dienstzimmer waren, räumte Judy ihren Schreibtisch auf. Mr Wheeler war von der neuesten Entwicklung in Kenntnis gesetzt worden und wutentbrannt aus dem Zimmer gestürmt. Joanna Elstow hatte sie zunächst verständnislos angestarrt, schließlich war sie ihrem Vater gefolgt. Der Anwalt hatte tief geseufzt und war den beiden dann nachgegangen.

»Lass uns mit Freddie sprechen«, schlug Lloyd vor.

Judy sah auf ihre Uhr. »Im Krankenhaus?«, fragte sie ungläubig. »Ist er an einem Samstag noch so spät im Krankenhaus?«

»Natürlich ist er da. Er wohnt praktisch dort.«

Sie nahmen Judys Wagen. Lloyd hatte sein Gefährt zu Hause gelassen, er verließ sich bei dieser Witterung lieber auf den Vorderradantrieb der Polizeifahrzeuge. Ihr Auto, so sagte Judy, möge zwar nicht das neueste Modell sein, aber es werde angesichts von ein bisschen Schnee und Eis nicht gleich hysterisch.

Freddie hielt sich, wie erwartet, im Pathologielabor auf. Wie immer war er Feuer und Flamme für seine erwählte Profession. »Hat sie schon gestanden?«, strahlte er. »Na, seht ihr. Da habt ihr zur Abwechslung mal gewonnen.«

»Haben wir das?«, fragte Lloyd dagegen. »Wenn der Fall vor Gericht kommt, hat sie es sich vielleicht schon wieder anders überlegt.«

Judy konnte den Geruch in der Pathologie nicht ausstehen. Sie wollte nicht hier sein und wusste eigentlich auch nicht so genau, was sie hier sollte. Aber Freddie freute sich immer sehr, wenn sie kam, und das munterte sie ein wenig auf.

»Sie wird entweder auf Notwehr oder auf nicht schuldig plädieren«, fuhr Lloyd fort. »Wie gut sind deine Beweise?«

»Sie wird nicht auf Notwehr plädieren«, entgegnete Freddie entschieden. »Selbst wenn sie ihren eigenen Rechtsmediziner anschleppte, könnte der auch nichts anderes sagen. Als der Mann den ersten Schlag erhielt, lag er auf dem Bett.«

»Mrs Wheeler behauptet, ihn am Kamin niedergeschlagen zu haben«, sagte Lloyd.

»Nun, du weißt ja, dass es dort auf keinen Fall passiert sein kann.«

»Hätte er denn aufs Bett kippen können? Nach dem Schlag?«

Freddie schüttelte den Kopf. »Er hat auf dem Bett gelegen«, wiederholte er. »Da gibt's gar kein Vertun – guck dir doch die Betttücher an!«

»Lieber nicht«, gab Lloyd zurück.

»Na schön«, seufzte Freddie. »Lass uns mal so tun, als müssten wir es schlüssig vor Gericht darlegen. Wo auch immer Elstow sich befunden haben mag, aufrecht gestanden hat er definitiv nicht. Hätte er aufrecht gestanden, dann müsste sein Angreifer von einer Trittleiter herunter auf ihn eingeprügelt haben. Ein Schlag dieser Stärke kann nur von einem Menschen geführt worden sein, der beträchtlich größer ist als Elstow – wenn auf deiner Liste also jemand steht, der ungefähr zwei Meter fünfundsiebzig misst, dann dürfte er der Gesuchte sein.«

Lloyd grinste. »Was wird die Verteidigung aus einem Plädoyer auf nicht schuldig machen?«, fragte er. »Abgesehen davon, dass sie einen Verdächtigen von zwei Meter fünfundsiebzig aus dem Hut zaubert?«

»Also«, sagte Freddie, »wenn ich der Verteidiger wäre, würde ich auf Körperbau setzen. Ich würde nicht mit dem Zweimetermann kommen, sondern betonen, wie klein und schmächtig Mrs Wheeler ist.«

»*Du* hast aber gesagt, dass es eine Frau gewesen sein könnte«, maulte Lloyd.

»Sicher. Aber eine Frau von Mrs Wheelers Größe und Körperbau könnte Schläge dieser Art nur beidhändig ausführen.« Allmählich erwärmte er sich für seine Aufgabe. »Sie hatte aber nur eine Hand am Schürhaken. Wenn ich also einen guten Grund angeben kann, warum ihre Abdrücke auf dem Haken waren, *und* den Geschworenen gleichzeitig ihre kleine Statur unter die Nase reibe …« Er brach bedeutungsvoll ab.

»Willst du damit andeuten, dass sie davonkommen könnte?«

»Nein«, sagte Freddie. »Denn sie *könnte* es ja getan haben. Wenn sie genug Angst hatte. Oder genug Wut.«

»Was also *willst* du sagen?« Lloyd hörte sich zunehmend gereizt an.

Freddie grinste. »Wenn sie sich auf Notwehr versteift, hat sie keine Chance. Wenn sie die Tat schlicht leugnet, dann, tja – dann hast du ihr Geständnis, ihre Fingerabdrücke und das verbrannte Kleid auf deiner Seite. Und sie den Umstand, dass sie klein, hübsch, weiblich und mit einem Geistlichen verheiratet ist, auf ihrer.«

»Und die Tatsache, dass sie zur fraglichen Zeit mit dem Opfer allein im Haus war«, sagte Lloyd. »Aber das ist auch ein Punkt auf meiner Seite«, fügte er hinzu. Er dachte kurz nach. »Nehmen wir mal an, dass sie ihn doch geschlagen hat, als er neben dem Kamin stand. Nur schwach natürlich. Er ist betäubt – und hält sich an ihr fest, als er zu Boden sinkt. Sie hat bloß eine Hand frei, und sie ist außer sich vor Angst. Was wäre dann?«

»Sagt sie das?«, fragte Freddie.

»Nein«, erwiderte Lloyd. »Aber könnte das, was du gefunden hast, auf ein solches Szenario hindeuten?«

»Falls er zufällig aufs Bett gefallen wäre«, sagte Freddie. »Ist natürlich irgendwie denkbar. Nur leider ziemlich unwahrscheinlich.«

»Aber dann könnte das mit der Notwehr funktionieren?«

Langsam schüttelte Freddie den Kopf. »Nein. Denn irgendwann muss er sie ja losgelassen haben. Sie hat trotzdem nicht aufgehört, auf ihn einzuprügeln. Zwei Schläge, nachdem er bereits tot war, vergiss das nicht!«

»Ja, ich weiß«, sagte Lloyd. »Das bereitet mir ja solches Kopfzerbrechen.« Er stand auf. »Danke, Freddie. Wir sehen uns dann vor Gericht.«

»Wirst du sie nun wegen Mordes anklagen?«, fragte Judy, als sie zum Wagen gingen.

»Nicht heute Abend«, erwiderte er. »Ich bin überhaupt nicht glücklich mit diesem Fall. Warum sollte sie noch zwei Mal zuschlagen, nachdem er bereits tot war? Und warum sollte sie uns das verschweigen?«

»Glaubst du immer noch, dass sie bloß versucht hat, hinter jemand anderem sauber zu machen?«

Lloyd sah müde aus, als er den Kopf schüttelte. »Ich wüsste nicht, *wann*«, gab er zur Antwort.

Judy runzelte die Stirn. »Also, was glaubst du nun?«, fragte sie verwirrt.

Lloyd schmunzelte. »Du wirst mir einen deiner berüchtigten Blicke zuwerfen, wenn ich dir das sage.«

»Versuch's doch.«

»Nun«, setzte er ein wenig kleinlaut an. »Ich fange an zu glauben, dass sie überhaupt nicht da war.«

Judy warf ihm einen ihrer berüchtigten Blicke zu. »Und irgendjemand soll ihr Kleid verbrannt haben?«, fragte sie entgeistert. »Ihr Blut auf ihren Schuh geschmiert haben?«

Lloyd nickte.

»Und sie *lässt das zu?*«, Judy schüttelte den Kopf. »Was ist mit den Abdrücken auf dem Schürhaken?«

»Ah, ja. Die sind nicht zu leugnen.«

Judy grinste und ließ den Wagen an. Nun schwiegen sie, als wäre mit dem Verlassen des Krankenhauses ihr Arbeitstag beendet und sie und Lloyd nichts weiter als zwei ganz normale Menschen, die nicht wüssten, was sie miteinander reden sollten.

Das Licht der Scheinwerfer wurde von den Schneehaufen am Rand der Landstraße reflektiert, die nun trocken und geräumt war. Es war das erste Mal seit dem Weihnachtsmorgen, dass sie außerhalb der Arbeitszeit miteinander allein waren. Judy kam es so vor, als habe Lloyd diesen Mangel an Privatsphäre bewusst herbeigeführt; vielleicht lag es daran, dass sie nicht auf das geantwortet hatte, was ihr wie ein Heiratsantrag vorgekommen war. Vielleicht aber bereute er seine Worte auch und wollte jeder weiteren Diskussion über ihre gemeinsame Zukunft aus dem Weg gehen.

Judy erwog Verschiedenes, was sie sagen könnte, sprach es aber nicht aus. Eine sorgfältige und schmerzliche Überprüfung ihrer Position hatte sie dazu gezwungen, die Dinge von Lloyds Standpunkt aus zu betrachten. Ja, er hatte recht gehabt: Sie wollte stets ihren Willen durchsetzen. Sie wollte sich in die Sicherheit ihrer Ehe flüchten, die ja gar keine richtige Ehe war, es nie gewesen war. Aber während sie mit Michael lediglich zankte, hatten sie und Lloyd richtige Kräche, bei denen tiefe Gefühle zum Vorschein kamen. Lloyd mit seinem hitzigen keltischen Temperament hatte diese Auseinandersetzungen schon nach fünf Minuten wieder vergessen. Judy konnte das nicht. Diese Streitigkeiten wühlten sie auf, verfolgten sie noch tagelang. Der letzte Streit allerdings schien auch an Lloyd nicht spurlos vorübergegangen zu sein, und Judy glaubte zu wissen, warum.

»Ich habe nicht gewusst, dass ich dir ständig wehtue«, brach sie schließlich das Schweigen.

»Das tust du doch gar nicht«, entgegnete er überrascht. Aber Lloyd war ein Meister der Täuschung: Überraschung, Trauer, Zorn. Was immer gerade gebraucht wurde.

»Du hast gesagt, du kämst dir vor wie eine Flasche Aspirin«, sagte sie.

»Es ärgert mich einfach«, sagte er, während sie das Tempo drosselte und den linken Blinker setzte. »Weh tut es nicht.«

»Warum bist du mir dann den ganzen Tag über aus dem Weg gegangen?«

Er antwortete nicht gleich, und Judy tat, als müsste sie sich beim Einbiegen in die Altstadt, wo Lloyds Wohnung lag, ungemein konzentrieren. Stansfield, eine Stadt mit Supermärkten und kleinen Gewerbegebieten, mit einem Stadttheater und diversen Autohäusern wie jenem, das sie gerade passierten, war einst ein Bauerndorf gewesen wie Byford.

Sie konnte den Entschluss, zu dem sie im Pathologielabor gelangt war, fallen lassen und Lloyd an der Einmündung der Gasse absetzen. Doch sie fuhr weiter auf den Garagenhof und hielt neben Lloyds Wagen.

»Ich hatte kein Recht, zu sagen, was ich gesagt habe«, murmelte er.

»Aber es stimmte – alles«, gab Judy bedrückt zu und stellte den Motor ab. Sie blickte in die Schwärze des Garagenareals, das streifenförmig vom dürftigen Schein einer Straßenlaterne erhellt wurde; auf die Wand vor ihnen fiel kein Licht. Judy war wie immer überrascht, dass hier keine bewusstlosen Überfallopfer herumlagen. Anscheinend schienen die bösen Buben sich damit zu begnügen, die Garagentore mit leeren Flaschen zu bombardieren.

»Nein«, protestierte Lloyd. »Ich habe doch immer gewusst, wo du stehst. Du hattest recht.«

Das half jetzt kaum, wie Judy fand. Und es war auch vollkommen untypisch für Lloyd, so vernünftig auf ihren Standpunkt einzugehen, da er den seinen normalerweise mit Zähnen und Klauen verteidigte.

»Ich bin egoistisch«, sagte sie, »das weiß ich. Aber …« Sie brach ab. Wie konnte sie es Lloyd nur erklären? Sie und Michael brauchten einander nicht; alles, was sie brauchten, war ihre Ehe. Daher Michaels verrückter Vorschlag, eine Familie zu gründen – nur so konnte ihre Ehe weiter bestehen. Eine Ehe, die Sicherheit versprach, weil sie vorhersagbar und auf angenehme Weise langweilig war – wie ein Kricketspiel, das unweigerlich in einem Unentschieden endet.

»Und was ist so schlimm daran?«, fragte Lloyd. Er lachte kurz und freudlos. »Wenn du meinen lüsternen Avancen vor etlichen Jahren erlegen wärest, hättest *du* heute die Junggesellinnenwohnung, und *ich* würde an meiner Ehe festhalten.« Er legte den Arm hinter ihr auf die Rückenlehne.

Es war ein Scherz, irgendwie. Nicht die Wahrheit.

»Nein«, sagte Judy. »Du bist mutiger als ich.«

»Warum willst du ihm nicht von uns erzählen, Judy?«

Sie gab keine Antwort.

»Ich kann nicht glauben, dass er es nicht schon längst herausgefunden hat«, fuhr Lloyd fort.

Michael könnte etwas ahnen, dachte Judy. Aber sie glaubte es nicht. Und zu ahnen war nicht das Gleiche, wie etwas sicher zu wissen. Und auf keinen Fall das Gleiche, wie etwas *erzählt* zu bekommen.

»Warum?«, fragte er noch einmal.

Judy versuchte, es ihm zu erklären. »Es hat immer nur euch beide für mich gegeben, dich und Michael. Und ihr könntet von verschiedenen Planeten stammen.«

»Das Dumme ist nur, dass wir auf dem gleichen Planeten leben.«

»Ja«, sagte sie. Schlimmer noch: in der gleichen Stadt. Doch es war unbedingt nötig, dass sie für Lloyd ein kleines Risiko einging – oder sie war selbstsüchtiger, als Worte beschreiben konnten. »Jetzt bin ich ja hier. Bei dir«, sagte sie. »Aber ich kann nicht lange bleiben – du verstehst.«

Die Entscheidung war ihr schwergefallen; nur hatte sie nicht mit Lloyds Reaktion gerechnet.

»Was?«, sagte er und nahm seinen Arm fort.

»Was hast du?«, fragte sie. Eine ganz unschuldige Frage.

»Was ich habe? Was ich *habe*?« Er wurde immer lauter. »Du verstehst es einfach nicht, oder? Du verstehst es immer noch nicht!«

Er war so laut geworden, dass Judy ängstlich zu den Wohnungen hochsah.

»Ich habe dir am Weihnachtsmorgen gesagt, was ich habe«, fauchte er. »Ich will dich nicht mehr teilen, Judy. Verstehst du? Ich will dich *nicht mehr* teilen!« Er stieg aus und schlug die Tür so heftig zu, dass der Wagen wackelte.

6

Marian Wheeler war schon wach gewesen, als das Frühstück gebracht wurde. Die Polizistin, eine kratzbürstige junge Frau mit kräftigen Beinen – obwohl man in Uniform, wie Marian annahm, nur kräftige Beine haben konnte –, wirkte beinahe zerknirscht, als sie es brachte. Aber mit dem Essen war alles in Ordnung. Marian hatte das Kantinenessen schon während ihrer Tätigkeit im Komitee probiert – sie hätte sich allerdings nie vorstellen können, es eines Tages in einer Zelle einzunehmen. Sie war allein, denn die anderen Untersuchungsgefangenen waren Männer. Das gab ihr viel Zeit zum Nachdenken.

Zur Lunchzeit hatte Marian sich bereits zurechtgelegt, was sie tun wollte. Ihr Anwalt war da gewesen, aber sie hatte sich geweigert, ihn zu empfangen. Sobald sie sicher sein konnte, dass er fort war, hatte sie der jungen Polizistin gesagt, dass sie ihre Aussage ändern wolle.

Und jetzt war ein Sergeant gekommen; nicht der Diensthabende vom Vorabend, der arbeitete ja auch in einer anderen Schicht. Dieser Sergeant hatte graues Haar und blickte freundlich, dabei jedoch leicht gelangweilt drein. Sein Name sei Woodford, sagte er. Ob jemand ihre neue Aussage schriftlich aufnehmen solle?

»Nein«, erwiderte Marian. »Ich möchte sie selbst aufsetzen, wenn das in Ordnung ist.«

»Ja«, sagte er, »das ist völlig in Ordnung.«

Die junge Polizistin gab ihr ein Formular, und der Sergeant sagte, was sie an den Anfang setzen sollte.

Ich mache diese Aussage aus freiem Willen. Ich bin darüber belehrt worden, dass ich das Recht habe, zu schweigen. Wenn ich jedoch aussagen möchte, kann alles, was ich sage, vor Gericht gegen mich verwendet werden.

Marian unterschrieb, und der Sergeant ließ sie mit der jungen Beamtin allein. Dadurch war sie ein wenig gehemmt und kam sich vor wie bei einer Prüfung, wenn die Aufsicht zwischen den Bänken auf und ab schreitet. Dennoch brachte sie ihre Aufgabe zu Ende.

»Lesen Sie sich das Ganze noch mal durch«, empfahl die junge Frau. »Vergewissern Sie sich, dass Sie genau das sagen wollten. Erst dann unterzeichnen Sie.«

Marian las das Schreiben noch einmal.

In meiner Aussage vom 27. Dezember habe ich angegeben, meinen Schwiegersohn Graham Elstow in Notwehr getötet zu haben. Dies entspricht nicht der Wahrheit. Ich wollte gegen zehn vor acht das Pfarrhaus verlassen, war jedoch der Meinung, dass er nicht allein im Haus bleiben könne, und beschloss, ihn zum Gehen zu bewegen. Ich wollte im Grunde nur mit ihm reden, doch als ich das Zimmer betrat und ihm sagte, dass er gehen müsse, lag er auf dem Bett, gab keine Antwort und drehte sich nicht einmal zu mir um. Er gab vor, zu schlafen, und das machte mich wütend. Wahrscheinlich wollte ich ihm einfach nur wehtun, weil er Joanna so wehgetan hatte. Ich nahm den Schürhaken vom Kamin und schlug auf ihn ein. Irgendwie schaffte er es, sich aufzurichten, dann fiel er vom Bett. Ich schlug immer weiter. Ich wusste, dass ich ihn getötet hatte. Auf meinem Kleid war Blut, also habe ich es verbrannt. Ich habe das Haus um ungefähr acht Uhr fünfundzwanzig verlassen.

Marian unterzeichnete ihre Aussage.

»Ich dachte, dir sei der Glaube abhandengekommen.«

Eleanors Stimme – gedämpft, wie es sich in einer Kirche gehörte – ließ George vor Schreck zusammenfahren.

»Ich bin nun mal daran gewöhnt, hier in Ruhe über alles nachzudenken«, erwiderte er.

Verstohlen wie ein Dieb, der es auf die Almosenbüchse abgesehen hat, war er zum Nachdenken in die Kirche geschlichen, nachdem er sicher sein konnte, dass der Küster ihn nicht entdecken würde.

»Was hat Marian denn nun gesagt?«, wollte Eleanor wissen.

»Wozu?«

»Zu deiner Entscheidung?«

Sie wusste von nichts. Woher auch? Es war ja erst gestern Abend passiert, und Eleanor war in ihrem Adlerhorst von der Gerüchteküche des Dorfes weit entfernt. George versuchte es auszusprechen. Im Grunde waren sie doch ganz einfach, die Worte an sich: *Sie haben Marian verhaftet.* Aber er sah sich außerstande. Er blieb an dem »Sie« hängen wie ein Stotterer.

»Sie – was? Was ist los mit dir?« Eleanor stieß einen ungeduldigen Laut angesichts ihrer eigenen Taktlosigkeit aus. »Entschuldige. Aber du weißt, was ich sagen will – ist denn noch etwas passiert?«

George erhob sich und trat in den Mittelgang, wo das durch die Buntglasfenster einfallende Licht Muster auf den Boden malte. »Als ich mich mit Marian verlobte«, begann er, »da hat Rosalind Anthony – kennst du Mrs Anthony?« Eleanor schüttelte den Kopf. »Da hat Rosalind Anthony gesagt, da sie nicht wisse, wer einem Pfarrer gute Ratschläge erteilen sollte, würde sie es eben selbst tun. Sie ist drei Mal verheiratet gewesen«, ergänzte er. »Damals war sie … ungefähr so alt wie Marian jetzt, glaube ich. Sie hatte bereits zwei Scheidungen hinter sich, und einen Mann hatte sie begraben.«

Eleanor wirkte leicht verwirrt und setzte sich in eine Kirchenbank.

»In ihrer Jugend muss sie ein ziemlicher Wildfang gewesen sein.« Während er sprach, wanderte er im Mittelgang davon, machte kehrt und kam wieder zurück. »Sie hat mir prophezeit, dass Marian mich niemals im Stich lassen werde und dass ich diese Eigenschaft eines Tages schwer erträglich finden könnte.«

George schaute Eleanor an, die still dasaß, das blonde Haar von den Farben der bunten Fenster übergossen. Sie runzelte leicht die Stirn, da sie nicht verstand, worauf er hinauswollte.

»Daraufhin habe ich etwas Schwülstiges in der Richtung gesagt, dass dies ja der Sinn einer Ehe sei«, fuhr er fort. »Rosalind Anthony aber warnte mich, dass ich vielleicht nicht mein Leben lang beschützt und beschirmt werden wolle.« Er ließ sich auf eine Bank sinken. »Und sie hatte recht. Sie hatte ja so recht.«

»Hat sich etwas verändert zwischen dir und Marian?«, fragte Eleanor. »Als du es ihr gesagt hast?«

»Ihr gesagt?« George schaute sie verständnislos an. »Oh – nein.« Er fuhr sich mit der Hand übers Gesicht. Er hatte sich nicht rasiert. Er hatte nicht geschlafen. Er musste furchtbar aussehen. »Rosalind meinte, wenn ich Marian heirate, könne ich niemals aufhören, den Pfarrer zu spielen. Auch damit hatte sie recht.«

Nun hatte Eleanor wenigstens eines begriffen. »Du hast Marian also *nicht* gesagt, dass du aus dem Kirchendienst austreten willst.«

»Nein.«

»Wem hast du es gesagt?«

»Nur dir.«

»Aber jetzt wirst du es doch nicht tun?«

George schüttelte den Kopf. »Ich kann nicht«, sagte er tonlos. »Ich kann die Kirche nicht verlassen.« Wie auch? Er saß in einem Gefängnis. In einem Gefängnis, das Marian ihm errichtet hatte. Er schlug die Augen nieder. »Und jetzt …«

»Jetzt?«, fragte sie.

»Hat sie der Polizei gestanden, dass sie Elstow getötet hat«, sagte George, und es war so still, dass er meinte, draußen den Schnee fallen zu hören. Er sah auf. »Aber das hat sie *nicht*!«, brüllte er. »Marian war es nicht – verstehst du?«

Eleanor schüttelte den Kopf, als könnte sie dadurch ihrer Verwirrung Herr werden. »Aber du hast doch gesagt, dass ihr alle ausgegangen wärt«, begann sie.

»Das stimmt ja auch. Aber … aber Marian …« Er seufzte und versuchte, zusammenhängend zu erzählen. »Zuerst hat sie ausgesagt, dass sie das Haus um zehn vor acht verlassen habe, aber jetzt behauptet sie, dass es nicht stimme. Und dann, nun ja, dann war da die Sache mit dem Kleid, und wer weiß, was noch – es muss noch weitere belastende Umstände gegeben haben. Aber sie hat *gestanden*, begreifst du das nicht?« Er vergrub den Kopf in seinen Händen.

»Kleid?«, wiederholte Eleanor verständnislos. »Welches Kleid? Was hat denn ein Kl…?« Sie brach ab. »George?«, setzte sie von Neuem an. »Was hast du da gesagt? Wann will Marian aus dem Haus gegangen sein?«

Er nahm die Hände vom Gesicht und hob sie ihr hilflos entgegen. »Jetzt behauptet sie, sie sei erst später weggegangen. Ich weiß es doch auch nicht. Welchen Unterschied macht das schon?«

»Es ist sehr wichtig, George.« Eleanor klang ungeduldig, fast verärgert. »Sie hat sich da eine Geschichte ausgedacht, um dich zu schützen, nicht wahr?«

George hob langsam den Blick. »Mich?«

»Ich dachte, das hättest du damit gemeint. Als du mir von dieser Rosalind erzählt hast. Dass Marian glaubt, *du* hättest es getan.«

»Was?«, fragte er entgeistert. *Das* sollte Marian glauben? Niemals. Vielleicht. Er wusste es nicht.

»Was auch immer ihre Beweggründe sind«, meinte Eleanor. »Hast du acht Uhr gesagt?«

George runzelte die Stirn. »Zehn vor«, korrigierte er. »Sie hat ausgesagt, dass sie das Haus um zehn vor acht verlassen habe. Die Polizei hat ihr vorgehalten, dass das nicht stimmen könne, und das wiederum hat irgendwie mit Ros Anthony zu tun. *Deshalb* habe ich es dir erzählt. Sie hatte schon immer etwas gegen Marian – ich würde ihr sogar zutrauen …«

»George«, unterbrach Eleanor seine wilden Anschuldigungen. »George. Wir müssen zur Polizei gehen.«

»Sie hätten nicht *zulassen* dürfen, dass sie eine Aussage macht!«, fauchte Joanna.

Mr Barrington, ein junger, dunkelhaariger Mann mit einem Ausdruck permanenter Sorge im Gesicht, zog einige Papiere aus seiner Aktentasche und legte sie auf den Küchentisch. »Ich habe mir etwas aufgeschrieben«, sagte er. »Ein paar Kleinigkeiten, die uns helfen könnten.«

»Warum haben Sie sie nicht daran gehindert?«

»Ich kann Ihrer Mutter nicht vorschreiben, was sie zu tun hat, Mrs Elstow. Ich kann lediglich Ratschläge erteilen.«

»Nachdem Sie endlich dort waren!«

»Dafür habe ich mich bereits entschuldigt – ich hatte keine Möglichkeit zu telefonieren. Ich habe Mrs Wheeler dringend davon abgeraten, ihre erste Aussage zu unterschreiben – sie hat es dennoch getan. Heute habe ich mehrere Male vorgesprochen, aber sie wollte mich nicht empfangen. Und als sie ihre zweite Aussage verfasste, war ich nicht dabei.«

Joanna kochte Kaffee für ihren Besuch. Es war, als dankte man einer Automatiktür dafür, dass sie sich öffnete, oder entschuldigte sich, wenn man gegen einen Laternenpfahl stieß: Besuchern im Pfarrhaus Kaffee anzubieten war einem zur zweiten Natur geworden – selbst wenn der Besucher kam, um einem mitzuteilen, dass die eigene Mutter gestanden habe, den eigenen Mann umgebracht zu haben.

»Aber sie *kann* nicht gesagt haben, dass sie es vorsätzlich getan hat!« Joanna gab Pulver in die Kanne und knallte den Kessel auf den Herd.

»Ich fürchte, doch«, sagte Mr Barrington. »Und ihre Aussage stimmt mit den rechtsmedizinischen Beweisen überein.«

»Das ist mir *egal*!« Joanna versuchte, sich zu beruhigen. Sie atmete tief durch. »Natürlich passt es zusammen«, sagte sie dann.

»Vielleicht haben sie es ihr diktiert, was weiß denn ich – vielleicht haben sie meine Mutter gezwungen, ein Geständnis zu unterschreiben!«

Mr Barrington hüstelte. »Das möchte ich doch sehr bezweifeln, Mrs Elstow.«

»Ach – Sie halten Polizisten wohl für die reinsten Unschuldslämmer?«

»Nein«, erwiderte der Anwalt, dessen vernünftiger Ton allmählich etwas bemüht klang. »Ich bin sicher, dass einige Polizisten sich nicht zu schade sind, stadtbekannte Verbrecher zu drangsalieren oder Halbstarken mit fragwürdigen Mitteln ein Geständnis zu entlocken. Aber ich kann mir nicht vorstellen, dass man Ihre Mutter so behandeln würde.«

»Mit ihr hätten sie aber leichteres Spiel«, gab Joanna zu bedenken, während sie unter Geklapper zwei Tassen aus dem Schrank holte. »Sie ist es nicht gewohnt, verhaftet zu werden – und verhört.«

»Sie könnte natürlich verwirrt gewesen sein«, räumte Mr Barrington ein und schob einige Papiere beiseite, damit Joanna Platz für das Kaffeegeschirr fand. »Das war einer der Punkte, die ich mir aufgeschrieben habe.« Er zeigte auf seine Notizen. »Sie muss aufgeregt und gleichzeitig erschöpft gewesen sein – und hat vielleicht in diesem Zustand gesagt, was die Beamten hören wollten. So etwas kann passieren. Aber ich kenne den Inspector und bin mir sicher, dass er nicht … nicht *heimtückisch* handeln würde.«

»Sie und er sind also befreundet. Na toll.«

»*Das* habe ich nicht *gesagt*, Mrs Elstow. Ich …«

Aber Joanna spürte schon wieder, wie ihr die Tränen kamen.

»Oh … Mrs Elstow. Äh … bitte nicht. Hier, trinken Sie einen Schluck Kaffee – oder vielleicht ein Glas Wasser?« Der Anwalt suchte vergeblich in seinen Taschen, dann riss er ein paar Blatt Küchenpapier von der Rolle ab. »Mrs Elstow?« Er schob ihr die zusammengeknüllten Tücher in die Hand. »Es tut mir sehr leid. Aber ich …«

Zumindest hatte Joanna jetzt ihre Beherrschung wiedergewonnen. Sie putzte sich die Nase. »Graham ist *tot*!«, stieß sie hervor. »Und sie beschuldigen meine Mutter, und ich weiß nicht, was ich *tun* soll.«

»Im Moment können Sie nicht viel tun, Mrs Elstow«, erklärte Mr Barrington. »Ich aber schon. Schauen Sie: Ich habe es mir aufgeschrieben. Eigentlich wollte ich Ihren Vater sprechen – ich hätte lieber auf ihn warten sollen. Dann hätte ich Sie gar nicht belästigt.«

Ihr Vater. Dessen Reaktion auf die gestrigen Ereignisse darin bestanden hatte, dass er sich bis zum späten Abend in seinem Arbeitszimmer verkrochen hatte. Der den größten Teil der Nacht auf dem Klo verbracht hatte und den ganzen Morgen über in seinem Zimmer geblieben war. Der sein Mittagessen schweigend eingenommen hatte und ohne ein Wort aus dem Haus gegangen war.

»Nein«, sagte Joanna. »Es geht ihm nicht gut. Dafür geht es mir jetzt wieder umso besser«, versicherte sie dem Anwalt und richtete sich auf. »Was geschieht als Nächstes?«

»Nun«, sagte er ein wenig hilflos. »Damit meinen Sie wohl, was mit Ihrer Mutter geschehen wird?«

»Ja.«

»Zunächst einmal wird sie angeklagt und dem Untersuchungsrichter vorgeführt werden. Das dauert nicht länger als ein paar Minuten. Ich kann zwar nichts versprechen, aber es besteht die Möglichkeit, dass sie auf Kaution freigelassen wird.«

»Und falls nicht?« Joanna konnte das alles gar nicht so schnell aufnehmen.

»Sobald es zur Gerichtsverhandlung kommt«, fuhr Mr Barrington so lebhaft fort, als hätte sie keine Zwischenfrage gestellt, »kann ich einen Strafverteidiger hinzuziehen.«

Joanna zupfte an dem zusammengeknüllten Papierball, den sie in der Hand hielt. »Und der weiß dann, was zu tun ist?«, fragte sie niedergeschlagen.

»Sie«, sagte Mr Barrington. »Sie weiß in der Tat, was zu tun ist. Dafür wird sie ja bezahlt. Es hängt eher von Ihrer Mutter ab.«

»Meine Mutter hat Graham nicht getötet.« Er antwortete nicht. Sie schaute auf und sah, dass Mr Barrington sie prüfend musterte.

»Dann muss es jemand anders gewesen sein«, sagte er. »Und Ihre Mutter schützt diesen Menschen.«

Natürlich tut sie das, dachte Joanna, während sie langsam das Papierknäuel zerfetzte. »Es war jemand, der von draußen hereingekommen ist«, sagte sie trotzig. »Ein Einbrecher.«

»Man hat keinerlei Hinweise auf einen Einbruch finden können«, widersprach der Anwalt sanft. »Und Ihre Mutter glaubt ja auch nicht an diesen Einbrecher, warum sollte sie sonst jemanden schützen?« Er schaute zu Boden. »Mrs Elstow«, mahnte er. »Die Lage ist sehr ernst.«

Joanna legte die Stirn in Falten. »Glauben Sie etwa, ich wüsste das nicht?« Plötzlich begriff sie. »Sie glauben, dass meine Mutter *mich* beschützt, nicht wahr?«

»Tut sie das?«

»Vermutlich. Aber sie irrt sich.«

Der Mann wirkte nicht überzeugt. Oder vielleicht schenkte er dem Geständnis ihrer Mutter Glauben. Joanna wusste es nicht. Sie wünschte sich nur, ihr Vater hätte einen älteren, erfahreneren Rechtsbeistand hinzugezogen.

»Mrs Elstow – könnte es jemanden geben, der Ihren Gatten bis auf den Tod gehasst hat?«

Joanna gab keine Antwort.

»Ich meine damit einen Menschen, den er kannte und ins Haus gelassen hätte.«

Joanna schüttelte den Kopf. »Ich glaube nicht.«

»Sehen Sie …« Mr Barrington räusperte sich leicht verlegen. »Es ist möglich, dass – immerhin hatten Sie ihn verlassen –, dass Ihr Mann mit jemandem angebandelt hat. Es finden sich keinerlei Hinweise auf einen Einbrecher, deshalb ist es denkbar, dass jemandem Einlass ins Haus gewährt worden ist, der daraufhin …« Hilflos öffnete und schloss er den Mund mehrere Male.

»In mein Schlafzimmer gegangen ist?«, ergänzte Joanna.

»Dort ist es schließlich passiert«, sagte der Anwalt. »Wer immer für die Tat verantwortlich ist, war mit Ihrem Mann im Schlafzimmer.«

Joanna wischte sich die Tränen ab. »Sie glauben allen Ernstes, Graham könnte eine andere Frau gehabt haben? Aber wozu hätte sie denn hierherkommen sollen?«

Mr Barrington seufzte tief. »Es ist ja auch relativ unwahrscheinlich«, gab er zu. »Aber so wie ich es verstanden habe, hat Mr Elstow jemanden getroffen – und zwar im Pub, das hat zumindest Ihr Vater ausgesagt, wenn ich mich recht erinnere.«

»Ja«, meinte Joanna zweifelnd.

»Dieser Umstand wäre es wert, untersucht zu werden«, sagte Mr Barrington. »Wenn jemand Fremdes hier war, dann könnte es die Frau gewesen sein, die Ihr Mann im Pub traf. Das ist natürlich nur eine sehr vage Vermutung«, fügte er rasch hinzu. »Aber ich werde einen privaten Ermittler daransetzen, wenn Sie meinen, dass es die Sache lohnt. Meiner Erfahrung nach neigen Männer, die gegen ihre Ehefrauen gewalttätig werden, auch in anderen Beziehungen zu Gewalt. Wenn er also eine andere Frau hier hatte, hätte er sich auch bei ihr vergessen können.«

»Aber es ist ja keine andere Frau hier gewesen, nicht wahr?«, sagte Joanna. »Die Polizei hat keine fremden Fingerabdrücke oder andere Spuren gefunden. Und Graham hätte so etwas ohnehin nicht gemacht«, fügte sie hinzu.

»Es ist … also, ich weiß sehr wohl, dass ich nach Strohhalmen greife, aber solange Ihre Mutter nicht kooperiert, ist das alles, was ich für sie tun kann, abgesehen davon, dass ich strafmildernde Umstände beantragen kann. Und das will Ihr Vater nicht, soweit ich es verstanden habe. Oder ich soll noch warten.« Er sammelte seine Papiere, denen Joanna nicht mal einen Blick gegönnt hatte, wieder ein. »Ich könnte noch ein Weilchen bleiben und mit ihm reden«, fuhr er fort. »Wann kommt er?«

»Ich weiß es nicht.«

»Nun, in dem Fall … rufe ich später noch mal an. Glauben Sie, dass er mit einem Ermittler einverstanden ist?«

»Ja.«

»Gut.«

Eleanor beendete ihre Aussage und drehte ihren Kopf zu George, der jedoch mit verkniffenem Mund auf seinem Stuhl saß und ihren Blick mied. Sie sah wieder den Inspector an.

Der strich sich mit der Hand über die Haare und atmete langsam ein. »Tja, wer hätte das gedacht?«, bemerkte er. »Ein Alibi.«

Eleanor schaute ihn böse an.

»Nun, ich will damit sagen«, sein walisischer Akzent war während der Vernehmung stärker geworden, »dass es Ihnen beiden recht gut zustattenkommt, nicht wahr?«

»Glauben Sie etwa, ich hätte mir das ausgedacht?«, fragte sie erschrocken.

Der Inspector griff nach der Akte, die er mitgebracht hatte, stand auf und ging zum Fenster.

Eleanor wechselte einen Blick mit George, dessen Zorn völlig verpufft zu sein schien. Beinahe furchtsam senkte er die Augen.

»Langton, Langton«, murmelte der Inspector vor sich hin, während er in der Akte blätterte. »Nein«, sagte er dann. »Keine Langton auf Mrs Wheelers Besuchsliste.« Er sah aus dem Fenster, hatte ihnen den Rücken zugekehrt.

»Mrs Wheeler war am Heiligabend um fünf nach acht bei mir«, wiederholte Eleanor mit fester Stimme.

»War noch jemand da?« Er drehte sich nicht um.

»Nur meine Tochter. Sie ist zweieinhalb und hat tief und fest geschlafen.«

»Also keine Zeugen«, konstatierte der Inspector.

Er schaute immer noch aus dem Fenster, was Eleanor allmählich auf die Nerven ging.

»Sie sind demnach eine Freundin der Familie?«

Eleanor verneinte dies, während George gleichzeitig mit einem »Ja« antwortete.

Endlich drehte Inspector Lloyd sich um. »Soll ich vielleicht lieber hinausgehen? Damit Sie sich besser absprechen können?«, schlug er vor.

»Ich helfe in der Spielgruppe der Kirche aus«, erklärte Eleanor. Ihr war bewusst, dass sie rot geworden war, was ihr leider oft passierte, ohne dass sie es verhindern konnte. »Daher kenne ich Mr Wheeler. Mrs Wheeler habe ich erst wenige Male gesehen.«

»Und eines dieser Male war um fünf nach acht am Heiligabend?«

»Ja.«

Die Tür ging auf. Eleanor drehte sich halb und sah eine junge Frau hereinkommen, deren Blick auf George gerichtet war. Er jedoch schaute einfach durch sie hindurch.

»Nun, dann fangen wir es mal anders an«, sagte der Inspector. »Wenn Mrs Wheeler bei Ihnen war, dann können Sie mir vielleicht irgendeinen Beweis dafür liefern. Wie war sie zum Beispiel angezogen?«

»Ich achte nie darauf, was die Leute tragen.«

Eleanor wusste lediglich noch, was *sie* in jenem Augenblick getragen hatte: Georges Krawatte.

Inspector Lloyd setzte sich wieder. »Sie haben sich nicht ausreichend abgesprochen«, stellte er fest.

Eleanor schluckte den Köder nicht. »Jemand wie er könnte doch Feinde haben«, machte sie geltend. »Warum suchen Sie nicht nach denen?«

»Jemand wie wer?«

»Wie Graham Elstow. Jemand, der Frauen verprügelt, zum Beispiel.«

»Wäre in dem Fall nicht seine Schwiegermutter sein ärgster Feind?«

»Sie war aber bei *mir.*«

Lloyd beugte sich vor. »Und warum, glauben Sie, hat Mrs Wheeler uns das verschwiegen?«

»Ich weiß es nicht.«

»Vielleicht«, sagte Lloyd, »liegt es ja daran, dass sie ursprünglich gar nicht vorgehabt hatte, bei Ihnen vorbeizuschauen. Mrs Wheeler hat mehrere ältere Dorfbewohner besucht, weil sie sich vergewissern wollte, dass sie es warm genug hatten – so lautete jedenfalls ihre ursprüngliche Aussage. Und wie passen Sie da hinein?«

»Das war ja auch nicht der Grund für ihren Besuch bei mir«, wehrte Eleanor ab. »Sie kam, um Mr Wheelers Einladung zum Weihnachtsessen zu bekräftigen. Ich habe kein Telefon«, fügte sie erklärend hinzu. »Sie musste also zu mir hinaufkommen.«

»Aber warum?«, beharrte Lloyd. »Das war doch wohl kaum notwendig.«

Eleanor runzelte die Stirn. Ob es notwendig war – darüber hatte sie noch gar nicht nachgedacht.

»Am Heiligabend persönlich vorbeischauen, nur um eine Einladung zu wiederholen?« Er schüttelte den Kopf. »Das hört sich für mich ziemlich dünn an, Mrs Langton.« Er beugte sich vor. »Und noch dünner, wenn ich so sagen darf, wo Mrs Wheelers Mann neben Ihnen sitzt.«

Der Inspector glaubte also, dass sie sich gemeinsam eine Geschichte ausgedacht hätten. Oder er wollte sie das glauben machen.

»Aber das war nun einmal der Grund für ihr Kommen«, wiederholte sie trotzig.

»Wie lang braucht man vom Pfarrhaus bis zur Burg?«, fragte Lloyd.

»Ungefähr eine Viertelstunde«, erwiderte Eleanor. »Wenn man die Straße nimmt.«

»Die Straße?«

»Es gibt eine Abkürzung«, sagte sie. »Über die Weiden. Aber Mrs Wheeler kam mit dem Wagen.«

»Eine Viertelstunde«, sagte Lloyd und kippelte mit seinem Stuhl nach hinten, balancierte schließlich auf zwei Beinen. »Versetzen Sie sich doch einmal in die Lage von Mrs Wheeler.« Er schaute rasch zwischen George und ihr hin und her und zog fragend eine Augenbraue hoch.

Eleanor wünschte sich, dass George wenigstens eine *Reaktion* zeigte.

»Sie wollen ungefähr ein halbes Dutzend Leute im Dorf aufsuchen«, fuhr Lloyd fort. »Würden Sie dann ausgerechnet mit dem Menschen beginnen, der … drei Meilen entfernt lebt? Und als Nächstes zu jemandem gehen, der am Ende Ihrer Straße wohnt? Und dann wieder ganz woanders hin?« Er schlug die Akte auf. »Nein«, sagte er. »Als Erstes oder auch als Letztes würden Sie doch zu der Person fahren, die am nächsten wohnt, oder etwa nicht? Und genau das hat Mrs Wheeler getan, Mrs Langton.« Er tippte auf die Liste mit den Namen. »Sie war zuerst bei Mrs Anthony. Bei Ihnen ist sie nie gewesen.«

»Warum sollte ich mir so etwas ausdenken?«

»Oh, das weiß ich nicht«, sagte Lloyd. »Fehlgeleitete Loyalität vielleicht.« Wieder schaute er George an. »Oder Zusammenhalt unter Frauen. Frauen gegen dies und Frauen gegen das. Besonders gegen das. Ein Mann, der seine Frau schlägt, verdient es, hart bestraft zu werden.«

Eleanor würde den Teufel tun, sich von ihm derart in die Enge treiben zu lassen. Sie stand auf. »Hören Sie, Inspector. Ich weiß nicht, was sie anhatte, und ich weiß nicht, warum sie es Ihnen verschweigen musste, aber Mrs Wheeler war um fünf Minuten nach acht bei mir. Ich hatte Tessa um sieben ins Bett gebracht. Ich wollte noch eine Stunde warten, bevor ich den Strumpf aufhängte. Um acht habe ich noch mal nach Tessa gesehen, dann habe ich angefangen, das Tretauto zusammenzubauen. Ungefähr fünf Minuten danach ist Mrs Wheeler gekommen. Ich möchte eine offizielle Zeugenaussage abgeben.«

Lloyd seufzte.

»Wenn George …« Eleanor brach ab, fand dann jedoch, dass eine Änderung zu »Mr Wheeler« sich nur noch fragwürdiger anhören würde. »Wenn George und ich uns diese Geschichte zusammengelogen hätten, wären wir dann gemeinsam zur Polizei gekommen?«

»Damit wären Sie wohl besser zu Mrs Wheelers Anwalt gegangen«, sagte Lloyd. »Aber wenn Sie wollen, können Sie natürlich eine offizielle Aussage machen.« Auch er stand auf. »Wie ich feststelle, hat George seinerseits nicht viel dazu zu sagen.«

George war bleich geworden; Schweißperlen standen ihm auf der Stirn. Der Inspector hatte ihn absichtlich zu provozieren versucht, die ganze Zeit über, und er hatte eisern geschwiegen.

»Und ich muss Sie warnen«, setzte Lloyd hinzu, »dass Sie strafrechtlich belangt werden können, wenn Sie wissentlich die Unwahrheit sagen.« Er öffnete seine Bürotür. »Wollen Sie immer noch eine offizielle Aussage machen?«

»Ja.«

Er holte einen jungen Mann herein, der Eleanors Angaben aufnahm und verlas. Zornig setzte sie ihre Unterschrift darunter und reichte Lloyd das Blatt.

»Danke, dass Sie gekommen sind«, sagte er.

Eleanor ging. George folgte ihr wie ein großer Schoßhund. Draußen setzte er sich auf das Mäuerchen.

»Du hast nur ein einziges Wort gesagt, und ich habe wie eine Lügnerin dagestanden«, begann Eleanor wütend – doch dann sah sie, wie es um ihn bestellt war. »Fühlst du dich nicht gut?«, fragte sie besorgt.

»Wird schon wieder«, murmelte er. »Sobald Marian erst wieder frei ist.«

Eleanor setzte sich neben ihn. »Warum hast du nicht gefragt, ob du sie sehen darfst?«

Er schüttelte den Kopf. Sie standen auf und gingen zu ihrem Wagen.

»Er hat dir kein Wort geglaubt«, sagte George. »Kein einziges Wort.«

»Ach – das war doch bloß Theater«, sagte Eleanor. »Ich habe ja gesagt, dass sie mit dem Wagen gekommen ist – irgendwer muss das Auto gesehen haben.«

»Wollen wir es hoffen.«

Sie starrte in sein bleiches, mutloses Gesicht. »George, sie war *da*! Vor Gericht werden sie schon merken, dass ich nicht aus irgendeinem blöden feministischen Grund gelogen habe.«

»Was ist, wenn sie gar nicht will, dass du für sie aussagst?«, entgegnete er.

Eleanors Hand, die eben das Auto hatte aufschließen wollen, verharrte in der Schwebe. »Red keinen Unsinn«, sagte sie nach kurzem Nachdenken. »Sie *muss* es wollen. Du hast den Inspector doch erlebt – kein Wunder, dass deine Frau gestanden hat. Er hat sogar mir das Gefühl gegeben, zu lügen, dabei habe ich mir nichts zuschulden kommen lassen.«

Sie stiegen ein. »Fahren wir zu dem Anwalt«, schlug Eleanor vor. »Er wird schon wissen, was zu tun ist. Wo wohnt er?«

George zog eine Visitenkarte aus der Brieftasche und reichte sie ihr. Zweimal musste Eleanor während der Fahrt anhalten, weil er sich am Straßenrand übergeben musste.

»Es wird wieder gut«, sagte sie, als sie vor dem Haus hielten. Sie drückte seine Hand. »Du wirst sehen. Es wird alles wieder gut.«

»Glaubst du wirklich, sie hat sich diese Geschichte ausgedacht?«, fragte Judy, während sie Eleanor Langtons Aussage studierte.

Lloyd zuckte die Achseln. »Ich weiß nicht, was ich glauben soll«, gestand er. »Es klingt alles ein bisschen unwahrscheinlich. Und George Wheeler schien selbst nicht sonderlich versessen darauf zu sein.«

»Stimmt«, sagte sie. Der Pfarrer hatte sie komplett übersehen.

Judy hätte es ja verstanden, wenn er wie seine Tochter einen Groll gegen sie hegte, aber das war anscheinend nicht der Grund. Es war, als wäre sie gar nicht da gewesen. Nein, auch das stimmte nicht. Es war, als wäre *er* nicht da gewesen.

»Und dann ist da noch das hier«, sagte Lloyd und legte ein mit der Hand beschriebenes Blatt Papier auf Judys Schreibtisch.

Sie las Marian Wheelers neue Aussage und schaute zu ihrem Kollegen auf. Deshalb also hatte er sie hereingerufen!

»Jetzt ergibt es ein wenig mehr Sinn«, sagte sie.

Etwas jedoch stimmte an dieser Aussage ganz und gar nicht. Stirnrunzelnd studierte Judy den Text. Er klang plausibel – und bestätigte Freddies Befunde.

»Mehr Sinn«, stimmte Lloyd zu. »Aber dass er auf dem Bett lag, darauf haben wir sie ja erst gebracht, nicht wahr? Und sie weiß, dass er am Ende auf dem Boden gelegen hat.«

Judy nickte. »Was hält Freddie davon?«

»Du wirst es nicht glauben – ich hab ihn nicht erreicht! Ausgerechnet den letzten Sonntag im Jahr muss er sich freinehmen.«

»*Ich schlug immer weiter*«, las Judy vor. »Könnte das eine Erklärung für die Schläge sein, die ihm nach seinem Tod beigebracht wurden?«

Wieder zuckte Lloyd die Achseln. »Vermutlich. Das war es ja, was ich Freddie fragen wollte. Das und ...« Er grinste. »Ach was. Vergiss es.«

Judy blätterte in ihren schon recht umfangreichen Notizen. Es schien alles zusammenzupassen, aber da war etwas, das sich einfach nicht einfügen wollte.

»Was ist los?«, fragte Lloyd.

»Ich bin nicht sicher. Irgendetwas passt nicht.«

Lloyd nahm ihr das Blatt ab und ließ sich auf ihrer Schreibtischkante nieder. Normalerweise konnte Judy das nicht leiden, jetzt jedoch war sie froh über seine Nähe.

»In dieser Aussage?«, fragte er, während er sie erneut überflog.

»Nein. Das meine ich nicht. Sie ist stimmig. Und passt zu den forensischen Beweisen – ist vielleicht sogar eine Erklärung für die beiden zusätzlichen Hiebe.«

»Lizzie Borden nahm ein Beil und schlug ihre …«, sinnierte Lloyd. »Aber du glaubst nicht, dass es sich so abgespielt hat«, fuhr er fort.

»Ich könnte es schon glauben«, sagte Judy. »Wenn ich das fände, wonach ich suche.« Sie schaute zu ihm auf. »Denn wenn ein Teil übrig bleibt, nachdem das Puzzle fertig ist, dann muss dieses Teil zwangsläufig zu einem anderen Puzzle gehören – stimmt's?«

»Wir haben hier ziemlich viele Puzzles«, sagte Lloyd. »Kleine Puzzles. Was hat Mrs Anthony zum Beispiel über George Wheeler andeuten wollen?«

»Weswegen war Marian Wheeler wütend auf George?«, fragte Judy.

»Falls das der Wahrheit entspricht«, sagte Lloyd. »Ich neige dazu, zu glauben, dass er sich das ebenso ausgedacht hat wie das kleine Theaterstück, das sie uns heute vorgespielt haben.«

Aber ganz von der Hand weisen will er Mrs Langtons Aussage nicht, dachte Judy. Sie hat ihn zum Nachdenken gebracht; deshalb will er Freddie etwas fragen, das er mir verschweigt. Also ist er wieder zu seiner Theorie des abgekarteten Spiels umgeschwenkt. Es hatte allerdings keinen Zweck, Lloyd danach zu fragen; er würde schon damit herausrücken, wenn er den rechten Zeitpunkt für gekommen hielt.

»Und warum ist Joanna während der ganzen Zeit *kein einziges Mal* zu Graham hochgegangen, wenn sie sich doch wieder versöhnt hatten?«, gab sie zu bedenken. »Wir reden hier immerhin von acht Stunden, Lloyd.«

»Tja«, meinte er. »Sollte Mrs Wheelers neues Geständnis der Wahrheit entsprechen, dann gehen uns all diese kleinen Puzzles nichts mehr an.«

Es klopfte an die Tür, und Jack Woodford trat ein. »Will nur kurz zum Automaten«, sagte er. »Soll ich euch was mitbringen?«

»Kaffee«, sagte Lloyd und kramte in seinen Taschen nach einer Münze, die er Woodford zuwarf. »Danke, Jack.« Er rutschte von Judys Schreibtisch, denn in diesem Moment klingelte sein Telefon. »Wir sollten lieber noch mal mit Mrs W. sprechen«, sagte er, während er den Hörer abnahm. »Lloyd.«

Er lauschte.

»Genau. Danke. Sag ihnen, sie sollen warten – ich will noch mit ihnen sprechen, bevor sie gehen.«

Er legte auf und wandte sich ein wenig verlegen an Judy. »Bloß eine Sache, über die ich mit Bob Sandwell reden muss«, sagte er.

Judy bedachte ihn mit einem vorwurfsvollen Blick, denn was immer er auch im Schilde führte, den verdiente er. Sie schaute auf die Tür, die hinter Lloyd ins Schloss fiel, dann ließ sie ihr Notizbuch sinken und gestattete sich einige Gedanken über Lloyd und Michael sowie über das schreckliche Durcheinander, das sie aus ihrem Leben gemacht hatte.

Im Nebenzimmer klapperten zwei Schreibmaschinen, die eine von kundigen Händen angeschlagen, die andere von jemandem, der das Maschineschreiben nicht beherrschte. Stimmen erklangen und Gelächter: Jemand wurde gefoppt. Draußen fuhr ein Bus durch den Schneematsch zur Haltestelle. Ein Passant pfiff *Plaisir d'Amour*. Judy wünschte, sie könnte in Lloyds ruhiger, friedlicher Wohnung sein. Die kostbaren Augenblicke, die sie am Weihnachtsmorgen miteinander verbracht hatten, waren zerschlagen worden, und sie fürchtete, dass es mit ihrem Leben denselben Weg nehmen würde.

Das letzte Mal, als sie bei Lloyd gewesen, wirklich *bei ihm* gewesen war – wie lange lag das zurück? Judy warf einen Blick auf den Wandkalender. Fast drei Monate. Meine Güte, so lange schon? Kein Wunder, dass Lloyd genug davon hatte. Auch damals hatte sie schon von Michaels Beförderung gewusst und sich, nachdem Loyd und sie miteinander geschlafen hatten, gefragt, was sie nur tun sollte. Doch dann hatte sie den Gedanken beiseitegeschoben und sich damit zu beruhigen versucht, dass sich alles von selbst klären werde. Aber das war nicht geschehen. Wie auch? Sie – sie *allein* hatte die Entscheidung zu treffen.

Plötzlich ging die Tür auf. Judy erschrak und kehrte mit einem Schlag in die Gegenwart zurück.

»Lloyds Kaffee«, sagte Jack. »Er musste irgendwohin und meinte, ich soll ihn einfach dir geben.«

»Danke.« Judy nahm ihm den Pappbecher ab. Ihre Hand zitterte leicht, und sie verschüttete Kaffee auf die Tischplatte.

»Macht nichts – schon behoben«, sagte Jack und tupfte die Flüssigkeit mit einem Löschblatt auf.

Judy starrte auf den braunen Fleck, der sich auf dem Löschpapier ausbreitete.

»Alles in Ordnung?«, erkundigte sich Jack.

»Ja«, erwiderte sie zerstreut. »Ja. Danke, Jack.«

Er verließ das Zimmer. Judy griff erneut nach ihrem Notizbuch und blätterte darin, bis sie die Stelle gefunden hatte.

Hände gezittert. Kaffee auf ihr Kleid verschüttet.

Na, sieh einer an, dachte sie. Sie lehnte sich zurück und starrte noch eine Weile auf die Worte. Dann schlüpfte sie in ihren Mantel, hinterließ Lloyd eine Nachricht und verließ die Dienststelle.

Dieses Mal wurde der Hörer abgenommen.

»Freddie? Wo zum Teufel hast du gesteckt?«

»Draußen«, erwiderte Freddie. »Hab *Trivial Pursuit* gespielt, wenn du es unbedingt wissen musst.«

»Ich hab gar nicht gewusst, dass Leichen *Trivial Pursuit* spielen«, sagte Lloyd.

»Ich auch nicht, bis meine Frau damit angefangen hat.«

Lloyd grinste. »Wie hält es deine Frau bloß mit dir aus?«

»Sie ist eine Heilige, Lloyd, eine wahre Heilige. Was kann ich für dich tun?«

Lloyd las dem Rechtsmediziner Marian Wheelers zweite Aussage vor.

»Hm.«

»Hm?«

»Es passt.«

»Aber?«

Eine kurze Pause entstand. »Im Grunde dieselben Bedenken wie vorher. Aber immerhin hat sie gestanden, das ist ja schon mal was. Obwohl …«

»Obwohl?«, hakte Lloyd nach.

»Zwei Geständnisse finde ich ein bisschen happig«, sagte Freddie. »Ist 'ne seltsame Geschichte, Lloyd.«

»Ich weiß. Aber worum es mir eigentlich geht: Liefert ihre zweite Aussage eine Erklärung für die beiden postmortal zugefügten Hiebe?«

»Nicht unbedingt. Ich weiß nicht, was ich von diesen Schlägen halten soll.«

»Freddie?« Lloyd war bewusst, dass er im Begriff war, eine wirklich dumme Frage zu stellen. »Besteht irgendein Zweifel bezüglich der Mordwaffe?«

Er hörte den anderen geräuschvoll atmen. »Nein«, erwiderte Freddie schließlich. »Aber wenn du mir einen Gegenstand von annähernd gleicher Größe und Form bringst, würde ich ihn natürlich genauso in Betracht ziehen.«

»Einen anderen Schürhaken zum Beispiel?«, schlug Lloyd vor. »Den aus der Küche?« Vor Spannung hielt er den Atem an.

»Der Schürhaken, den wir bereits haben, zeigt doch deutliche Gebrauchsspuren«, betonte Freddie.

»Könnte dieser Haken ausschließlich für die beiden zusätzlichen Hiebe benutzt worden sein?«

Ein langes Schweigen folgte. »Unwahrscheinlich, aber nicht unmöglich«, sagte Freddie dann. »Bring mir den anderen Schürhaken, und die Chancen stehen gut, dass ich rauskriege, ob er benutzt wurde.«

»Gut«, sagte Lloyd. »Denn falls wir Glück haben, ist er bereits auf dem Weg hierher.« Vor einer Stunde hatte er Bob Sandwell und einen Constable zum Pfarrhaus geschickt.

Freddie lachte. »Und mit welcher Theorie willst du jetzt aufwarten?«

Lloyd war unsicher, wie der Rechtsmediziner sie aufnehmen würde. »Als Marian Wheeler früher am Tag Feuer machte«, sagte er, »da hat sie ja den Schürhaken in Elstows Zimmer benutzt. Jemand könnte Elstow mit dem anderen Schürhaken getötet, ihn danach abgewischt und wieder zurückgestellt haben – um ihm dann mit dem Ding eins über den Schädel zu schlagen, auf dem bereits Marian Wheelers Abdrücke waren.«

»Was ist mit den Fingerabdrücken im Flur?«, fragte Freddie.

»Zufall. Der Boden muss ja von Zeit zu Zeit gebohnert werden. Wahrscheinlich finden wir Mrs Wheelers Abdrücke überall.«

»Vielleicht«, sagte Freddie. Er klang nicht überzeugt. »Aber soweit ich weiß, müsste Bohnern eigentlich den gegenteiligen Effekt haben. Und du sagst, dass sie das alles zugibt?«

Jetzt klang er genau wie Judy. Lloyd gab keine Antwort, denn dieser Teil seiner Theorie war noch nicht ausgearbeitet.

»Und was ist mit dem Kleid?«

»Das könnte auch ein anderer verbrannt haben«, gab Lloyd zurück. Allmählich fühlte er sich in die Ecke gedrängt.

»Sie hatte es *an*, Lloyd«, betonte Freddie. »Aber die Sache mit dem Schürhaken finde ich interessant. Schick ihn mir auf jeden Fall!«

»Keine Sorge«, sagte Lloyd gereizt. »Wirst nicht lange drauf warten müssen.«

Er legte auf, und im selben Moment klopfte es.

»Sir?« Bob Sandwell betrat das Zimmer. »Wir haben beide mitgebracht«, sagte er und reichte Lloyd die Schürhaken, jeder säuberlich in einem Plastikbeutel verstaut. »Mrs Elstow hat uns gesagt, wo der hier zu finden war.« Er hielt einen der Haken in die Höhe. »Der ist aus dem hinteren Schlafzimmer. Sie sagt, ihre Mutter habe am Heiligabend in dem Zimmer ein Feuer gemacht, also könnten ihre Fingerabdrücke noch drauf sein. Ich habe auch in den anderen Räumen nachgeschaut, aber dort wird entweder mit Gas oder elektrisch geheizt. Keine weiteren Schürhaken, Sir.«

»Danke«, sagte Lloyd. »Übergeben Sie die Haken bitte Sergeant Woodford. Und sagen Sie ihm, ich möchte, dass sie gleich morgen früh ins Labor geschickt werden.«

Sandwell duckte sich beim Gehen unter der Tür hindurch, obwohl er nicht gerade ein Hüne war. Lloyd beugte sich über seinen Schreibtisch. Er war immer noch in Gedanken versunken, als Judy hereinkam.

»Ich habe meine Theorie an Freddie ausprobiert«, sagte er.

»Deine In-die-Schuhe-schieben-Theorie?«, fragte sie.

»Ja. Und meine Schürhakentheorie.« Er gab kurz das Telefonat wieder. »Und das Einzige, worauf Freddie bestand, war, dass sie das Kleid getragen hat«, betonte er. »Aber vielleicht stimmt das ja gar nicht. Sie hat es angezogen, weil sie in den Pub wollte – aber stattdessen musste sie ja eine Menge Hausarbeit erledigen, nicht wahr? Sie machte eine Maschine voll und bezog das Bett für Joanna – sie zündete sogar Feuer im hinteren Schlafzimmer an. Musste dafür Kohlen herbeischleppen. Und all das in einem nagelneuen Kleid, das sie beim Mitternachtsgottesdienst tragen wollte?« Er lehnte sich zurück. »Vielleicht hat sie das Kleid überhaupt nicht angehabt«, wiederholte er. »Vielleicht hatte sie es aufs Bett gelegt, um es erst *nach* ihren Besuchen im Dorf anzuziehen.«

»Nur, dass sie es eben *doch* trug«, sagte Judy. »Als sie ihre Besuchsrunde machte.«

Lloyd schmunzelte. »Na gut«, sagte er. »Ich nehme an, du kannst das beweisen?«

»Ja.«

»Na schön«, meinte er resigniert. »Die nächste Theorie, die ich begraben muss.«

Judy schüttelte den Kopf. »Nein, musst du nicht.«

Lloyd schmunzelte erneut. Er liebte es, wenn Judy Witterung

aufnahm. Sie hatte dann ein wenig Ähnlichkeit mit einem Jagdhund.

»Das Kleid«, sagte sie. »Als wir Marian Wheeler am Weihnachtsmorgen gesehen haben, trug sie einen Hosenanzug. In der Waschmaschine war kein Kleid, und auch sonst war im ganzen Haus kein Kleid mit Kaffeeflecken zu finden, aber laut Mrs Anthony hatte sie doch Kaffee auf ihr Kleid verschüttet. Ich bin noch mal bei Mrs Anthony gewesen«, fuhr sie fort, »und sie hat mir eine gute Beschreibung gegeben: pfirsichfarben, Tellerrock ...«

Lloyd runzelte die Stirn, als ihm aufging, was das bedeutete. »Aber wenn sie es um halb neun anhatte«, sagte er, »konnte sie es wohl kaum vorher in den Kamin geworfen haben ...«

»Nein«, sagte Judy. »Das konnte sie ganz sicher nicht.«

»Sie hat Kaffeeflecke darauf bekommen«, sagte Lloyd langsam. »Sie musste also noch einmal nach Hause, um sich umzuziehen. Soll das jetzt etwa bedeuten, dass jemand das Kleid danach verbrannt hat?«

»Nicht danach«, sagte Judy aufgeregt und rutschte auf ihrem Stuhl nach vorn. »Lloyd – wenn man dir einen Mord anhängen wollte, würdest du dir das doch normalerweise nicht so einfach gefallen lassen, oder?«

»Nun, normalerweise würde ich vehement meine Unschuld beteuern, da muss ich dir recht geben«, sagte Lloyd.

»Mach dich nur lustig über mich«, brummte sie. »Es gibt aber eine Situation, in der du *nicht* deine Unschuld beteuern würdest.«

»Ach ja?« Lloyd dachte scharf nach. »Du meinst, wenn ich mir den Mord anhängen lassen *will*?«, fragte er. »Und ihn mir gleich selber anhänge?« Er schlug sich vor den Kopf, als er endlich begriff, worauf sie hinauswollte. »Unterhalten wir uns noch einmal mit der Dame.« Als er aufstand, fiel sein Blick auf Mrs Langtons Aussage. »Die solltest du besser mitnehmen«, sagte er zu Judy.

Sie nahm auch Mrs Wheelers Aussagen mit und las alle drei, während sie im Vernehmungszimmer warteten.

Als sie hereingebracht wurde, wirkte Marian Wheeler so ruhig und gefasst wie zum Zeitpunkt ihrer Verhaftung, allerdings war ihr leicht zerstreuter Blick nun wachsam geworden.

»Noch ein paar Fragen, Mrs Wheeler«, begann Judy. »Sie verstehen, dass Sie nicht verpflichtet sind, sie zu beantworten, und dass Sie auf der Anwesenheit Ihres Anwalts bestehen können?«

»Das habe ich verstanden, ja.«

Judy legte Mrs Wheeler ihre beiden Aussagen vor. »Wollen Sie eine dritte machen?«, fragte sie.

»Nein«, erwiderte die Pfarrersfrau. »Ich habe Ihnen alles gesagt.«

»Abgesehen von der Wahrheit.«

Mrs Wheeler schwieg.

»Na schön«, sagte Judy. »Wo waren Sie um fünf nach acht Uhr am Heiligabend?«

»Das habe ich Ihnen in meiner Aussage mitgeteilt.«

»Wo waren Sie um fünf nach acht am Heiligabend?«, wiederholte Judy geduldig.

Lloyd beobachtete Marian Wheeler. Er hatte Judys Trick, dieselbe Frage wieder und wieder zu stellen, nie beherrscht. Diese Taktik irritierte den Befragten maßlos und erzwang fast immer eine Antwort.

»Das habe ich Ihnen doch gesagt.«

»Sie waren im Zimmer Ihrer Tochter?«

»Ja.«

»Und sind mit einem Schürhaken auf deren Ehemann losgegangen?«

Marian Wheeler zog die Augenbrauen hoch. »Ja«, erwiderte sie. »Wenn Sie es so ausdrücken wollen … Ich schätze, das ist es, was ich getan habe.«

»Und dann haben Sie Ihr neues Kleid verbrannt und sind zu Mrs Anthony gegangen?«

Mrs Wheeler gab keine Antwort, doch ihre Wachsamkeit wurde zu Argwohn. Sie lehnte sich leicht auf ihrem Stuhl zurück.

»Wo waren Sie um fünf nach acht am Heiligabend?«, fragte Judy freundlich.

»Ich … ich war zu Hause.«

»Und erschlugen Ihren Schwiegersohn?«, erkundigte sich Judy.

Marian Wheeler sah schockiert aus. »Sergeant, ich finde nicht, dass es nötig ist, dermaßen darauf herumzureit…«

»Es gibt keine harmlosere Art, es auszudrücken«, entgegnete Judy. »Mr Elstow ist jedenfalls erschlagen worden.«

»Von mir«, bestätigte Mrs Wheeler. »Ich habe es Ihnen doch schon gesagt.« Sie nahm ihre Aussage vom Tisch.

»Und dann haben Sie Ihr Kleid verbrannt?«

»Ja.«

»Nein«, sagte Judy. »Sie haben das Kleid getragen, als Sie bei Mrs Anthony waren.«

»Nein! Nein – Mrs Anthony ist eine sehr alte Dame und …«

»Den Fehler haben wir auch gemacht«, schaltete sich Lloyd ein. »Sie mag zwar alt sein, aber ihr entgeht *nichts*. Nicht wahr, Sergeant?«

»Sie hat mir das Kleid genau beschrieben, Mrs Wheeler«, fuhr Judy fort. »Pfirsichfarben, Tellerrock, lange Manschetten …« Sie schwieg kurz. »Sie haben Kaffee darauf verschüttet. Sie sind wieder nach Hause gegangen, um sich umzuziehen.«

»Ja«, sagte die Pfarrersfrau. »*Danach* habe ich es verbrannt – ich habe mich einfach nur in der Zeit geirrt.«

»Von Mrs Anthony sind Sie erst um zehn nach neun aufgebrochen. Da war Graham Elstow bereits tot.«

Argwohn und Trotz verschwanden aus Marian Wheelers Augen, und Lloyd wusste, dass Judy gewonnen hatte.

»Wo waren Sie um fünf nach acht am Heiligabend, Mrs Wheeler?«, fragte Judy unverändert höflich.

»Auf der Burg«, erwiderte die Angesprochene mit tonloser Stimme. »Ich habe eine junge Frau namens Eleanor Langton besucht. Sie arbeitet dort. Im Archiv oder so.«

Lloyd setzte sich. »Und *danach* sind Sie zu Mrs Anthony gefahren.«

Die Pfarrersfrau nickte. »Aber während ich dort war, habe ich Kaffee auf mein Kleid verschüttet. Nun ja«, fuhr sie fort, »immerhin hat sie es Ihnen erzählt, nicht wahr? Ich zitterte immer noch ganz furchtbar, weil ich daran denken musste, was geschehen wäre, wenn wir nicht zurückgekommen wären, Mr Lloyd. Was wäre Joanna widerfahren, wenn er nicht von ihr abgelassen hätte?«

»Und trotz Ihrer Aufregung – und trotz des Wetters – sind Sie den ganzen Weg zur Burg hinaufgefahren?«, fragte Lloyd. »Nur, um eine Einladung zu bestätigen? Ich hätte Mrs Langton ja fast nicht geglaubt.«

»Ich wünschte, Sie hätten es nicht geglaubt«, seufzte Marian Wheeler. »Ja – das war mein Vorwand, um zu ihr zu fahren. Aber in Wahrheit wollte ich ...« Sie lachte unfroh auf. »... sehen, mit wem ich es zu tun hatte. Sie hat dieser Tage sehr viel Zeit mit meinem Mann verbracht.«

»Ich verstehe«, sagte Lloyd.

»Ich frage mich, ob Sie das wirklich verstehen«, entgegnete Mrs Wheeler. »Wie dem auch sei, mir lag viel daran. Mrs Langton sollte wissen, dass diese Einladung von uns *beiden* ausging. Ich bin als Erstes zu ihr gefahren, um es hinter mich zu bringen.«

»Und dann sind Sie zu Mrs Anthony gefahren und von dort nach Hause, um sich umzuziehen«, nahm Lloyd den Faden auf. »Sprechen Sie weiter.«

»Ich bin die Treppe hochgegangen«, berichtete Mrs Wheeler. »Und als ich oben war, habe ich über den Flur geschaut. Die Tür zu Joannas Zimmer stand offen. Ich dachte, Graham wäre endlich weg. Ich ging hinein und ... und fand ihn«, sagte sie. »Er war tot. Ich wusste nicht, was ich tun sollte. Ich dachte ...«

Lloyd stand auf und ging langsam im Zimmer auf und ab. »Sie haben geglaubt, Ihre Tochter habe ihn umgebracht«, sagte er.

»Ja. Er hat es verdient!«, rief sie unvermittelt. »Er hat es verdient. Seinetwegen lag sie im Krankenhaus – haben Sie das gewusst?«

»Ja«, sagte Lloyd. »Also, was machten Sie als Nächstes, Mrs Wheeler?«

»Ich wusste nicht, was ich tun sollte. Ich wusste, dass es Joanna gewesen sein musste. Deshalb hatte sie nicht gewollt, dass ihr Vater zu Graham hinaufging.«

Sie schaute zu Lloyd auf. »Ich wollte nicht, dass sie seinetwegen noch mehr leiden musste. Also habe ich … Ich habe dafür gesorgt, dass es so aussah, als hätte ich es getan.«

Lloyd setzte sich wieder hin; er fühlte sich müde und alt. »Was haben Sie getan?«

»Ich habe den Griff des Schürhakens abgewischt. Und ihn in der Hand gehalten. Aber dann habe ich gedacht: Die können das feststellen. Die Polizei kann feststellen, *wie* man etwas in der Hand gehalten hat. Ich habe das in Romanen gelesen. Also habe ich zugeschlagen, um sicherzugehen, dass ich den Schürhaken auch richtig hielt. Ich habe zwei Mal zugeschlagen.«

Jemand ging draußen den Korridor entlang. Lloyd stützte die Ellbogen auf den Schreibtisch, sein Kinn ruhte auf seinen gefalteten Händen. Sie hat die Schürhaken also nicht vertauscht, dachte er. Abgesehen davon war seine Theorie ganz gut gewesen. »Und das Kleid?«, fragte er.

»Das habe ich verbrannt«, antwortete Mrs Wheeler. »Auf dem Ärmel war Blut, und da habe ich gedacht, dass Sie es bestimmt finden, wenn ich es verbrenne.« Sie schaute Lloyd an. »Was für einen Unterschied macht das schon?«, fragte sie. »Sie haben *mich* – warum klagen Sie mich nicht an? Ich *hätte* es getan – wenn ich gesehen hätte, wie er Jo schlägt, hätte ich es *getan*!«

Lloyd verlor allmählich auch das letzte bisschen Geduld. Er zählte an den Fingern ab. »Erstens haben Sie die Zeit der Polizei verschwendet. Zweitens haben Sie Beweise gefälscht. Drittens haben Sie bewusst Falschaussagen gemacht. Und mir fällt bestimmt noch mehr ein, Mrs Wheeler. Für diese Vergehen können wir Sie strafrechtlich belangen – vielleicht ist danach Ihr Verlangen gestillt, unbedingt die Märtyrerin spielen zu wollen.«

Mrs Wheeler schaute ihn leicht überrascht an. »Ich habe nicht die Märtyrerin spielen wollen, Mr Lloyd. Ich wollte nur …« Doch dann kam sie anscheinend zu dem Schluss, dass er es nicht verstehen würde, und gab mit einem Achselzucken auf.

Erst da begriff Lloyd wirklich, was sie getan hatte. Was ihre *wahre* Tat gewesen war. Er wurde von etwas viel Schlimmerem als Zorn ergriffen. »Als Sie zum ersten Mal aus dem Haus gingen«, sagte er, »da haben Sie nicht abgeschlossen, wie Sie es sonst auch nicht tun?«

Eine Sekunde lang schaute sie wie gehetzt drein. »Ja«, sagte sie schließlich.

Lloyd schloss verzweifelt die Augen. Zwischen zehn vor acht und zehn nach neun war die Haustür nicht verschlossen gewesen. Und jemand war ins Haus eingedrungen. Wie zum Teufel sollten sie jetzt noch herausfinden, wer das gewesen war? Marian Wheeler hatte ihre Besuchsrunde gemacht, Wheeler und seine Tochter waren im Pub gewesen … Nun ja, was das betraf, konnten sie noch einmal energisch nachhaken. Aber jetzt ragte eine andere Möglichkeit drohend vor ihm auf.

»Jemand hätte ins Haus kommen können«, sagte er langsam und sehr zornig. »Genau, wie Sie gesagt haben.«

Marian Wheeler öffnete den Mund, schloss ihn wieder.

»Und Sie – Sie haben sämtliche Spuren zerstört, die wir vielleicht hätten finden können«, fuhr er fort. »Sie haben uns in die Irre geführt, Sie haben mögliche Fingerabdrücke verwischt, Sie haben am Tatort herumgepfuscht. Sie haben dem Täter Zeit gegeben, zu fliehen, seine Kleidung zu vernichten – kurz gesagt, Mrs Wheeler: Sie haben es uns praktisch unmöglich gemacht, unsere Arbeit zu tun.«

Damit verließ er das Zimmer, wobei er sich beherrschen musste, nicht die Tür hinter sich zuzuknallen. Diese verdammte Frau.

Die sich verdammt noch mal in alles einmischte. Wer zum Teufel war in das Pfarrhaus eingedrungen und hatte den Mann ermordet? Und warum? Jemand, den er kannte? Oder jemand, der für Elstow ein Unbekannter gewesen war? Lloyd spürte, wie ihm der Mut sank. Folglich hatten sie es mit einem Mörder zu tun, der wieder töten könnte. Irgendwo musste doch ein Mantel oder sonst etwas liegen, das er weggeworfen hatte. Morgen würde er seine Beamten danach suchen lassen. Zum Glück hatten sie die Einbruchstheorie schon vorher ernst genug genommen, um das Dorf zu warnen. Jetzt war der Einbrecher nicht mehr eine aus der Verzweiflung geborene Erklärung, die sich die Wheelers ausgedacht hatten, sondern eine reale Möglichkeit. Und nun würde die Polizei anfangen müssen, Elstows Leben unter die Lupe zu nehmen.

Er hat jemanden im Pub getroffen. Diese Möglichkeit hatte er, Lloyd, außer Acht gelassen. Jetzt würde er mit den Dorfbewohnern sprechen und klären müssen, ob irgendeiner von ihnen einen Fremden gesehen hatte. Oh Gott, schon vor Tagen hätte er daran denken müssen!

Andererseits wussten sie schon einiges, versuchte er sich zu beruhigen. Elstow war laut Aussage der Kellnerin allein im Pub gewesen. Er war allein gekommen und allein geblieben. Den einzigen Anhaltspunkt dafür, dass er jemanden getroffen hatte, lieferte die Aussage seiner Frau.

Lloyd hatte sich wieder beruhigt und ging zurück in sein Dienstzimmer. Die mutmaßliche Täterin war und blieb Joanna Elstow, selbst ihre Mutter hielt sie dafür. Er seufzte tief. Er hatte sich auf Joannas Aussage verlassen, dass der Streit mit ihrem Mann um fünf angefangen habe. Alles, was diese verdammte Familie ihm erzählt hatte, würde er nun ausradieren und wieder ganz von vorne anfangen müssen.

Judy kam herein. »Ich fahre Mrs Wheeler jetzt nach Hause«, verkündete sie, bevor sie die Tür zumachte. »Soll ich danach wiederkommen?«

»Nein«, sagte Lloyd. »Heute Abend können wir ohnehin nicht mehr viel tun.« Er blickte vom Schreibtisch auf. »Oder?«, fragte er, und sein Ton war bitter.

»Vielleicht schon«, erwiderte sie ruhig.

»Nein.«

Ihre braunen Augen hielten seine einen Moment lang fest. »Tu mir das nicht an«, sagte sie beinahe tonlos.

»Ich bin nicht derjenige, der etwas antut«, gab Lloyd zurück.

Er sah zu, wie Judy in ihren dunkelgrauen Ledermantel schlüpfte, ein Geschenk ihres Mannes. So einen Mantel hätte er ihr auch gern geschenkt. Doch wie die Dinge lagen, mussten sie sich mit etwas weniger Auffälligem zufriedengeben. Plötzlich verstand er, warum langjährige Geliebte irgendwann absichtlich schwanger wurden. Nicht aus Rachsucht. Sondern aus einer Verzweiflung heraus.

Er beobachtete durchs Fenster, wie Judy mit der Möchtegern-Märtyrerin davonfuhr, und formulierte im Geiste die Anklagepunkte gegen Mrs Wheeler. Denn er *würde* sie einer strafrechtlichen Verfolgung unterziehen. Judy würde ihm dann zweifellos vorwerfen, dass er gnadenlos sei.

Vielleicht kommt es aber gar nicht dazu, dachte er und ließ sich auf den Stuhl fallen. Judy würde Detective Inspector in Barton, und er würde ihr klarmachen, dass sie in Stansfield nicht länger willkommen sei. Aber verdammt noch mal, Judy war mehr als willkommen, sie war *dringend notwendig*. Er brauchte sie, und sein verdammter Stolz sollte sich lieber zum Teufel scheren. Eine Frau wie Judy mit einem anderen Mann zu teilen mochte nicht die Idealform einer Beziehung sein, aber immer noch besser als das, was er jetzt fühlte. Lloyd hoffte nur, dass er seine letzte Chance nicht verspielt hatte.

Er nahm Eleanor Langtons Aussage vom Schreibtisch. Eigentlich sollte er sich bei der Frau entschuldigen – er war wirklich ein wenig rücksichtslos gewesen. Vielleicht sollte ich gleich hinfahren, dachte er mit einem Blick auf seine Uhr. Warum nicht?

Damit konnte er die Heimkehr in seine einsame Wohnung um weitere ein, zwei Stunden hinausschieben. Und wenn er sich bei Eleanor Langton entschuldigte, konnte er damit vielleicht diese nörgelnde innere Stimme zum Schweigen bringen, die ihm vorhielt, dass er sich bei einer *anderen Frau* entschuldigen sollte.

Allmählich hatte Lloyd die Fahrten nach Byford satt, er konnte einfach keinen Schnee mehr sehen. Im Frühjahr würden die Weiden in allen Farbtönen von Blassgelb bis Dunkelgrün blühen, ab und an würde dazwischen das satte Dunkelbraun eines frisch gepflügten Ackers aufblitzen. Krähen würden lauthals krächzend von den Baumwipfeln aufsteigen und über die Straße flattern; Kaninchen würden auf den Weiden hüpfen und am Fahrbahnrand entlangflitzen, wo das eine oder andere zu Schaden kommen würde. Doch zurzeit begrub der Schnee sämtliche Farben und erstickte jedes Geräusch.

Er fuhr die Castle Road hinauf und vorbei am Dorfpub auf die Hügelkuppe zu, wo er ein Gatter passierte und über ein Viehgitter holperte. Auf den unbeleuchteten Ländereien der Burg drosselte Lloyd das Tempo. Dass er auf einer Straße war, erkannte er lediglich an den wiederkehrenden Schildern, die eine Geschwindigkeitsbegrenzung auf fünf Meilen in der Stunde anmahnten. Urplötzlich ragte zu seiner Linken die Burg auf, eine düstere, abweisende Festung – und die Erinnerung daran, dass es einst schlimmere Zeitgenossen als Einbrecher, Rowdys und den gelegentlichen Mörder gegeben hatte. Als seine Kinder noch kleiner gewesen waren, hatte er mit ihnen die Burg besichtigt.

Nie zuvor hatte sie ihm eine derartige Gänsehaut verursacht.

Durch das riesige Torhaus gelangte Lloyd in das geschützte Herz der Anlage. Nur eine trübe Wandlampe brannte dort, wo einst Fackeln gelodert hatten. »Halten Sie sich links, wenn Sie das Torhaus passiert haben, und am Ende der Torhausmauer wieder links«, war ihm gesagt worden.

Lloyd bog also nach links auf einen riesigen Hof, der vom Mond erhellt wurde. An der einen Seite befanden sich die einstigen Ställe. Fast glaubte er, das Geklapper der Pferdehufe auf dem eisüberzogenen Kopfsteinpflaster zu hören, das hier und da mit Blumenbeeten geschmückt war. Lloyd parkte neben zwei anderen Wagen und ging auf der Suche nach Eleanor Langtons Wohnung an dem Burgladen vorbei, der Bücher und Andenkenkitsch verkaufte. Beim Souvenirladen, hatte ihm der allwissende Constable Sandwell gesagt, und tatsächlich fand Lloyd den Eingang zu Mrs Langtons Wohnung gleich daneben.

Es war eine schwarze Tür mit einem Messingklopfer in Form eines Löwenkopfes. Durch ein Fenster fiel schwaches Licht in den Hof. Lloyd betätigte den Türklopfer.

Mrs Langton bat ihn mit einer Höflichkeit herein, die er seiner Meinung nach nicht verdiente. Durch den Korridor folgte er ihr in ein kleines Esszimmer, wo bereits eine ältere Frau am Tisch saß.

»Oh, das tut mir leid«, sagte Lloyd. »Ich störe Sie beim …«

»Wir sind gerade fertig«, sagte Mrs Langton, und die andere Frau lächelte freundlich. »Penny, das ist Chief Inspector Lloyd«, sagte sie.

»Nur *stellvertretender* Chief Inspector«, stellte Lloyd gewissenhaft richtig.

»Zum Glück, würden manche behaupten«, murmelte Eleanor Langton, während sie den Tisch abräumte.

Lloyd grinste überrascht; es freute ihn, dass er sich zum Tauziehen einen ebenbürtigen Gegner auserkoren hatte.

»Das ist meine Schwiegermutter, Inspector. Penny Langton.«

»Sehr erfreut, Mrs Langton.« Lloyd schüttelte ihr die Hand. »Das ist ein wenig verwirrend«, setzte er hinzu. »Zwei Mrs Langtons.«

»Dann sollten Sie besser bei Eleanor und Penny bleiben«, schlug Eleanor vor.

»Stimmt.« Lloyd kam sich hier, in Eleanor Langtons Heimspielstätte, ein wenig hilflos vor. Hier hatte sie das Sagen. Und genoss es sichtlich.

»Ich bin gleich wieder bei Ihnen«, sagte sie, und Lloyd sprang auf, um ihr die Tür aufzuhalten, auf die sie mit einem voll beladenen Tablett zusteuerte. »Danke«, sagte sie, und er war erleichtert, für einen Moment mit ihrer Schwiegermutter allein zu sein.

»Sie sind hier wegen des Vorfalls im Pfarrhaus?«, fragte Penny mit besorgtem Blick.

»Es hat damit zu tun«, gab Lloyd zu. »Mrs … äh … Eleanor hat uns sehr geholfen.«

»Habe ich das?«

Er hatte sie nicht kommen hören und drehte sich zu ihr um. Sie stand in der Tür und warf ihr langes blondes Haar zurück. Sie war sehr gut aussehend, auf eine nordisch-kühle Art, die Lloyd allerdings allzu sehr an die kalte Schneelandschaft vor dem Fenster erinnerte.

»Ja«, sagte er. »Ich wollte mich für Ihr Kommen bedanken, und ich wollte Ihnen auch sagen, dass ich keinerlei Grund habe, an der Richtigkeit Ihrer Aussage zu zweifeln.« Er überlegte kurz. »Und um mich zu entschuldigen, falls ich …« Er suchte nach den richtigen Worten. »Falls ich Sie in irgendeiner Weise gekränkt haben sollte«, schloss er.

Ihr Blick hielt den seinen fest. Eine Spur Belustigung, die ihm nicht gefiel, stand in ihren Augen.

»Woher der Sinneswandel?«, fragte sie.

Lloyd überlegte einen Moment. »Es sind Hinweise ans Licht gekommen, die … ein neues Licht auf die Vorfälle werfen«, erwiderte er und ärgerte sich schon während des Satzes über die ungeschickte Formulierung. Diese Frau machte ihn einfach kopfscheu.

»Ich nehme Ihre Entschuldigung dankend an«, sagte Eleanor. »Wollen Sie nicht einen Kaffee mit uns trinken?«

Lloyd zögerte; inzwischen wünschte er, er wäre gar nicht erst gekommen. Doch die Rückfahrt würde ebenso mühselig sein, und wenn sie ihm schon einen Kaffee anbot, konnte er wenigstens annehmen. »Danke, gern«, sagte er.

Beim Kaffee hielt vor allem die ältere Mrs Langton die Unterhaltung aufrecht. Lloyd erfuhr, dass ihr Sohn bei einem Motorradunfall ums Leben gekommen sei, dass Eleanor wunderbar mit allen Schwierigkeiten klarkomme und Tessa das reizendste Enkelkind sei, das man sich nur wünschen könne.

»Ich werde mal nach ihr sehen«, sagte Eleanor. »Nehmt doch noch Kaffee!«

Penny Langton wartete, bis ihre Schwiegertochter die Tür hinter sich zugemacht hatte. »Es ist sehr schwer für sie«, sagte sie in gedämpftem Ton, »Tessa ganz allein großzuziehen.«

»Das glaube ich.«

»Es geht nicht ums Geld – nach dem Unfall hat sie eine Schadenersatzzahlung erhalten. Sie *muss* nicht arbeiten, wenn Sie verstehen, was ich meine. Es geht ihr vielmehr darum, eine Beschäftigung zu haben – aber mir wäre es so viel lieber, wenn sie wieder nach Stansfield ziehen würde! Es ist doch sehr einsam hier draußen, finden Sie nicht auch?«

Lloyd konnte nicht anders, als ihr beizupflichten.

»Aber sie sagt, dass sie die Arbeit wirklich mag, und natürlich wäre jede andere Tätigkeit nur schwer zu vereinbaren mit Tessa, aber …«

Lloyd wartete geduldig.

»Aber die Sache ist die, dass ich mir große Sorgen um sie mache«, fuhr Penny Langton fort. »Ist sie hier auch wirklich sicher?«

»Wie bitte?«, fragte Lloyd.

»Ich meine – schwebt sie in Gefahr, Mr Lloyd? Wenn sie Aussagen macht … wenn sie irgendwie in die Sache verwickelt ist.«

»Oh«, sagte er. »Nein – sie ist nicht in den Fall verwickelt. Sie schwebt auch nicht in Gefahr. Eleanor hat für uns lediglich ein kleines Rätsel aufgeklärt.«

Penny Langton wirkte merklich erleichtert. »Ich habe mir solche Sorgen gemacht, wissen Sie? Weil Eleanor an Heiligabend anrief, um mir zu sagen, dass die Straße ins Dorf wahrscheinlich zugeschneit sei und ich lieber erst den Verkehrsbericht hören sollte, bevor ich mich auf den Weg machte. Also habe ich am Morgen Radio Barton angestellt, und als Erstes erfahre ich, dass im Dorf jemand ermordet worden ist. Trotzdem habe ich mich ins Auto gesetzt, und zum Glück war die Straße geräumt.« Sie hielt kurz inne, um Luft zu holen.

Lloyd nickte. Er wusste nicht recht, was er dazu sagen sollte.

»Was ist denn nun genau passiert, Mr Lloyd? Im Radio wurde nicht einmal gesagt, wer ermordet wurde. Es hieß lediglich, dass es sich um einen Mann handele.«

»Ich bin sicher, Inspector Lloyd hat Besseres zu tun, als mit dir über den Fall zu tratschen«, warf Eleanor ein.

Lloyd wünschte, diese verdammte Frau würde sich nicht immer so anschleichen. »Wir haben den Einwohnern natürlich empfohlen, Türen und Fenster geschlossen zu halten«, sagte er, dankbar, dass dies auch der Wahrheit entsprach. »Und niemandem die Tür zu öffnen, den sie nicht ganz genau …«

»War es denn ein Einbrecher?«, fragte Penny Langton. »Ich habe ja nicht mal eine Zeitung gesehen, seit ich hier bin.« Vorwurfsvoll schaute sie Eleanor an.

»Ich habe es dir doch *gesagt*, Penny. Ich bin in keiner größeren Gefahr als alle anderen. Ich habe der Polizei lediglich etwas mitgeteilt, das sie meiner Meinung nach wissen sollte.«

»Aber du willst nicht darüber sprechen.« Penny Langton wandte sich an Lloyd. »Haben Sie denn schon jemanden verhaftet?«

Lloyd holte tief Luft. »Unsere Ermittlungen dauern an«, sagte er. »Und ich bin mir sicher, dass es keinen Grund zur Besorgnis gibt.« Ich bin sicher, redete er sich ein. *Ganz* sicher.

Plötzlich tat Penny ihm leid: eingesperrt am Ende der Welt mit ihrer rätselhaften Schwiegertochter, die sie nicht im Stich lassen wollte. »Die Fakten sind, dass das Opfer der Schwiegersohn des Pfarrers ist und dass wir in mehrere Richtungen ermitteln. Unter anderem ziehen wir die Möglichkeit in Betracht, dass der Täter ein Einbrecher war. Mehr dürfte auch nicht in der Zeitung gestanden haben«, setzte er schmunzelnd hinzu. »Wir haben keinen Grund anzunehmen, dass der Vorfall etwas anderes als eine einmalige Sache war.«

»Meinen Sie damit, dass es jemand aus dem *Pfarrhaus* getan hat?«, fragte sie.

Lloyd vermied es, Eleanor anzusehen. Offenbar hatte sie ihrer Schwiegermutter überhaupt *nichts* erzählt.

»Unsere Ermittlungen dauern an«, wiederholte er und erhob sich.

Eleanor begleitete ihn hinaus. Sie zog die Tür bis auf einen Spalt zu, und sie standen unter dem geisterhaften Licht des Mondes, der tief und voll am nebligen Himmel stand. »Haben Sie Mrs Wheeler gehen lassen?«, erkundigte sie sich.

»Ja.« Lloyd zog seine Handschuhe an. »Ihrer Schwiegermutter haben Sie nichts erzählt?«

»Nein. Ich habe versucht, es herunterzuspielen«, erklärte Eleanor. »Penny wird schnell nervös.« Sie fröstelte leicht in der eisigen Luft.

»Ich hätte gedacht, dass in einem Dorf von dieser Größe alle Bescheid wissen«, sagte Lloyd. »Sodass sie wohl kaum die Abendzeitung gebraucht hätte.«

»Es ist ein sehr großes Dorf«, sagte Eleanor mit Besitzermiene.

»Rein flächenmäßig schon«, gab Lloyd zu. »Aber das meiste davon ist Ackerland. So viele Menschen leben hier doch gar nicht, oder? Es dürfte schwerfallen, hier ein Geheimnis zu bewahren.«

»Vermutlich schon«, meinte Eleanor.

Und du hast vermutlich eines zu hüten, vermutete Lloyd, der an George dachte.

»Hier sind wir aber wie abgeschnitten vom Rest des Dorfes.« Eleanor lächelte. »Und ich bin die Neue.«

Lloyd warf einen Blick auf die dicken Burgmauern. »Ist die Familie nicht da?«

»Nein. Sie überwintern an irgendeinem exotischen Ort.«

Sein Blick wurde finster. »Sie sind hier also ganz allein?«

»Im Augenblick ja. Ein paar Angestellte wohnen zwar auf der Burg, aber die sind im Moment ebenfalls verreist.« Sie lächelte auf ihre kühle Art. »Wir haben eine Alarmanlage, die uns direkt mit der Polizei verbindet«, erklärte sie. »Ich bin also absolut sicher. Ich wünschte nur, sie würden sich mit dem Telefon beeilen.«

»Gibt es denn hier keine Münztelefone?«

»Ein einziges, ob Sie's glauben oder nicht! Im Burgcafé, das allerdings bis Ostern geschlossen ist.«

»Nun«, sagte Lloyd ein wenig unsicher. »Ich kenne den Verantwortlichen der Telefongesellschaft – soll ich mal mit ihm reden?«

»Es ist nicht die britische Telecom, die hier trödelt«, sagte sie und ließ plötzlich ein Lächeln aufblitzen. Dieses Mal war es echt. »Sie brauchen sich keine Sorgen um mich zu machen«, versicherte sie ihm. »Diese Burg hat sogar Cromwell überlebt, nicht wahr? Ich bin hier so sicher, wie ich es nur sein kann.«

Lloyd wünschte ihr eine gute Nacht und ging zu seinem Wagen. Als er die Scheinwerfer aufblendete, warf er einen zornigen Blick auf den Schnee und bedauerte, den eigenen Wagen genommen zu haben, den er nun behutsam über das gefrorene Pflaster zu der ungeräumten Zufahrtsstraße steuerte. Während er im Schneckentempo dahinkroch, fragte er sich, warum Eleanor Langton sich so strikt weigerte, ihrer Schwiegermutter mehr über den Mord zu erzählen. Wegen George? Doch das war eine müßige Frage, und letztlich ging sie ihn auch überhaupt nichts an.

Und obwohl Lloyd sich nun entschuldigt hatte, fühlte er sich um keinen Deut besser.

7

»Hast du's geschafft, die Kinder zu sehen?«, erkundigte sich Judy.

Sie saßen in der Lounge Bar des Duke's Arms in der Castle Road, wo Reverend Wheeler und seine Tochter einen Teil des Heiligabends verbracht hatten. So viel war den Ermittlern bereits bekannt – nun aber wollten sie hören, wann genau Vater und Tochter den Pub verlassen hatten; vorerst blieb ihnen jedoch nichts anderes übrig, als zu warten. Stimmen drangen aus dem anderen Teil des Gasthauses herüber, in der Lounge aber waren Judy und Lloyd allein, abgesehen von der Wirtin, die ihnen allerdings auch nicht weiterhelfen konnte. Ein paar Stammgäste wüssten vielleicht Näheres, hatte sie gesagt. Doch die kämen erst zur Lunchzeit, und da viele zwischen Weihnachten und Neujahr Urlaub nähmen, könnte es sein, dass nicht alle kommen würden.

»Kinder?«, wiederholte Lloyd lachend. »Ja, am zweiten Feiertag bin ich tatsächlich hingefahren.«

»Wie geht es ihnen?«

»Gut«, erwiderte er. »Es ist nur … Linda hat sich in den Kopf gesetzt, nach London zu gehen. Sie ist doch viel zu jung dafür!«

Judy schmunzelte. »Das hast du ihr aber hoffentlich nicht gesagt.«

»Nein. Tatsächlich hab ich mich gefragt …«

Judy zog eine Augenbraue hoch; sie kannte diesen einschmeichelnden Ton.

»Du hast doch in London gewohnt«, sagte Lloyd. »Du weißt, wie schwierig das Leben dort ist – allein schon die Suche nach einer Wohnung. Ich hab mir gedacht, dass du vielleicht mal mit Linda reden könntest.«

»Das hätte nicht viel Sinn«, sagte Judy.

»Warum nicht?«

»Zum einen habe ich bei meinen Eltern gewohnt. Ich weiß also auch nicht besser als Linda, wie man in London eine Wohnung findet oder eine Arbeitsstelle – eigentlich habe ich noch weniger Erfahrung.«

Lloyd schaute trostlos drein.

»Und außerdem möchte Linda gar nicht mit mir sprechen.«

»Aber nein«, wiegelte er ab. »Inzwischen ist sie ganz sicher darüber hinweg.«

»Ach, tatsächlich?«, meinte Judy zweifelnd. »Wenn wir uns zufällig über den Weg laufen, grüßt sie zwar, lehnt mich aber immer noch ab.« Sie trank einen Schluck. »Muss wohl in der Familie liegen.«

»Judy«, setzte Lloyd an. »Ich kann hier nicht …«

»Ich weiß, ich weiß. Ich breche die Regeln. Aber da du mich *nur noch* während der Arbeitszeit sehen willst, kann ich …«

Die Tür flog auf, und eine Frau mittleren Alters rauschte in den Gastraum.

»Da bist du ja«, sagte die Wirtin unnötigerweise. »Schöne Zeit gehabt?«

»Ach, weißt du«, erwiderte die Neuangekommene. »Mal so, mal so. Ist schön, wieder im eigenen Heim zu sein.« Sie verteilte ihre Sachen auf mehrere Garderobenhaken. »Auf jeden Fall …«, begann sie aufgeregt.

»War's nicht schwierig, hinzukommen?«, fiel ihr die Wirtin ins Wort.

»Was? Ach – ich bin erst nach Mitternacht angekommen. Du würdest nicht *glauben*, wie viele Autos an Heiligabend unterwegs sind. Aber *das* war ja halb so wild«, fuhr sie fort. »Ich kann ihn keine fünf Minuten allein lassen …«

Judy sah in der verspiegelten Wand, wie die Wirtin mit den Lippen das Wort »Polizei« formte und zu ihrem Tisch hinübernickte.

Die Kellnerin, denn um diese handelte es sich, schaute zu Judy herüber. »Wir kommen ja nicht ins Kittchen, bloß weil wir darüber reden, oder?«, fragte sie lachend.

Judy schmunzelte.

»Ich konnt's einfach nicht glauben«, sagte die Kellnerin, wieder an die Wirtin gewandt. »Mir ist ganz anders geworden, als ich das gehört habe. Ich meine, ich hatte doch bloß einen Witz gemacht – das rutscht einem halt so raus.«

»Einen Witz?«, fragte Lloyd und drehte sich zu der Frau um.

»Über ihr blaues Auge. Sie sagte, sie sei beim Zahnarzt gewesen, und da hab ich einen Witz gemacht, dass ich nicht in der Haut ihres Mannes stecken möchte. Ich hätte nicht im *Traum* dran gedacht, dass es wirklich ihr Mann war, der ihr das angetan hat. Und jetzt …«

Dörfer. Judy wusste nicht, wie die Menschen das Leben in einem Dorf ertrugen, ein Leben, in dem jeder über den anderen genau Bescheid wusste. Als sie in Joannas Alter gewesen war, wäre sie allein bei der Vorstellung, ihr Privatleben sei allgemein bekannt, vor Scham in den Erdboden versunken.

Als sie so alt gewesen *war* wie Joanna, hatte ihr Privatleben aus Lloyd bestanden, so wie jetzt auch: eine heimliche, schuldbeladene, nicht vollzogene Affäre. Sie schaute zu Lloyd hinüber, der voll in den Dorfklatsch einstieg. Was war aus dieser Affäre geworden, nun, wo sie vollzogen worden war? Das schlechte Gewissen war verschwunden, da Barbara nicht länger Teil von Lloyds Leben war, und ihrem Mann Michael schuldete Judy gar nichts. Die Heimlichkeit jedoch bestand weiter, denn wenn Michael, dieser Anhänger viktorianischer Prinzipien, ihr auf die Schliche käme, würde er sämtliche Brücken abbrechen, und Judy wusste nicht, ob sie dafür schon gewappnet war. Und genau deswegen war sie seit jener Zeit, als sie in Joannas Alter gewesen war, in ihrem Leben keinen einzigen Schritt weitergekommen. Sie hockte mit Lloyd im Pub, schaute unglücklich in ihr halbes Pint Lager-Bier, versuchte ihre Feigheit hinter Prinzipien zu verstecken und scheiterte kläglich.

»Wie es heißt, hat er dafür gesorgt, dass sie im Krankenhaus gelandet ist«, beendete die Kellnerin ihren Bericht.

»Ich habe gehört, dass sie ihn aus dem Grund verlassen hat«, ergänzte die Wirtin. »Das hätte ich ja fast nicht geglaubt. Eine Pfarrerstochter!«

»Hast du mir gar nicht erzählt!«

»Nein. Na ja. Man soll ja nicht tratschen.«

»Sehen Sie, was ich mir hier gefallen lassen muss?«, wandte sich die Kellnerin an die beiden Detectives.

Judy musste lachen; Lloyd nahm sein Glas. »Also haben Sie an Heiligabend gearbeitet?«, fragte er. »Und mit Mrs Elstow gesprochen?«

»Mit wem? Ach so – heißt *sie* so? Nur ganz kurz. Sie war mit ihrem Vater da. Die beiden haben etwas besprochen. Im Grunde«, fuhr sie fort, »war er wütend auf sie, das konnte ich sehen. Ich weiß noch, wie ich gedacht hab, die Kleine könnte ein bisschen Mitleid vertragen und nicht so eine finstere Miene.«

»Haben Sie mitbekommen, wann Mrs Elstow das Lokal verlassen hat?«, fragte Lloyd.

»Nein«, erwiderte die Kellnerin zögernd. »Nein, tut mir leid. Es war rappelvoll – Sie wissen ja, wie es an Heiligabend zugeht.« Sie dachte angestrengt nach. »Nein, ich kann mich einfach nicht erinnern. Ich weiß allerdings, wann *er* gegangen ist. Der Pfarrer.«

Lloyd warf Judy einen vielsagenden Blick zu. »Sie haben den Pub also nicht zusammen verlassen?«, fragte er in beiläufigem Ton und leerte sein Glas. Er erhob sich. »Ich hätte gern noch eins«, sagte er und stellte sich an die Theke.

Die Kellnerin zapfte ein Bier und stellte es auf den Tresen. »Er ist nach ihr gegangen«, sagte sie. »Gegen halb neun. Am Heiligabend werden hier Weihnachtslieder gesungen, und der Klavierspieler kam gerade herein, als Mr Wheeler ging. Ich fand das etwas merkwürdig, denn normalerweise bleiben er und seine Frau noch eine Weile, wenn gesungen wird. Ich hab mich gefragt, ob sie wohl krank ist, weil sie doch sonst immer zusammen kommen. Ich fand auch ehrlich gesagt nicht, dass es der jungen Frau gut genug ging, um in den Pub zu …«

Sie schwatzte munter weiter. Lloyd wirkte nicht so, als ob er wirklich zuhörte, während er am Tresen saß und nachdenklich an dem Bier nippte, das er, wie Judy wusste, eigentlich nicht mehr gewollt hatte. Aber er lauschte ihren Ausführungen viel aufmerksamer, als die Kellnerin vermutete, denn durch sie erfuhr er viel über die Gewohnheiten der Wheelers am Heiligabend.

Gewohnheiten, mit denen die Familie aus irgendeinem Grund gebrochen hatte.

»Warum hast du das getan?«, fragte Joanna mit einer Miene, die traurig und verärgert zugleich war. Erst jetzt brachte sie es zur Sprache – und Marian hatte schon gehofft, sie werde der Inquisition ihrer Tochter entgehen.

»Der Inspector glaubt, dass ich die Märtyrerin spielen will«, sagte sie. »Aber das war nicht der wahre Grund.«

»Du kannst es ihm nicht verdenken.«

Marian erwog ihre Motive. »Ich finde einfach«, sagte sie nach kurzem Nachdenken, »dass man immer versuchen sollte, den Menschen zu helfen, die man liebt.«

Joanna machte große Augen. »Aber das war doch verrückt!«, rief sie aus. »Und unnötig. Du *musstest* das nicht tun!«

»Wenn Menschen bei dem Versuch, ihr Kind aus dem Feuer zu retten, zu Tode kommen, findet man es auch nicht absurd«, entgegnete Marian. »Märtyrer sind sie deshalb nicht.«

»Aber ich habe Graham *nicht* umgebracht!«, brüllte Joanna unvermittelt. »Alle glauben, dass ich es war – aber ich schwöre, ich war es nicht!«

Die Haustür fiel ins Schloss. George kehrte heim. Wo immer er auch gewesen war – Marian hatte einen sicheren Verdacht.

»Hier oben auf dem Hügel ist es ganz schön glatt«, bemerkte er. »Hätte mir fast den Hals gebrochen.«

»Ich streue den Weg.« Joanna war schon aufgestanden.

Marian hielt das für keine gute Idee. »Nein, Liebes«, sagte sie. »Ich finde nicht, dass du … Du würdest dich dabei nur schmutzig machen.«

»Ich ziehe den Overall über.«

»Ich übernehme das«, bot George an.

»Aber du bist doch krank!«, protestierte seine Tochter.

George seufzte. »So schlimm ist es nicht«, sagte er. »Vielleicht tut ein bisschen körperliche Betätigung ganz gut.«

Marian dachte bei sich, dass er gerade die vor Kurzem gehabt haben müsste. Geholfen hatte es anscheinend nicht.

»Es ist diese Geschichte, die mich krank macht«, sagte George.

Marian sah die Wut in Joannas Augen aufblitzen. Manchmal war sie George ja *so* ähnlich.

»Dir gehst es schlecht, weil du glaubst, ich hätte Graham getötet!«, rief sie. »Deswegen hast du der Polizei gesagt, du seist den ganzen Abend über mit mir zusammen gewesen!«

Nun ja, dachte Marian. Das ist der vorgeschobene Grund. Anders als Joanna kannte sie den wahren Grund, der George zur Lüge verleitete.

»Ich glaube *nicht*, dass du es warst. Ich habe nur geglaubt, es würde dich von jedem Verdacht freisprechen. Es war dumm, ich weiß. Aber nun ist es nicht mehr rückgängig zu machen.«

»Du hast die Polizei angelogen. Entweder, weil du mich für die Mörderin hältst, oder …«

»Weil ich der Mörder bin, glaubst du das? Ich wünschte, es wäre so, Joanna. Glaub mir, ich wünschte, ich hätte Graham getötet.«

Marian wollte das alles nicht hören. Und nicht wissen.

»Genau! Dann könntest du nämlich die Schuld auf dich nehmen. Du glaubst, ich hätte es getan – ihr beide glaubt es! Und die Polizei auch – und jetzt wird sie mehr denn je davon überzeugt sein.« Mit Augen, in denen keine Spur von Dankbarkeit zu finden war, funkelte sie Marian an. »Ihr müsst nicht für mich *lügen*, versteht ihr? Ich kann gut auf mich selbst aufpassen.«

»Ach, tatsächlich? Dann könntest du uns vielleicht darüber aufklären …«

»Das reicht!« Marian erhob selten ihre Stimme, doch jetzt war der Moment gekommen, ihre beiden Hitzköpfe zum Schweigen zu bringen. Normalität. Seit Graham Elstow aufgetaucht war, hatte sie versucht, ihr Leben in den gewohnten Bahnen zu halten, und das würden die beiden nun auch tun.

»Entschuldige«, murmelte George. »Wir sind alle ein bisschen gereizt.«

»Mir tut's auch leid«, sagte Joanna und setzte sich wieder.

Marian entspannte sich. So war es besser.

Joanna runzelte die Stirn. »Wo ist der Overall?«, fragte sie.

»*Ich* streue die Einfahrt«, sagte George mit Nachdruck.

»Nein – ich meine, wo ist er überhaupt?«

Lloyd erleichterte sich um ein gewisses Quantum der genossenen Flüssigkeit und seufzte erleichtert. Also, dachte er, wohnen George und Marian stets dem alljährlichen Weihnachtssingen im Pub bei, das bis halb elf geht. Doch in diesem Jahr war alles anders gelaufen. Vielleicht hat es gar nichts zu bedeuten, ermahnte er sich. Aber George musste doch irgendwohin gegangen sein!

Er verließ die Herrentoilette und blieb am Eingang der Bar stehen, wo sein Blick auf Judy fiel. Sie sah ein wenig traurig aus, wie sie da so allein saß. Er wünschte, die Dinge wären anders gekommen.

Für Lloyd war eine Frau, die allein in einem Pub saß, immer noch ein ungewohnter Anblick, aber wahrscheinlich war er bloß ein unverbesserlicher Chauvinist. Betont heiter betrat er den Gastraum. »Alles klar bei dir?«

»Alles in Ordnung.« Judy leerte ihr Glas und stand auf.

»Ich habe große Lust, sie alle miteinander anzuklagen«, sagte Lloyd, als sie das Duke's Arms verließen.

»Du hast aber nicht genug Beweise.«

»Wir wissen jetzt, dass alle drei uns angelogen haben.« Mit vor Ärger fahrigen Bewegungen sperrte er den Wagen auf, und prompt fielen ihm die Schlüssel in den Schnee. Er fluchte, während er sie wieder aufhob. »Und wir wissen, dass Marian Wheeler am Tatort herumgepfuscht hat.«

»Das alles beweist nichts weiter, als dass die beiden Joanna seit der Wiege beschützen«, sagte Judy hitzig.

Er öffnete ihr von innen die Tür, und sie glitt auf den Beifahrersitz. »Ich könnte mir vorstellen, dass das auch der Grund für Elstows Gewaltausbrüche war.«

Lloyd grunzte.

»Hast du dir die Fotowand in der Küche mal angeschaut?«, fragte Judy. »Joanna beim Krabbeln, Joannas erste Gehversuche, Joannas erster Zahn, Joannas erster Schultag – immer nur Joanna. Nichts von der Hochzeit. Und von Graham Elstow auch nicht.«

»Überrascht dich das?«, meinte Lloyd.

Judy nickte. »Ja«, schob sie nach.

»Nun ja«, meinte Lloyd, während er geschickt auf die Castle Road zurücksetzte. »Joannas erstes blaues Auge würde wohl kaum einen Platz an der Wand erhalten, nicht wahr?«

»Aber es hat *nie* ein Foto von Elstow gegeben«, insistierte Judy. »Die Aufnahmen hängen ja schon ewig – keine ist jemals abgenommen worden. Und sie sind nach Datum sortiert«, fügte sie an. »Wobei Joannas Hochzeit übergangen wurde.«

Lloyd hatte den Wagen in Fahrtrichtung manövriert und hielt an.

»Und George Wheeler war wütend auf Joanna«, fuhr Judy fort. »Wegen Elstow. Er hat keine Angst um sie, es ist nicht wie bei ihrer Mutter. Joanna macht ihn *wütend*.«

»Was beweist das schon? Mich macht sie auch wütend. Warum hat sie sich das bloß so lange gefallen lassen?«

Judy seufzte. Sie zwang sich, langsam zu sprechen. »Ich glaube, weil sie wusste, warum Elstow sich so verhielt. Stell dir doch mal vor, Lloyd, wie es ist, gegen so viel Missgunst ankämpfen zu müssen. Für die Wheelers war es, als ob Elstow gar nicht existierte.« Sie drehte den Kopf, sah ihn an. »Er war total frustriert«, sagte sie. »Was ja kein Wunder ist. Wie wäre dir zumute gewesen?«

Lloyd lächelte in die braunen Augen, die ihn forschend anblickten. »Ich würde dich jedenfalls nicht verprügeln«, sagte er. »Ich würde einen zwölf Jahre alten Whisky besorgen und ein vertrauliches Gespräch mit deinem Vater führen.«

»Nicht jeder kann mit Worten so umgehen wie Sie, Inspector Lloyd«, schmunzelte Judy. »Und nicht jeder lässt sich mit teurem Whisky bestechen.«

»Dein Vater schon.«

Judy wurde wieder ernst. »Mein Vater ist auch nicht in mich verliebt.«

Lloyd ließ den Motor an. »Wheeler und seine Tochter?«, fragte er. »Glaubst du das?«

»Es wäre immerhin möglich.«

Lloyd fuhr auf die Hauptstraße und schlug den Weg zum Pfarrhaus ein. »Geistig oder körperlich?«, fragte er.

»Wer weiß? Hinter verschlossenen Türen und so weiter.«

Lloyd fädelte sich hinter einem Lastwagen ein. »Beidseitig?« Er warf ihr einen fragenden Blick zu.

»Ach, das weiß ich doch nicht«, sagte Judy. »Ich weiß nicht mal, ob ich es wirklich glaube. Aber warum ist sie nicht zu Graham hochgegangen?«

»Das habe ich dich schon gefragt.«

»Ich weiß nicht, ob sie überhaupt wusste, was sie wollte.«

»Ich denke, das wusste sie sehr wohl«, sagte er grimmig. »Sie wollte Elstow endlich loswerden.«

»Ich glaube nicht, dass Joanna irgendwas mit dem Mord zu tun hat«, sagte Judy. »Wir wissen ja nur mit Sicherheit, dass Wheeler den Pub verließ, vergiss das nicht.«

Also war der Pfarrer der Täter? Möglich wäre es, dachte Lloyd, in der Theorie. Aber Mord hat stets auch eine praktische Seite, besonders dieser, und da passte die Wheeler-Lösung einfach nicht hinein. Kleider. Sie hatten nämlich keine gefunden. Als Judy und er in der Weihnachtsnacht im Pfarrhaus eingetroffen waren, hatte Wheeler immer noch die Sachen getragen, die er im Pub angehabt hatte. Sein nächster Gedanke brachte ihn zum Grinsen. Der Gemeinde wäre es doch sicher aufgefallen, wenn die geistlichen Gewänder in Blut getränkt waren? Dann verging ihm das Grinsen. Hatte irgendwer daran gedacht, die Sakristei zu durchsuchen?

»Wir haben es hier mit einer Familie von pathologischen Lügnern zu tun«, mahnte er Judy.

»Ich glaube, dass Joanna die Wahrheit sagt.«

»Die ganze Wahrheit?« Darauf gab sie keine Antwort.

Lloyd vertraute Judys Instinkt. Aber vielleicht hatte sich auch Elstow auf seinen Instinkt verlassen, und man sah ja, welches Ende es mit ihm genommen hatte.

In den nächsten Minuten legte sich Lloyd mehrere Formulierungen zurecht, um Judy zu sagen, dass er letztlich doch dazu bereit war, sie mit Michael zu teilen. Nur kam ihm keine einzige davon über die Lippen. Das lag erstens daran, dass sie im Dienst waren, zweitens war es nicht die reine Wahrheit, und drittens hatte er Angst, Judy könnte erwidern, dass das Angebot nicht mehr gelte.

Auf dem Weg zum Pfarrhaus sahen sie die Mauern der Burg durch die kahlen Bäume schimmern. Mehr als ein zehnminütiger Spaziergang war das nicht, die Burg lag ebenso wie die Pfarrei auf dem Hügel. Lloyd konnte sogar hinter den zum Abbrennen abgeräumten Äckern die Stallgebäude ausmachen. Im Bürgerkrieg war die Burg völlig hinter Bäumen verborgen gewesen. Sie hatte einen Rundumblick weit ins Land geboten, war selbst aber nicht zu sehen gewesen. Am Ende hatte sie sich zwar der Übermacht der »Rundköpfe« ergeben müssen, letztlich aber, wie Eleanor betont hatte, die Zeitläufe überlebt. Am helllichten Tag wirkte das alte Gemäuer ruhig und friedlich, ja sogar hübsch im winterlichen Licht. In der Nacht jedoch … Es überlief ihn kalt.

George Wheeler schwenkte eine Aschentonne herum. Lloyd erblickte es mit Misstrauen, doch im Näherkommen erkannte er, was der Mann tat. Sie stiegen aus dem Wagen.

»Guten Morgen«, grüßte Lloyd.

Mit einem Schlenkern der Tonne verstreute Wheeler eine weitere Portion Asche auf dem Fahrweg. »Sieht nicht unbedingt hübsch aus«, bemerkte er. »Ist aber nützlich. So etwas bieten einem Häuser mit Zentralheizung ja nicht, wenn man es recht bedenkt. Vielleicht sind wir doch nicht so schlecht dran.«

»Ich möchte ein paar Worte mit Ihnen sprechen, Mr Wheeler.«

»Oh?«, machte der Mann, ohne sich bei seiner Tätigkeit stören zu lassen. »Worüber denn? Wollen Sie schon wieder meine Frau verhaften, nur weil sie ihren eigenen Flur geputzt hat? Sie hat mir schon erzählt, dass Sie ihr den Mord anlasten wollen. Finden Sie nicht, dass Sie sich lieber darauf konzentrieren sollten, den wahren Täter zu fassen?«

Lloyd, der noch nie das Bedürfnis verspürt hatte, seine Fäuste zu benutzen, konnte nun nachfühlen, wie Elstow zumute gewesen sein musste. Er jedoch vermochte einen Maulhelden zu erkennen. George kämpfte gegen seine Übelkeit und hielt Angriff anscheinend für die beste Verteidigung.

Der Pfarrer hatte seinen Vorrat an leeren Drohungen verbraucht und wartete nun auf eine Reaktion. Lloyd hütete sich davor. Wenn es sein musste, würde er hier den ganzen Tag lang stehen und schweigen. Judy beschäftigte sich eindringlich mit ihrem Notizbuch. So standen die drei eine geraume Weile da, und keiner sagte ein Wort.

Er fällt in sich zusammen, dachte Lloyd, der sah, wie Wheelers Augen lauernd von ihm zu Judy und wieder zurück glitten. Der Pfarrer rieb sich die Oberlippe. »Nun?«, sagte er auffordernd.

»Nun was, Mr Wheeler?«, fragte Lloyd höflich.

Der Mann schwieg. Lloyd betrachtete die graue Asche auf dem weißen Schnee; beides wies große Ähnlichkeit mit Wheelers Gesichtsfarbe auf.

»Hören Sie«, sagte George schließlich. »Marian ging aus dem Haus, jemand anders kam herein – und Sie rühren keinen Finger, um herauszufinden, wer das war oder welchen Grund es für sein Eindringen gab. Sie reißen diese Familie auseinander, sind Sie sich dessen bewusst?«

Lloyd löste den Blick von den schwarzen Aschesprengseln zu seinen Füßen und schaute auf. Nun musste er reagieren.

»Wir haben uns überall im Dorf umgehört«, sagte er. »Seit Tagen suchen wir nach einer noch so kleinen Spur, dass sich jemand Zutritt zu Ihrem Haus verschafft hat. Wir suchen in mannshohen Schneewehen nach weggeworfenen Kleidungsstücken.« Seine Schuhe knirschten in der Asche, als er auf Wheeler zuging und sich vor dem größeren Mann aufbaute. »Ihre Frau hat Beweismittel vernichtet und uns absichtlich in die Irre geführt«, fuhr er fort. »Also geben Sie mir nicht die Schuld an dem, was Ihrer Familie widerfährt, Mr Wheeler!«

Der Pfarrer senkte für einen Moment den Blick, dann hob er die Tonne und setzte seine Arbeit fort.

»Wenn Sie uns wirklich helfen wollen«, sagte Judy und wich einer grauen Wolke aus, »dann sagen Sie endlich, wo Sie am Heiligabend waren.«

»Ich war im Pub, mit meiner Tochter«, erwiderte er. »Das habe ich Ihnen schon ein Dutzend Mal erzählt.« Er klopfte die letzten Aschenreste aus der Tonne und stellte sie auf den Boden.

»Lassen Sie uns irgendwohin gehen, wo wir in Ruhe reden können«, schlug Lloyd vor.

Wheeler zögerte. »Mein Arbeitszimmer«, sagte er schließlich und führte sie ins Haus, wo sie im Korridor auf Marian Wheeler und Joanna trafen.

»Joanna«, sagte Judy. »Können wir kurz miteinander sprechen?«

Die junge Frau schaute beklommen zu ihrer Mutter.

»Kommen Sie in die Küche«, sagte Mrs Wheeler.

»Oh, ich will Sie nicht vertreiben, Mrs Wheeler«, sagte Judy.

Eingeschnappt, weil sie sich ausgeschlossen fühlte, machte Marian Wheeler auf dem Absatz kehrt und ging zurück in die Küche.

»Wir können ins hintere Schlafzimmer gehen«, schlug Joanna vor.

»Also, was ist los, Inspector?«, fragte Wheeler.

Lloyd hielt eine Hand hoch und winkte den Pfarrer in sein Arbeitszimmer. »Ich will es Ihnen sagen, Mr Wheeler.« Während er sprach, schaute er Joanna an. »Wir mögen es nicht, wenn man uns anlügt. Das ist los.«

Joanna schloss die Tür. »Wie meint er das?«, wollte sie wissen.

Sergeant Hill zog die Augenbrauen hoch. »Ich denke, das wissen Sie ganz genau«, sagte sie, während sie aus dem Fenster schaute.

»Nein.« Joannas Ton war skeptisch. Die Polizistin drehte sich um. Plötzlich brach die Sonne durch die grauen Wolken und erleuchtete die Frau, als stünde sie auf einer Theaterbühne. Es war ein dramatisches Spiel von Licht und Schatten; Joanna kam sich vor wie eine Mimin in einer Tragödie und musste zu ihrer Schande zugeben, dass sie diese Rolle sogar genoss. Es erinnerte sie an eine lang vergangene Zeit, als dieses Zimmer ein Krankenlager gewesen war und sie ebenfalls im Mittelpunkt der Aufmerksamkeit gestanden hatte.

»Ich habe geglaubt, dass wir einander ein wenig vertrauen«, sagte die Beamtin.

»Vertrauen?«, wiederholte Joanna. »Sie haben meine *Mutter* verhaftet und erwarten, dass ich Ihnen traue?«

Sergeant Hill seufzte kurz und schaute sie nachdenklich an. Einen Augenblick später wandte sie sich ab und blickte hinaus in den strahlenden Sonnenschein. »Die Leute zahlen Steuern«, sagte sie langsam. »Sie zahlen ihr sauer verdientes Geld. Für eine starke Polizei. Die Verbrechen verhindern soll und die Delikte aufklären soll, die sie nicht verhindern konnte.«

Man weiß wirklich nicht, woran man mit dieser Frau ist, dachte Joanna beklommen. Sollte sie jetzt etwa eine Lektion in Sachen Polizeiarbeit erhalten? Sie setzte sich aufs Bett und lehnte sich zurück, die Ellbogen auf dem Kissen, und bemühte sich um eine gleichmütige Miene.

»Es ist so«, sagte Sergeant Hill und wandte sich vom Fenster ab. »Der Bobby auf Streife mag zehn Einbrüche verhindern, aber davon hört kein Mensch. Alle hören nur von dem elften Geschäft, in dem ein Einbruch verübt wurde. Und alle wollen schnell Ergebnisse sehen.«

Joanna schaute zu ihr auf. »Und?«, fragte sie.

»Und an dieser Stelle komme ich ins Spiel«, antwortete die Polizistin. »Ich muss herausbekommen, wer in das Geschäft eingebrochen ist – und es beweisen.« Sie ging zum Fußende des Bettes und setzte sich. »Und das kann ich nur, wenn mir die Menschen so weit vertrauen, dass sie mir die Wahrheit sagen.«

»Warum sollten sie?« Joanna setzte sich auf. »Man hört doch andauernd von Polizisten, die Bestechungsgelder annehmen, die Beweise fälschen …«

Sergeant Hill nickte. »So wie man von dem elften Geschäft hört«, sagte sie. »Aber wir übrigen Polizisten tun unsere Arbeit. Und das ganze System beruht darauf, dass Menschen die Wahrheit sagen. Auf beiden Seiten.«

Joanna wandte den Blick ab.

»Wo waren Sie am Heiligabend?« Die unerbittliche Frage.

»Im Pub«, sagte Joanna. »Mit meinem Vater.«

»Und sind Sie noch geblieben, nachdem er gegangen war?«

Joanna erstarrte. »Was?«, brachte sie hervor, als sie wieder sprechen konnte. Aber die Polizistin antwortete nicht. Langsam drehte Joanna den Kopf, um sie anzusehen.

»Ihr Vater hat den Pub ohne Sie verlassen, das war um halb neun«, sagte Sergeant Hill. »Und ich möchte jetzt gern wissen, was Sie danach getan haben. Sind Sie im Pub geblieben? Was haben Sie gemacht, Joanna?«

»Sie glauben, dass ich Graham getötet habe?«, fragte sie fast unhörbar.

»Das tue ich nicht.«

Joanna machte große Augen.

»Aber Ihre Lügen machen es mir schwer, diese Ansicht vor mir selber zu rechtfertigen«, fuhr die Beamtin fort. »Was haben Sie gemacht, nachdem Ihr Vater den Pub verlassen hatte?«

Joanna schwirrte der Kopf. »Ich bin zu Dr. Lomax gegangen«, erwiderte sie wahrheitsgemäß.

Sergeant Hill schlug ihr unvermeidliches Notizbuch auf.

»Sie ist unsere Hausärztin«, sagte Joanna. »Eine Freundin der Familie.«

Unsere Ärztin, dachte Judy. Joannas Ärztin, die Ärztin ihrer Eltern. Armer Graham.

»Sind Sie als Freundin oder als Patientin zu ihr gegangen?«

»Ich habe mir Sorgen wegen des Babys gemacht. Ich hatte Ihnen doch schon erzählt, dass ich bei einem Arzt war. Ich bin eine Weile bei Dr. Lomax geblieben. Wir haben über Graham gesprochen – sie hat mir gesagt, wo er Hilfe bekommen könnte. Und dann bin ich nach Hause gegangen, ich kam aber nicht rein, weil abgeschlossen war.« Sie redete immer schneller. »Ich habe geklopft und geklopft und geglaubt, Graham würde sich taub stellen.«

»Um wie viel Uhr war das?«

»So gegen halb zehn, schätze ich. Irgendwann habe ich mich ins Auto gesetzt, weil mir fürchterlich kalt war. Und dann ist mein Vater gekommen.«

»Wann war das?«

»Eine halbe Stunde später«, sagte Joanna.

»Kam er in seinem Wagen?«

»Nein. Den hatte Mummy. Dad war zu Fuß – er war über die Weide gekommen.«

»Die Weide?«, hakte Sergeant Hill nach.

»Es ist eine Abkürzung zur Castle Road«, sagte Joanna, und

während sie es sagte, begriff sie, wo ihr Vater gewesen war. »Er hat im Auto mit mir gewartet, bis Mutter nach Hause kam. Das war nur ein paar Minuten später.«

»Warum haben Sie uns angelogen, Joanna?«

»Das habe ich *nicht*!«, brach es aus ihr heraus.

Sergeant Hill blätterte langsam ein paar Seiten zurück. »Nein«, sagte sie dann leise und schaute auf. »Es tut mir leid, dass ich Ihnen das vorgeworfen habe. Sie haben lediglich die Lüge eines anderen gestützt.«

Und wenn sie diese Lüge nicht erfunden hatte, dann war es ihr Vater gewesen, diese Folgerung drängte sich geradezu auf. Joanna hätte sich die Zunge abbeißen können.

»Joanna«, sagte die Polizistin, der das anscheinend gleichgültig war. »Sie haben mir erzählt, dass Sie sich mit Graham versöhnt hätten – Sie hätten sich dafür entschieden, wieder mit ihm nach Hause zu fahren.«

»Das stimmt«, antwortete sie verwirrt.

»Wollten Sie nicht mit ihm reden?«

Das wurde ja immer schlimmer. Joanna schüttelte den Kopf.

»In der ganzen Zeit«, sagte Sergeant Hill, »von fünf Uhr nachmittags an, wollten Sie nicht mit ihm sprechen?«

»Aber ja! Ja, natürlich wollte ich«, sagte Joanna. »Aber das hätte nur Ärger gebracht, und das wiederum hätte meine Mutter aufgeregt.«

Die Polizeibeamtin nickte und sah zugleich ein wenig verblüfft aus.

»Als ich sagte, ich würde zu ihm gehen, hat es Krach gegeben«, sagte Joanna. »Das war, kurz bevor Mummy ihn fand.« Wieder drohten Tränen.

Sergeant Hill klappte ihr Notizbuch zu. »Ich danke Ihnen«, sagte sie.

»Dieser Anwalt, den Vater für Mutter bestellt hat«, sagte Joanna. »Der meinte, dass Graham vielleicht eine andere Frau getroffen habe – vielleicht ist sie an dem Abend hergekommen.«

Ihr sank der Mut, als sie den Ausdruck in Sergeant Hills Augen sah. Aber sie musste es versuchen. Die Ermittlungen in eine ganz andere Richtung lenken.

»Bitte«, sagte sie. »Er hat gesagt, er wolle das überprüfen – mithilfe eines Privatdetektivs. Aber das wird er jetzt nicht mehr tun, und ich kann es mir nicht leisten, zu … *bitte.*«

»Wir prüfen das bereits«, versicherte Sergeant Hill. »Graham hat ja angegeben, dass er im Pub jemanden getroffen hat, nicht wahr? Wir gehen der Sache nach.« Sie stand auf. »Sie sind nicht mehr in Ihrem Haus in Stansfield gewesen, nachdem unsere Leute es durchsucht hatten?«

Joanna schüttelte den Kopf.

»Das sollten Sie aber. Ihnen würde doch viel schneller auffallen, ob eine andere Frau dort gewesen ist.«

Daran hatte Joanna bislang nicht gedacht.

»Aber, Joanna«, sagte die Beamtin in dem warnenden Ton, den die junge Frau inzwischen gut kannte. »Wir haben keinen Hinweis dafür gefunden, dass eine andere Frau im Haus war. Es gibt auch keinerlei Hinweise darauf, dass irgendjemand Fremdes in der Mordnacht hier gewesen ist. Sie verstehen doch, was das bedeutet, nicht wahr?«

Ja, Joanna verstand.

»Und ich hoffe sehr, dass Sie wissen, dass Sie mir vertrauen können«, fuhr sie fort. »Denn das können Sie.«

Als sie Anstalten machte zu gehen, fasste Joanna einen Entschluss. Denn sie vertraute der Polizistin. »Sergeant Hill«, sagte sie. »Da … da ist noch etwas. Etwas, das Sie wissen sollten.«

George hatte hartnäckig wiederholt, dass er den ganzen Abend über mit Joanna im Pub gewesen sei. Die Kellnerin müsse sich eben irren. Daraufhin hatte der Inspector beschlossen, den ganzen Abend noch einmal durchzugehen. Und George war wieder schlecht geworden.

»Hören Sie, ich habe es Ihnen drei Mal gesagt! Warum suchen

Sie nicht nach dem Einbrecher? Ich werde Ihnen sagen, warum. Weil Sie davon überzeugt sind, dass meine Tochter ihren Mann getötet hat. Das ist der Grund!«

Lloyd wirkte angesichts seines Ausbruchs leicht überrascht. »Davon sind wir *nicht* überzeugt«, entgegnete er. »Das würde ein größeres Wissen über Sie und Ihre Familie voraussetzen.«

»Sie haben bereits angedeutet, dass ich meine Tochter schütze, Inspector.«

»Joannas Mutter hat das jedenfalls getan«, sagte Lloyd unerschütterlich.

»Ich bin aber nicht ihre Mutter! Was ihre Mutter getan hat, war …«

»Ausgesprochen dumm«, ergänzte der Inspector. »Falls dieser imaginäre Einbrecher existieren sollte, dann hat sie seine Spuren sorgfältig verwischt.« Er erhob sich und wanderte ziellos durch den Raum. »Aber so gründlich hätte sie gar nicht sauber machen können«, fuhr er fort. »Etwas hätten wir gefunden. Fingerabdrücke, die nicht hierhergehören. Und jemand von draußen wäre durch den Schnee gekommen – wir hätten also Fußabdrücke finden müssen. Irgendwer hätte irgendetwas *beobachtet*. Wie hätte dieser Einbrecher in dem Zustand, in dem seine Kleidung war, unbemerkt das Dorf verlassen können, ohne dass er jemandem aufgefallen wäre?«

George biss die Zähne zusammen. Er musste dieses Verhör durchstehen. Er konnte sich sein Verhalten nicht von seinem nervösen Magen diktieren lassen. »Ich weiß es nicht«, sagte er gepresst und ließ den angehaltenen Atem los. Langsam drehte er sich zum Fenster und starrte auf die stille, eisige Landschaft. Wieder hatten sich Eisblumen auf der Scheibe gebildet. »Wissen Sie, woran ich immer wieder denken muss?«

»Woran, Mr Wheeler?«

»Dass es niemals geschehen wäre, wenn wir eine Zentralheizung hätten.« Er berührte die Eisblumen, die schmolzen und an der Scheibe hinabrannen. »Absurd, nicht wahr?«

»Überhaupt nicht«, sagte Lloyd. »In Bauernhäusern werden zum Beispiel mehr Menschen mit Schrotflinten erschossen als in Penthouse-Wohnungen. Man kann nicht aufs Geratewohl nach einer Waffe greifen, die nicht *da ist*. Und dass Menschen mit Thermostaten erschlagen werden, kommt nicht gerade häufig vor.«

Eine Schrotflinte, dachte George. Er besaß eine Schrotflinte. Die Flinte seines Vaters. Er hielt sich den Handrücken vor den Mund. Die Wiesen. Schau auf die Wiesen. Weiß, rein, frisch. Kalt. Schweiß rann über seinen Nacken. Er drehte sich um und sein Magen ebenso. »Wenn das alles wäre, Inspector«, sagte er so höflich, wie er nur konnte. »Ich habe noch zu arbeiten.«

»Nein, das ist noch nicht alles«, sagte Lloyd. »Ich will die Wahrheit hören.«

George kämpfte gegen die Übelkeit. Seine Beine zitterten. Er setzte sich hin und versuchte verzweifelt, seinen Körper unter Kontrolle zu bringen. Sie *wussten*, dass er den Pub vor Joanna verlassen hatte. Er konnte es nicht länger verschweigen. »Ich war bei Eleanor Langton«, sagte er, ohne den Inspector anzusehen.

»Bei Eleanor Langton«, wiederholte Lloyd.

George schaute auf. Er wusste nicht genau, womit er gerechnet hatte. Schreck? Missbilligung? Oder ein Zwinkern, das besagen sollte: Wir sind doch alle nur Männer? Aber der Inspector schaute ihn lediglich ausdruckslos an.

»Wann?«

»Ich bin direkt vom Pub aus hingegangen.«

»Wann sind Sie von Mrs Langton weggegangen?«

»Erst, als ich musste«, sagte George trostlos.

»Wann war das?«

Er starrte aus dem Fenster. »Kurz vor zehn. Der Schnee war von der Wiese geweht worden, also bin ich querfeldein gegangen. Ich habe nur zehn Minuten gebraucht.«

Oh, Eleanor, warum hast du kein *Telefon*? Er schaute auf die graue Asche, die er selbst auf dem Schnee verteilt hatte. Asche zu Asche, Staub zu Staub. Himmel und Hölle, Leben oder Tod. Sein oder Nichtsein, das war stets die Frage.

Der Inspector wandte sich zum Gehen. »Vielen Dank, Mr Wheeler«, sagte er und öffnete die Tür zur Diele, in der Sergeant Hill bereits auf ihn wartete. »Nun, Sergeant«, sagte er mit unnötig lauter Stimme. »Ich denke, wir sind hier fertig.« Noch einmal schaute er ins Arbeitszimmer. »Vorerst«, fügte er hinzu, dann schloss er die Tür.

Als er die Haustür ins Schloss fallen hörte, ging George zum Fenster und sah zu, wie sie die Vordertreppe hinuntergingen. Während sie die Einfahrt überquerten, schaute der Inspector noch einmal zum Haus, und George trat automatisch einen Schritt zurück. Sie stiegen in ihren Wagen und brausten davon.

Um Eleanor einen Besuch abzustatten, daran bestand kein Zweifel. George rannte nach oben ins Bad.

Eleanor lag auf dem Sofa und verwöhnte sich mit einem trockenen Sherry und einer Schachtel Schokolade mit Minzfüllung. Tessa war, wie besprochen, mit ihrer Großmutter gefahren; vorgeblich, damit Eleanor sich ausruhen konnte. Sie wusste jedoch, was Pennys eigentliche Intention war: Wenn ein blutrünstiger Mörder nachts ins Haus eindringen sollte, dann würde er Pennys Enkelin kein Leid antun können.

Darüber musste Eleanor schmunzeln, genauso wie über Pennys Anstrengungen, auch sie dazu zu bewegen, nach Stansfield zu kommen. Aber es verschaffte ihr tatsächlich eine Ruhepause, die sie sehr genießen würde. Nur musste es natürlich ausgerechnet jetzt an die Tür klopfen.

Eleanor sank der Mut, als sie den Inspector in Begleitung der Polizistin sah, die während ihrer Befragung in der Dienststelle in sein Büro gekommen war.

»Das ist Sergeant Hill«, stellte er die junge Frau vor. »Dürfen wir reinkommen?«

»Ja. Bitte sehr.«

Eleanor ließ die beiden zum Wohnzimmer vorausgehen. Sie nahm noch schnell einen Atemzug von der kalten Luft, dann schloss sie die Haustür.

»Ich habe mir gerade einen Sherry gegönnt«, sagte sie, als sie ins Wohnzimmer kam. »Möchten Sie vielleicht auch?«

»Nein, danke, Mrs Langton«, sagte Lloyd.

Sie lächelte. »Ich dachte, wir hätten uns auf Eleanor geeinigt.«

Es war interessant zu sehen, wie die Polizistin reagierte – und sofort versuchte, ihre Reaktion zu unterdrücken.

»Mrs Langton«, begann der Inspector. »Haben Sie Mr Wheeler irgendwann am Heiligabend gesehen?«

Eleanor wies auf die beiden Sessel und nahm selbst wieder auf dem Sofa Platz. »Ja«, sagte sie langsam. »Er kam am Morgen, um mich zu fragen, ob ich am Nachmittag in der Kirche die Orgel spielen würde.«

»Haben Sie ihn danach noch einmal gesehen?«, fragte die Beamtin.

»In der Kirche«, erwiderte Eleanor. Ihr fiel auf, dass die Frau einen Ehering trug. Interessant. Was ihr rascher Blick wohl ausgedrückt hatte? Vielleicht würde sie sich dies zunutze machen und Inspector Lloyd damit in die Enge treiben. »Dort hatte ich aber keine Möglichkeit, mit ihm zu sprechen«, fügte sie hinzu.

»Und das waren die einzigen beiden Male, wo Sie ihn gesehen haben?«, fragte Lloyd.

»*Es liegt an dir, wie du dich hierzu verhalten willst.*« Georges Worte. Jetzt hatte sie die Möglichkeit, etwas zu *tun*. Eleanor vergaß, dass sie Lloyd zum Narren halten wollte, und überlegte.

»Mrs Langton? Würden Sie die Frage bitte beantworten?«, mahnte die Polizistin.

»Ja«, sagte sie mit fester Stimme. »Ich habe George später noch einmal gesehen. Er kam ungefähr eine halbe Stunde nach Marian. Ich weiß, er hat Ihnen erzählt, dass er mit seiner Tochter zusammen war, aber wenn Sie mich fragen, dann ist es an der Zeit, dass die junge Frau endlich die Verantwortung für ihr Handeln übernimmt.«

Sie vergewisserte sich nicht einmal der Wirkung, die ihre Worte auf die Besucher hatten. Nun, da sie einmal angefangen hatte, gab es kein Halten mehr.

»Wenn sie endlich genug Mut gefasst hatte, um ihren Mann mit dem Schürhaken niederzuschlagen, dann sollte sie auch dazu stehen.«

»Das war also der Tathergang, Ihrer Meinung nach?«, fragte der Inspector.

»Ich *weiß* nicht, was der Tathergang war! Ich weiß nur, was die Sache mit George macht – sie macht ihn nämlich krank. Er glaubt, seine Tochter sei es gewesen – daher seine Aussage, dass er zur Tatzeit mit ihr zusammen gewesen sei! Das war der Grund, warum ihre Mutter die Schuld auf sich genommen hat. Joanna muss um jeden Preis beschützt werden – aber der Preis ist zu hoch, finde ich. George war hier. Bis ungefähr Viertel vor zehn.«

Jetzt erst schaute sie zu den Beamten auf. Die beiden wirkten nicht sonderlich beeindruckt.

»Eine halbe Stunde nachdem Mrs Wheeler gegangen war«, sagte Lloyd. »Das wäre … wann gewesen? Gegen halb neun?«

»Irgendwann um den Dreh«, bestätigte Eleanor. »Vielleicht eher ein paar Minuten später. Und was immer George Ihnen erzählt hat, *ich* sage jedenfalls die Wahrheit.«

»Das ist es, was er uns erzählt hat«, sagte Sergeant Hill. »Vielen Dank, Mrs Langton.«

Sie waren fort, bevor Eleanor die volle Bedeutung von Sergeant Hills Worten erfasste.

George. Sie hatten *Georges* Alibi überprüft.

8

Sie nahm den Mini, obwohl es zum Pub nicht weit war, doch Eleanor zog es vor, dem schlechten Wetter auf vier Rädern zu trotzen. Der Parkplatz war fast voll, denn es ging auf die Mittagszeit zu, aber mit etwas Glück fand sie noch eine Lücke. An Heiligabend hatte sie keinen Platz mehr finden können, sonst wäre sie ihm gar nicht über den Weg gelaufen.

Beim Aussteigen wäre sie beinahe auf dem vereisten Boden ausgerutscht und tastete sich entsprechend vorsichtig zur Hintertür. Am Heiligabend hatte sie auf der Castle Road parken müssen und daher den Haupteingang benutzt. Und das hatte auch Graham Elstow getan, der in dem Moment eintrat, als sie den Pub verlassen wollte. Ihn zu sehen hatte sie furchtbar aufgewühlt, und sie war doch vorher schon durch Georges Besuch durcheinander gewesen.

Eleanor schob die Tür auf und schielte unwillkürlich den Gang entlang zur Theke. Aber sie würde Graham Elstow nie wieder versehentlich über den Weg laufen. Das Telefon war besetzt. Eleanor wartete, während ihr Herz klopfte und ihr bei der Erinnerung an jenen Tag die Schamröte ins Gesicht stieg. Zum Glück legte der Mann bald auf und sagte ganz lässig »Bedienen Sie sich, meine Liebe« zu ihr. Eleanor bedankte sich und wählte die Nummer. Sie hielt die Münze fest umklammert, damit man nicht sah, wie sehr sie zitterte.

»Byford 2212.«

»Könnte ich bitte Mr Wheeler sprechen?« Erstaunt stellte sie fest, dass ihre Stimme ganz normal klang.

»Ich denke schon«, erwiderte die Stimme. Marians? Joannas? Eleanor kannte Marian nicht gut genug, um ihre Stimme am

Telefon wiederzuerkennen, und Joanna kannte sie überhaupt nicht. »Wer spricht denn da, bitte?«

Oh Gott, so weit hatte sie gar nicht gedacht. Jetzt komm schon, Eleanor. Reiß dich zusammen. Du hast ihn auch vorher schon mal angerufen – immerhin hast du etwas mit ihm zu besprechen. Und was hat sich denn geändert, was ist denn wirklich anders geworden?

»Eleanor Langton.«

Eine winzige Pause. »Einen Augenblick, bitte.«

Sie hörte Schritte im Korridor, dann gedämpfte Stimmen.

»Hallo – Eleanor?« Auch er klang ganz normal. Nicht wie der gequälte Mann der letzten Tage.

»George.« Sie schaute den Gang hinunter. Kein Mensch in der Nähe. Und die Leute an der Theke waren zu weit entfernt, um zu lauschen. »Die Polizei war bei mir«, sagte sie.

Schweigen. »Ja?«, fragte er schließlich.

»Ja«, erwiderte sie ungeduldig. »Ich habe gesagt, dass du bei mir warst.«

»Ja«, sagte er wieder. »Das hatte ich mir schon gedacht.«

Es klang, als ginge ihn das alles nichts an. Sein Ton war nüchtern, sachlich. Was, wenn sie den Polizisten verschwiegen hätte, dass er bei ihr gewesen war? Hatte er sie nicht auf seine indirekte Art förmlich darum gebeten? War er nun erleichtert, oder ärgerte es ihn, dass sie es der Polizei gesagt hatte?

»Aber, George …« Sie drehte den Menschen am Tresen den Rücken zu.

»Gut«, sagte er. »Danke, dass Sie angerufen haben.«

Eleanor begriff. »Du bist nicht allein.«

»Ganz recht.«

»Ich muss dich *sehen*.«

Wieder ein kurzes Schweigen. »Ja – morgen vielleicht?« Unter seiner Nüchternheit schimmerte ein Hauch Verzweiflung durch.

»Morgen?«, wiederholte Eleanor. »Geht es nicht früher?«

»Nein.« Sie hörte Papier rascheln. »Nein, das geht nicht, tut mir leid.«

»Na schön«, sagte sie mit schwacher Stimme.

»Schön. Morgen also. Als Erstes.«

Eleanor legte auf und stieß einen Seufzer aus.

»Hat Sie sitzenlassen, was, Schätzchen?«

Mit brennendem Gesicht fuhr sie herum und fand sich dem Mann gegenüber, der vor ihr telefoniert hatte.

Der wirkte nun leicht alarmiert. »War nicht persönlich gemeint«, versuchte er abzuwiegeln. »Nur ein Scherz.« Er nahm den Hörer ab. »Wenigstens haben Sie ihn erreicht«, sagte er. »Das ist mehr, als ich behaupten kann.«

Eleanor starrte den Mann an. Was hatte er mitgehört? Hatte sie etwas Kompromittierendes gesagt? Sie hatte George mit Vornamen angesprochen. Aber George war schließlich ein häufiger Name – sie hätte irgendwen anrufen können. Und warum sollte es diesen Mann überhaupt interessieren?

Beinahe fluchtartig verließ sie den Pub.

◇

»Joanna«, sagte George, während er langsam den Hörer auflegte. »Wolltest du etwas von mir?«

Nachdem sie ihm gesagt hatte, dass er am Telefon verlangt werde, war sie im Arbeitszimmer geblieben. Wenn er sie hinausgeschickt hätte, hätte sie über den Anschluss in der Diele mitgehört. Offenes Lauschen schien jedoch aus moralischen Gründen wünschenswerter.

»Was hat sie gewollt?«, fragte Joanna unverhohlen.

»Es ging um die Spielgruppe«, erwiderte ihr Vater.

»Die Spielgruppe?«, fauchte sie. »Jetzt mach aber mal einen Punkt! Dieses ganze Blättern im Kalender – damit wolltest du mir wohl Sand in die Augen streuen? Im Moment arbeitest du doch gar nicht!«

Zornig klappte George den Kalender zu. »Ich lasse mich nicht wegen meiner Privatgespräche ins Kreuzverhör nehmen!«, brüllte er.

Das ist ja gerade das Problem, dachte Joanna. Dazu wird es vermutlich recht bald kommen. Sie setzte sich. »Dort bist du am Heiligabend gewesen«, sagte sie. »Nicht wahr? Bei ihr. Und mir hast du gesagt, dass du die ganze Zeit über im Pub warst.«

»Ja«, seufzte er. »Das nennt man in meiner Branche ›falsches Zeugnis ablegen‹.«

»Und was du mit ihr getan hast?«, fragte Joanna scharf. »Wie nennt man *das*?«

George funkelte sie wütend an. »Das nennt man ›sich um seinen eigenen Kram kümmern‹. So wie du dich um deinen kümmerst. Du hast ja auch nicht gesagt, wo du gewesen bist.«

Aber sie hatte ihn immerhin nicht angelogen. Und sie hatte schon gar nicht … Joanna schloss kurz die Augen. »War Mummy deswegen böse?«

»Sie war nicht böse auf mich.« Es klang beinahe wehmütig.

»War das auch eine Lüge?«

»Nein!« Er stand auf. »Es war die mögliche Erklärung dafür, dass sie ihr Kleid verbrannt hat, mehr nicht.«

»Weiß sie über dich und diese Frau Bescheid?«

»Jetzt hör mir mal zu!« Er hieb mit den Fäusten auf den Schreibtisch. »Wen auch immer das etwas angeht, Joanna, dich jedenfalls nicht.«

»Nicht?«, fragte sie bitter. »Und warum habe ich mich dann dabei ertappt, wie *ich* die Polizei angelogen habe?«

George sackte ein wenig in sich zusammen und sank schwer auf seinen Stuhl. »Das tut mir leid«, sagte er.

»Warum habe ich lügen müssen? Damit du nicht zugeben musstest, dass du mit dieser Frau zusammen warst?«

»Ich wollte lediglich, dass Eleanors Name aus der Sache herausgehalten wird.« George wirbelte mit seinem Stuhl herum und schaute aus dem Fenster.

»Das glaub ich dir gern!«

»Hast du der Polizei gesagt, wo du gewesen bist?«

»Ja«, sagte Joanna. Es war allerdings nicht die ganze Wahrheit.

»Aber mir verrätst du's immer noch nicht? Oder deiner Mutter?«

»Nein.« Nein, nein, *nein*. Joanna wollte nicht, dass sie von dem Kind erfuhren. Nicht jetzt und am besten niemals, aber das lag wohl kaum in ihrer Macht. Auf jeden Fall würde sie erst dann damit herausrücken, wenn es nicht mehr anders ging.

»Dann muss eben jeder von uns die Privatsphäre des anderen respektieren und hoffen, dass die Polizei dasselbe tut«, sagte er.

Als Joanna das Zimmer verließ, starrte er immer noch aus dem Fenster.

Sie hatten den Nachmittag mit der nutzlosen Tätigkeit verbracht, sich durch den Berg von Papieren zu wühlen, der sich im Mordfall Elstow angehäuft hatte. Im Nebenzimmer wurden die Zeugenaussagen Unbeteiligter miteinander abgeglichen, da davon auszugehen war, dass wenigstens diese die Wahrheit sagten. Dennoch war es möglich, dass einige Zeugen übertrieben, fantasierten oder sich schlicht und ergreifend irrten. Marians gesamte Bewegungen am Tatabend waren nachprüfbar und nachgeprüft worden. Sie hatte bei einem halben Dutzend Leuten vorbeigeschaut und war bei allen nur kurz geblieben. Gegen zehn, so lauteten sämtliche Aussagen übereinstimmend, hätte sie wieder zu Hause sein müssen. Wheeler war gesehen worden, als er die Castle Road entlangging, Joanna hingegen hatte niemand gesehen. Irgendein Zeuge war davon überzeugt, dass »Landstreicher« hinter dem Einbruch steckten. *Falls* dem so wäre, dachte Judy, so hätte sie jeden Einzelnen von ihnen mit Freuden vernommen. Joannas Bemerkung über den vermissten Overall hatte sich ebenfalls herumgesprochen, daher wussten die Leute jetzt, dass die Polizei danach suchte. Und das war ja immerhin etwas.

Draußen war es dunkel geworden, der Abend senkte sich auf die Stadt. Wieder war fast ein ganzer Tag verstrichen ohne irgendwelche Fortschritte.

»Der Overall ist bis jetzt unsere beste Spur«, sagte Judy und schaute zu Lloyd auf.

»Und wohin soll die führen?« Lloyd erhob sich und streckte seine Arme, dann setzte er sich auf ihre Schreibtischkante. »Zu einem Einbrecher, der ins Haus kam, das Ding sah und rasch überstreifte für den Fall, dass ihm jemand über den Weg läuft, den er auf besonders blutrünstige Weise ermorden will?«

Judy schüttelte entmutigt den Kopf. Lloyd war seit seinem Besuch bei Eleanor Langton gereizt. In dieser Stimmung würde er jede einzelne Theorie, die sie vorbrachte, abschmettern. »Bist du immer noch überzeugt davon, dass es ein Familienmitglied war?«

Lloyd wandte angewidert den Blick ab. »Natürlich«, sagte er. »Ich bin immer noch davon überzeugt, dass es Joanna Elstow war, wenn du es unbedingt wissen willst.«

»Aber die Ärztin hat Joannas Aussage doch bestätigt«, wandte Judy ein.

Laut Dr. Lomax war Joanna in leicht erregtem Zustand bei ihr aufgetaucht. Es musste ungefähr Viertel vor neun gewesen sein, schätzte die Ärztin. Und Joanna sei dreißig oder vierzig Minuten lang geblieben. So um den Dreh.

»Die Freundin der Familie«, berichtigte Lloyd, »hat Joannas Aussage bestätigt.«

»Ach, Lloyd! Glaubst du etwa, dass das ganze Dorf mit ihnen unter einer Decke steckt?«

»Das würde mich nicht im Geringsten wundern«, gab er säuerlich zurück. »Ein Ehepaar gerät in Streit. Man kommt ins Haus und findet die Frau in Tränen aufgelöst vor. Sie gibt an, Brot geschnitten zu haben, dabei sei ihr das Messer ausgerutscht. Ende der Geschichte.«

Judy schmunzelte. »Ich glaube nicht an Joanna als Täterin«,

sagte sie. »Zunächst einmal war sie gar nicht dort – und außerdem glaube ich nicht, dass sie so etwas geplant hätte.« Sie dachte kurz nach. »Ich finde, wir sollten uns eingehender mit Elstow beschäftigen. Als er das erste Mal zum Pfarrhaus kam, war er nüchtern. Was hat ihn danach veranlasst, sich zu betrinken?«

Lloyd seufzte vernehmlich. »Dass er es mit dieser verdammten Familie zu tun hatte, das war der Grund. Da würde jeder Mann zur Flasche greifen.« Er fuhr sich mit der Hand über das müde Gesicht.

»Aber Elstow war kein Trinker«, gab Judy zu bedenken. »Und warum sollte er ausgerechnet jetzt damit anfangen? Er wollte Joanna doch zurückgewinnen und nicht vergraulen.«

»Und hätte damit auch fast Erfolg gehabt, wenn man ihr Glauben schenkt«, sagte Lloyd und tippte auf Judys Notizbuch. »Scheint dir das plausibel? Er kommt betrunken an, kippt noch ein paar Gläser, schlägt sie zusammen, und alles endet in schönstem Einvernehmen? Oder hätte so geendet, wenn nicht zufällig der große Unsichtbare vorbeigekommen wäre und Elstow ermordet hätte?«

Wenn man es so darstellte, schien es wirklich unwahrscheinlich, aber in Joannas Erzählung hatte es wie die Wahrheit geklungen. Wäre Lloyd zugänglicher gewesen, dann hätte Judy vielleicht versucht, ihm das zu erklären.

»Ich glaube, dass unsere erste Theorie die richtige war«, fuhr er fort. »Ich denke, dass Marian Wheeler recht gehabt hat: Joanna ist mit dem Schürhaken auf ihn losgegangen.«

»Aber der Todeszeitpunkt stimmt doch nicht«, entgegnete Judy vernünftigerweise.

»Ich werde Freddie dazu kriegen, dass er sich das noch mal anschaut«, brummte Lloyd.

Der Overall. Ein weißer Nylon-Overall, den George Wheeler in der Diele liegen gelassen hatte und der jetzt verschwunden war. Das war doch wichtig, fand Judy. Wenn sie den Overall fanden, hätten sie ein paar Rätsel gelöst.

In der Diele liegen gelassen. Ihr kam eine Idee. »Wheeler«, sagte sie. »Er hätte gewusst …«

»Wheeler weiß nicht mal, ob er gerade kommt oder geht!«, fauchte Lloyd. »Wenn du mich fragst, dann weiß er nicht mal, welchen Wochentag wir gerade haben, von allem anderen ganz zu schweigen.«

»Wenn deine Annahmen über Joanna stimmen, dann muss er mehr wissen, als er uns erzählt«, sagte Judy trotzig.

»Nicht unbedingt. Er hat gesagt, er habe gehört, wie eine Tür geschlossen worden sei, als sie das Haus betreten hätten. Das hätte Joanna sein können, die sich in ihrem Zimmer mit ihrem Mann eingeschlossen hatte – und zwar nach dem Mord. Wheeler und seine Frau gehen nach oben, um sich umzuziehen, und Joanna schleicht runter ins Wohnzimmer, wo sie den Streit mit ihrem Mann hatte und wo die Wheelers sie ja auch gefunden haben.«

Judy schaute zu ihm auf.

»Sieh mich nicht so an! Diese Theorie passt zu den kriminaltechnischen Beweisen. Das ist die Erklärung dafür, warum Joanna ihren Eltern einen Teil der Vorkommnisse verschwieg. Außerdem beweist sie, dass George Wheeler die Wahrheit sagt und keine Ahnung hat, was wirklich vorgefallen ist.«

»Abgesehen von einer Kleinigkeit«, machte Judy geltend. »Freddie sagt, dass Elstow erst zwei Stunden danach gestorben ist – nämlich als Joanna friedlich im Pub saß.«

Unerwartet grinste Lloyd. »Das ist die einzige Schwachstelle«, gab er zu.

»Du willst also Freddie fragen, ob es möglich ist, dass er sich mit dem Todeszeitpunkt um zwei Stunden vertan hat?«

»Man weiß ja nie«, meinte Lloyd. »Ich werde ihn bitten, von der Prämisse auszugehen, dass nichts von dem, was man uns erzählt hat, zutreffend ist.«

»Aber wir wissen doch, dass es zutrifft! Wir wissen, wann sie nach Hause gekommen sind, wir wissen, wann Elstow zuletzt etwas gegessen hat …«

»Das wissen wir nur, weil man es uns erzählt hat«, gab Lloyd zu bedenken.

»Die Kellnerin«, sagte Judy. »Die Menschen im Nachmittagsgottesdienst – warum sollten die lügen, Lloyd?«

»Menschen können sich irren. Es war eine Beziehungstat, Judy, egal, wie du es drehst oder wendest. Diese Einbrechertheorie ist lächerlich.«

»Vielleicht«, meinte Judy. »Jedenfalls hat Elstow im Pub jemanden getroffen.«

»Wenn wir Joanna glauben wollen«, betonte Lloyd.

»Gibt es denn niemand anderen, der es auf Elstow abgesehen haben könnte?«, fragte Judy hoffnungsvoll. Sie hatte Joanna wirklich geglaubt und war noch nicht bereit, ihre Niederlage einzugestehen.

»Nein«, sagte Lloyd. »Das weißt du doch. Er war kein Spieler, und er hatte auch keine horrenden Schulden. Es gibt keinerlei Hinweis auf Beziehungen zu anderen Frauen, und selbst seine Ehefrau gibt zu, dass er nicht übermäßig trank. Sein einziges Vergehen war, seine Frau zu misshandeln.« Er grinste. »Sein Haus sieht aus, als hätte eine Bombe eingeschlagen, aber das ist wohl eher Elstow selbst gewesen und nicht die Befreiungsfront für geschlagene Ehefrauen.«

»Findest du das etwa witzig?«, fragte Judy scharf.

Lloyd seufzte. »Nein. Das weißt du doch. Aber wenn du in unserem Job nicht mal ab und zu lachen kannst, dann …« Er zuckte die Achseln.

Kannst du nur noch heulen, dachte Judy.

»Tut mir leid«, sagte er. »Aber was haben wir denn hier? Einen Höhlenmenschen. Gekleidet wie ein smarter Steuerberater und trotzdem ein Höhlenmensch. Frustriert und sprachlos – das hast du selbst gesagt. Ein Mann, der seine Frau schlägt – und wenn du ihn mit eingeschlagenem Schädel findest, wer kommt da am ehesten als Täter infrage?«

Judy nickte traurig. Lloyd sah sie ernst an.

»Du hast dich zu sehr verstrickt«, sagte er. »Du magst sie. Du willst ihr glauben. Du gibst ihr auch keine Schuld, nicht wahr?«

»Nein«, gab Judy zu. »Nicht nach allem, was er ihr angetan hat.«

»Siehst du? Was verteidigst du hier, Judy? Ihre Unschuld? Oder ihre Tat?«

Sie war ihm in die Falle gegangen. Aber es lag kein Triumph in seiner Stimme.

»Joanna ist vor allen anderen nach Hause gekommen«, fuhr Lloyd fort. »Und sie gibt an, ausgesperrt gewesen zu sein.«

»Das stimmt ja auch«, sagte Judy. »Marian hatte alle Türen abgeschlossen.«

»Warum?«

»Weil sie Elstows Leiche gefunden hatte«, antwortete Judy.

»Und warum musste sie dann alle Türen zusperren?«, insistierte Lloyd.

Judy hatte diese Tatsache bis jetzt einfach so hingenommen. Marian hatte das Haus abgesperrt, damit niemand Elstows Leiche finden sollte. Aber warum hätte sie nicht gefunden werden dürfen? Warum war das so wichtig?

»Ich weiß es nicht«, sagte sie zögernd.

»Marian hat die Türen gar nicht abgeschlossen«, sagte Lloyd. »Dafür gab es doch keinen Grund, ob da nun eine Leiche lag oder nicht. Aber es war ja keine Leiche da, denn Elstow war noch am Leben und in Joannas Zimmer. Und sein Mörder hat die Türen abgeschlossen.« Er lehnte sich im Stuhl zurück. »Und dann behauptet er die ganze Zeit über ausgesperrt gewesen zu sein«, setzte er hinzu.

»Aber der Todeszeitpunkt stimmt *trotzdem* nicht«, entgegnete Judy. »Als Joanna von Dr. Lomax zurückkam, war Elstow bereits seit einer halben Stunde tot.«

Lloyd gab einen ungeduldigen Laut von sich. »Kein Mensch hat die Uhren aufeinander abgestimmt, Judy! Es sind alles nur Schätzungen und ungefähre Angaben. Joanna sagt, dass sie gegen halb zehn zurückgekehrt sei – und Freddie sagt, dass Elstow um neun Uhr herum gestorben sei. Dazwischen kann schnell mal eine halbe Stunde verloren gehen.«

»*Vor* neun Uhr«, erinnerte ihn Judy – und merkte plötzlich, dass sie völlig vom Kurs abgekommen war. »Und überhaupt«, sagte sie, »da ist ja noch der Overall.«

»Was ist damit?«

»Du hast das Haus doch gesehen. Was immer Mrs Wheeler sonst sein mag, sie ist auf jeden Fall eine gewissenhafte Hausfrau.« Lloyd hatte ihr bereits eine ganze Reihe Eigenschaften genannt, die Mrs Wheeler seiner Meinung nach besaß. »Und es sieht so aus, als hätte George den Overall in der Diele liegen gelassen«, fuhr Judy fort. »Mrs W. hatte doch eine Maschine vollgepackt, nicht wahr? Ich glaube nicht, dass sie einen schmutzigen Overall lange hätte herumliegen lassen – vor allem dann nicht, wenn alles schon weihnachtlich geschmückt war. Ich glaube«, sagte sie schlicht, »dass sie ihn gewaschen hätte.«

Lloyd glitt von Judys Schreibtisch und wanderte im Zimmer auf und ab, was bedeutete, dass er nun tatsächlich über ihre Worte nachdachte. »Und wenn sie ihn gewaschen *hat*«, sagte er langsam, »dann hätte der Einbrecher vorher wissen müssen, dass er einen *brauchen würde*. Und dass er einen frisch gewaschenen und geschleuderten Overall in der Maschine vorfinden würde.«

Judy nickte. »Und als wir die Wäsche mitnahmen, wusste Marian Wheeler, dass der Overall dabei sein musste. Aber das war er nicht.«

Lloyd starrte sie an. »Natürlich«, sagte er. »Natürlich. Das war der Zeitpunkt, an dem sie Joanna ins Bett schickte.« Wieder ließ er sich auf der Schreibtischkante nieder. »Ist dir aufgefallen, wie sie wirkte, als sie zurück in die Küche kam?«, fragte er.

Das war Judy aufgefallen. Marian Wheeler hatte zerstreut und nervös gewirkt. Mit ihren Gedanken ganz woanders. »Sie hat immer wieder zu George geschaut«, erinnerte sie sich. »Und er war es ja, der Elstow gedroht hat. Er war es, der nicht gesagt hat, wo er wirklich gewesen war.« Endlich hatte sie Lloyds volle Aufmerksamkeit. »Marian Wheeler hat gar nicht Joanna schützen wollen«, stellte sie fest. »Sondern *George*. Denn wenn Elstow um fünf gestorben *wäre*, hätten wir sie wohl kaum danach gefragt, wo sie sich zwei Stunden später aufgehalten hat, nicht wahr? Das wusste sie. Vielleicht hat sie Joanna überhaupt nie verdächtigt.«

Lloyd riss einen Fetzen von ihrer Löschunterlage ab und rollte ihn zu einem Kügelchen, während er nachdachte. »Aber wann hat er es getan?«, fragte er und warf das Kügelchen Richtung Papierkorb, den er verfehlte.

»Ob Mrs Langton ihm ein Alibi geben würde, was meinst du?«

Ein weiteres Kügelchen prallte gegen den Metalleimer und landete auf dem Boden. »Sie schien eher zu glauben, dass sie ein Alibi zunichtemachte«, sagte Lloyd.

»Nicht Georges Alibi«, betonte Judy. »Joannas. Sie war geradezu versessen darauf, den Verdacht auf Joanna zu lenken – und George davon freizusprechen.«

Lloyd warf noch ein Kügelchen, das zu seiner Befriedigung endlich im Eimer landete. »Verhaften wir sie alle miteinander.« Er rutschte von der Schreibtischkante. »Das ist die Lösung.«

»Einschließlich Eleanor?«, fragte Judy boshaft. »Sie sollten sich nicht zu sehr verstricken, Inspector Lloyd.«

»Mit ihr?«, fragte Lloyd ehrlich erschrocken. »Da mach dir mal keine Sorgen.«

Sie mussten beide lachen. Aus dem Augenblick hätte etwas entstehen können, aber Judy ließ ihn verstreichen. Zwei Mal zurückgewiesen zu werden konnte jedem die Lust vergällen.

»Elstow hat also im Pub jemanden getroffen«, sinnierte Lloyd. »Es gibt zu viele kleine Rätsel in dem Fall«, sagte er, nahm ihre Mäntel von den Haken und warf Judy ihren zu. »Machen wir Schluss für heute.«

Und darauf lief es wirklich hinaus; jeder strebte zu seinem Auto. Auf der Heimfahrt überlegte Judy, ob sie ihrem Wagen

Sterne verleihen sollte wie einem Kühlfach, denn in der Kälte wurden allmählich ihre Hände und Füße taub.

Andere Menschen freuen sich auf ihr Heim, dachte sie. In ihrem jedoch erwarteten sie die Hills und Diskussionen über solch gewichtige Themen wie die Frage, ob eine Gas- oder eine elektrische Zentralheizung besser sei, ob ihre Möbelkäufe wirklich von Vernunft zeugten, und zum guten Schluss über die Bedeutung der Zukunft, denn immerhin gab man diese ja an seine Kinder weiter. »Wenn sie denn kommen«, hatte Mrs Hill augenzwinkernd gesagt, als wären sie und Michael ein frisch verheiratetes Paar. Judy war sich im Übrigen sicher, dass ihre Schwiegermutter jedes Wort des Streits am Weihnachtsmorgen mitgehört hatte.

Es war, als säßen die Hills bei ihr im Wagen und höben hervor, wie sehr Michael geackert habe, um ihr das schöne Haus zu kaufen, das noch sehr viel schöner sein könnte, wenn endlich die notwendigen Renovierungen durchgeführt würden. Als hielten sie ihr vor, dass sie nun nicht mehr zu arbeiten *brauche*, da Michael doch so gut verdiene. Als wiesen sie Judy auf das Verstreichen der Zeit hin – kaum zu glauben, dass sie schon zehn Jahre verheiratet seien …

Sie war schon fast zu Hause. Die nächste Straße links und dann rechts, dann hätte sie die zwanzigminütige Heimfahrt bewältigt. Judy parkte am Bordstein und blieb bei laufendem Motor sitzen. Dann setzte sie den Wagen wieder in Bewegung, bog allerdings nicht nach links ab, sondern fuhr über die Straße hinaus und setzte rückwärts hinein. Abermals stand sie eine ganze Weile da, bis ihr Atem die eiskalte Windschutzscheibe beschlug. Judy wischte sie mit einem Papiertaschentuch sauber. Sie fuhr an und setzte den rechten Blinker. Schlug die Richtung ein, aus der sie gekommen war. Zwanzig Minuten später passierte sie die Polizeidienststelle. Im Kreisverkehr am Fuß des Hügels hielt sie sich links, Richtung Altstadt.

Judy parkte neben Lloyds Wagen. Die Erinnerung an das letzte Mal lähmte sie fast. Der Schock, den seine Zurückweisung ihrem Ego versetzt hatte, war so groß gewesen, dass sie buchstäblich auf Zehenspitzen ging.

Vielleicht hatte er ihren Wagen ja gehört, würde aber nicht öffnen, dachte Judy, als sie die Glastür aufstieß, die zu den Wohnungen führte.

Oder er war ausgegangen, war gar nicht zu Hause. Wegen der schweren Vorhänge und des spärlichen Lichts war es nicht zu erkennen. Lloyd würde sich noch die Augen verderben, wenn er immer bei diesem Licht las.

Er wird mir ein weiteres Mal die Tür weisen, dachte Judy traurig, während sie die Treppe hochstieg.

Als sie vor seiner Tür stand, war sie außer Atem, denn auf dem ganzen Weg nach oben hatte sie die Luft angehalten. Judy sammelte sich für einen Moment, bevor sie läutete, dann hörte sie, wie die innere Tür geöffnet wurde, und sah das Licht angehen. Sie konnte ihn durch das geriffelte Glas erkennen. Die Tür ging auf, und sie war in der Wohnung, lag in seinen Armen. Er entschuldigte sich. Warum entschuldigte *er* sich?

»Du bist ja völlig erfroren«, sagte Lloyd und ließ sie los, scheuchte sie ins warme Wohnzimmer. Er half ihr aus dem Mantel und legte einen Finger auf ihre Lippen, als sie etwas sagen wollte. »Später. Wir reden später darüber. Erst mal müssen wir dich auftauen.«

Judy machte es sich bequem, während Lloyd in der Küche verschwand. Wenige Minuten später kehrte er mit einer dampfenden Kaffeekanne und der Brandyflasche zurück.

»Nur Kaffee«, sagte sie.

»Auch gut.«

Das heiße Getränk wärmte sie wieder auf, aber das Schweigen machte Judy nervös. Lloyd war anscheinend ebenfalls nervös, denn er begann eine Unterhaltung, wie er sie, das hatte er ihr einmal gestanden, auch stets mit Barbara geführt hatte. Sorgfältig vermied er dabei jede Erwähnung der Arbeit und noch gewissenhafter jedwede Anspielung auf ihre derzeitige Situation. Judy ertrug das, so gut sie konnte, sie wartete bloß auf eine Pause.

»Ich dachte, du würdest …«, setzte sie an.

»Ich bin einfach nur froh, dass du hier bist«, fiel er ihr ins Wort und lächelte. »Möchtest du etwas essen?«

Judy schüttelte den Kopf.

»Noch Kaffee? Oder jetzt doch einen Brandy?«

»Nein«, sagte sie.

Er schaltete die Lampe aus. »Küsse im Schein der Lichterketten?«, fragte er mit leisem Lachen, und diesmal sollte seine Bemühung von Erfolg gekrönt sein.

Eng umschlungen gingen sie ins Schlafzimmer. Dort war es eiskalt, und Judy fröstelte ein wenig, als sie ihren Pullover auszog. Lloyd küsste sie zärtlich, während er begann, ihre Bluse aufzuknöpfen.

»Es geht viel schneller, wenn ich es selbst mache«, sagte sie.

Lloyd klopfte ihr auf die Finger. »Und macht viel weniger Spaß«, mahnte er. »Du hast überhaupt keinen Sinn für Romantik. *Andante*, Sergeant Hill. *Andante*.«

Aber Lloyd konnte sich eben nicht vorstellen, wie viele Schichten Kleidung man in solcher Witterung tragen musste. Bald lachte er, als er ein Teil entdeckte, das, wie er steif und fest behauptete, ein Unterhemd war.

»Das ist *kein* Unterhemd«, widersprach Judy. »Es ist ein T-Shirt.«

»Es ist ein Unterhemd. Und du hast geglaubt, du könntest es unbemerkt ausziehen, während ich nicht hingucke.«

»Sei still«, sagte sie. »Und zieh dich selber aus.«

»Oh nein«, entgegnete Lloyd und zog sie in seine Arme. »Ich will nicht das kleinste bisschen verpassen. Was trägst du denn da unter deiner Hose?« Er riskierte einen Blick. »Lange Unterhosen.«

»Das sind Strumpfhosen«, erklärte Judy gereizt. »Du hast gut reden – in *deinem* Auto funktioniert die Heizung. Die Dinger halten mich warm.«

»Tun sie nicht«, behauptete er.

»Sieh mal«, sagte sie. »Sie haben Füße. Es sind Strumpfhosen.«

Aber Lloyd hatte inzwischen einen Streifen nackter Haut gefunden und kitzelte sie. Eng umschlungen fielen sie aufs Bett, und je mehr sie lachten, desto mehr *andante* wurde es und desto schöner.

Auf dem ganzen Weg zu Lloyd hatte Judy sich diesen Moment vorgestellt. Und hatte sich vor der Anstrengung und der Peinlichkeit gefürchtet – wenn sie denn überhaupt so weit kämen. Im besten Fall, so hatte sie gedacht, würden sie auf eine etwas gehemmte Weise den Status quo wiedererlangen. Doch stattdessen war es ein Freudenfest des Lachens und der Liebe.

Weshalb sie sich, als sie ihre Sinne wieder beisammen hatte, vom Bett erhob, Lloyds Morgenmantel vom Haken an der Tür nahm und ins Wohnzimmer ging, den Gürtel fest um die Taille geschlungen. Einen Augenblick lang verharrte Judy in beinahe völliger Dunkelheit; sie wollte eine Zigarette, eine B-Movie-Zigarette, und tastete in ihrer Handtasche nach der Schachtel, ohne Lloyds Verführungs-Lichterkette einzuschalten. Mit zitternden Händen entzündete sie ein Streichholz.

Sie hörte Lloyd ins Zimmer kommen. Drehte sich nicht um.

»Und ich dachte, die Gläubigen wären nun doch nach Bethlehem gekommen«, sagte er nach einem Moment des Schweigens.

Auf Lloyds Rätsel konnte sie nun wirklich verzichten. Sie nahm einen tiefen Zug aus ihrer Zigarette und blies den Rauch aus. »Was?«, fragte sie und sah ihn immer noch nicht an.

»Fröhlich und triumphierend kamen sie.«

Gegen ihren Willen musste Judy grinsen. »So war es wirklich.«

»Und wenn es so war – was stimmt dann jetzt nicht?«

Der Rauch zog durch den Raum und wirbelte um den Baum. »Ich habe Angst«, gestand sie.

»Vor mir?«

Sie würdigte ihn keiner Antwort.

»Vor uns«, berichtigte er, und dieses Mal war eine Antwort überflüssig.

Lloyd kam zu ihr. »Weil du vergessen hast, einen kleinen Teil von dir zurückzuhalten?«, fragte er.

Judy legte ihre Zigarette in den Aschenbecher. Dann drehte sie sich endlich um und sah ihn an. Schauspielern war für Lloyd so natürlich wie das Atmen. Seine Stimme, seine Miene, seine Gemütslage. Doch bei ihr ließ er seine Maske fallen. Er tat, als wäre das, was sich darunter verbarg, eine weitere Maske, aber das stimmte nicht und hatte nie gestimmt.

»Es macht dich so verwundbar«, sagte sie.

»Ja.«

Sie umarmte ihn, presste ihn an sich. »Ich liebe dich.«

Er griff an ihr vorbei und knipste die Lampe an. Das jähe Licht war erschreckend.

»Warum hast du das gemacht?«, fragte Judy.

»Sag es noch einmal. Damit ich sehen kann, wie sich deine Lippen bewegen.«

Sie hatte es eigentlich gar nicht sagen wollen. Fünfzehn Jahre lang hatte sie diesen Satz nicht über die Lippen gebracht.

»Wo hast du den her?« Judy berührte den Ärmel seines neuen Morgenrocks.

»Lenk nicht ab.«

»Hübsch«, sagte sie und schaute an sich herab auf den alten Morgenmantel, in den sie sich gewickelt hatte wie in ein Feigenblatt – und genauso viel Schutz hatte er ihr auch gewährt.

»Die Kinder haben ihn mir zu Weihnachten geschenkt.«

»Sie haben einen besseren Geschmack als du.«

»Sag es noch einmal.«

»Sie haben einen besseren …« Sie lächelte. »Ich liebe dich.«

»Das hast du noch nie gesagt.«

»Jetzt schon.« Wieder lächelte Judy. »Sogar zwei Mal. Das sollte dann für die nächsten fünfzehn Jahre reichen.«

»Aber was bedeutet das: Mich zu lieben?«

»Ich weiß es nicht«, erwiderte Judy. »Es bedeutet, dass ich hier bin, obwohl ich eigentlich zu Hause bei Michael sein sollte. *Und* seinen Eltern. Gott allein weiß, was ich ihnen sagen soll. Ich bin eine erbärmliche Lügnerin.«

»Probier's doch einfach mit der Wahrheit.«

Die Mrs Hill mir wahrscheinlich nicht einmal abnehmen würde, dachte Judy.

»Tut mir leid«, sagte er. »Vergiss es. Möchtest du jetzt etwas essen?«

»Armer Lloyd«, sagte sie lächelnd. »Du hast Hunger.«

»Wie ein Wolf«, gab er zu. »Was hättest du gern?«

»Nichts«, sagte sie rasch. »Ich muss gehen.«

Er ließ seine Arme sinken und ging in die Küche, warf die Tür hinter sich zu.

Es war bitterkalt. Der Wind hatte wieder aufgefrischt und heulte in den Bäumen. George aber stand in Hemdsärmeln im Garten und schaute über die Felder zur Burg, deren Zinnen in der klaren Sternennacht deutlich zu erkennen waren. Schon jetzt zitterte er. Es war viel zu kalt, um sich lange im Freien aufzuhalten. Der vereiste Schnee glitzerte, und das Thermometer fiel um ein weiteres Grad.

Die kältesten Feiertage seit siebzehnhundert-und-irgendwas, hatte es im Radio geheißen. Unterkühlung sei tödlich, hieß es außerdem. Man solle die alten Menschen dazu anhalten, mehrere Schichten Kleidung übereinander zu tragen und wenigstens ein Zimmer richtig zu heizen, falls sie Bedenken wegen der Kosten hegten. Außerdem sei es wichtig, dass sie etwas Warmes zu sich nähmen.

George hatte noch zehn Jahre bis zum Ruhestand vor sich, bis er dem Teil der Menschheit angehören würde, der angeblich unfähig war, sich im Winter warm anzuziehen, und der nicht einmal auf die Ratschläge im Radio hörte. Zehn Jahre noch, dann mussten andere für ihn auf diese Ratschläge hören und sie an ihn weitergeben. Er war noch nicht alt. Doch er *fühlte* sich alt. Zu alt, um noch einmal von vorn anzufangen.

Er konnte über die Wiesen zur Burg gehen. Zu Eleanor. Sie wollte ihn bei sich haben. Sie brauchte ihn. Aber er vermochte es nicht. Er würde zu Hause bei Marian bleiben.

»George?« Wie aufs Stichwort ertönte ihre Stimme. »George, ist alles in Ordnung mit dir?«

»Schnappe bloß ein bisschen frische Luft«, antwortete er.

Er hörte knirschende Schritte im Schnee. Marian legte einen Arm um ihn. »Ein bisschen *sehr* frisch«, betonte sie. »Komm zurück ins Haus. Du holst dir noch eine Erkältung.«

»Ich habe gehört, dass man sich eine Erkältung nur von anderen Menschen holen kann«, sagte George.

»Und diese Theorie willst du jetzt überprüfen?« Sie drückte ihn. »Wir müssen einfach weitermachen«, sagte sie leise.

Er schaute sie schmunzelnd an. »Darin bist du besser als ich.«

Marian küsste ihn auf die Wange. Ihr Gesicht war warm. »Mach dich nicht verrückt«, flüsterte sie. »Es ist nun mal geschehen. Wir werden es überleben. Wir haben schon schlimmere Stürme überstanden.«

Babys verloren, Eltern verloren, Hunde verloren. Und immer war es Marian gewesen, die sich zusammengenommen und alles zusammengehalten hatte. Er küsste sie, unvermittelt und glühend. Aber durch diese Krise würde sie ihm nicht helfen können.

»Das Abendessen ist fertig«, sagte sie.

George lachte kurz auf. »Hat nicht viel Sinn, wenn ich's esse.« Er deutete auf seinen Magen.

»Ist es immer noch so schlimm?«

George schaute zur Burg. »Es wird erst besser, wenn diese Geschichte aus und vorbei ist«, sagte er und folgte seiner Frau ins Haus.

Einige Augenblicke lang, draußen in der Kälte, war die Übelkeit verschwunden gewesen. In dieser stechenden Kälte, die einen atemlos machte, war die Verzweiflung aus seiner Magengrube gewichen.

Doch jetzt war sie wieder da.

Lloyd drehte die Flamme unter dem Reis kleiner und begutachtete die bunten Hügel von Gemüse, das er auf Streichholzgröße geschnitten hatte. Das war eine gute Therapie gewesen. Er holte ein Tischset und eine Gabel aus der Schublade und ging ins Wohnzimmer. Sie war nicht mehr dort.

Er nahm den Aschenbecher vom Tisch, in dem Judys Zigarette ausgebrannt war und eine Ascheschlange und geschmolzene Klümpchen von Nylonband hinterlassen hatte. Sie konnten von Glück reden, dass sie ihm nicht die Wohnung in Brand gesteckt hatte. Als er den Aschenbecher wieder auf den Tisch stellte, erinnerte ihn dieser an etwas. Nachdenklich betrachtete er ihn.

Lloyd deckte für sein einsames Mahl und ging ins Schlafzimmer, wo Judy auf dem Bett saß, angezogen und zum Gehen bereit. Aber noch war sie nicht gegangen.

»Ich dachte, du hättest es eilig.«

Judy sah zu ihm auf. »Ich wollte nicht gehen, wenn du nicht mehr mit mir sprichst.«

Er setzte sich neben sie und nahm ihre Hand. »Ich möchte dir klarmachen, was ich fühle«, sagte er.

Sie wandte die Augen ab. »So weit sind wir jetzt also?«

»Ja.« Sein Daumen rieb an ihrer Hand entlang, während er versuchte, seine Gedanken in Worte zu fassen. »Judy«, sagte er schließlich. »Es ist wunderbar, mit dir ins Bett zu gehen. Es ist großartig. Heute Abend war es schöner denn je.« Er schwieg kurz. »Sieh mich an«, forderte er.

Sie drehte sich halb zu ihm, das Gesicht ein wenig ängstlich.

»Aber nicht dafür möchte ich dich hier haben«, fuhr Lloyd fort. »Darum geht es nicht. Dass du gerade lange genug da bist, damit wir ins Bett hüpfen können, kommt mir irgendwie … schäbig vor.«

»Schäbig!« Sie wandte sich ab.

»Ja, verdammt noch mal! Schäbig. Ich will mehr als das«, sagte er. »Aber ich … ich fürchte, dass es vielleicht alles ist, was du willst.«

Nun schaute sie ihn wieder an. Ihr Gesicht trug einen zornigen Ausdruck. »Es wäre zu komisch«, sagte sie. »Wenn es nicht so …« Sie presste die Lippen aufeinander und schwieg für einen Augenblick. »Hör gut zu«, sagte sie dann. »Ich bin seit zehn Jahren mit Michael verheiratet. Zehn *Jahre*, Lloyd.«

Lloyd hörte zu. Aber was sie sagte, war ihm nicht neu. »Also hat er das Vorrecht, willst du das damit sagen?«

»Nein.« Es klang entnervt. »Mag sein, dass er es hat, aber darum geht es hier nicht. Weil ich nicht glaube, dass es ihm das Herz brechen würde.«

Wieder wusste Lloyd nicht, woran er war.

»Bis zu diesem Jahr hat er die Hälfte seiner Zeit im Ausland verbracht«, sagte Judy. »Wenn er fort war, hat er getan, was er wollte, und ich hätte wahrscheinlich dasselbe machen können. Hab ich aber nicht.«

»Bis ich dir über den Weg gelaufen bin?«

»Nicht einmal dann«, gab sie zur Antwort. »Denn es ist *nicht* dasselbe, nicht wahr?«

Jedes Mal, wenn Lloyd glaubte, er habe erfasst, worum es eigentlich ging, schien sie einen anderen Kurs einzuschlagen. »Ich verstehe das nicht«, sagte er. »Was willst du damit sagen? Dass du Michael treu warst, bis ich des Wegs kam und dich verführt habe, oder was?«

Judy schloss kurz die Augen. »Nein«, sagte sie und machte sie wieder auf. »Du«, sagte sie. »Wenn ich jemandem treu war, dann dir. Weil ich nie einen anderen Mann gewollt habe.« Als sie weitersprach, hörte er, dass sie kurz davor war, in Tränen auszubrechen. »Also, nein – es geht mir nicht nur um deinen Körper«, schloss sie bitter.

Das also hatte sie verletzt. Lloyd nahm sie in seine Arme.

»Es tut mir leid«, sagte er. »Ehrlich, es tut mir leid. Hör einfach nicht auf das, was ich sage.« Er drückte sie an sich. »Aber ich verstehe nicht, wieso du ihn nicht einfach *verlässt.*«

»Weil ich feige bin«, antwortete Judy mit gedämpfter Stimme. »Du hast gesagt, ich hätte Angst davor, ihn zu verlassen, und damit hast du recht. Ich habe Angst davor, mein ganzes Leben auf einen Schlag zu verändern.«

»Aber du wärst doch nicht allein!«

»Ich weiß«, sagte Judy und stand auf. »Und jetzt muss ich gehen.«

»Es läuft also so oder gar nicht? Willst du das damit sagen?«

Sie nickte. »Es sei denn, es ist zu schäbig für dich.«

Er sah zu ihr auf. »Manchmal geht meine Zunge mit mir durch«, sagte er. »Das ist eben der Waliser in mir. Trag es mir nicht nach.«

Judy gab keine Antwort. Einen Augenblick später hörte Lloyd die Wohnungstür ins Schloss fallen.

Er hatte es schon wieder getan. Es dauerte eine Weile, bevor er sich dazu aufraffen konnte, in die Küche zu gehen und sein Essen zuzubereiten. Und als er das Pfannengericht aß, hatte er keinen Appetit mehr. Er versuchte fernzusehen, aber in seiner verbitterten Stimmung war alles unerträglich. Nach den Nachrichten, die er lieber nicht gesehen hätte, ging Lloyd zu Bett, zu einer für ihn ungebührlich frühen Stunde. Er war müde, schlug aber dennoch sein Buch auf, wie immer.

Als es auf dem Boden landete, riss er die Augen auf. Tastete blindlings danach, dann las er weiter. Die Worte waren leicht zu lesen, nur ihre Bedeutung wollte sich ihm nicht erschließen. Bald schon verschwammen die Buchstaben vor seinen Augen, und das Buch rutschte wieder hinunter. Dieses Mal fing er es noch rechtzeitig ab, gab auf und klappte es zu. Doch das machte ihn wieder wach, und er hätte ebenso gut weiterlesen können.

Fast gegen seinen Willen schlug er das Buch wieder auf und las die Widmung. Ein hastig hingekritzeltes »*Beste Wünsche von*«, gefolgt von der unleserlichen Unterschrift des Autors. Darunter stand in ihrer säuberlichen, klaren Schrift: »*und von mir*«.

Aber Lloyd wollte nicht mehr an Judy denken oder an das Arrangement, mit dem er nicht länger leben konnte. Wieder klappte er das Buch zu und schaltete das Licht aus.

Langsam trieb er auf den Schlaf zu, als ihm plötzlich ein Bild in den Kopf kam: George Wheeler. George Wheeler, der Asche aus der Tonne auf der Einfahrt des Pfarrhauses verteilte. Graue Asche mit schwarzen Flecken darin.

Genau wie das geschmolzene Nylonband in seinem Aschenbecher.

Marian Wheeler schaute ihrem Mann zu, der sich bettfertig machte. Zunächst merkte er es nicht, dann wurde er sich der Beobachtung bewusst, versuchte sie aber zu ignorieren. Marian sah, wie er zunehmend verlegener wurde, so als wäre sie eine Fremde.

Er knöpfte sein Pyjamaoberteil zu. »Was ist los?«, fragte er schließlich. »Warum starrst du mich so an?«

Marian holte tief Luft. »Warum ist dir ständig übel, George?«

»Habe ich dir doch gesagt«, erwiderte er leichthin. »Wegen dieser Sache. Du kennst mich ja – vor Prüfungen war ich immer eine Woche lang krank. Vor meiner allerersten Predigt stand ich in der Sakristei und war kurz davor, mich zu übergeben.«

»Liegt es daran, dass du mir untreu bist?«, fragte sie atemlos.

George schloss kurz die Augen und setzte sich auf die Bettkante. »Nein«, sagte er. »An Heiligabend ist überhaupt nichts passiert, Marian. Ich bin zu ihr gegangen, um meine Krawatte wiederzuholen. Das war alles.« Er seufzte. »Aber dann wurde mir klar, dass ich entweder dort bleiben oder zurückkommen und den Abend mit meinem Schwiegersohn verbringen könnte. Also bin ich geblieben.«

Marian schwieg.

»Da ist nichts passiert, und seitdem ist auch nichts geschehen. Ich bin dir nicht untreu gewesen.«

»Weil du noch nicht dazu gekommen bist, mit ihr zu schlafen?«

Er wandte den Blick ab.

»Warum tust du es nicht, George?«, fragte sie. »Vielleicht täte das deinem Magen gut.«

»Marian …«

»Ich meine es ernst«, beharrte sie. »Wenn du schon Gebote brechen willst, dann tu es auch. Quäl dich nicht so.«

George sagte nun gar nichts mehr. Langsam schlug er die Bettdecke zurück und legte sich hin.

Marian löschte das Licht und ließ sich in die Kissen sinken. Sie hatte, schon lange bevor es ihm aufgefallen war, gewusst, welche Wirkung Eleanor Langton auf George ausübte. Und anders als er hatte sie sich auf dieses Gespräch vorbereitet.

Der arme George, der sich wegen einer Frau zum Narren machte, die kaum älter war als Joanna. Marian war sicher, dass schon längst über ihren Mann in der Spielgruppe getratscht wurde. Er machte sich krank vor Sorge und Schuld, und wofür? Für eine Fantasie. Sie selbst würde sich gegen eine Fantasie dieser Art jederzeit zur Wehr setzen.

Und dennoch war sie Eleanor Langton in gewisser Weise dankbar; zumindest *war* sie am Heiligabend mit George zusammen gewesen, und das war der Beweis dafür, dass er Graham nicht getötet haben konnte.

Könnte sie doch nur wegen Joanna ebenso sicher sein! Aber nichts, was Marian sagte, konnte ihre Tochter dazu bewegen, Auskunft über jenen Abend zu geben. Marian überlegte, ob es sich um ähnliche Gründe handeln könne wie bei George, sie zog sogar in Betracht, dass Joanna von einem anderen Mann schwanger sein könnte. Vielleicht war das der Grund, warum sie noch nichts von dem Baby gesagt hatte.

Vielleicht hatte Graham diesen Mann zufällig im Pub getroffen, vielleicht hatte er aus diesem Grund zu viel getrunken und war schließlich gewalttätig geworden. Das wäre eine Erklärung dafür, warum Joanna unten im Wohnzimmer geblieben war, nachdem sie und George heimgekehrt waren – weil sie keine Fragen beantworten wollte, ehe sie dazu bereit war. Es wäre eine Erklärung dafür, warum sie ihren Eltern nicht anvertraut hatte, wo sie an dem Abend gewesen war. Denn es wäre doch das Natürlichste auf der Welt gewesen, nicht wahr, zu diesem Mann zu gehen, diesem Mann zu sagen, was Graham ihr angetan hatte.

Es wäre eine Erklärung für sämtliches Ungeklärte, doch Marian wusste genau, dass es Unsinn war. Denn Joanna war viel zu sehr von ihrem abscheulichen Mann besessen gewesen, um sich anderweitig umzuschauen.

9

Zur Abwechslung war es ganz nett, einmal nicht von Tessas forderndem Blick aus dem Schlaf geholt zu werden. Nett, aber ungewohnt. Eleanor schaltete ihre Nachttischlampe an und schaute auf den Wecker; Gewohnheit und Sorge hatten den Sieg über die neu errungene Freiheit davongetragen, denn es war erst sechs Uhr, sogar früher als Tessas übliche Zeit. Jetzt aber war sie wach und würde nicht mehr einschlafen können. Eleanor legte sich wieder hin und überdachte ihre Lage, die ihr nach einem erholsamen Nachtschlaf gar nicht mehr so übel erschien. Jetzt, nachdem sie mit George gesprochen hatte, war sie ruhiger, obwohl es ein sehr unbefriedigender Austausch gewesen war. Der Polizei hatte er bestimmt nicht davon erzählt, sonst hätte der Inspector sicher Fragen gestellt. Oder hatte George ihre Aussage doch weitergegeben? Er liebte schließlich das Dramatische. Während sie sich langsam erhob, kehrte die Sorge zurück.

Noch nicht einmal hell, sinnierte Eleanor, als sie ein Bad einlaufen ließ, das sie dieses Mal wenigstens ohne Tessas liebevolle Fürsorge genießen konnte. Wenn ihr danach war, konnte sie stundenlang in der Wanne liegen bleiben.

Als es an der Tür klopfte, erschrak sie. Wer kam denn so früh am Morgen? Die Polizei. Es musste die Polizei sein. Eleanor rief, dass sie sofort komme, dann raffte sie ihre Kleider zusammen und hüpfte auf einem Fuß herum, weil ihr Bein nicht sofort in die Jeans fand. Sie zog einen Pullover über und riss die Tür auf. Es war George. Eleanor klappte den Mund auf und wieder zu.

»Wenn du sagst, dass du morgens gleich als Erstes vorbeikommst, dann meinst du es anscheinend auch so«, sagte sie, als sie wieder zu Atem kam.

»Ich habe furchtbar schlecht geschlafen. Und dann habe ich bei dir Licht gesehen, also bin ich rübergekommen.« Er ging ins Wohnzimmer.

Eleanor folgte ihm. »Du hast der Polizei gesagt, dass du bei mir warst«, folgerte sie.

»Ja.« Er stand am Fenster, schaute auf den Hof. Mied ihren Blick.

»Das habe ich auch ausgesagt.«

»Ja.« Er drehte sich vom Fenster weg. »Gut, dass wir das Gleiche erzählt haben«, sagte er. »Sonst hätte es vielleicht seltsam ausgesehen.«

»Hätte es.« Ihre Augen suchten die seinen und versuchten, durch die Schranke seines ausdruckslosen Blicks eine Verbindung zu ihm herzustellen. »Warum haben sie dein Alibi überprüft?«, fragte sie.

Er zuckte die Achseln. »Sie brauchen einen Verdächtigen.«

»Darüber hinaus habe ich nichts gesagt«, fuhr Eleanor fort und wappnete sich für seine Reaktion.

Da blühte wie durch ein Wunder das Lächeln auf, das sie anfangs zu ihm hingezogen hatte, zum ersten Mal seit Tagen. »Ich auch nicht«, sagte George, und Eleanor spürte, wie ihre Angst verflog.

Seine Augen, nun wieder voller Leben, musterten sie von Kopf bis Fuß. »Eleanor …«, sagte er, und dann plötzlich – fast meinte sie es zu hören – fiel die Schranke wieder herab. »Ich muss gehen.« Abrupt wandte er sich zur Tür.

Eleanor versuchte, nicht an den Mann zu denken, den sie vor zwei Monaten kennengelernt hatte, nicht an den Mann, der am Heiligabend bei ihr vorbeigeschaut hatte. Den Mann, der eben ganz flüchtig mit einem Lächeln wiedergekehrt war.

»George?«, fragte sie. »Wann hat das angefangen mit der Übelkeit?«

Mit finsterem Blick drehte er sich wieder zu ihr um. »Als sie Marian verhaftet haben. Sie musste ja die Glucke spielen. Ihr

Küken vor den Raubtieren beschützen. Sich selbst als Beute darbieten.«

Eleanor wandte sich ab. »Küken sollten irgendwann schlüpfen«, sagte sie. Sie hörte seine Schritte im Rücken, spürte seine zaghafte Hand an ihrem Hals. Als sie sich umdrehte, war er bereits fort. Die Haustür fiel ins Schloss, und sie war allein.

Joanna verließ das Grundstück des Pfarrhauses. Sie wollte Sergeant Hills Ratschlag befolgen und bei sich zu Hause nach dem Rechten sehen. Besonders überzeugt war sie nicht von ihrem Vorhaben, aber es gab ihr etwas zu tun, etwas, das unter Umständen die Polizei dazu bewegen konnte, in eine andere Richtung zu ermitteln. Es fehlte nur eine Stunde bis zum Sonnenaufgang, und mit etwas Glück konnte sie den neugierigen Blicken der Nachbarn entgehen.

Auf der Castle Road kam ihr der väterliche Wagen entgegen. Joanna glaubte nicht, dass er sie erkannt hatte. Ihr Vater hatte sich in eine Welt zurückgezogen, in der andere Menschen nicht existierten. Niemand außer Eleanor Langton. Joanna hatte am Morgen gehört, wie er das Haus verließ. Was war denn so verdammt wichtig, dass er die Frau praktisch mitten in der Nacht aufsuchen musste? Eleanor Langton tat ihrem Vater nicht gut, so viel war klar; die ganze Nacht über war er unruhig im Haus umhergewandert. Das letzte Mal war es ihm so schlecht gegangen, als er sie, Joanna, vom Krankenhaus abgeholt hatte.

Sie fuhr nach Stansfield hinein und nahm die rechte Abzweigung zu der Eigenheimsiedlung, in der sie mit Graham gewohnt hatte. In diesem Augenblick fiel ihr wieder ein, wie sie das Haus zum ersten Mal gesehen hatten. Noch vor ihrer Hochzeit waren sie auf der Suche nach einem Heim in diese Gegend gekommen. Was inzwischen recht hübsche, wenn auch noch lange nicht fertige Gärten waren, war damals ein Meer aus Schlamm und Bauschutt gewesen, und zu den Häusern hatte man nur gefährlich balancierend über Holzplanken gelangen können.

Das Musterhaus war eines der teureren Exemplare gewesen, das ihre Mittel bei Weitem überstiegen hatte. Also waren sie weitergegangen, um sich eines der anderen Häuser anzusehen. Die Bauarbeiter hatten Joanna nachgepfiffen, als sie sich vorsichtig ihren Weg zur Haustür bahnten, zu der noch keine Stufen hinaufführten. Graham hatte sie auf seine Arme nehmen müssen wie ein Kind. Und wie ein Kind hatte er sich über das Haus gefreut. Es war ein ganz gewöhnliches Haus, eines der Schlafzimmer war kaum größer als die Speisekammer im Pfarrhaus. »Aber es wird *unser* Haus sein«, hatte er gesagt.

Sie hatten Ärger mit dem Polier bekommen, der ihnen zugerufen hatte, dies sei Privatbesitz und er werde dafür verantwortlich gemacht, wenn ihnen etwas zustoße. Wenn sie unbedingt turteln müssten, dann gebe es eine Menge Orte, die verdammt noch mal sicherer seien als eine Baustelle.

Am Ende hatten sie eines der Häuser gekauft. Mit heftig klopfendem Herzen hielt Joanna am Bordstein, denn sie erwartete fast, ihn anzutreffen – in mieser Stimmung, wie immer, wenn sie von zu Hause kam.

Zu Hause. Das war eine Formulierung, die Grahams Zorn unweigerlich angefacht hatte: wenn sie das Pfarrhaus als ihr Zuhause bezeichnet hatte. War das beim letzten Mal auch der Auslöser gewesen? Joanna konnte sich nicht recht erinnern. Nur an das Schlagen der Uhr und an Grahams Gesicht. Was seine Gewaltausbrüche hervorgerufen hatte, wusste sie nicht mehr.

Aber er war ja nicht da, nicht jetzt und nie wieder. Es gab keinen Grund für ihre Angst. Dies war lediglich ein leeres Haus.

Joanna trat ein und ging durch das Wohnzimmer in die Küche, wobei sie sich wie ein Gast vorkam, wie jemand, der nur gekommen ist, um die Katze zu füttern. Es war unglaublich schmutzig, jede Oberfläche voller Staub, und eine Menge Dinge lagen herum, die Graham hingelegt und nie wieder aufgehoben hatte. Das Bügelbrett war aufgestellt, das Bügeleisen stand noch darauf, ausgestöpselt, zum Glück. Graham war daran gewöhnt gewesen, dass jemand da war, der das Geschirr spülte, Staub wischte und die Teppiche absaugte, besonders, nachdem die Firma, für die Joanna gearbeitet hatte, bei Nacht und Nebel dichtgemacht und Tausende Pfund Schulden hinterlassen hatte. Joanna war nicht zu einer Abfindung berechtigt gewesen, und Graham hatte nicht gewollt, dass sie sich arbeitslos meldete. Also hatte sie kein Geld gehabt, und wegen der Hypothek war auch von Grahams Gehalt nicht viel übrig geblieben. Ab und an hatte ihre Mutter mit einem Fünfer ausgeholfen, doch schon nach dem ersten Mal hatte Joanna darauf geachtet, dass Graham nichts davon erfuhr.

In der Küche sah es noch schlimmer aus als im Wohnzimmer. Im Spülstein stapelte sich schmutziges Geschirr. Joanna wünschte, sie wäre nicht gekommen. Gerade in diesem Raum lebten die Erinnerungen: Zu viel Fett klebte am Herd, zu viele Ringe von Kaffeetassen waren auf der Resopalplatte, zu viel Schmerz.

Sie ging unter dem Bogen hindurch, über dem das Bild hing, das Graham am ersten Tag ihres Flitterwochenendes bei einem Straßenkünstler in Paris gekauft hatte, und weiter zur Treppe, die offensichtlich seit Wochen nicht mehr geputzt worden war. Graham war mit der Vorstellung aufgewachsen, dass Männer nicht zu Besen und Putzlappen griffen, auch dann nicht, wenn sie allein waren. Also hatte er sich weiterhin so verhalten, als würde jemand hinter ihm aufräumen.

Das Bett hingegen war gemacht – selbst Graham hatte gewusst, wie man eine Daunendecke glatt zog. Wenigstens hat er die Wäsche gewechselt, dachte Joanna. Das Bett war mit dem blauen Set bezogen, damals war es das blassgelbe gewesen. Jede Einzelheit ihres letzten gemeinsamen Abends in diesem Haus stand ihr noch vor Augen, sie wusste nur nicht mehr, was der Auslöser gewesen war. Es war leichter, sich an die äußeren Umstände zu erinnern: die schlagende Uhr, der gelbe Bettbezug.

Die Sanitäter fielen ihr ein; sie erinnerte sich, wie Graham angegeben hatte, sie sei die Treppe hinuntergefallen. Sie hatte seine Geschichte gestützt, obwohl man ihr im Krankenhaus ganz eindeutig nicht geglaubt hatte. Ihr Vater war der Meinung, sie habe aus Angst nicht gegen Graham ausgesagt, aber das war nicht der Grund gewesen.

Joanna setzte sich aufs Bett und sah sich im Zimmer um. Ihre Pantoffeln, die Graham vergessen hatte, als er zusammen mit ihrer Mutter und voller Reue die Sachen fürs Krankenhaus packte, lagen immer noch dort, wo sie sie damals abgestreift hatte.

Es gab ein gutes Dutzend Gründe, warum sie Grahams Version durch Stillschweigen gestützt hatte. Zum einen war das leichter gewesen, als vor Fremden die Wahrheit zugeben zu müssen. Und es war undenkbar gewesen, bei der Polizei Anzeige zu erstatten und ein Gerichtsverfahren durchzustehen. Außerdem hatte es auch andere Zeiten gegeben. Sie hatten *Spaß* gehabt. Die Einrichtung ihres Hauses hatte ihnen Freude bereitet. Natürlich waren die Hypothekenraten, nachdem Joanna ihre Arbeit verloren hatte, schwer zu stemmen, aber sie waren zurechtgekommen. Der Garten war eine verzwickte Angelegenheit, denn keiner von ihnen hatte einen grünen Daumen, und Joanna hatte sich davor gehütet, Rat bei ihrem Vater einzuholen. Doch am Ende hatten sie ihr Feld bestellt, hatten einen Rasen und Blumenbeete gehabt, und Graham hatte im hinteren Teil sogar Gemüse angebaut. Sie schaute aus dem Fenster auf den Garten, der jetzt unter Schnee begraben lag.

Unter der Oberfläche hatte es freilich Spannungen gegeben. Joanna schob es darauf, dass sie Zeit brauchten, um sich aneinander zu gewöhnen. Sie waren von sehr unterschiedlicher Herkunft und hatten grundverschiedene Ansichten über das Leben. Jeder muss Kompromisse eingehen, sagte sie sich immer dann, wenn sie Streit hatten und zwei Tage lang stumm miteinander schmollten. Aber die Wortlosigkeit hatte die Konflikte nur verschärft, das sah Joanna jetzt ein. Und so hatten die Spannungen immer mehr zugenommen, bis sie sich in Gewalt und Tränen entladen hatten – und in Schwüren, dass es nicht wieder vorkommen solle. Woraufhin sie Graham stets verziehen hatte. Aber er hatte sie wieder und wieder geschlagen, so lange, bis ihre Eltern es nicht mehr hatten übersehen können. Sie hatten Angst um ihre Tochter geäußert, wodurch alles nur noch schlimmer geworden war. Die Mutter hatte häufig angerufen, daraufhin war Joanna öfter zu den Eltern gefahren, damit der Grund für solche Kontrollanrufe entfiel. Es war, als ob sämtliche Umstände sich dazu verschworen hätten, auf den hässlichen Höhepunkt des letzten Abends zuzusteuern.

Die äußeren Umstände. Wie in einem Stummfilm. Auch damals war sie mit dem Wagen gekommen, nachdem sie bei den Eltern gewesen war. Graham hatte ihr beim Hereinkommen die kalte Schulter gezeigt und seine Zeitung mit nach oben genommen. Nach einer Weile war Joanna ihm gefolgt. Sie hatte versuchen wollen, ihn aus dieser Stimmung herauszuholen. Sie wusste nicht mehr, was sie gesagt hatte, aber sie wusste noch, dass Graham nicht zugehört hatte, woraufhin sie wütend geworden war.

Sie runzelte die Stirn, als eine Erinnerung aufblitzte, die wie ein Traum anmutete: Graham reichte ihr die Zeitung und fragte, ob sie einen bestimmten Artikel schon gelesen habe.

»Ja«, hatte sie erwidert, ungehalten wegen der Unterbrechung. *»Ich habe sie schon zu Hause gelesen.«*

Das Schweigen. Sie hatte die Zeitung aufs Bett sinken lassen.

Joanna erinnerte sich, dass sie hatte aufstehen wollen. Halt suchend hatte sie nach dem Bett gegriffen, aber nur die gelbe Decke zu fassen bekommen, die zu Boden gerutscht war – und die Zeitung gleich mit. Sie konnte vor sich sehen, wie sie während des Kampfes unter das Bett getreten wurde. Wiederholung in Zeitlupe.

Dann setzte ihre Erinnerung aus, bis zu dem Augenblick, als sie spürte, dass er endlich aufgehört hatte, dass sie nun endlich fliehen konnte. Sie kam noch die Treppe hinunter, dann brach sie zusammen und lieferte Graham damit unwillkürlich eine Erklärung für ihre Verletzungen. Sie hörte ihn am Telefon. Schließlich kamen die Sanitäter, sie wurde ins Krankenhaus gebracht. Mutter und Vater waren bei ihr, Graham nicht. Sie bat den Arzt, sie zu untersuchen, nur für alle Fälle. Als man ihr sagte, dass mit dem Baby alles in Ordnung sei, war es die Bestätigung einer vagen Ahnung, über die noch gar nicht gesprochen worden war.

Im Schlafzimmer flogen Grahams abgelegte Kleidungsstücke herum. Der Wäschekorb war voll, als hätte er damit gerechnet, dass sie vorbeischauen und sich um seine Wäsche kümmern würde. Er hatte sogar noch Sachen auf dem Korb gestapelt. In seinem Schrank hingen nur wenige leere Bügel, die Schublade war voller ungebügelter Hemden. Zwei Beutel von der Reinigung lagen auf dem Boden; unter dem einen konnte sie eine Ecke der Zeitung erkennen, die seit jenem Abend unter dem Bett lag.

Joanna zog sie hervor. Das Blatt war noch auf der Doppelseite aufgeschlagen, wo sich der Artikel befand. Auf der einen Seite stand eine Annonce für Gebrauchtwagen, aber die konnte er nicht gemeint haben, denn sie hatten ihr Auto gerade erst neu gekauft, weil Graham rückwirkend eine Gehaltserhöhung bekommen hatte. Auf der anderen Seite standen diverse Kurzmeldungen. Wahrscheinlich war es bloß etwas, das ihm ins Auge gefallen war. Ein witziger Druckfehler oder ein besonders verrückter Auswuchs der Lokalbürokratie.

Die Schlagzeilen lauteten: STADTRAT GEGEN VERKAUFSOFFENEN SONNTAG. ANGST VOR ASBEST – FIRMA VERNEINT RISIKO. NEUE ASPEKTE IM STREIT UM DEN BUSFAHRPLAN. RENTNER ÜBERFALLEN.

Dann stieß sie fast am Ende der Seite auf den Artikel. Joanna riss die Augen auf und lief rot an. Das musste es sein. Das *musste* es sein. Es konnte sich nicht um einen Zufall handeln.

Frühmorgens. Judy öffnete halb die Augen und machte sie wieder zu, trotz des mahnenden Summens neben ihrem linken Ohr. Einen Augenblick später setzte sie sich auf und stellte den Wecker aus. Dass Michael nicht neben ihr lag, fiel ihr zunächst gar nicht auf; ihr halbes Eheleben lang war sie allein aufgewacht. Dann erinnerte sie sich wieder: Michael war ja nach Edinburgh gereist.

Inzwischen musste er dort angekommen sein, dachte sie mit einem Blick auf die Uhr. Und seine Eltern schliefen in ihrem Heim in Nottingham, Gott sei Dank.

Als Judy nach Hause gekommen war, hatte sie ihren Mann beim Kofferpacken angetroffen; einen Augenblick lang hatte sie geglaubt, das sei jetzt ihre gerechte Strafe. Als Michael dann erzählte, dass Ian von der Grippe niedergestreckt worden sei und er an dessen Stelle nach Edinburgh fahren müsse, hatte Judy ihren Irrtum als unwiderstehlich komisch empfunden. Ein plötzliches Bedürfnis vortäuschend, war sie ins Badezimmer gesprintet, wo sie die Toilettenspülung betätigte und die Wasserhähne voll aufdrehte, während sie ihren Lachanfall in einem Badetuch erstickte.

Mrs Hill hatte sich vorsichtig erkundigt, ob alles in Ordnung sei; zweifellos war sie verärgert, dass ein weiterer Monat der kostbaren Zeit, die Judy noch zur Verfügung stand, offensichtlich nutzlos verstrichen war. Dann hatte sie Judy mitgeteilt, dass Michaels Zug in Nottingham halte, daher hätten sie und Mr Hill beschlossen, ihn zu begleiten, statt noch einen Tag dranzuhängen. Michael würde sich gewiss freuen, wenn er nicht alleine fahren müsse.

Judy hatte die Hills zum Bahnhof gefahren, da Michael seinen Wagen in dieser Jahreszeit nicht gern dort stehen lassen wollte. Alle drei hatten sich während der kurzen Fahrt über die fehlende Heizung beschwert.

Michael hatte ihr mitgeteilt, dass er den Nachtzug nehmen und am Mittwochmorgen um sieben Uhr zweiunddreißig wieder in Stansfield eintreffen werde, und Judy willigte ein, ihn vom Bahnhof abzuholen. Sie hatte sich die Frage nicht verkneifen können, ob es klug sei, mit dem Nachtzug zu einem Meeting zu reisen und ohne eine Erholungspause mit dem nächsten Nachtzug zurückzufahren. Darauf hatte Michael erwidert, dass nichts ihn dazu bewegen könne, zu Hogmanay, dem schottischen Neujahrsfest, in Schottland auszuharren. Das, so fand Judy, illustrierte sehr gut den Unterschied zwischen ihnen beiden.

Und den Unterschied zwischen ihm und Lloyd, wie sie jetzt schweren Herzens feststellte. Wieder einmal war etwas, das eigentlich schön sein sollte, sauer geworden, und wieder einmal war es ihre Schuld. Sie seufzte und bereitete sich darauf vor, unter der warmen Decke hervorzukriechen, als das Telefon klingelte.

Lloyd? Fast furchtsam nahm sie den Hörer ab.

»Sergeant Hill?«

Es war nicht Lloyd, sondern Constable Sandwell.

»Am Apparat«, sagte Judy. »Guten Morgen, Bob.«

»Morgen, Sergeant. Tut mir leid, dass ich so früh störe, aber Mrs Elstow ist hier und möchte Sie unbedingt sprechen. Ich habe ihr gesagt, dass Sie nicht vor neun kommen, aber sie meinte, dass sie dann eben so lange wartet.«

Judy musste das erst mal verdauen. »Sie sind aber der Meinung, dass ich lieber sofort kommen sollte?«

»Nun ja. Anscheinend glaubt sie, auf etwas gestoßen zu sein, das Ihnen möglicherweise weiterhilft, und ich könnte mir vorstellen, dass sie es sich vielleicht doch anders überlegt, wenn sie warten muss. Sie wissen ja, wie die sind.«

»Die« umfasste nach Sandwells Auffassung sämtliche Menschen, die keine Polizisten waren. Immer mehr erwies sich der zur Kriminalpolizei versetzte Constable als äußerst nützlicher Mitarbeiter.

»Mir will sie's ja nicht sagen«, fuhr er fort. »Und auch keinem andern.«

»Gut«, sagte Judy. »Bin schon auf dem Weg.«

In weniger als einer Viertelstunde, womit sie sogar ihren Rekord vom Weihnachtsmorgen unterbot, hatte Judy das Haus verlassen und versuchte, ihr Auto zum Starten zu bewegen. Nachdem es endlich gehorsam angesprungen war, stieg sie wieder aus und fluchte auf das Eis, das sie von den Scheiben kratzen musste. Während dieser sportlichen Übung fiel Judy auf, dass sie seit gestern Mittag nichts mehr gegessen hatte. Sie war hungrig wie ein Wolf.

Und nun saß sie wieder in dieser Eiskiste, in der sie anscheinend ihr ganzes Leben verbrachte, vor sich die zwanzigminütige Fahrt, die sie in den letzten zwölf Stunden lediglich sechs Mal gemacht hatte.

Etwas, das Judy nicht so recht fassen konnte, spukte ihr im Kopf herum. Zunächst wollte sie es als Fragment aus einem Traum abtun, was es aber nicht war. Es hatte mit dem Mord zu tun; etwas, das Lloyd gesagt hatte. Nur hatte sie es nicht aufgeschrieben, und das war merkwürdig, pflegte sie doch jeden Abend ihre Notizen zu ordnen und im Grunde *alles* aufzuschreiben. Ihre Kollegen lachten darüber, aber Lloyd wusste, warum sie es tat. Judy hatte ein furchtbar schlechtes Gedächtnis. Wahrscheinlich war es gar nicht so wichtig gewesen. Und falls es mit dem Mord zu tun hatte, dann *war* es irgendwo notiert. Vielleicht nur als einzelnes Wort oder als Fragezeichen hinter einer älteren Notiz. Sie würde ihre Aufzeichnungen durchgehen, sobald sie ein wenig Zeit fand.

Joanna Elstow sprang erschrocken auf, als sie hereinkam. Judy lächelte die junge Frau freundlich an. Sie war ihr dankbar für den Aufschub, den das Gespräch gewährte. So musste sie Lloyd nicht gleich wieder gegenübertreten.

»Guten Morgen, Joanna«, grüßte sie, wobei sie ein wenig klang wie eine Direktorin, die eine Schülerin empfängt. »Ist ein Vernehmungszimmer frei?«, wandte sie sich an Sandwell.

»Können sich eins aussuchen, Sergeant.«

»Gut.« Sie ging voraus, wählte das erste und machte die Tür hinter ihnen zu. »Setzen Sie sich«, sagte sie zu Joanna. »Was kann ich für Sie tun?«

»Ich war im Haus«, erwiderte die junge Frau.

»Ach ja?« Judy kramte in der Tasche nach ihrem Notizbuch. »Und hatten Sie den Eindruck, dass jemand dort gewesen ist?«

»Nein«, gestand Joanna und lächelte wider Willen. »Oder sagen wir so: Falls eine Frau dort war, dann muss sie ebenso unordentlich gewesen sein wie Graham. Und wenn sie so unordentlich gewesen wäre, dann hätte sie Spuren hinterlassen.«

Diese Logik brachte Judy zum Schmunzeln. »Nun ja«, meinte sie. »Wir haben ja ohnehin nicht daran geglaubt.«

Joanna nickte; plötzlich schob sie ihr über den Tisch eine Zeitung zu. »Aber dann habe ich das gefunden. Graham wollte, dass ich es lese.«

Judy runzelte die Stirn. »Wann?«, fragte sie und dachte einen Moment lang, dass Joanna mit der Geisterwelt in Verbindung getreten sei.

»An dem Tag …« Ihre Stimme bebte ein wenig. »An dem letzten Tag, als ich dort war«, fuhr sie fort. »Der Tag, an dem ich ins Krankenhaus kam.« Sie beugte sich vor. »Sehen Sie doch.« Sie deutete auf einen Artikel.

MANN IM KOMA STIRBT, lautete die Schlagzeile. Judys Augen wurden immer größer, während sie den Bericht las.

»Er muss den Mann gekannt haben«, schloss Joanna.

Judy gab ihr recht, dass es sich kaum um einen Zufall handeln konnte. »Obwohl auch das vorkommt«, setzte sie hinzu.

Joanna lächelte. »Ich weiß.«

Judy ärgerte sich über sich selbst, weil sie Joanna stets so behandelte, als sei sie ein Kind und keine verheiratete Frau. Verwitwete Frau, ermahnte sie sich. Die bald Mutter werden würde. Aber dennoch ein Kind. Ein Kind aus dem Byforder Pfarrhaus, ein beschütztes, von allem abgeschirmtes Kind, das zum Opfer von Grausamkeit geworden war.

Durch den Korridor und den Wartebereich ging sie in das Dienstzimmer der Kriminalpolizei. Nun geh schon! Halte nicht erst ein Schwätzchen mit dem Diensthabenden. Bring es hinter dich!

»Hallo«, grüßte Lloyd.

»Ich habe Joanna Elstow hier«, sagte Judy.

Selbst wenn sie nicht im Dienst gewesen wären, wo immer mal ein Kollege hereinplatzen konnte, fand sie kaum etwas zu sagen. Vielleicht war gestern Abend schon alles gesagt worden.

George konnte Waffen nicht ausstehen. Ungeschickt fummelte er mit den Patronen herum. In seinem Arbeitszimmer war es eiskalt, trotzdem hatte er den elektrischen Kamin nicht angeschaltet.

Beim Gedanken an Eleanor schloss er die Augen. Wie sie vor ihm gestanden hatte: die Hände in den Hosentaschen, barfuß in Jeans und Pullover, das Haar zu einem lässigen Knoten geschlungen. Jung und schön und frei. Frei wie ein Vogel.

George fand die Waffe brandgefährlich. Es war eine Ewigkeit her, seit er auf etwas geschossen hatte. Marian nahm im Sommer an den Wettbewerben im Tontaubenschießen teil, die auf der Burg veranstaltet wurden. Einmal hatte sie eine Flasche Whisky gewonnen.

Seine Finger waren steif vor Kälte. Er massierte seine Hände, dann legte er das Gewehr auf den Schreibtisch und stand auf. Marians Gewinn hatte ihn daran erinnert, dass irgendwo noch eine Flasche Brandy herumstehen musste. Ein Drink könnte entspannend wirken, vielleicht konnte er sich sogar ein wenig Mut antrinken. Er öffnete den Schrank, und da war die Flasche, auf dem Boden schwamm nur noch eine Pfütze. Es musste auch ohne Glas gehen. Er wollte es vermeiden, die Küche zu betreten. George kippte den Brandy direkt aus der Flasche und stellte überrascht fest, dass es doch ein gehöriges Quantum war, das kräftig in der Kehle brannte. Während er die Flasche wieder zustöpselte, erinnerte er sich daran, wie sie ins Haus gelangt war.

Joanna und Graham hatten den Brandy zur Feier der Silberhochzeit mitgebracht. Das war vor vierzehn Monaten gewesen. Kurz nach diesem Abend hatte Joanna ihren ersten Bluterguss gehabt und ihnen irgendeine Geschichte aufgetischt. George warf die Flasche auf den leeren Rost im elektrischen Kamin, doch sie zerbrach nicht, machte nicht einmal besonders viel Lärm.

»*Wann hat das angefangen mit der Übelkeit?*« Eleanors Frage hallte in seinem Kopf wider. Es hatte mit Marians Verhaftung begonnen. Weil Marian sich opferte, weil sie ihr Nest behütete, es beschützte und verteidigte. So konnte es nicht weitergehen. So durfte es nicht weitergehen. Er starrte die Flinte an, dann hob er sie an die Schulter, als wollte er auf einen Vogel zielen.

George räumte die Schublade aus, legte das Gewehr hinein und bedeckte sie mit allerlei Krimskrams, bis sie nicht mehr zu sehen war. Dann schloss er die Zimmertür ab, ging wieder zum Schreibtisch und schaute auf das, was er geschrieben hatte. Er riss das Blatt in kleine Fetzen, die er in den Papierkorb fallen ließ.

Eleanor, die sich von ihm abwandte. »Küken sollten irgendwann schlüpfen«, hatte sie gesagt. Sie musste sich in Eile angezogen haben, denn aus ihrem Pullover hatte im Nacken das Etikett hervorgeschaut. Und er war zu ihr gegangen und hatte es wieder unter den Kragen geschoben.

»*Küken sollten irgendwann schlüpfen.*« Ja. Ja, das sollten sie wohl.

Wenn der kleine Vogel es nicht schaffte, die Schale aufzupicken, dann musste er sterben.

Und wieder stoßen wir auf Eleanor Langton, dachte Lloyd, schon zum dritten Mal in dieser Ermittlung. Er überflog die Zeitungsseite. Oder hatte Graham Elstow einen anderen Artikel gemeint? Möglich war es. Alles war möglich. Aber es hatte doch gewiss etwas Wichtiges sein müssen, etwas, das Elstow den aktuellen Streit vergessen ließ? Lloyd entsann sich noch gut des verdrossenen Schweigens, das sich in solchen Zeiten zwischen ihm und Barbara ausgebreitet hatte. Ein Schweigen wie dieses brach man nicht, weil man über die Gefahren von Asbest reden wollte oder über den Segen von verkaufsoffenen Sonntagen.

Dennoch las er diesen Artikel gewissenhaft, falls man zufällig Wheelers Ansichten darüber angehört hatte und Graham ihn als Aufhänger für einen Streit über Joannas Vater hatte nehmen wollen. Aber nein, der Pfarrer war gar nicht zu dem strittigen Thema gehört worden.

Joanna schien ebenso verblüfft zu sein wie die Polizei. Der nicht namentlich genannte Motorradfahrer, auf dessen Sozius Langton mitgefahren war, hatte angegeben, dass er Langtons Tod »tief bedauere«. Aber der Fahrer war nicht Elstow gewesen, denn in dem Artikel hieß es, dass er eben erst von einem anderthalbjährigen Arbeitsaufenthalt in Westdeutschland zurückgekehrt sei.

»Wir werden das überprüfen«, sagte Lloyd.

Joanna nickte.

Inzwischen hatten sie sich im Dienstzimmer der Kripo versammelt. Joanna saß an Judys Schreibtisch und Lloyd an seinem; auf diese Weise hatte er die ganze Breite des Zimmers zwischen sich und Judy zur Verfügung. Er konnte aufstehen und herumlaufen, wann immer ihm danach war. Konnte großes Interesse an Wandcharts und Bodenfliesen vortäuschen. Alles Manöver, um den Feind zu verwirren.

Judy sprach mit Joanna und schrieb von Zeit zu Zeit etwas auf. Mit kühlem Blick folgte sie seiner ziellosen Wanderung durch den Raum. Lloyd wünschte sich, dass alles anders wäre, wie er schon im Pub gedacht hatte. Aber dann fiel ihm etwas ein. Er kehrte zu seinem Schreibtisch zurück und schlug sein Notizbuch auf, während er überlegte, wie er beginnen sollte.

»Aber Sie erinnern sich nicht, dass er jemals Richard Langton erwähnt hat?«, hörte er Judy fragen.

»Nein, nie.«

Lloyd sah auf und lächelte Joanna an. »Entschuldigen Sie«, sagte er, »aber etwas geht mir nicht aus dem Kopf, Mrs Elstow.«

Sie schaute mit fragend erhobenen Brauen zu ihm herüber.

»Sergeant Hill hat mir erzählt, dass Sie und Ihr Mann zu einer vorläufigen Verständigung gelangt waren, nachdem …« Er beendete seinen Satz mit einer beredten Geste, die sich auf Joannas Verletzungen bezog.

»Einer vorläufigen«, bestätigte sie trübe. »Ich glaube, erst heute Morgen habe ich wirklich angefangen zu begreifen.«

»Was?«

»Was ich ihm angetan habe. Weil ich zugelassen habe, dass sie es ihm antat.«

»Meinen Sie damit Ihre Mutter?« Lloyd stand auf und lehnte sich an seinen Schreibtisch.

Wieder nickte Joanna.

»Und doch haben Sie später keinen Versuch mehr unternommen, mit ihm zu sprechen«, sagte Lloyd. »Weil Sie befürchteten, es könnte Ihre Mutter aufregen.«

Joanna schaute Judy an, nicht ihn. »Ich wollte nicht noch mehr Unruhe stiften.«

»Also ließen Sie ihn allein im Zimmer.« Lloyd sprach nun etwas lauter. »Einen verunsicherten Mann, der nicht weiß, ob er nach unten kommen und für seine Verfehlungen geradestehen soll – oder aber anfangen soll, Laken aneinanderzuknoten.« Er schüttelte den Kopf. »Das nehme ich Ihnen nicht ab, Mrs Elstow.«

Joanna warf Judy einen flehenden Blick zu, aber die beschäftigte sich konzentriert mit ihrem Notizbuch.

»Ich … ich bin ja gar nicht mehr dazu gekommen«, stotterte Joanna. »Mein Vater hat mich doch in den Pub mitgenommen.«

»Ach ja«, brummte Lloyd. »Der Pub.« Er stieß sich vom Schreibtisch ab. »Das war die Idee Ihres Vaters, nicht wahr?«

»Nein«, erwiderte sie. »Nicht wirklich. Meine Mutter hat das vorgeschlagen.«

»Aber Ihr Vater hat Sie überredet mitzugehen?« Lloyd setzte sich wieder. »War es so?«, hakte er nach.

»Ja.«

»Ich kann mir nicht vorstellen, dass Sie große Lust dazu hatten«, sagte er. »Nicht nach allem, was geschehen war. Sie müssen sich mies gefühlt haben. Und – entschuldigen Sie nochmals – Sie müssen auch ein bisschen mies ausgesehen haben.«

»Mein Vater meinte, später würde es nur noch schlimmer aussehen«, sagte Joanna. »Und das stimmte ja auch.«

»Also hat er Sie dazu gebracht mitzugehen.«

»Ja.« Es klang argwöhnisch.

»Und nachdem er Sie überredet hatte, ihn zu begleiten, ist er einfach gegangen und hat Sie im Pub sitzen lassen?«

Joanna öffnete den Mund, aber es kamen keine Worte. Wieder schaute sie hilfesuchend zu Judy.

»War es so, Joanna?«, fragte die.

Joannas Schultern sanken herab. »Nein.«

»Nein«, bestätigte Lloyd. »Ihr Vater ist zwar allein gegangen, aber er ging *nach* Ihnen. War es nicht so?«

»Ja.«

»Wann sind Sie gegangen?«

»Gegen acht«, erwiderte Joanna mit ausdrucksloser Stimme. »Ich habe ja gewusst, dass Mutter vorhatte, auszugehen, also wollte ich genug Zeit verstreichen lassen, um sie nicht mehr anzutreffen.« Zaghaft berührte sie die dunkle Stelle unter ihrem Auge. »Ich wollte Graham dazu bringen, mit mir zu Dr. Lomax zu gehen«, sagte sie. »Aber er hat einfach nicht aufgemacht. Ich dachte, *er* hätte die Tür abgeschlossen. Ich dachte, er wäre wieder in Wut geraten und …«

Judy schaute von ihren Notizen auf. »Aber Ihre Mutter hat die Haustür doch erst *nach* neun Uhr verschlossen«, betonte sie.

»Meine Mutter hat überhaupt keine Türen abgeschlossen! Verstehen Sie denn nicht? Sie glaubt, dass *ich* Graham umgebracht habe. Sie glaubt, dass *ich* die Türen zugesperrt habe. Aber ich war es nicht! Graham hat jemanden ins Haus gelassen, und dann haben sie sämtliche Türen verschlossen, um *ungestört* zu sein. Begreifen Sie das nicht?«

»Jemanden?«, hakte Lloyd nach.

»Den er im Pub getroffen hatte«, erwiderte Joanna prompt.

»Wir können keinen Hinweis darauf finden, dass er im Pub jemanden getroffen hat«, sagte Lloyd. »Er kam allein, trank allein, aß allein und wurde vor die Tür gesetzt. Ebenfalls allein.«

»Er hat gesagt, dass er dort jemanden getroffen hat«, wiederholte Joanna trotzig.

Lloyd rieb sich das Kinn. »Und warum haben Sie uns das nicht schon früher gesagt?«

»Das konnte ich doch nicht. Nicht, nachdem Vater angegeben hatte, dass er den ganzen Abend über mit mir zusammen gewesen sei.«

Lloyd nahm einen Kugelschreiber und balancierte ihn auf seinem Finger, während er sprach. »Und warum, denken Sie, hat er diese Angabe gemacht?«

»Weil er auch glaubt, dass ich es war! Sie glauben es beide!« Joannas Augen füllten sich mit Tränen. »Und Sie ebenfalls«, sagte sie. »Aber ich war's nicht. Ich *war* es nicht.« Sie stand auf und kam zu ihm herüber, hackte mit einem Finger auf die Zeitung ein. »Was ist damit?«, fragte sie.

Lloyd nahm die Zeitung vom Tisch. »Sie glauben, dass Ihr Mann Richard Langton gekannt hat. Und infolgedessen auch Eleanor Langton.«

»Ja, natürlich glaube ich das.«

»Vielleicht«, sagte Lloyd. »Aber wenn er Richard Langton gekannt hat, ist das noch lange kein Motiv für einen Mord.« Sein Blick fiel auf Joannas Blutergüsse. Andererseits, dachte er, vielleicht doch. »Und Mrs Langton war zu Hause«, fuhr er fort. »Den ganzen Abend über. Nach Aussage Ihrer Eltern.«

Joanna erhob sich und stand kerzengerade da. »Werden Sie das überprüfen?«, fragte sie.

»Oh ja«, sagte Lloyd, »das werden wir. Vielen Dank, dass Sie zu uns gekommen sind, Mrs Elstow.«

In dem Augenblick, als sich die Tür hinter Joanna schloss,

nahm er den Hörer ab. »Bob? Kommen Sie doch bitte für einen Moment herein.«

»Fahren wir zu Eleanor Langton. Mal sehen, was sie dazu zu sagen hat«, schlug Judy vor.

»Nein«, sagte Lloyd rasch. »Noch nicht.«

»Warum nicht?«

Lloyd wehrte sich gegen die Erklärung. Es lag daran, dass er sich in Mrs Langtons Gegenwart unbehaglich fühlte. Weil sie Menschen nicht anschaute, sondern *beobachtete*. Und falls er sich auf ein geistiges Duell mit ihr einließ, war der Sieg fraglich.

»Weil«, sagte er, als Sandwell klopfte und das Zimmer betrat, »ich, wenn wir zu Mrs Langton fahren, ihr nicht die Frage stellen will, ob sie Elstow kennt. Ich will ihr auf den Kopf zusagen können, dass es so ist.« Er blickte auf und reichte Sandwell die Zeitung, den Artikel hatte er rot eingekreist. »Details«, sagte er. »Und zwar so schnell, wie diese schreckliche Maschine sie liefern kann.«

»Manchmal gibt es Verzögerungen, Sir. Es hängt davon ab, ob …«

»Bitte keine Vorträge über ROM und RAM und Totzeit«, stöhnte Lloyd.

»Nein, ganz bestimmt nicht, Sir.« Der Constable wollte noch etwas hinzufügen, knickte aber unter Lloyds Blick ein. »Sir«, sagte er, nahm die Zeitung und verließ das Zimmer.

Lloyd setzte sich, während Judy in ihrem Notizbuch zu blättern begann. Schmunzelnd beobachtete er sie. Niemand konnte so gut Notizen machen wie Judy. Vielleicht würde sie eines Tages noch ein Buch schreiben.

»Außerdem«, sagte er, »haben wir nur Joanna Elstows Wort dafür, wie sie an die Zeitung kam.«

Judy klappte ihr Notizbuch zu. »Die Zeitung stammt von dem Tag, als sie ins Krankenhaus eingeliefert wurde«, sagte sie. »Und wenn wir anfangen, die Aussage von allen und jedem in Zweifel zu ziehen, dann kommen wir nie weiter. Wieso glaubst du Sandwell das, was er im Computer gefunden hat? Vielleicht denkt er sich alles bloß aus.«

»Sandwell hat sich nicht immer wieder als Lügner erwiesen«, stellte Lloyd klar. »Joanna hingegen schon. Und ihre Eltern ebenso.«

»Es gefällt dir nicht, weil es deine schöne Theorie von der Beziehungstat infrage stellt.«

»Nein, das ist es nicht«, erwiderte Lloyd wahrheitsgemäß. »Es gefällt mir nicht, weil es schon wieder ein neues Rätsel bildet. Und wir haben schon mehr als genug Rätsel.«

Judy schlug ihr Notizbuch wieder auf. »Ich werde wohl mal alle aufschreiben.«

Lloyd lachte. »Durch Aufschreiben werden sie auch nicht gelöst.«

»Das behauptest du! Wir glauben doch, dass diese vielen kleinen Rätsel mit dem Fall zu tun haben müssen, nicht wahr? Wenn wir also alle zusammen auflisten, dann könnte es ...« Ihre Stimme verlor an Kraft, da ihr nicht schnell genug ein guter Grund einfallen wollte. »Helfen«, ergänzte sie ein wenig lahm.

Lloyd wollte damit nichts zu tun haben. Er brauchte Antworten auf drängende Fragen, keine Gesellschaftsspiele.

An seinen Schuhen war ein Teil der Asche, die George Wheeler in der Einfahrt verstreut hatte, in den Fußraum seines Wagens gelangt; genug Material, um Proben zu nehmen. Jetzt befanden sich diese Proben im Labor. Zumindest eine Frage war damit beantwortet worden.

Er sah Judy dabei zu, wie sie ihre umfangreichen Aufzeichnungen sichtete, in die mittlerweile jedes kleine Rätsel wie selbstverständlich Eingang gefunden hatte, und ertappte sich bei dem Gedanken, wie weich und glänzend ihr Haar aussah, wie schön ihre Kinnlinie war.

Unprofessionell. Nie hatte er Sandwells Haar bewundert oder Jack Woodfords Kinnlinie, die doch zweifellos auf ihre Art auch prächtig waren.

Sorgfältig, um nichts zu überlesen, ging Judy Seite für Seite durch und übertrug die Ergebnisse auf ein gesondertes Blatt Papier. Etwas weniger Schäbiges als Judy war nur schwer vorstellbar. Und er hatte wahrscheinlich alles zerstört, indem er mit Worten um sich geworfen hatte wie andere mit Geschirr. Geschirr war weniger gefährlich. Vielleicht war sogar ein Mensch wie Elstow nicht so gefährlich. Er, Lloyd, hatte Judy ebenso sicher verletzt, als wenn er sie geschlagen hätte.

Jetzt lehnte sie sich zurück und schaute auf ihre Liste. Ihre Zungenspitze spielte auf der Unterlippe, während sie intensiv nachdachte. Unfair, dachte Lloyd. Sie wandte sich in seine Richtung, sie sahen einander an und fingen gleichzeitig an zu reden:

»Judy, versteh doch, ich habe …«

»Lloyd – hör dir das mal an.«

Er hielt eine Hand hoch. »Du zuerst«, bestimmte Lloyd, denn was er sagen wollte, hatte mit dem Mord an Graham Elstow herzlich wenig zu tun.

»Diese Fragen, die uns so Kopfzerbrechen bereitet haben«, begann Judy. »Die Antwort auf ein paar kennen wir.«

»Gut.«

»Wir haben uns gefragt, was Mrs Anthony über George andeuten wollte.« Fragend schaute sie zu ihm auf.

»Vermutlich ist der alten Dame aufgefallen, dass er zu sehr an der schönen Eleanor Langton interessiert ist«, meinte Lloyd.

»Ja. Und wir haben gerätselt, warum Marian Wheeler immer noch so aufgewühlt war, als sie bei Mrs Anthony eintraf. Sie war nämlich gerade bei …« Auffordernd streckte sie ihm die Hand entgegen.

»Eleanor Langton gewesen.«

»Und wir haben überlegt, was nach Wheelers Ansicht seine Frau so wütend gemacht haben könnte, dass sie sein Weihnachtsgeschenk verbrannte.«

»Eleanor Langton«, sagte Lloyd zum dritten Mal. Er kippelte mit seinem Stuhl nach hinten gegen die Wand, während er über all diese kleinen Rätsel sinnierte und über die allgegenwärtige Mrs Langton, die hinter jedem einzelnen von ihnen steckte. Wo man auch hinschaute, war sie bereits da, mit ihrem langen Blondhaar und ihrem schönen Gesicht, ihren wachsamen Augen. Wer hatte Marian ein Alibi gegeben? Wer hatte George seines verschafft? Und wer schien so überaus bestrebt zu sein, Joanna ihr Alibi zu nehmen?

»Eines Tages fällst du«, warnte Judy.

»Das ist ja das Schöne daran«, sagte Lloyd, und die Anspielung entging Judy nicht. »Hast du noch mehr Rätsel auf Lager?«, fragte er dann.

»Wen Elstow im Pub getroffen hat und warum er sich betrunken hat«, antwortete Judy wie aus der Pistole geschossen.

Ob auch das mit Eleanor Langton in Zusammenhang stand? Aber sie durften keine voreiligen Schlüsse ziehen. Und bis Sandwells Computer Ergebnisse ausspuckte, würde es noch ein Weilchen dauern. Das Koaxialkabel musste sich im Reißverschluss des Constable verfangen haben.

Lloyd stand auf und war beinahe so verlegen wie ein Halbwüchsiger vor seiner ersten Verabredung mit einem Mädchen. »Ich … äh … ich würde gern irgendwo nett essen gehen«, sagte er. »Und es wäre noch viel schöner, wenn du mitkämst.«

Judy sah ihn an, als wollte sie ihm lieber ein paar ungnädige Worte an den Kopf werfen, doch dann lenkte sie unerwartet ein. »Gute Idee.«

Es war eine lange Fahrt zu dem Gasthof, der Lloyd eingefallen war, ein mühsamer Weg über verschneite, glatte Landstraßen bis zu dem winzigen Dorf, in dem er sich befand. Aber das Essen und die Atmosphäre sollten für alle Mühe entschädigen. Dort konnten sie vielleicht miteinander reden. Oder sich zumindest entspannen.

Das Restaurant hatte den Besitzer gewechselt.

»Nicht gerade eine meiner besten Ideen«, konstatierte Lloyd beim Aufbruch, der einer Vertreibung gleichkam, denn plötzlich war das Personal in Wintermänteln aufgetaucht und hatte nahezu die komplette Beleuchtung ausgeschaltet.

Judy, die den Fehler gemacht hatte, die nicht gerade schmackhafte »Spezialität des Hauses« zu bestellen, lachte nur und stieg bibbernd ins Auto.

Im Lokal war es eiskalt gewesen. Ein Schild hatte bedauernd auf diesen Umstand hingewiesen, aber dadurch war es auch nicht wärmer geworden. Doch da sie nun einmal hergekommen waren, mussten sie wohl oder übel ausharren; das nächste Restaurant war meilenweit entfernt.

»Es tut mir leid«, sagte Lloyd.

»Du kannst doch nichts dafür«, entgegnete Judy.

»Deswegen tut es mir ja auch nicht leid.«

Sie waren allein auf dem Parkplatz. Lloyd küsste sie, wie er es schon den ganzen Tag über vorgehabt hatte. Judys Reaktion war alles andere als leidenschaftlich.

»Bist du immer noch wütend auf mich?«, fragte er.

Sie sah ihn stirnrunzelnd an. »Wütend?«

»Wegen dem, was ich gestern gesagt habe.« Er senkte den Blick. »Meine Zunge geht hin und wieder mit mir durch«, gestand er. »Das weißt du doch. Du solltest bloß mal hören, was ich manchmal zu meinen Schwestern sage – und einmal habe ich auch was zu Mum gesagt.«

»Zu deiner *Mutter*?«

Judys entsetzte Miene brachte Lloyd zum Schmunzeln. »Mein Dad hat mich dafür geschlagen«, erzählte er. »Und wenn er mich gestern Abend gehört hätte, hätte ich wieder ein Abreibung bekommen.« Er nahm ihre Hand. »Er findet, du bist das Allertollste nach Rugby.« Er küsste ihre Hand.

»Aber du findest unsere Geschichte schäbig«, meinte Judy. »Sonst hättest du es nicht gesagt.«

Lloyd seufzte. »Genau darum geht es ja. Ich finde sie nicht schäbig. Nie habe ich so etwas gedacht.« Er ließ ihre Hand los. »Verzeihst du mir?«

»Ich glaube schon.«

Mehr konnte Lloyd nicht erhoffen. Er fuhr nach Stansfield zurück und erfuhr auf dem Revier, dass er seinen Besuch bei der gefürchteten Mrs Langton nicht länger aufschieben konnte. Denn dieser war, wenn man Sandwells Computer Glauben schenken konnte, unbedingt erforderlich.

Graham Elstow war der Fahrer des Wagens gewesen, der Eleanor Langtons Mann überfahren hatte. Elstow hatte damals bei seinen Eltern gewohnt, im Haus neben den Langtons, und war in dem Moment von der Straße abgebogen, als das Motorrad aus der Einfahrt kam.

»Als er auszuweichen versuchte, hat er das Hinterrad erwischt«, sagte Judy.

Sie las den ganzen Computerausdruck vor, während Lloyd in Richtung Byford brauste. Allmählich begann er den Ort zu hassen, was im Grunde jammerschade war.

»Der Soziusfahrer stürzte vom Motorrad und geriet unter Elstows Wagen.« Judy faltete die Blätter zusammen. »Richard Langton«, fuhr sie fort. »Aber der Motorradfahrer hatte gar nicht die Berechtigung, einen Sozius mitzunehmen – und Richard Langton trug obendrein keinen Helm. Sonst wäre es vielleicht gar nicht so schlimm gekommen.«

»Und das Ergebnis war, dass Elstow wegen Fahrlässigkeit im Straßenverkehr angeklagt wurde«, sagte Lloyd nachdenklich.

Judy stopfte den Computerausdruck ins Handschuhfach. »Ein bisschen schwer zu verdauen«, meinte sie.

»Ziemlich«, stimmte Lloyd zu. »Sie könnte mehr als bereit gewesen sein, Wheeler ein Alibi zu geben, wenn man ihre Beziehung zu ihm *und* das hier bedenkt.« Beinahe widerwillig bog er auf den Fahrweg zur Burg ein. »Ich bin geneigt zu glauben, dass Joannas Befürchtung wahr ist«, sagte er, während sie auf der schmalen Straße im Schneckentempo vorwärtskrochen. Die Standheizung in Lloyds Wagen hatte den Sieg über die Schneetauglichkeit von Judys Gefährt davongetragen.

Eleanor Langton bat sie mit resignierter Miene herein. »Ich arbeite«, sagte sie. »Dauert es lange?«

»Das kann ich Ihnen wirklich nicht sagen, Mrs Langton«, erwiderte Lloyd.

»Nun ja«, meinte sie und ging ihnen voraus ins Wohnzimmer. »Ich nehme an, Sie wären nicht gekommen, wenn es nicht einen wichtigen Grund gäbe.«

Andere Leute hätten damit wahrscheinlich gemeint, dass die Polizei ihre Zeit nicht gern auf Unbedeutendes verschwendete. Lloyd jedoch glaubte, dass Eleanor Langton bewusst sei, wie sehr sie ihn einschüchterte, und sie ihm das zu verstehen geben wolle.

Sie blieb am Fenster stehen. »Bitte, nehmen Sie doch Platz.«

»Danke, ich stehe lieber«, gab Lloyd zurück.

Judy aber setzte sich und zog ihr Notizbuch aus der Tasche.

»Mrs Langton«, begann Lloyd. »Kannten Sie Graham Elstow?«

»Ja«, erwiderte sie, ohne zu zögern.

»Das haben Sie uns gar nicht erzählt.«

»Sie haben nicht danach gefragt.« Eleanor Langton setzte sich auf die niedrige Bank vor dem Fenster. »Richard und ich waren Nachbarn seiner Eltern.«

»Da steckt doch mehr dahinter.«

Kaum eine Gefühlsregung war in ihrem Gesicht zu lesen; allerdings ging eine Veränderung vor sich. »Er war für den Unfall meines Mannes verantwortlich«, sagte Eleanor Langton mit leiser, aber klarer Stimme.

»Und das haben Sie nie erwähnt, weil wir nicht danach gefragt haben?«

»Nein«, erwiderte sie und schaute aus dem Fenster. »Ich habe es nicht erwähnt, weil ich nicht sehr stolz war auf das, was ich getan habe.«

Lloyd warf Judy einen Blick zu.

»Ich habe ihn getroffen«, erzählte Eleanor. »An jenem Tag. Im Duke's Arms.« Sie drehte sich wieder zu ihnen um. »Ich bin hingefahren, um meine Schwiegermutter anzurufen. Und als ich den Pub verließ, bin ich Graham Elstow über den Weg gelaufen.« Schamröte kroch an ihrem weißen Hals empor. »Ich hatte einen schlimmen Morgen hinter mir. Ich hatte über Richard gesprochen, und dass ich nun auch noch Graham sah, brachte das Fass zum Überlaufen.« Wieder schaute sie aus dem Fenster. »Ich habe ihn gefragt, wie es ihm in den letzten drei Jahren ergangen ist«, sagte sie. »Und dann habe ich ihm erzählt, wie es mir ging. Alles. Ich habe ihm gesagt, zu welcher Existenz Richard verurteilt war. Ich habe ihm von Tessa erzählt, die als Tochter eines Vaters geboren wurde, der nur noch dalag und nichts tat, der nicht sprach und auch nie mehr sprechen würde.«

Ihre Stimme drang hinter dem Vorhang ihrer blonden Haare hervor. Lloyd setzte sich nun doch.

»Ich merkte, dass es ihn traf. Ins Herz traf. Graham war mit Richard befreundet gewesen, und nun zwang ich ihn, alles noch einmal durchzumachen. Ich konnte einfach nicht aufhören. Schließlich ließ er mich stehen und ging in den Pub.«

Lloyd lehnte sich zurück.

»Und es hat mir *gut* getan«, zischte sie und sah ihn endlich an. »Aber es hat nicht angehalten.«

Lloyd schwieg.

»Es hat ein wenig geholfen«, fuhr Eleanor leiser fort. »Ihm diese ganzen Unfreundlichkeiten an den Kopf zu werfen. Ich könnte mir vorstellen, dass Sie das verstehen, Inspector.«

Als Nächstes würde sie ihm aus der Hand lesen.

»Als George an dem Abend kam, erzählte er mir, was sein Schwiegersohn Joanna angetan hatte, und erwähnte irgendwann zufällig dessen Namen. Und da habe ich überlegt, ob ich vielleicht dafür verantwortlich war. Mir war schrecklich zumute. Und als Nächstes höre ich, dass Graham Elstow tot ist. Und ich habe nichts gesagt, weil ich hoffte, ich würde das hier nicht durchmachen müssen.« In ihren Augen standen Tränen.

»Und das war das einzige Mal, dass Sie Elstow an jenem Tag gesehen haben?«

»Ja, natürlich.« Die Antwort kam prompt, ihr Blick war jedoch voller Argwohn. »Warum wollen Sie das wissen?«

»Weil er ermordet wurde.«

Judy hatte sich auf die Rolle der Protokollantin beschränkt, wie ihm jetzt auffiel. Vielleicht brachte Eleanor Langton sie ebenso aus der Fassung.

»Ich habe ihn nur das eine Mal gesehen«, sagte Eleanor. »An jenem Tag um die Mittagszeit. Ich hatte keine *Ahnung*, dass er Joannas Ehemann war! Ich habe Joanna nie kennengelernt, woher hätte ich wissen sollen, wie ihr Nachname lautet? Die Leute im Dorf nennen sie Joanna Wheeler. Ich wusste nicht mal, dass sie verheiratet ist.«

Ebenso wenig wie Constable Parks, dachte Lloyd. Und der Kellnerin im Duke's Arms war Joannas Nachname auch nicht bekannt gewesen. Graham Elstow war, soweit es die Wheelers betraf, eine Unperson gewesen; es war also anzunehmen, dass Eleanor Langton die Wahrheit sagte.

»Mrs Langton«, schaltete sich Judy ein. »Als Mrs Wheeler am Heiligabend von Ihnen fortging, war sie sehr aufgeregt. Können Sie uns vielleicht den Grund dafür nennen?«

Eleanor nickte. Wieder überzog Röte ihr Gesicht. »Da war etwas«, sagte sie. »Nur eine dumme, unbedeutende Kleinigkeit, aber ... doch. Darüber könnte sie sich aufgeregt haben.«

»Vielen Dank«, sagte Judy und hakte nicht weiter nach.

»Es tut mir leid, dass ich Ihnen das nicht schon längst erzählt habe«, sagte Eleanor. »Aber eine wirkliche Hilfe ist es ja nicht, oder?«

Lloyd erhob sich. »Ich denke doch, Mrs Langton. Es gibt da ein paar Dinge, die uns Rätsel aufgeben. Kleinere Rätsel. Aber auch ihnen müssen wir nachgehen.«

Eleanor Langton nickte. »Wenn es so ist, dann bitte ich um Verzeihung. Mir war nicht klar, dass ich Ihre Ermittlungen behindert habe. Aber ich wollte nichts darüber verraten, dass ich in die Geschichte verstrickt war. Gerade wegen Richards Mutter.«

»Sie können es aber nicht ewig vor ihr geheim halten«, meinte Lloyd.

»Nein.« Sie stand auf und ging zur Tür. »Sie hat sich schon Sorgen genug gemacht, ohne dass ich ihr erzählt habe, dass Graham Elstow der Ermordete war.« Sie öffnete die Tür, und Lloyd hatte das Gefühl, des Hauses verwiesen zu werden. Sein Gefühl trog ihn nicht.

»Ich habe Graham schwer zugesetzt, und daraufhin hat er sich betrunken und es an seiner Frau ausgelassen. Und sie ist mit dem Schürhaken auf ihn losgegangen. Das alles war meine Schuld.«

Lloyd warf Judy einen Blick zu. »Mrs Langton«, sagte er dann. »Das ist nun schon das zweite Mal, dass Sie Mrs Elstow beschuldigen, ihren Mann getötet zu haben.«

»Na, und war sie's etwa nicht?«, fragte Eleanor bitter. »Hat Marian Wheeler Ihnen nicht deshalb dieses Affentheater vorgespielt? Und macht sich George nicht deswegen krank?!«

»Mrs Langton«, sagte Lloyd. »Hat irgendjemand durchblicken lassen, dass sie die Täterin gewesen sein muss?«

»Natürlich nicht«, entgegnete Eleanor. »George möchte ja immer noch glauben, dass es sein erfundener Einbrecher war.«

Auf der Rückfahrt nach Stansfield glaubte Lloyd zu erkennen, dass sich das Dickicht allmählich lichtete. Er fragte sich, was für ein Mensch Eleanor Langton vor dem Unfall gewesen war, bevor sie jahrelang auf den Tod ihres Mannes hatte warten müssen, um ihr Leben weiterleben zu können. Aber sie hatte ihm gesagt, was er hatte wissen wollen. Sie bildete die Antwort zu den beiden letzten Rätseln. Und da alle diese Rätsel entweder mit George oder mit Marian verbunden gewesen waren, konnte man sie nun beiseitelassen und auf das schauen, was übrig blieb. Eine Beziehungstat: Eine Frau erschlägt ihren brutalen Ehemann.

Er äußerte etwas in diesem Sinne, und Judy widersprach nicht. Aber das konnte daran liegen, dass sie ohnehin beschlossen hatte, nicht mehr mit ihm zu reden. Also lenkte er die einseitige Unterhaltung auf Linda und bat Judy noch einmal, mit ihr zu reden. Zerstreut willigte sie ein. Sie schien kaum zu hören, was er sagte.

»Was ist los?«, fragte Lloyd.

»Nichts«, erwiderte sie mit einem Stirnrunzeln. »Als ich ein Schulmädchen war«, sagte sie unvermittelt, »habe ich manchmal sogar meinen Ranzen vergessen.«

Lloyd lachte.

»Es war so eine Art Rucksack«, erklärte sie. »Der ist ganz praktisch, wenn man mit dem Rad unterwegs ist.«

Lloyd gefiel die Vorstellung von einer Judy, die zur Schule radelte.

»Ich habe es immer daran gemerkt, dass ich zu leicht war«, fuhr sie fort. »Und genau so fühle ich mich jetzt auch. Zu leicht. Weil ich etwas *übersehe.*«

Lloyd hielt auf dem Parkplatz der Dienststelle, aber Judy machte keine Anstalten auszusteigen. »Warum soll es nicht Wheeler gewesen sein?«, fragte sie.

Lloyd seufzte. Noch nie hatte er erlebt, dass Judy sich dermaßen in einen Fall verbiss. »Wheeler war doch bei Eleanor.«

»Bevor wir zu ihr gefahren sind, hast du noch geglaubt, sie hätte ihm ein Alibi verschaffen wollen«, sagte Judy hitzig. »Was macht diese Frau bloß mit dir, Lloyd? Du hast sie nicht mal danach *gefragt*!«

»Sie hätte ihre Aussage einfach wiederholt«, entgegnete Lloyd. »Hatte keinen Sinn, sie zu fragen.«

»Also nimmst du das, was sie sagt, für bare Münze, ziehst aber Joannas Aussage in Zweifel?«

»Du selbst hast gesagt, wenn du nach dem Legen eines Puzzles noch Teile übrig hättest, dann müssten sie zu einem anderen Puzzle gehören«, erinnerte Lloyd sie. »Und Eleanor Langton gehört zu einem anderen Puzzle.«

Einen Augenblick lang war Judy frustriert, doch dann stürzte sie sich wieder in die Schlacht. »So kannst du das nicht hinstellen. Nachdem du sie nicht einmal nach Georges Alibi gefragt hast.«

»Du hast ja auch nicht gefragt.«

»Ich habe auf dein Stichwort gewartet.«

»Ich würde mich in dieser Sache eher an George selbst halten«, meinte Lloyd. »Eleanor Langton hat keine Magenprobleme.«

»Soso.«

Na schön, die Frau hatte eine gewisse Wirkung auf ihn, das musste er schon zugeben. Er hatte nicht nach Georges Alibi gefragt, weil er schon vorher gewusst hatte, wie ihre Antwort ausfallen würde: kurz und knapp. Sie würde ihm nur das mitteilen, was er ihrer Ansicht nach wissen sollte. Er hatte nicht danach gefragt, weil Eleanor Langton diese Frage *erwartet* hatte, und ein Mal, nur ein einziges Mal hatte er bei dieser Frau die Oberhand behalten wollen.

»Sie ist eine Hexe«, sagte er nun. »Ich hab mir die ganze Zeit vorgestellt, wie sie auf ihren Besen steigt.«

Judy kicherte.

»Das ist nicht komisch«, brummte Lloyd. »Denk daran, was sie über Unfreundlichkeiten gesagt hat, die man jemandem an den Kopf wirft.« Er schaute Judy verschämt an. »Wie konnte sie das bloß wissen?«, fragte er. Es war nur halb scherzhaft gemeint.

Judy grinste. »Weil du sie auch ziemlich unfreundlich behandelt hast.«

Lloyd stieg aus und stellte fest, dass seine Laune sich ein wenig gebessert hatte. Aber es konnte kein Zweifel daran bestehen, dass Eleanor Langton seinem angeborenen walisischen Aberglauben Zunder gab.

»Du stehst auf sie«, behauptete Judy.

Auf Eleanor Langton! Im Leben nicht. Nicht so wie Wheeler. Kein Wunder, dass der Mann ein nervöses Wrack war, wenn er mit Mrs Langton ins Bett ging. Nein, Lloyd stand nicht auf sie. Judy würde den wahren Grund nie verstehen, denn sie besaß kein Gemüt, in dem Mrs Langton herumbohren konnte.

»Und Wheeler könnte am Heiligabend nicht mal in der Nähe ihrer Wohnung gewesen sein«, versetzte Judy.

»Na schön.« Lloyd stieg die Treppe hoch. »Und wie lautet deine andere Theorie?« Er drückte die Tür auf. »Dass Wheeler, nachdem er das Duke's Arms verließ, schnurstracks nach Hause ging?«

»Genau.«

»Und welchen Weg soll er genommen haben? Er war zu Fuß, und auf der Hauptstraße hätte er für den Heimweg fast eine Stunde gebraucht. Und niemand, aber auch gar niemand hat ihn über die Weiden gehen sehen. Er *ist* allerdings auf der Castle Road gesehen worden.« Natürlich. Denn dem Pfarrer und der schönen Mrs Langton folgten stets viele neugierige Blicke.

Auf dem Weg zum Dienstzimmer der Kripo nahm Lloyd einen weiteren Stapel Papiere, der aus den gesammelten Aussagen der Dorfbewohner bestand. Keine einzige dieser Aussagen, das wusste er schon vor dem Lesen, würde etwas Neues erbringen. »Praktisch das ganze Dorf verbringt den Heiligabend im Pub«, sagte er. »Das ist Tradition. Und viele von ihnen nehmen die Abkürzung über die Felder auf der Dorfseite. Aber niemand hat George gesehen.«

Judy zog ihren Mantel aus und setzte sich.

»Und noch etwas«, fuhr er fort. »Wenn dein kleines Mädchen die Wahrheit sagt, dann war das Haus bereits zugesperrt, bevor George den Pub verließ.«

»Die Kellnerin könnte sich doch in der Zeit geirrt haben«, meinte Judy.

»Was? Eben noch hast du darauf gepocht, dass wir dem, was man uns *erzählt*, Glauben schenken sollen.«

»Wenn mein kleines Mädchen die Wahrheit sagt«, griff Judy seine Formulierung auf, »dann hat sie ihren Mann nicht ermordet.«

Lloyd setzte sich. Er war ernst geworden. »George ist vom Pub aus direkt zu Eleanor Langton gegangen. Eleanor war zu Hause. Marian hat ihre Besuchsrunde absolviert. Für all das haben wir Zeugen, Judy. Und Joanna war im Pfarrhaus, darüber hat sie aber geschwiegen.«

Mit einem Seufzer gestand Judy ihre Niederlage ein.

Lloyd nickte. »Wenn du mich fragst, dann verließ Joanna den Pub und fuhr heim. Die Tür war nicht verschlossen, sie kam also ins Haus. Sie zog den Overall über, ging nach oben und tötete ihren Ehemann. Den Overall verbrannte sie im hinteren Schlafzimmer, weil das Feuer in ihrem Zimmer zu dem Zeitpunkt praktisch schon erloschen sein musste. Und sie wusste, dass wir sie als Erste verdächtigen würden, deshalb schloss sie das Haus ab, fuhr zu Dr. Lomax und wartete nach ihrer Rückkehr im Wagen, weil sie ja angeblich ausgesperrt gewesen war. Aber Joanna konnte nicht wissen, dass ihr Vater ebenfalls Gründe hatte, seinen Aufenthaltsort zu verschweigen, und bevor sie wusste, wie ihr geschah, lieferte er ihr ein Alibi. Eines, von dem er hoffte, dass es ihn vor Nachfragen seiner Frau bewahren würde.«

Lloyd kippelte mit seinem Stuhl nach hinten, während sich das Szenario vor seinem geistigen Auge entfaltete. »Ich glaube nicht, dass Marian Wheeler noch einmal heimkehrte, um ein anderes Kleid anzuziehen«, sagte er unvermittelt. »Und deshalb hat sie auch nicht angeben können, *wann* die Türen verschlossen waren. Warum hätte sie heimgehen sollen? Sie trug ja einen Mantel und hatte nicht vor, ihn abzulegen, weil sie nirgendwo lange bleiben würde. Sie absolvierte ihre Pflichtrunde bei den alten Leutchen und kam erst danach wieder heim. Ging in den oberen Stock, um sich umzuziehen – und fand Elstow.« Oh ja, dachte er, jetzt klärt es sich. »Sie nimmt an, dass Joanna ihn am Nachmittag getötet hat. Und um das zu vertuschen, verbrennt sie ihr Kleid und hinterlässt ihre Fingerabdrücke auf dem Schürhaken.«

Lloyd ließ sich mit dem Stuhl nach vorn fallen. »Ich glaube, als wir zum ersten Mal mit den Wheelers sprachen, waren ihr die verschlossenen Türen ebenso rätselhaft wie uns. Zuerst hat sie geleugnet, dass sie sie abgeschlossen hatte, wie du dich vielleicht erinnerst. Aber dann erfährt sie, dass Joanna und George gar nicht die ganze Zeit über im Pub waren, und fängt an, zwei und zwei zusammenzuzählen. Ihr wird klar, was geschehen sein muss und warum das Haus zugesperrt war. Und deshalb war ihr so daran gelegen, zu betonen, dass sie die Türen abgeschlossen hatte – sieh nur in deinem Notizbuch nach«, sagte er, »falls du dich nicht erinnerst. Ich habe gesehen, wie du das unterstrichen hast.«

»Ich erinnere mich«, sagte Judy entmutigt. Doch so ganz konnte sie noch nicht aufgeben. »Wenn es sich so abgespielt hat – warum hat Joanna uns dann von dem Overall erzählt?«

»Irgendwann musste dieser Overall ja mal erwähnt werden. Also dachte sie, es sähe besser aus, wenn es von ihr käme. Damit du genau die Frage stellst, die du gerade gestellt hast.«

»Die Forensik kann uns nicht viel darüber sagen«, meinte Judy.

»Nein«, stimmte Lloyd zu. »Aber wenn wir den Wheelers mit einer Information kommen, die wir ihrer Ansicht nach nicht haben, dann können wir sie überrumpeln.«

»Sodass sie am Ende gestehen, dass sie den Overall selber verbrannt haben«, schloss Judy. »Soll das bedeuten, du glaubst immer noch, dass die ganze Familie daran beteiligt ist?«

»Ich glaube, dass Wheelers Magen sehr beteiligt ist«, betonte Lloyd. »Zumindest hat Wheeler gewusst, wann Joanna den Pub verließ.« Er stand auf. »Zeit, nach Hause zu gehen«, verkündete er. »Schon seit Stunden.« Er grinste. »Heute Abend wirst du wenigstens keinen Ärger mehr mit deiner Schwiegermutter haben.«

»Nein, Gott sei Dank«, sagte Judy.

»Ich sag dir was: Warum kommst du nicht auf einen kleinen Happen mit zu mir?«, fragte Lloyd. »Um das verunglückte Mittagessen wieder auszugleichen.«

Judy zögerte einen Moment lang, dann nahm sie die Einladung an. Lloyd hatte gewonnen.

Sieben Uhr. Wo in aller Welt steckte Joanna? Marian deckte den Tisch. Sie war immer noch fest entschlossen, die Normalität zu wahren. Zumindest konnte sie George aus seinem Arbeitszimmer loseisen, in das er sich unmittelbar nach dem Lunch zurückgezogen hatte. Er schien inzwischen seine gesamte Zeit dort oder im Bad zu verbringen. Es dauerte nun schon zu lange. Marian ging ins Zimmer – und blieb wie angewurzelt stehen.

»Was machst du denn da mit dem Ding?«, fragte sie entgeistert.

George seufzte. »Sie hat meinem Vater gehört«, sagte er mit einem verlorenen Ausdruck in den Augen. Die Flinte lag in seiner Armbeuge; der Lauf war auf seine Frau gerichtet.

»Das weiß ich«, sagte Marian. »George, bitte – leg sie weg«, setzte sie nervös hinzu, als sie sah, wie sich sein ungeübter Finger in Richtung Abzug bewegte.

»Was?«, fragte er zerstreut. »Oh.« Er legte die Waffe auf den Schreibtisch. »Sie ist nicht geladen«, sagte er.

»Gut.« Marian ging langsam auf den Tisch zu. »Was wolltest du mit ihr?«

»Er hat damit getötet«, sagte George.

Marian setzte sich. »Was hattest du mit ihr vor?«, fragte sie sanft.

George zog die Schultern hoch wie ein kleines Kind. Er erinnerte Marian an die Joanna von früher, wenn sie sich trotzig geweigert hatte, ins Bett zu gehen. »Ich habe sie nur … angeschaut«, sagte er.

Marian heftete ihren Blick auf die Flinte. Oh Gott, was geschah hier? »Warum, George?«

Er gab keine Antwort; schien sie nicht einmal wahrzunehmen. Marian sah sich im Zimmer um. Der Schrank stand offen, davor lagen eine Menge Gegenstände auf dem Boden. »Hast du sie da drin gefunden?«, fragte sie bestürzt.

George gab noch immer keine Antwort. Marian stand auf und schaute in den Schrank, als seien dort Antworten zu finden. Sie pflegte das Gewehr im Wohnzimmer aufzubewahren, hinter Schloss und Riegel. »George? Woher hast du sie genommen?«

Seine Augen schienen eine Weile zu brauchen, um sie zu erkennen. »Von ihrem üblichen Platz«, sagte er schließlich.

»Und dann hast du sie hergebracht?« Normalität. Tu so, als sei alles normal. »Wolltest du sie künftig hier aufbewahren?« Ihr Ton war so beiläufig wie möglich. »Das finde ich nicht so praktisch. Dieses Schloss sieht nicht sehr solide aus.«

Schon wieder hatte er das verdammte Ding in der Hand! Marian bemühte sich um einen heiteren Ton. »Denn was wäre, wenn jemand einbricht? Der könnte sie dann einfach nehmen. Wir müssen sie sicher aufbewahren.«

»Sie hat meinem Vater gehört«, wiederholte er.

Ging es ihm darum? Weil diese Flinte einst seinem Vater gehört hatte, wollte er sie nun für sich allein haben? Alles war einen Versuch wert. »Wäre es dir lieber, wenn ich nicht damit schieße?«, fragte sie.

»Was?« George wirkte verblüfft. »Herrgott, nein. Nimm sie, wann immer du möchtest.« Er legte das Gewehr wieder hin.

Marian setzte sich ihm gegenüber. »George – meinst du nicht, du solltest einen Arzt aufsuchen?«, fragte sie sanft.

Er wirkte überrascht. »Wegen meinem Magen? Nein. Das geht schon vorbei.«

Marian zwang sich, ihren Blick von der Waffe zu lösen, und sah stattdessen George an. »Ich glaube …«, setzte sie zögernd an, fürchtend, dass ein falsches Wort sein heftiges Temperament erneut anstacheln könnte. Im Grunde wollte sie aber eben dieses Temperament wiederhaben, wollte den alten George aufleben sehen. Jedoch nicht ausgerechnet dann, wenn es ihm so schlecht ging. »Ich glaube, du bist ein bisschen ausgelaugt«, sagte sie schließlich. »Deprimiert.«

»Ich habe einen Nervenzusammenbruch?«, fragte er. »Ist es das, was du denkst?«

»Es *könnte* einer sein«, sagte Marian behutsam.

»Es *ist* einer, glaube ich«, behauptete George.

Marian hatte einen trockenen Mund. Diese Szene jagte ihr Angst ein. George war einfach immer George gewesen. Doch jetzt stand in seinen Augen ein Ausdruck, der sie anzuklagen schien, und sie konnte sich keinen Grund dafür denken. »Was *hast du* nur?«, fragte sie.

Plötzlich fuhr er aus seiner Lähmung auf. »Das fragst du noch? Joannas Mann ist hier, in diesem Haus, ermordet worden, und du fragst mich, was ich *habe*?«

Wut war etwas, womit Marian umgehen konnte. »Es hat, lange bevor Elstow hier aufgetaucht ist, angefangen. Du bist …« Sie nahm all ihren Mut zusammen und sprang ins kalte Wasser. »Du benimmst dich schon lange sehr merkwürdig. Schon vor … dieser Sache.«

»Davor musste ich schließlich meine Tochter aus dem Krankenhaus heimholen. Auch da ist mir übel geworden.«

»Es geht nicht nur darum, dass dir übel ist«, sagte Marian. Sie würde sich von dem einmal eingeschlagenen Weg nicht mehr abbringen lassen. »All dein Reden darüber, dass du die Gebote brichst. Was hast du damit gemeint?«

George gab keine Antwort.

»Es hat angefangen, als Eleanor Langton ins Dorf kam, nicht wahr?«

»Ach ja.« George lehnte sich zurück. »Die glühende Fantasie meiner Midlife-Crisis.«

»Nun ja, das ist es doch, oder nicht?«

»Möglicherweise.« Er klang müde.

»Lass nicht zu, dass sie dich krank macht«, beschwor sie ihn. »Was auch immer du getan hast – was auch immer du tust, ich bin für dich da.«

»Ich weiß«, sagte George. Unwillkürlich schienen seine Augen von der Waffe angezogen zu werden.

Marian richtete sich auf. »George«, begann sie – voller Unruhe, dass sie womöglich das Falsche gesagt hatte. »Bist du in sie verliebt? Oder willst du einfach nur über die Stränge schlagen? Eines der Gebote brechen?«

Er lächelte halbherzig. »Ich habe eine Menge Gebote gebrochen, Marian.«

Sie starrte ihn an, ratlos. »Diana Lomax«, sagte sie dann, bemüht, sich ihres gesunden Menschenverstandes zu bedienen. »Bitte geh zu ihr, George.«

»Sie wird mich schon wieder aufmuntern, was?«

»Sie wird jemanden empfehlen, der dir helfen kann«, sagte Marian. »Es *könnte* helfen, weißt du. Wenn du mit jemandem redest.«

»Das tut es«, sagte George. »Es hilft, wenn ich mit Eleanor rede.«

»Worüber?«, fragte Marian.

»Alles«, erwiderte er. »Sie hat viel Zeit damit verbracht, Menschen zu beobachten, hast du das gewusst? Sie hat sich nicht an Gesprächen beteiligt, sondern die Zeit genutzt, um ihre Mitmenschen kritisch zu betrachten. Sie versteht Menschen.« Jetzt lächelte er – vage und sonderbar, wie beim Betrachten des Gewehrs. »Viele Mütter aus der Spielgruppe können sie nicht ausstehen. Das liegt daran, dass Eleanor sie versteht, sie durchschaut. Es bereitet ihnen Unbehagen.«

»Aber dir hilft sie?«, fragte Marian stirnrunzelnd.

»Ja. Denn sie versteht mich.«

»Tue ich das nicht?«

Er schüttelte den Kopf. »Heiligabend«, sagte er, »hat sie mir beim Schreiben der Predigt geholfen. Das Thema war ein Vorschlag von ihr.«

Marian spürte, wie sie erstarrte. »Das war ihre Idee? Shakespeare?«

»Ja. Zur Abwechslung mal nicht die Bibel. *Sei dir selbst treu*. Ich bin mir selbst nicht treu gewesen.«

»Nicht?«

»Nein!«, stieß er angewidert hervor. »Ich bin kein Pfarrer, Marian. Ich gebe nur vor, einer zu sein. Ich glaube an nichts von alledem. Im Gegensatz zu dir«, fügte er hinzu.

»Und deswegen brichst du die Gebote?«

George lächelte. Marian erkannte diesen Mann nicht wieder. »Es ist ein Anfang.«

Sie schüttelte den Kopf. Wieder gewann ihr gesunder Menschenverstand die Oberhand. »Siehst du das denn nicht?«, sagte sie. »All das kommt nur daher, dass du diese Frau begehrst. Wenn du mit ihr schlafen willst, dann ist es doch ganz einfach. Und du glaubst, du müsstest dafür alles andere über Bord werfen.«

»Die Kirche würde ein solches Verhalten nicht sonderlich gnädig ansehen«, gab George zu bedenken.

»Die Kirche braucht es ja nicht zu erfahren«, entgegnete Marian. »Falls sie es nicht ausplaudert. Ist es das, was dir Sorgen macht?«

George schwieg eine ganze Weile. Dann lehnte er sich im Stuhl zurück und sah sie an. »Ich habe noch nie gehört, dass ein Mann sich mit seiner Frau zusammensetzt und in aller Ruhe seinen möglichen Ehebruch bespricht.«

»Sie macht dich *krank*, George. Und wenn ich glauben würde, dass es dir helfen könnte, sie zu vergessen, dann würde ich dir dazu raten.«

»Aber du glaubst, dass es seinen Zweck erfüllt, wenn ich meine Fantasie auslebe?«

»Was denkst du?«, fragte Marian vorsichtig.

»Du meinst, wenn du mir die Erlaubnis gibst, dann lasse ich es am Ende bleiben?«

Marian gab keine Antwort. Ja, das hatte sie im Stillen gehofft. Auf jeden Fall gerade eben, als sie es vorgeschlagen hatte. Doch jetzt … jetzt war ihr gleich, was George tat, wenn es ihm nur half. Es war ausgeschlossen, dass eine Eleanor Langton Georges Erwartungen gerecht würde. Er würde bald merken, dass diese Schwärmerei nur eine Verschwendung von Energie war. Marian machte ihm das nicht einmal zum Vorwurf. Eleanor Langton war blond und schön und jung. Sie war einsam und verletzlich und hatte bei George Bestätigung gesucht. Er fühlte sich natürlich geschmeichelt, wie konnte es anders sein? Aber die Frau war seinen Gewissenskampf nicht wert, und das würde er noch früh genug merken, wenn er seine Fantasie auslebte.

»Ich will einfach nicht, dass es dir so schlecht geht«, beteuerte sie.

George seufzte. »Eleanor ist nicht der Grund für meine Übelkeit.«

»Natürlich ist sie das«, betonte Marian. »Seit du angefangen hast, die Hälfte deiner Zeit bei ihr zu verbringen, geht es dir schlecht. Warst du heute Morgen auch dort?«

Er nickte.

»Warum? Was hattest du ihr zu sagen?«

»Wir haben vieles gemeinsam«, erwiderte George. »Graham Elstow zum Beispiel.«

Marian starrte ihn an, sprachlos.

»Elstow war für den Tod ihres Mannes verantwortlich.«

Sie glaubte, sich verhört zu haben. »Wie bitte?«

»Das Auto, das ihren Mann überfuhr, wurde von Elstow gefahren«, sagte George. »Ihr Mann hat fast drei Jahre lang im Koma gelegen.« Ein Schauder überlief ihn. »Drei Jahre«, wiederholte er.

»Hast du das der Polizei gesagt?«

»Nein, natürlich nicht.«

»Was soll das heißen: natürlich nicht? Die Polizei sollte das wissen.« Marian schwirrte der Kopf. Eleanor Langton?

»Es liegt ganz bei Eleanor, ob sie es der Polizei erzählt oder nicht«, sagte George. »Soweit ich weiß, hat sie das schon getan.«

Das war der Grund für seine Übelkeit. Marian konnte es nicht fassen: George glaubte, dass Eleanor Langton Graham Elstow getötet hatte, und enthielt der Polizei diese Information vor. Was bedeutete es noch? Ein vages, undeutliches Gefühl, betrogen worden zu sein, ergriff Besitz von ihr. Er, George, hatte ruhig dabei zugesehen, wie sie verhaftet wurde – hatte die Beamten praktisch dazu *gezwungen* … Sie schaute auf die Flinte, sie schaute zu George. Sein Gesicht war aschgrau.

»Sie war es nicht, Marian«, sagte er. »Sie wäre dazu nicht fähig. *Niemals.*«

»Und – ändert sich dadurch irgendetwas?«, fragte Marian mit schwacher Stimme.

»Nein.« Er faltete seine Hände und lehnte seine Stirn dagegen. Es sah aus, als bete er. Marian hoffte es.

Langsam erhob sie sich. »Darf ich die Flinte wiederhaben?«

»Nimm sie«, sagte er. »Ich will sie nicht. Wirf sie weg.«

Marian nahm das Gewehr und verließ das Arbeitszimmer. Sie war schon auf dem Weg ins Wohnzimmer, als ihr klar wurde, dass sie die Waffe nicht im Haus behalten konnte. Dieser George war ein Fremder für sie. Sie konnte nicht voraussagen, wozu er fähig war. Sie ging zum Auto, öffnete den Kofferraum und sah aus Gewohnheit nach, ob das Gewehr geladen war.

Zwei Patronen starrten sie an: zwei blanke Augen, die in dem Licht schimmerten, das durch die Haustür fiel.

10

Joanna stieg aus und warf einen Blick auf ihre Armbanduhr. Es war kurz vor neun. Sie lief über die knirschende Asche zur Haustür und stellte sich vor, dass ihre Mutter sicher alles andere als begeistert war. Sie hatte ihr nicht einmal Bescheid gesagt. Joanna hatte den ganzen Tag in ihrem Haus zugebracht; sie hatte sauber gemacht, Staub gewischt, aufgeräumt, bis es wieder wie *ihr* Haus aussah. Jetzt fühlte sie sich besser. Es würde schwerfallen, den beiden zu sagen, dass sie wieder dort wohnen würde. Aber sie musste es tun. Heute Abend noch.

Das Pfarrhaus wirkte fremd. Normalerweise konnte sie ihre Eltern hören, die miteinander sprachen oder sich durchs Haus bewegten. Hatte das Auto draußen gestanden? Joanna öffnete die Haustür und schaute hinaus. Es war fort. Das war seltsam; ihre Eltern waren Menschen mit festen Gewohnheiten, zumindest ihre Mutter. Das Verhalten ihres Vaters in den letzten Tagen war alles andere als normal gewesen. Joanna ging in die Küche und blieb für einen Augenblick konsterniert in der Tür stehen: Auch hier war alles anders. Der Tisch war gedeckt, aber niemand hatte sich zum Essen gesetzt. Im Backofen fand sie einen eingetrockneten Schmortopf. Sie schaltete den Ofen aus. Allmählich befiel sie Panik. Hatte es einen Unfall gegeben? Sie hätte anrufen, Bescheid geben sollen. Sie lief aus der Küche ins Arbeitszimmer ihres Vaters.

Er saß am Schreibtisch und starrte auf seinen linierten Block, den Stift in der Hand. Er hatte nichts geschrieben. Weder schaute er auf, noch sagte er ein Wort. Joanna schluckte und ging auf ihn zu; fast fürchtete sie, Lärm zu machen.

»Daddy?«

Er schaute auf, schien sie aber gar nicht richtig wahrzunehmen. »Ja?«

»Wo ist Mummy?«

»Ist sie nicht da?«, fragte er, wirkte jedoch nicht an einer Antwort interessiert. Es war eine rein rhetorische Frage.

Ein Schauder überlief Joanna. »Hat sie gesagt, dass sie ausgehen will? Hast du vergessen zu essen?«

Er schüttelte den Kopf.

»Was ist los?«, rief Joanna. »Was ist geschehen?«

»Nichts«, erwiderte er sanft.

»Es ist eiskalt hier«, sagte Joanna. »Komm in die Küche. Ich mach dir was zu essen.«

Er stand auf und folgte ihr.

»Sie muss dir gesagt haben, dass du allein essen sollst«, sagte Joanna. »Und dann hast du es vergessen.«

»Nein«, sagte ihr Vater.

»Wo *ist* sie?«, fragte Joanna. »Was ist passiert? Was hast du?«

Jetzt schaute er sie an, zum ersten Mal. »Deine Mutter glaubt, ich hätte einen Nervenzusammenbruch erlitten«, erklärte er.

Joanna starrte ihn an. »Wollte sie Diana holen?«

Ihr Vater lächelte. »Brust abhorchen hilft bei einem Nervenzusammenbruch wenig.«

»*Bist* du denn krank?«, fragte Joanna verwirrt und mit leichtem Argwohn.

»Deine Mutter glaubt, dass ich mich umbringen wollte«, erklärte er mit ruhiger Stimme, fast im Plauderton.

»Warum? Warum glaubt sie das?«

»Wegen der Flinte«, lautete die Antwort.

»Flinte?« Ihr wurde eiskalt. »Welche Flinte?«

»Die Flinte meines Vaters.«

»*Wolltest* du dich umbringen?« Joanna wusste immer noch nicht, ob er wirklich einen Nervenzusammenbruch hatte.

»Ich weiß es nicht«, erwiderte er.

»Wo steckt sie nur?« Hilflos schaute Joanna sich um, als könnte sie ihre Mutter wie durch ein Zauberwort aus dem Nichts erscheinen lassen.

»Vielleicht ist sie zu Diana gegangen«, meinte George.

»Hat sie gesagt, dass sie zu ihr will?«

Plötzlich runzelte er die Stirn. »Wo bist du gewesen?«, fragte er sanft. »Ist doch schon spät, nicht wahr?«

Herrje. Er konnte keine zwei Minuten lang beim Thema bleiben; es war hoffnungslos. »Hast du etwas genommen?«, fragte Joanna mit Unbehagen.

»Ein paar Tabletten.«

»Was für Tabletten? Wie viele?«

»Die, die sie dir im Krankenhaus mitgegeben haben. Nur ein paar. Ich hab gedacht, sie könnten nicht schaden.«

Joanna lief zum Medizinschränkchen. Dort stand das Fläschchen, immer noch gut gefüllt. Sie ließ den angehaltenen Atem ausströmen und nahm die Flasche aus dem Schrank, stopfte sie in ihre Hosentasche.

»Wo bist du gewesen?«, wiederholte er seine Frage.

»Zu Hause«, erwiderte Joanna mit einem Seufzer.

»Ach ja?« Es klang verwirrt. »Bist du in deinem Zimmer gewesen? Ich dachte, du seist fortgegangen.«

Joanna schlug die Tür des Schränkchens zu und drehte sich zu ihm um. »In *meinem* Zuhause«, betonte sie.

Er starrte sie unsicher an. Dann murmelte er etwas und verließ fluchtartig die Küche.

Joanna lauschte dem inzwischen vertrauten Poltern, mit dem ihr Vater die Treppe hinaufeilte, und sank auf einen Küchenstuhl. Der gedeckte Tisch. Der Schmortopf, der im Backofen eingetrocknet und verdorben war. Etwas war geschehen. Etwas Schreckliches. Langsam stand sie auf und ging in die Diele, streckte die Hand nach dem Telefon aus, verharrte jedoch mitten in der Bewegung.

Sie benahm sich kindisch. Ihre Mutter war eben nicht da. Sie hatte dem Vater gesagt, er solle allein zu Abend essen, aber er hatte es vergessen, weil er wegen der Tabletten durcheinander war. So spät war es noch gar nicht. Eben hatte die Uhr die halbe Stunde geschlagen. Gerade erst halb zehn. Sie durfte sich von diesem Nervenbündel von Vater nicht anstecken lassen. Joanna hörte, wie er oben umherging; ihm war schon wieder übel. Vermutlich hatte die Mutter Diana holen wollen. Aber sie hätte Diana doch *anrufen* können, sagte eine Stimme in ihrem Kopf.

Wieder schaute Joanna auf ihre Uhr. Viertel vor zehn. Auch das war noch nicht spät, egal, von welcher Seite man es betrachtete. Was also *war* dann spät? Elf, beschloss sie. Sie würde ihrer Mutter bis elf Uhr Zeit geben. Dann würde sie herumtelefonieren. Es gab keinen Grund zur Panik. Irgendwo würde sie schon sein. Joanna warf einen ängstlichen Blick ins obere Stockwerk. *Irgendwo* muss sie ja sein, ermahnte sie sich streng.

Eleanor Langton stieg aus der Wanne und trocknete sich ab, dann hüllte sie sich in ihren Bademantel und krempelte die Ärmel hoch. Nach langem Nachdenken hatte sie beschlossen, nicht zu der Party zu gehen. Statt also ein kurzes Bad zu nehmen und sich anzukleiden, hatte sie das lange, luxuriöse Bad genommen, das sie sich selbst versprochen hatte, und wusch sich nun die Haare.

Sie hatte bereits alle Vorbereitungen zum Ausgehen getroffen, denn nun, so fand sie, konnte sie wieder unter Leute gehen; sie würde ihrem Gefängnis entkommen, einen Neuanfang wagen. Eine Silvesterparty schien dafür der richtige Anlass zu sein, selbst wenn es bis zum Jahresende noch zwei Tage waren.

Doch dann hatte sie noch einmal auf die Karte geschaut: Man schien davon auszugehen, dass jeder geladene Gast einen Partner mitbrachte. Es würde also auffallen, wenn sie ohne Mann kam. Die anderen hatten zwar gesagt, dass viele allein kämen, da ihre Ehemänner im Schichtdienst arbeiteten oder nicht einmal für Geld eine Diskothek betreten würden. Doch das konnte geheuchelt gewesen sein, damit Eleanor sich keine Gedanken machte. Gut möglich, dass sie am Ende doch alle mit ihren Männern kamen – und dann würde sie allein am Tisch sitzen, während die anderen tanzten.

Es konnte allerdings auch passieren, dass sie zum Tanz *aufgefordert wurde.* Wie sollte sie damit umgehen? hatte sich Eleanor gefragt. Andererseits handelte es sich um eine Disco. Da wusste man im Grunde nie so richtig, wer mit wem tanzte. Sie selbst hatte nie in einer Disco getanzt, denn Richard hatte so einen Tanzschuppen jahrelang in seiner Freizeit unterhalten, und sie hatte hinter der Theke gestanden. Eine Zeit lang hatte sie sogar in einer kurzlebigen Band, die Richard vor ihrer Ehe gegründet hatte, Keyboard gespielt.

Eine andere Eleanor, ein anderes Leben. Jetzt spielte sie das Harmonium im Singgottesdienst der Kinder.

Kritisch hatte sie sich im Spiegel betrachtet, denn sie wusste nicht, ob ein Kleid für den Anlass angemessen war. Möglicherweise war etwas Zweiteiliges oder sogar eine Jeans besser. Im Spiegel hatte sie hinter sich das Schlafzimmer gesehen, das so deutlich ihren Single-Status verkündete. Vielleicht gar keine so schlechte Idee, zu einer Party zu gehen: Dort könnte sie jemanden kennenlernen.

Aber sie *hatte* doch schon jemanden kennengelernt! Langsam hatte Eleanor den Reißverschluss ihres Kleides wieder aufgezogen und es zu Boden fallen lassen.

Sie hatte eben ihr Haar zum zweiten Mal eingeschäumt, als es an die Haustür klopfte. George. Sie nahm ihre Haare hoch und schaute auf die Armbanduhr, die auf dem Fensterbrett lag. Schon nach zehn. Es konnte nur George sein. Eleanor wrang ein wenig Wasser aus ihren Haaren; trotzdem tropfte das Shampoo auf den Boden, als sie die Badezimmertür öffnete. »Nur eine Minute!«, rief sie. »Geh nicht weg!«

George sucht sich wirklich wunderbare Zeiten für einen Besuch aus, dachte Eleanor, während sie das Shampoo aus den Haaren spülte. Sie freute sich indes, dass er gekommen war; er brauchte sie also immer noch. Heute Morgen war er so merkwürdig distanziert gewesen. Dennoch hatte sie einen Augenblick lang gedacht, dass sie nun endlich miteinander schlafen und das Versprechen einlösen würden, das sie einander am Heiligabend gegeben hatten. Doch dieser Augenblick war rasch vergangen.

»Ich komme!«, rief sie, während sie ihre Haare in ein Handtuch hüllte. Sie rannte durch den Flur und riss schwungvoll die Haustür auf.

Schon wieder hereingefallen.

»Es tut mir leid«, sagte Marian Wheeler. »Es ist schon ein bisschen spät, ich weiß. Aber ich muss mit Ihnen reden.«

Eleanor spürte einen Anflug von Panik. Das war nicht *fair*. »Ja, natürlich«, hörte sie sich sagen. »Kommen Sie doch rein.«

Im Wohnzimmer gestikulierte sie vage in Richtung der Sessel. Marian legte ihren Mantel ab und nahm Platz.

»Ich möchte gar nicht lange drum herumreden«, begann sie. »George geht es gar nicht gut, Mrs Langton. Aber das wissen Sie vermutlich schon.«

Eleanor nickte. »Er hat mir gesagt, dass es eine Nervensache ist. Mit der er es stets in Zeiten der Aufregung zu tun bekommt.«

»Ja«, sagte Marian. »Das stimmt. Aber dieses Mal ist es schlimmer.«

»Glauben Sie, dass er ernsthaft krank ist?«, fragte Eleanor alarmiert.

»Ich glaube, dass George eine Art Nervenzusammenbruch erlitten hat«, sagte Marian. »Ich bin gekommen, weil … nun, aus mehreren Gründen, wenn ich ehrlich sein soll.« Sie holte tief Luft. »Heute Abend hatte er die Flinte seines Vaters hervorgeholt. George sagte zwar, sie sei nicht geladen, aber das stimmte nicht.«

Die Worte hingen zwischen ihnen in der Luft, während Eleanor Marian mit offenem Mund anstarrte. George? George, der darüber gescherzt hatte, ihre zaghafte Affäre in Reserve zu behalten? George, der ihr hinter Mrs Brewsters Rücken zugezwinkert hatte? Aber nein, nicht *dieser* George. Sondern der andere, der George, der kaum noch logisch denken konnte. Der George, der um sechs in der Früh hergekommen war, dann aber kaum mit ihr gesprochen hatte. *Dieser* George.

»Warum?«, flüsterte sie. »*Warum*?«

»Ich habe die Flinte mitgebracht«, sagte Marian zögernd. »Sie liegt im Wagen. Ich habe mich gefragt, ob Sie sie vielleicht hier in der Waffenkammer verwahren könnten – ich habe es nicht gewagt, sie bei uns im Haus zu lassen.«

Eleanor reagierte automatisch, indem sie zerstreut nickte. »Zum Glück haben Sie es rechtzeitig gemerkt.«

»Womöglich hat er darauf gewartet«, sagte Marian.

Eleanor fand es mit einem Mal befremdlich, dass Marian zu ihr gekommen war. Wenn es George so schlecht ging, sollte sie dann nicht bei ihrem Mann sein?

»Sollte nicht jemand bei ihm sein?«, fragte sie.

»Joanna wird inzwischen zurück sein. Ich wollte nur diese Waffe aus dem Haus haben.«

»Ja, natürlich«, sagte Eleanor.

»Ich glaube, George braucht Hilfe«, sagte Marian mit Nachdruck.

»Ja.« Wie einen Seufzer stieß sie das Wort hervor. »Ich hatte ja keine Ahnung, dass es so schlimm um ihn steht.« Ihr Mund fühlte sich trocken an. »Kann ich Ihnen vielleicht etwas anbieten? Einen Drink?«

»Ein Kaffee wäre wunderbar«, sagte Marian.

»Kaffee. Ich … äh …« Sie deutete vage in Richtung Küche. »Es dauert nicht lange.«

Eleanor rannte durch den Korridor und stand dann schwer atmend an der Spüle. Was würde als Nächstes kommen? Würde die Pfarrersfrau sie ins Kreuzverhör nehmen? Eleanor kochte Kaffee. Die Situation war unfassbar. Aber sie war doch nicht etwa dafür verantwortlich? Marian glaubte es allerdings, sonst wäre sie nicht hier.

»Kann ich helfen?« Marian war in die Küche gekommen.

»Nehmen Sie sich Milch und Zucker, wenn Sie wollen«, sagte Eleanor.

»Danke.« Marian ließ sich Zeit, offenbar formulierte sie im Geiste einen weiteren Grund für ihr Kommen.

»Wissen Sie«, setzte sie schließlich an, »ich habe den ganzen Abend über im Auto gesessen und versucht zu begreifen, was George widerfahren ist.« Sie schaute auf und zuckte leicht die Achseln. »*Sie* sind ihm widerfahren.«

»Wir sind kein Liebespaar«, entgegnete Eleanor. »Falls Sie das glauben.«

»Oh, aber das sind Sie«, sagte Marian. »Im altmodischen Sinn.« Sie rührte in ihrem Kaffee. »Es wäre vielleicht besser«, fügte sie an, »wenn Sie es auch im körperlichen Sinne wären.« Sie setzte sich. »Verstehen Sie – ich glaube, Sie sind die Einzige, die George helfen kann.«

Eleanor schwirrte der Kopf. Das hier geschah nicht in Wirklichkeit. Marian Wheeler war nicht gekommen, um sie praktisch dazu zu überreden, mit George eine Affäre zu beginnen. Das konnte nicht wahr sein.

»Sollen wir unseren Kaffee hier trinken?«, fragte Marian in so harmlosem Ton, als tauschten sie ein paar Kochrezepte aus.

Eleanor setzte sich, immer noch verwirrt.

»Bringen Sie ihn wenigstens dazu, zum Arzt zu gehen«, sagte Marian. »Wenn Sie es ihm sagen, wird er es tun. Das weiß ich.«

George brauchte keinen Arzt. Nicht *etwas*, sondern *vieles* war George widerfahren. Er hatte sie, Eleanor, kennengelernt; er steckte in einer Glaubenskrise; dazu Joanna und Graham Elstow – und Marians erstickende Liebe. War es diese Liebe, die Marian dazu getrieben hatte, zu ihrer Nebenbuhlerin zu fahren? Suchte sie so dringend nach Hilfe für George, dass ihr der Preis, den sie dafür bezahlen musste, niemals zu hoch erschien?

»Er braucht Ihre Hilfe, Eleanor.«

Eleanor schwieg. Es gab einiges, war sie hätte sagen können: Mrs Wheeler, meine Beziehung zu Ihrem Mann besteht lediglich aus ein paar hitzigen Augenblicken im Heizungsraum und darin, dass ich ihm stundenlang zugehört habe, wie er mir auseinandersetzte, dass Sie ihn lieben und er Sie. Das macht mich nicht für sein Wohlergehen verantwortlich. Das bedeutet nicht, dass Sie mir die Schuld an seinem Zustand geben können. Diese Gedanken äußerte sie jedoch nicht; welche Rolle spielte es schon, wer oder was George an diesen Punkt getrieben hatte?

Doch, es spielte durchaus eine Rolle – und, wie George zweifellos gesagt hätte, es lag an ihr, wie sie sich dazu verhielt.

»Er scheint sehr viel von Ihrer Meinung zu halten«, sagte Marian, und in ihrer Stimme lag keine Spur von Sarkasmus.

Langsam hob Eleanor den Blick, bis sie Marian in die Augen schaute. »Aber nicht ich bin der Meinung, dass er zum Arzt gehen sollte. Sondern Sie.«

Marian schnalzte ungeduldig mit der Zunge. »Er muss einen Arzt aufsuchen. Und auf mich hört er nicht. Sie sind diejenige, die ihm das angetan hat, Eleanor. Sie sind die Einzige, auf die er hören wird.«

»Nein«, sagte Eleanor ruhig. »Ich habe ihm gar nichts angetan. Es war bereits getan, bevor ich ihn kennenlernte. George will …« Sie unterbrach sich, beschloss dann aber, es durchzuziehen. »Er will frei sein.«

Marians Kopf ruckte ein wenig nach hinten. »Damit er Ihnen gegenüber das Anständige tun kann?«, fragte sie mit aufgesetzter Fröhlichkeit. »Bestehen Sie auf einer Ehe? Ist es das?«

»Nein, nein, nein!«, rief Eleanor. »Nicht diese Art Freiheit«, setzte sie ruhiger hinzu. Sie überlegte einen Moment. »Sie haben uns ein ›Liebespaar‹ genannt«, sagte sie zögernd. »Aber das sind wir nicht. In keinem Sinne des Wortes. Wenn George mich wollte, könnte er mich haben, das weiß er ganz genau.« Sie stutzte. »Aber er will ja gar nicht«, fuhr sie fort. »Er glaubt es zwar, aber er will im Grunde nicht.«

Was *war* sie eigentlich für George?, fragte Eleanor sich jetzt zum ersten Mal. Eine Mitgefangene? Oder ein Stock, mit dem er Marian drohen konnte? Und wenn das nicht funktionierte … War es darum bei der Geschichte mit der Flinte gegangen? Marian hatte gesagt, dass er vielleicht darauf gewartet habe, dass sie ihn mit der Waffe in der Hand ertappen würde. Ja, das konnte Eleanor sich bei George durchaus vorstellen: Es war sein verzweifelter Versuch, bei Marian etwas anderes hervorzurufen als ewige Geduld und Verständnis.

Aber auch das ist dir fehlgeschlagen, George, dachte sie. Auch das.

»Ich bin nur … so eine Art Brennpunkt«, setzte sie an.

»Ein Brennpunkt?«

Eleanor konnte Marian nicht begreiflich machen, was sie meinte. Sie und George waren Gefangene gewesen; doch während sie nun frei war, grub George immer noch mühsam seinen Fluchttunnel. Eleanors Freiheit war die Freiheit des frisch entlassenen Häftlings, und die Welt war ein erschreckender, fremdartiger Ort. George und sie brauchten einander, mehr nicht.

»Ein Brennpunkt für seine Träume?«, fragte Marian.

»Wenn Sie so wollen.«

»Eine Jungfrau in Nöten, die er retten muss? Ein Dornröschen, das er mit einem Kuss wieder zum Leben erweckt?«

Eleanor spürte, wie ihr die Röte ins Gesicht stieg. Marian nickte befriedigt. »Er hat mir von Graham Elstow erzählt. Der für den Unfall Ihres Mannes verantwortlich war.« Sie beugte sich vor. »Er war Heiligabend bei Ihnen, Mrs Langton. Wann ist er gekommen?«

Eleanor runzelte die Stirn. »Was?«

»Das ist doch eine ganz einfache Frage. Wann war er hier?«

»Was wollen Sie damit andeuten?«, fragte Eleanor entsetzt. »Dass George Graham Elstow umgebracht hat? *Meinetwegen*?« Sie sprang auf. »Warum? Warum glauben Sie das? George hat Ihnen doch nicht …? Nein«, sagte sie entschlossen. »Das hat er Ihnen nicht erzählt. Aber warum *dann*? Nur, weil Sie denken, dass er Selbstmord begehen wollte? Glauben Sie es deswegen?«

Marian schaute zu ihr auf. »Ich glaube nicht, dass ich irgendwie angedeutet habe, dass George Selbstmord begehen wollte.«

»Meine Güte!«, stieß Eleanor hervor. »Wenn Sie sich nicht selbst für Ihre Tochter opfern können, dann opfern Sie eben George. Sie versuchen, George die Schuld aufzubürden.«

»Ich will sie ihm aufbürden?«, wiederholte Marian mit einer Kopfbewegung, die absolutes Unverständnis ausdrückte.

Eleanor setzte sich wieder. Nein. Marian hatte George nie die Schuld an irgendetwas gegeben. »Aber Sie können doch nicht *wirklich* glauben, dass es George gewesen ist«, betonte sie. »Marian – er war im Pub, und zehn Minuten später war er bei mir.«

Wieder nickte Marian. »Und Sie hatten eine halbe Stunde Zeit«, sagte sie. »Dreißig Minuten zwischen meinem Besuch und dem von George.«

Eleanor riss die Augen auf.

»*Das ist es*, was George krank macht, Mrs Langton. Diese dreißig Minuten.«

George Wheeler spritzte sich Wasser ins Gesicht und betrachtete sich im Badezimmerspiegel. Wenn er diesem Mann auf der Straße begegnete, würde er ihn nicht wiedererkennen.

Hatte er sich umbringen wollen? Die Menschen stellten ihm ständig so viele Fragen, immerzu. Und er konnte ihnen keine Antworten geben. *Sei dir selbst treu.* Hatte er sich wirklich umbringen wollen? Marian war zur Polizei gegangen; was sonst? Und hatte er es nicht eben deswegen erzählt? Damit sie ihn auch davor beschützte? Sie würde zur Polizei gehen, für ihn.

Heute Morgen war er bei Eleanor gewesen. Warum? Weil sie ihn gestern angerufen und gesagt hatte, sie müsse ihn sprechen. Er hatte kein Auge zugetan, und dann war er ruhelos im Haus umhergewandert und hatte beschlossen, dass er sterben wollte. Am Morgen hatte er den Entschluss gefasst. Er hatte bei Eleanor Licht gesehen und war zu ihr gegangen. Nur ein Mal, hatte er gedacht. Nur ein einziges Mal hatte er sie haben wollen, bevor er …

Sich umbrachte? Aber sein Mut hatte ihn da schon verlassen. Er konnte Eleanor nicht haben; er konnte nicht einmal sterben.

Hatte er sich umbringen wollen?

Eleanor. Wann war es ihm klar geworden? Nicht, als Marian Elstows Leiche gefunden hatte, nicht einmal dann, als die Polizei sie verhaftet hatte. Es war später gewesen, dass ihm die Erkenntnis zu dämmern begann. Am Tag danach, in der Kirche, als die Sonne durch die Buntglasfenster geschienen hatte. Eleanor war in die Kirche gekommen. Hatte mit gedämpfter Stimme gesprochen. War beinahe wütend geworden, als er ihr von Marian erzählt hatte; in dem Augenblick hätte er schwören können, dass Eleanor glaubte, *er* habe es getan. Doch dann, als sie ihn gedrängt hatte, zur Polizei zu fahren, hatte er begriffen. Eleanor war zornig gewesen, weil ein anderer der Tat beschuldigt wurde, und das war nicht ihre Absicht gewesen. Sie hatte ihn förmlich zur Polizei geschleppt, verzweifelt darauf bedacht, Marian von jedem Verdacht reinzuwaschen.

Doch davon, dass Elstow den Unfall ihres Mannes verschuldet hatte, hatte sie der Polizei kein Wort gesagt. Er selbst ja auch nicht, obwohl Marian in Haft war. Marian hatte geglaubt, es sei sein Verrat an ihr, der ihn krank mache, und bis jetzt hatte George das auch geglaubt. Aber es stimmte nicht.

»*Wann hat das angefangen mit der Übelkeit?*« Nach Marians Verhaftung, hatte George erwidert. Doch es war natürlich Marian selbst, die wusste, wann es begonnen hatte. »*Es hat angefangen, als Eleanor Langton ins Dorf kam, nicht wahr?*«

Hatte er Marian umbringen wollen? Marian, die in aller Seelenruhe die Vor- und Nachteile seines Ehebruchs erörterte; Marian, die bei der Polizei ein Geständnis ablegte, weil sie glaubte, *er* sei der Täter. Nicht Joanna, denn ihre Tochter kannte Marian gut genug, um zu wissen, dass sie zu einer solchen Tat nicht fähig war. Joanna hatte Graham Elstow geliebt; sie hatte sich zwar vor ihm gefürchtet, doch sie hatte ihn nicht gehasst. Nein, *ihn* hatte Marian beschützen wollen, ihn allein. Ihr anderes Küken. Zumindest hielt sie ihn dafür. Doch die ganze Zeit über hatte sie ein Kuckucksei beschützt, einen Eindringling in ihrem warmen Nest.

»*Küken sollten irgendwann schlüpfen.*« Eleanor verstand ihn. George versuchte, endlich durch die Schale zu brechen; das war es, was ihn krank machte. Ja, er hatte sich mit der Flinte seines Vaters den Weg freischießen wollen und konnte nicht sicher sein, auf wen er sie gerichtet hätte – wenn er überhaupt genügend Mut besessen hätte, um den Abzug durchzuziehen.

Lloyd trug die leeren Teller in die Küche.

»Das war super!«, rief Judy ihm nach. »Das Warten hat sich gelohnt.«

»Gutes braucht eben seine Zeit«, gab Lloyd grinsend zurück. »Ich habe es dir schon mal gesagt: *andante.*« Er stapelte die Teller im Becken und holte Kaffeebecher aus dem Schrank.

»Ich hätte dir in zehn Minuten etwas gebrutzelt«, sagte Judy.

»Das glaube ich dir gern, aber ich wollte heute wenigstens ein Mal anständig essen.« Mit hochgezogenen Schultern wartete er auf ihre Reaktion.

Judy kam in die Küche. »Ich kann dir gerne eine Beurteilung aus der Schule zeigen«, sagte sie. »Darin steht: Judith zeigt Interesse an und Begabung für Hauswirtschaftslehre. Ätsch!«

»Was ist daraus geworden?« Lloyd stellte die Zuckerdose zu den Tassen aufs Tablett. »Schwarz oder mit Milch?«, fragte er.

»Mit Milch.«

»Nimmst du die bitte?« Er deutete auf die Kaffeekanne.

»Du vertraust sie mir tatsächlich an?«, fragte Judy.

Lloyd goss Milch in ein Sahnekännchen, wobei ihm einfiel, dass er sogar Kaffeesahne hatte. »Milch oder Sahne?«, rief er ins Wohnzimmer hinüber.

»Milch.«

Lloyd zuckte die Achseln. Kein Gemüt. Es war schön zu sehen, dass Judy ganz die Alte war, er aber kam sich wieder einmal vor wie eine Flasche Aspirin. Er trug das Tablett ins Wohnzimmer, wo er Judy damit beschäftigt fand, seine Weihnachtskarten zu inspizieren. »Dort wirst du ihn nicht finden«, sagte Lloyd. »Wenn jemand die Frechheit besessen hätte, ihn auf eine Karte zu schreiben, hätte ich sie weggeschmissen.«

Sie drehte sich grinsend zu ihm um. »Das hab ich gar nicht nötig.«

»Du bluffst.«

»Ach ja? Na schön«, sagte sie und setzte sich aufs Sofa. »Dann stell mich doch auf die Probe!«

»Wie?« Lloyd räumte den Tisch ab und nahm in die Küche mit, so viel er tragen konnte. Judy hatte heute die strikte Order erhalten, nichts zu tun. Schließlich war es ein besonderer Anlass. Er kehrte aus der Küche zurück. »Wie kann ich dich denn auf die Probe stellen?«

»Wenn ich bluffe, dann gib mir die Erlaubnis, es Jack Woodford zu verraten«, sagte sie.

Judys Augen funkelten schelmisch. Doch sie war eine *lausige* Lügnerin, wie sie gestern Abend ganz richtig gesagt hatte, und sah nicht so aus, als ob sie bluffte. Aber was denn sonst? Wie hätte sie ihn herauskriegen sollen?

»Na?«, sagte sie. »Kann ich's ihm sagen?«

»Nein.« Als Lloyd die pfeffer- und salzfarbenen Sets vom Tisch nahm, sah er, wie sie ihn angrinste. »Wenn du ihn weißt«, sagte er, »dann musst du in Somerset House gewesen sein.«

Judy schüttelte den Kopf. »Das Meldeamt ist schon längst nicht mehr in Somerset House«, sagte sie. »Außerdem wäre das gemogelt gewesen.«

»Allerdings.«

In der Küche stopfte Lloyd in seiner Zerstreutheit nicht nur die Tischsets, sondern auch Salz und Pfeffer in die Schubladen, dann machte er die Tür zu, um das Chaos im Spülstein nicht mehr sehen zu müssen. »Du bluffst also«, sagte er, als er wieder ins Wohnzimmer kam. »Ich werde dich aber nicht auf die Probe stellen«, fügte er rasch hinzu.

»Darf ich den Kaffee einschenken?«

»Nein! Du sollst dich heute von vorne bis hinten bedienen lassen.«

»Wieso musste ich dann die Kanne reintragen?«

»Das war reines Glück«, erwiderte er feierlich und schenkte den Kaffee ein. Lloyd hatte sich sein Leben lang von seinem Vornamen verfolgt gefühlt, was Judy aber nicht wusste. »Wie hättest du ihn denn rauskriegen können?«, fragte er.

»Bevor dein Vater zurück nach Wales zog, hast du mich doch zu einem Besuch bei ihm mitgenommen.«

Lloyd setzte sich zu ihr aufs Sofa. Jetzt war er vollkommen entspannt. »Dann ist es definitiv ein Bluff«, sagte er und trank einen Schluck Kaffee, nur um des Vergnügens willen, Judy zusammenzucken zu sehen. Er mochte es, wenn er sich an dem heißen Gebräu beinahe den Mund verbrannte. »Falls es überhaupt möglich ist«, fuhr er fort, »dann ist er meinem alten Herrn peinlicher als mir.« Selbst sein Vater nannte ihn stets nur »Lloyd«. Und seine Mutter hatte sich für eine Abkürzung entschieden, die ebenso gut die Kurzform eines weniger schrecklichen Namens hätte sein können.

»Wie hat er dich denn genannt, als du noch klein warst?«, fragte Judy. »Doch sicher nicht Lloyd?«

»Ich weiß es nicht«, gab er zurück. »Wahrscheinlich ›der Kleine‹. Das war schließlich seine Sache.«

Judys dunkle Augen ließen ihn nicht los. »Nein«, gab sie schließlich zu. »Er hat ihn mir nicht verraten.«

Lloyd lachte. »Du gibst viel zu schnell auf.«

»Ich habe nicht aufgegeben.«

Er runzelte die Stirn. »Und was hat mein Vater dann damit zu tun?«

»Du und dein Vater, ihr habt euch doch mal Möbel angeschaut. Du hast dich für eine alte Kommode oder so was interessiert.«

Eine alte Kommode oder so was. Eine echte … Wieder wurde ihm leicht unbehaglich zumute. Denn es stimmte. »Und?«

»Und ich war allein«, sagte Judy. Sie legte eine bedeutungsvolle Pause ein. »Mit der Familienbibel.«

Mit der Familienbibel? So etwas besaßen sie gar nicht. Oder doch? Oh Gott, ja! Jetzt fiel es ihm wieder ein. Ein großes, schwarzes Buch, mit dem er praktisch aufgewachsen war, dem er allerdings nie auch nur die geringste Aufmerksamkeit geschenkt hatte. Aber … sie hatten doch nie *Vornamen* hineingeschrieben!

Judy schlürfte ihren Kaffee.

»Das wüsste ich«, behauptete Lloyd. »Wenn sie die Namen ihrer Kinder hineingeschrieben hätten.«

»Woher solltest du das wissen? Deine Schwestern sind älter als du. Nach dir hat es keine Kinder mehr gegeben.«

Lloyd leerte seinen Kaffeebecher, aus dem es immer noch dampfte. »Wie heißen denn meine Schwestern?«, stellte er sie auf die Probe.

»Megan und Amelia.«

Er schenkte sich frischen Kaffee ein. »Das weißt du von mir«, sagte er. »Und mehr steckt nicht dahinter.« Megan und Melly. So hatte *er* seine Schwestern genannt. Nie hatte er an Melly als Amelia gedacht, nur sein Vater hatte sie ab und zu mit ihrem vollen Namen angesprochen. Judy musste es also von ihm haben. Aber sicher konnte Lloyd nicht sein.

»Na schön«, sagte er. »Wenn du meinen Vornamen weißt, dann sag ihn mir doch.«

Sie schaute ihn entsetzt an. »Aber du hast gedroht, dass du mich plattmachst, wenn ich ihn jemals ausspreche«, protestierte sie.

»Du bluffst also!« Er zeigte mit dem Finger auf sie. »Aber falls du ihn doch weißt, dann sprich ihn niemals aus, niemals. Nicht einmal, wenn du *allein* bist. Sonst werde ich …«

»Mich plattmachen«, ergänzte Judy.

»Schlimmer. Ich werde in der Dienststelle eine Mitteilung aufhängen, dass du ein Unterhemd trägst. Da wird dein Image beträchtlichen Schaden nehmen, Sergeant Hill.« Lloyd grinste. »Ich bin so froh, dass du da bist.« Er drückte sie an sich.

»Ich bin auch froh, dass ich hier bin.« Judy ließ sich nach hinten sinken, den Kopf an seiner Schulter. »Erzähl mir was«, bat sie.

»Worüber?«

»Egal. Spielt keine Rolle. Ich höre sowieso nicht zu.« Sie schloss die Augen. »Was dir so einfällt – alles außer Doppelverglasungen und Hohlwanddämmungen.«

Lloyd schmunzelte. »Na, das lässt mir doch großen Spielraum. Worüber möchtest du denn etwas hören? Über den Einfluss der römischen Kultur auf die alten Britannier?« Er küsste sie, und ihre Reaktion war weitaus entgegenkommender als auf dem Parkplatz des jämmerlichen Restaurants. »Eine Analyse und ein Vergleich der Französischen und der Russischen Revolution«, fuhr er fort, während Judy begann, seine Krawatte zu lockern. »Über die Flora und Fauna der Everglades in Florida ...« Während er sprach, berührten sich ihre Lippen. »Die Bruderschaft der Präraffaeliten ...«

»Eleanor Langton«, sagte Judy.

»Das Habitat der Kreuzkröte«, fuhr Lloyd fort und küsste sie, als sie auflachte.

»Du hast gesagt, dass sie den ganzen Abend über zu Hause war«, bemerkte Judy.

»Den Niedergang der Dreikönigsfeiern als Volksfeste.« Heute Abend trug sie kein Unterhemd. »Die Wirkung des Fernsehens auf die britische Filmindustrie«, murmelte er in ihr Ohr, während er ihr den BH auszog.

»Aber vielleicht war sie gar nicht den ganzen Abend über zu Hause.«

»Kannst du denn an gar nichts anderes denken? Such dir ein Thema aus.«

Judy lächelte. »Die präraffaelitische Bruderschaft«, sagte sie. »Marian hat sie um fünf nach acht gesehen, für ungefähr fünf ...«

Lloyd verschloss ihr den Mund mit einem langen Kuss. Doch auch der längste Kuss musste einmal enden.

»... Minuten, und George ist ungefähr um zwanzig vor neun bei ihr angekommen.«

»In der Mitte des neunzehnten Jahrhunderts«, begann Lloyd, den Mund auf ihrer Schulter, »beschlossen drei Künstler – Rossetti, Holman …«

»Und über die Weiden braucht man nur wenige Minuten«, fuhr Judy fort.

»Holman Hunt und Millais«, seine Lippen bewegten sich im Takt zu seinen Worten, »dass sie nicht viel davon hielten, wie … Sie hätte um zwanzig nach acht dort sein können«, er kämpfte mit ihrem Reißverschluss, »frühestens.« Lange Unterhosen trug sie heute auch nicht. Sie würde sich noch den Tod holen.

»Genug Zeit, um es zu tun«, sagte Judy.

»Ich weiß«, sagte Lloyd. »Aber ich bin *jetzt* in Stimmung.«

»Eleanor hatte mehr als genug Zeit, Elstow zu töten.«

Lloyd ließ von ihr ab. »Aber wenn dein kleines Mädchen die Wahrheit sagt, dann wäre es zu dem Zeitpunkt, als Eleanor Langton kam, ebenfalls am Pfarrhaus gewesen.«

»Joanna hätte vorher dort und um zwanzig nach acht schon wieder fort sein können.«

»In welchem Fall sie aber nicht vor verschlossener Tür gestanden hätte, nicht wahr?«

»Gibst du also nun endlich zu, dass Joanna die Wahrheit sagt?«

»Nein«, erwiderte Lloyd. »Ich sage: Wenn Eleanor es war, dann gibt es keinen Grund, Joanna nicht zu glauben. Und wenn es keinen Grund gibt, Joanna nicht zu glauben, dann war Eleanor es nicht. Du magst doch Logikprobleme – bring da mal Ordnung rein.«

Judy ergriff seine Hände. »Entschuldige bitte«, sagte sie.

»Ich vergebe dir. Aber nur, weil ich verdammt sein will, wenn mir diese Familie den schönen Abend verdirbt.«

Judy lächelte und sank zurück, zog ihn mit. »Welche Familie?«

»Bleibst du über Nacht?«

»Oh, Lloyd, das kann ich doch nicht!«

»Du hast noch nie eine ganze Nacht mit mir verbracht.«

»Ich *kann* nicht«, wiederholte sie. »Bitte, Lloyd, ich möchte nicht, dass wir uns schon wieder streiten.«

»Warum kannst du nicht?«, fragte er. Er wollte auch keinen Streit. Er wollte, dass sie bei ihm blieb.

»Ich muss Michael morgen früh um halb acht am Bahnhof abholen.«

»Ein halb acht Uhr morgens gibt es auch hier«, sagte Lloyd.

Sie küsste ihn. »Es tut mir leid. Es würde ihm auffallen, dass ich nachts nicht zu Hause gewesen bin. Michael würde Fragen stellen.«

Bedräng sie nicht, sagte er sich. Verdirb es nicht schon wieder. Er lächelte. »Und du kannst ihn nicht anlügen.«

Judy schüttelte den Kopf.

»Was du brauchst«, sagte Lloyd ernst, indem er seine Hände auf ihre Schultern legte, »ist ein Stück Zauberkreide.«

»Na gut«, sagte Judy. »Werde ich kaufen. Was ist Zauberkreide?«

»Also«, begann er. »Dai kommt von der Arbeit und will auf einen schnellen Drink in den Pub. Und an der Bar ist die schönste Blondine, die er je gesehen hat. Als sie ihm einen ausgibt, kann er sein Glück kaum fassen. Er setzt sich zu ihr und baggert sie an, und dann fragt sie, ob er mit zu ihr kommen und mit ihr schlafen will.«

Judy schmunzelte.

»Wer würde das nicht wollen?«, fuhr Lloyd fort. »Also wirft Dai alle guten Vorsätze über Bord, geht mit der schönen Blondine nach Hause und macht stundenlang Liebe. Aber alles Schöne hat einmal ein Ende, und als Dai sich anzieht, um nach Hause zu gehen, sieht er, wie spät es ist. ›Meine Güte‹, sagt er. ›Sieh nur, wie viel Uhr es ist. Was soll ich bloß meiner Frau sagen?‹«

»Saugst du dir das jetzt aus den Fingern?«

Lloyd grinste. »›Keine Sorge, Dai‹, sagt die Blondine. ›Ich hab hier ein Stück Zauberkreide, siehst du?‹ Und sie gibt ihm ein Stück Kreide. Also – für Dai sieht es nach völlig ordinärer Kreide aus, aber die Blonde schwört, dass es Zauberkreide ist. ›Steck sie dir hinters Ohr‹, empfiehlt sie, ›und sag deiner Frau die Wahrheit.‹«

Judy rutschte näher an ihn heran. »Du denkst dir das aus.«

»Dai findet das überhaupt nicht komisch. Aber die Blondine grinst und sagt: ›Vertrau mir. Es ist ein Zauber.‹ Also trottet Dai mit der Kreide nach Hause.«

»Geht das jetzt die ganze Nacht so weiter?«, fragte Judy. »Damit ich bei dir bleiben muss – wie diese Wie-heißt-sie-noch-mal, die tausend Geschichten erzählt?«

»Scheherazade«, sagte Lloyd. »Nun glaubt Dai zwar nicht an diese blöde Kreide, aber was bleibt ihm anderes übrig? Als er heimkommt, steckt er also die Kreide hinters Ohr und betritt seine Wohnung. ›Wo hast du gesteckt?‹, will seine Frau wissen. Und Dai holt tief Luft. ›Ich hab die ganze Nacht lang mit einer wunderschönen Blondine geschlafen‹, sagt er. ›Komm mir nicht mit so 'nem Scheiß, Dai Griffith‹, sagt seine Frau. ›Du warst in der Legion und hast Darts gespielt – hast ja immer noch die Kreide hinterm Ohr!‹«

Judy lachte aus vollem Hals, doch dann riss sie die Augen auf, und ihr Heiterkeitsanfall endete abrupt. Sie drehte sich von Lloyd weg und griff nach ihrer Handtasche.

»Lass das!«, befahl er. »Wage es ja nicht, dieses Notizbuch rauszuholen!« Ein guter Jagdhund sollte eigentlich *gehorchen*.

Judy blätterte wie wild in ihrem Büchlein, dann schaute sie ihn an. »Es steht alles hier drin, Lloyd«, sagte sie. »Wir hatten bereits alle Puzzleteile zusammen. Und du hast die ganze Zeit über die richtigen Fragen gestellt.«

Lloyd schaute über ihre Schulter auf die umfangreichen Aufzeichnungen, konnte jedoch Judys Sonderform von Kurzschrift, die aus dem einen oder anderen lesbaren Wort und Dutzenden von Fragezeichen und Sternchen bestand, nicht lesen. »Ich will nur hoffen, dass dein amtliches Notizbuch besser aussieht«, bemerkte er.

»Warum hat Marian Wheeler den weiten Weg zu Eleanor

Langton auf sich genommen und ist erst danach bei Mrs Anthony gewesen?«, fragte Judy mit einem triumphierenden Lächeln. »Warum sollte sie Eleanor Langton überhaupt aufsuchen?«

Lloyd hatte diese Fragen in der Tat gestellt. Und er meinte sich zu erinnern, dass er eine Antwort erhalten habe, aber offenkundig war das doch nicht der Fall gewesen.

»Warum hat Marian Wheeler zuerst geleugnet, die Türen zugesperrt zu haben, später dann aber darauf bestanden? Wozu überhaupt abschließen?«

Lloyd war der Meinung, dass sie inzwischen doch bewiesen hätten, dass Marian Wheeler die Türen nicht verschlossen hatte, ob Judys kleines Mädchen nun die Wahrheit sagte oder nicht. Und so aufgeregt, wie Judy war, musste dies wohl der Fall sein.

»Warum sich die Mühe machen, nach Hause zu gehen, um ein anderes Kleid anzuziehen?«, fragte Judy.

»Du hast das alles aufgeschrieben?«

»Ja«, sagte sie erstaunt. »Was ich hingegen *nicht* aufgeschrieben habe, war dein Vorschlag, ich sollte den Hills doch einfach die Wahrheit sagen.«

Lloyd war sehr erleichtert, das zu hören.

»Und dass ich daraufhin gedacht habe, dass sie mir ja ohnehin nicht glauben würden«, setzte Judy hinzu.

Lloyd rückte ein wenig von ihr ab, um sie anzusehen. Man gebe ihr ein paar wilde Szenarien … und Judy würde sie sorgfältig durchsieben und alles außer den reinen Fakten verwerfen, denn sie besaß keinerlei Fantasie, die der Wahrheit den Weg verstellen konnte. Nein, Judy sammelte Fakten, manche davon winzig und wesentlich, andere hingegen seitenlang und sinnlos. Aber sämtliche Fakten steckten in ihrem Notizbuch, so wie die Fakten in Sandwells grässlichem Computer. Aber der konnte einem nicht gegenübersitzen und übers ganze Gesicht strahlen.

»Mach weiter«, sagte er.

»Marian war mit Elstow allein im Haus«, sagte Judy. »Also musste ein Alibi her.«

Lloyd nickte langsam.

»Das war der Grund, warum sie zu Eleanor Langton ging. Es war ein *Vorwand*. Es konnte niemand anders als Eleanor sein, denn die beiden waren ja nicht befreundet – tatsächlich würden die bösen Zungen im Dorf auf jeden Fall das Gegenteil behaupten. Aber Marian konnte sicher sein, dass Eleanor sich Details merken würde: Sie würde begreifen, dass der Zeitpunkt von Marians Besuch *wichtig war*. George würde Eleanor nichts verschweigen, auch in diesem Punkt konnte Marian sicher sein.«

Lloyd seufzte. »Und dann Mrs Anthony.« Er fühlte sich zerschlagen. »Die Marian von Kindesbeinen an kennt. Sie *weiß*, dass die alte Dame blitzgescheit ist. Wenn irgendjemand ihr neues Kleid bemerkt, dann Mrs Anthony.«

»Deshalb blieb sie gerade lange genug bei ihr, um den Mantel abzulegen«, sagte Judy. »Bei den anderen hat sie das nicht getan. Dann hat sie Kaffee auf das Kleid gekleckert, nur um einen Vorwand zu haben, nach Hause zu gehen.«

»Wo sie das Kleid verbrennt«, nahm Lloyd den Faden auf. »Damit wir es finden, wie auch all die anderen Spuren.« Natürlich, natürlich. Wenn Marian Wheeler den Mord abgestritten hätte, wären dennoch Spuren gefunden worden. Also hatte sie ihnen einfach noch ein paar zusätzliche geliefert. »Und dann hat sie uns den Streich mit dem Schürhaken gespielt«, sagte er. »Damit es nach gefälschten Beweisen aussehen sollte.«

»Und hätte sie uns ihr Alibi einfach präsentiert«, sagte Judy und nahm wieder ihr Notizbuch zur Hand, »dann hätten wir ihr wohl kaum geglaubt. So aber«, fuhr sie fort, »hat sie es uns überlassen, ihr Alibi *aufzudecken*. Damit wir uns zu unserer Schlauheit gratulieren konnten. *Kommen Sie uns nicht mit so 'nem Scheiß, Mrs Wheeler*«, sagte sie in gekonnter Nachahmung von Mrs Dai Griffiths Akzent. *»Sie waren in der Legion und haben Darts gespielt.«*

Lloyd stand auf und begann, in dem kleinen Zimmer auf und ab zu gehen. »Sie musste das Haus zusperren«, sagte er. »Sie konnte es nicht riskieren, dass Elstow gefunden wurde, bevor sie ihre falschen Spuren ausgelegt hatte.«

»Und es musste abgeschlossen bleiben«, ergänzte Judy, »weil sie nicht wollte, dass man ihn zu früh fand. Sonst hätten wir den tatsächlichen Todeszeitpunkt besser bestimmen können.«

Lloyd nickte. Das grundlegende Problem bei einem Alibi war, dass man nicht wirklich zur selben Zeit an zwei Orten sein konnte.

»Sie musste also eine halbe Stunde verlieren«, schloss Judy.

Lloyd, der ihr den Rücken zugekehrt hatte, nickte bei der Erinnerung. *Da kann schnell mal eine halbe Stunde verloren gehen*, hatte er gesagt. Und Marian Wheeler hatte bei ihrem Geständnis einfach eine halbe Stunde hinzuaddiert. Eine halbe Stunde, während der sie kreuz und quer durchs Dorf gelaufen war und Weihnachtsbesuche gemacht hatte.

Lloyd fuhr sich mit der Hand übers Gesicht und starrte blicklos auf seinen Weihnachtsbaum. »Und den Overall hat sie im hinteren Schlafzimmer verbrannt.« Er drehte sich zu Judy um. »Denn sie wusste: Wenn wir oben verbrannte Kleidung fänden, würden wir gar nicht in den anderen Feuerstellen *nachschauen*.«

»Ich frage mich, wie ihr zumute war, als sie sah, wie George die Asche in der Einfahrt verteilte«, sagte Judy.

Lloyd schüttelte den Kopf.

Mit besorgter und leicht verwirrter Miene klappte sie ihr Notizbuch zu. »Sie muss gewusst haben, dass wir Joanna verdächtigen würden. Sie hat uns sogar gesagt, dass sie glaube, Joanna habe es getan. Wie konnte sie ihr das nur *antun*, Lloyd?«

»Das hat sie ja gar nicht.« Lloyd ließ sich schwer aufs Sofa fallen. »Die verschlossenen Türen«, sagte er. »Das verdammte Geheimnis der verschlossenen Türen. Das war die einzige Spur, von der wir *nichts* wissen sollten.«

Judy runzelte die Stirn.

»Marian und George sind am Heiligabend immer in den Pub gegangen«, sagte Lloyd. »Jedes Jahr. Und jedes Jahr sind sie bis halb elf geblieben und haben Weihnachtslieder gesungen. Also hat Marian George und Joanna dorthin geschickt, weil sie der festen Überzeugung war, sie würden es auch so machen und somit bombensichere Alibis haben. Wäre sie vor ihnen heimgekehrt, hätte kein Mensch je erfahren, dass das Haus zugesperrt gewesen war.«

»Aber im Pub sind sie eben nicht geblieben.«

»Nein. Sind sie nicht. Joanna kommt um zehn nach acht zurück und findet sich aus unerklärlichen Gründen ausgesperrt.« Lloyd schaute Judy an. »Sie glaubt, ihr Mann habe wieder auf stur geschaltet, und geht zu ihrer Ärztin. Davon erzählt sie ihren Eltern allerdings nichts, denn sie will nicht, dass sie von ihrer Schwangerschaft erfahren. Als sie wieder heimkommt, wartet sie auf ihre Eltern. Alle gehen ins Haus, und jetzt ist *Joanna* diejenige, die stur ist und daher tut, worum ihre Mutter sie bittet: Sie geht nicht nach oben zu ihrem Mann. Dann verlassen alle drei das Haus wieder, und als sie zurückkommen und Elstow finden ...« Mit einer leichten Verneigung bat er Judy um Verzeihung dafür, dass er ihr nicht geglaubt hatte. »In aller Unschuld erzählt uns Joanna, dass sie ausgesperrt gewesen seien. Jetzt sitzt Marian in der Klemme, denn das hätten wir nicht erfahren sollen.«

»Und erst da wird ihr klar, dass die beiden gar nicht den ganzen Abend über *zusammen* waren«, schloss Judy. »Auch das hattest du bereits gesagt.«

»Also muss sie uns erzählen, dass sie es gewesen sei, die das Haus zugesperrt hat. Um zu beweisen, dass Joanna es nicht gewesen sein konnte, denn die konnte ja nicht ins Haus gelangen. Nur wusste Marian eben nicht, dass Joanna schon vorher am Haus gewesen war. Sie glaubte, Joanna ein sicheres Alibi gegeben zu haben, als sie angab, die Türen gegen neun abgesperrt zu haben. Diese Türen«, sagte er nachdenklich, »die haben mich schon die ganze Zeit über gestört.«

Das Telefon klingelte. Es dauerte einen Moment, bis Lloyd

in die Gegenwart zurückkehrte und den Hörer abnahm. »Lloyd«, meldete er sich.

»Tut mir leid, Sie so spät noch zu stören, Sir, aber ich dachte, es wäre dringend. Wir hatten einen Anruf von Mrs Elstow. Sie sagt, dass ihre Mutter verschwunden ist.«

»Verschwunden?«, fragte Lloyd. »Tatsächlich?«

»Die junge Dame klang ziemlich verzweifelt«, sagte der Diensthabende. »Ich habe Woman Constable Alexander hingeschickt – besser als Parks, hab ich gedacht. Oder jedenfalls besser als Parks alleine.«

»Gut gedacht«, sagte Lloyd. »Danke. Lassen Sie Parks seinen Schönheitsschlaf halten. Ich bin schon unterwegs.« Fast hätte er aufgelegt, dann hob er den Hörer noch mal ans Ohr. »Ich hole Sergeant Hill auf dem Weg ab.« Er zwinkerte Judy zu.

»Aber ich finde schon«, sagte er, nachdem er aufgelegt hatte, »dass du dich wenigstens ein *bisschen* ordentlicher anziehen könntest.«

Judy schwebte in seliger Unkenntnis ihres Dekolletés, das Lloyd ausgepackt und das sie während ihres triumphalen Feldzugs der Wahrheitsfindung vollkommen vergessen hatte. Lloyd band seine Krawatte neu und grinste.

»Bist du so weit?«

◇

Marian hätte Graham Elstow umbringen können, als sie an Joannas Krankenhausbett stand. Der Gedanke, es wirklich zu tun, war ihr jedoch nicht gekommen. Damals nicht. Und sie hätte ihn umbringen können, als sie mit ihm zum Haus gefahren war, um Joannas Sachen zu holen, als er neben ihr stand und Entschuldigungen murmelte, während sie die Kleidung ihrer Tochter einpackte. Aber auch da war es nur ein Gedanke gewesen, denn Joanna würde ja nicht mehr zu ihm zurückkehren. Graham Elstow war zu einer unbedeutenden Figur geworden und Marian nicht mehr in den Sinn gekommen – bis zum Heiligabend, als er plötzlich im Pfarrhaus aufgetaucht war.

Und auch Eleanor Langton hatte sie nicht umbringen wollen – bis jetzt.

Sie war doch nur hier, weil sie sich Hilfe von der Frau erhofft hatte. George brauchte Hilfe. Er war krank, er war so sehr von Eleanors Schuld überzeugt, dass er alle Symptome zeigte. Marian hatte es zunächst genossen, welche Wirkung ihre Worte auf Eleanor hatten: Die junge Frau saß am Küchentisch, den Kopf in die Hand gestützt, neben sich die Tasse mit dem erkalteten Kaffee.

Marian hatte Georges Vernarrtheit in diese Frau für eine vorübergehende Verirrung gehalten, für etwas, das im schlimmsten Fall durch ein paar heimliche Schäferstündchen zu kurieren war. Das Handtuch, das Eleanor um die Haare geschlungen hatte, betonte ihren zarten Knochenbau, ihr jugendliches, faltenloses Gesicht. Marian machte George keinen Vorwurf daraus, dass er Eleanors körperlicher Anziehung nicht hatte widerstehen können.

Behutsam löste Eleanor jetzt das Handtuch, und ihr Haar fiel in feuchten goldenen Strähnen auf die Schultern. Durch die Bewegung klaffte der Bademantel leicht auf, und man sah lange, wohlgeformte Beine. Unwillkürlich verglich sich Marian mit der jungen Frau. Wie alt mochte sie sein? Sechsundzwanzig, siebenundzwanzig? Schlank. Elegant. Sie war im Bademantel, und in diesem Aufzug hatte sie George die Tür öffnen wollen.

Und ja, gegen eine Fantasie würde Marian sich jederzeit wehren. Eleanor Langton war aber ganz und gar keine Fantasie. Was immer George wollte, eines war klar. Eines war sicher. Und es war mächtiger als Eleanors gesamte körperliche Attraktivität. Eleanor Langton begehrte George.

Zerstreut rieb die junge Frau ihr Haar trocken, dabei schaute sie Marian an. »Sie irren sich«, sagte sie.

»Wieso?«

»Vielleicht glaubt George tatsächlich, dass ich Graham Elstow umgebracht habe«, sagte Eleanor. »Aber nicht das ist es, was ihn krank macht.« Sie rutschte auf ihrem Stuhl ein Stück nach vorn. »Er braucht Freiheit, um er selbst sein zu können, Marian«, setzte sie eindringlich hinzu.

»Freiheit«, wiederholte Marian nachdenklich. »Ja, da könnten Sie recht haben.«

Und wieder musste sie an die Patronen in der Waffe denken, die George auf sie gerichtet hatte. Sie erhob sich.

»Da könnten Sie recht haben«, wiederholte sie. »Aber wir können zumindest dafür sorgen, dass er sich diese Freiheit nicht mit der Flinte verschafft. Ich gehe sie jetzt holen.« Auf dem Weg zur Tür drehte sie sich noch einmal um. »Wenn das für Sie in Ordnung ist.«

»Natürlich«, sagte Eleanor müde. »Sie sollte an einem sicheren Platz aufbewahrt werden, ganz gleich, was er damit vorhatte.«

»Ganz recht«, pflichtete Marian ihr bei.

Sie ging durch den Korridor zur Haustür und öffnete sie weit, trat in die eiskalte Nacht hinaus. Auf ihrem Wagen hatte sich bereits eine Eisschicht gebildet, und für einen Augenblick fürchtete sie, das Kofferraumschloss sei vereist. Doch nach einigem Zerren gab es nach. Marian holte das Gewehr heraus und ließ die Haube offen stehen. In ihrer Manteltasche tastete sie nach den Patronen. Licht strömte durch die offen stehende Tür in den Hof. Irgendwann würde Eleanor kommen und nachschauen, wo sie abgeblieben war. Sie würde auf das Auto zugehen. Näher und näher kommen.

Es war ein Unfall. Es war schrecklich. Ich konnte die Flinte doch nicht bei uns im Haus lassen, wo George sich so merkwürdig benahm. Also habe ich mir gedacht, dass sie im Waffenschrank der Burg am besten aufgehoben wäre. Ich selbst schieße ja auch nur dort, außerdem können sie in der Burg jede zusätzliche Waffe gut gebrauchen. Es war furchtbar nachlässig, dass ich nicht nachgeschaut habe, ob sie geladen war. Aber George hatte es mir ja versi-

chert, das hast du doch, George? Es war schrecklich. Eleanor ging mit mir zum Wagen, um sie zu holen; ich habe die Flinte aus dem Kofferraum genommen, und da ist sie einfach …

Marian würde sich nie verzeihen, dass sie die Waffe nicht überprüft hatte. Aber sie würde George seine Lüge vergeben. Sie würde geduldig und mitfühlend und voller Verständnis sein.

Und am Ende würde er zu ihr zurückkehren, so wie Joanna auch.

Sie ließen George und Joanna in der Obhut von WPC Alexander zurück. Die beiden wussten nicht, wo Marian sein könnte; sie hatten überall herumtelefoniert. Und Judy hatte Joannas Gesicht gesehen, als Lloyd sagte, er müsse ihrer Mutter noch ein paar Fragen stellen. Die junge Frau hatte nicht im Geringsten überrascht gewirkt.

Schon wieder waren sie auf dem Weg zur Burg; aus irgendeinem unerfindlichen Grund hatte Lloyd darauf bestanden. »Was, wenn sie schon im Bett ist?«, fragte Judy, während er vorsichtig mit den erlaubten fünf Meilen pro Stunde die Straße entlangkroch.

»Dann fahren wir eben wieder«, gab er zurück. »Aber du hast ja gehört, was George sagte: Er hatte geglaubt, dass Eleanor Graham Elstow getötet hat, und Marian weiß das.« Er warf ihr einen Blick zu. »Und ich glaube, dass Marian ganz scharf darauf ist, Eleanor diese kleine Information an den Kopf zu werfen.«

»Aber glaubst du denn, dass sie immer noch dort ist?«, fragte Judy. »Es ist schon ziemlich spät«, betonte sie. »Für die meisten Leute jedenfalls.«

»Nicht unbedingt«, entgegnete Lloyd. »Mrs Langton könnte uns aber zumindest sagen, wohin sie danach gefahren ist. Oder es wenigstens erraten«, fügte er mit einem Lachen hinzu. »Außerdem«, fuhr er fort, »war Eleanor Langton bisher stets das Teil, das in unseren Puzzles gefehlt hat, nicht wahr? Wollen doch mal sehen, ob das auch jetzt wieder zutrifft.«

Die Burg ragte düster und dräuend zu ihrer Linken auf. »Ich finde nicht, dass wir einfach so reinfahren sollten«, gab Judy zu bedenken. »Es ist wirklich sehr spät, Lloyd. Wir könnten ihr Angst machen.«

Lloyd hielt also vor dem Torhaus, und sie gingen über den gefrorenen, schneebedeckten Kies unter dem gewaltigen Torbogen hindurch. Ihre Schritte wurden vom Schnee und den vier Meter dicken Mauern gedämpft.

Da hörten sie Eleanor Langton, die leise nach Marian rief.

Marian Wheeler antwortete etwas, das Judy und Lloyd nicht verstehen konnten, als sie an der Biegung zum Burghof anlangten. Lloyd, der ungefähr einen Meter rechts von ihr stand, konnte nicht sehen, was Judy sah.

Es passierte alles so schnell und gleichzeitig so langsam. Judy hatte so etwas schon in Filmen gesehen, wenn eine Actionszene in Zeitlupe ablief. Sie hatte immer geglaubt, es geschehe nur um der Wirkung willen, doch hier erlebte sie es in Wirklichkeit.

Eleanor Langton, die langsam auf das Auto der Wheelers zuschritt. Marian Wheeler, verborgen hinter der offenen Kofferraumklappe, das Gewehr erhoben, auf Eleanor gerichtet, den Finger am Abzug.

»*Mrs Langton!*« Ihre eigene Stimme, ein gewaltiges Echo in den uralten Mauern. »*Bleiben Sie stehen!*«

Marian Wheeler drehte sich um. Drehte sich blitzschnell und doch wie in Zeitlupe um. Noch in der Bewegung betätigte ihr Finger den Abzug.

Der Boden, der auf Judy zustürzte, während der Schuss in der stillen Nacht widerhallte. Das Zerbrechen von Glas, ein rasender Schmerz in ihrem Bein. Rennende Füße. Lloyd, der etwas schrie. Hände, die sie berührten. »Gehen Sie ins Haus!« Lloyds Stimme. Lloyds Hände. Schwärze.

Sie schlug die Augen auf. Lloyd kniete neben ihr. »Mir geht's gut«, sagte Judy. »Mir geht's gut.«

»Gott sei Dank!« Er drückte seine Stirn an ihre.

Judy versuchte aufzustehen, aber ihr wurde schwindelig, und sie lehnte sich gegen die Mauer.

»Warte«, sagte Lloyd. »Mach langsam. Du bist ein paar Minuten lang bewusstlos gewesen.«

»Ja?« Sie runzelte die Stirn. »Mein Bein«, sagte sie dann. »Tut weh.«

Lloyd schaute nach unten. »Ein Schnitt«, sagte er. »Ziemlich schlimm. Wahrscheinlich hast du dich im Fallen an einem dieser Eisendornen geschnitten.«

Judy starrte auf die schmiedeeisernen, dreißig Zentimeter langen Dornen, die die dekorative Einfassung eines Blumenbeets bildeten.

»Geht es ihr gut?«, hörten sie Marian Wheelers verängstigte Stimme aus der Dunkelheit. Sie klang ziemlich nah, aber Judy konnte sie nicht sehen.

»Bin in Ordnung, Mrs Wheeler«, antwortete sie und stöhnte laut bei dem Versuch, auf die Beine zu kommen. Sie lehnte sich an Lloyd. »Ich glaube, Sie haben ein Fenster zerschossen«, sagte sie im Versuch, etwas Heiteres von sich zu geben.

»Ich wollte nicht auf Sie schießen«, sagte Mrs Wheeler. »*Sie* war gemeint. Nur *sie*.«

Lloyd legte seinen Arm um Judys Taille. »Komm«, sagte er. »Setz dich in den Wagen.« Er führte sie zum Auto der Wheelers und machte ihr die Tür auf. Nun konnte Judy auch Eleanor im Hauseingang sehen, eingerahmt vom Licht, das aus dem Korridor strahlte.

»Sie wollte mir George wegnehmen«, sagte Marian. »Das konnte ich doch nicht zulassen. Ich habe mir Joanna von Graham Elstow wegnehmen lassen, und man sieht ja, wozu das geführt hat.«

Judy schaute Lloyd fragend an. Er zuckte die Achseln. »Das Beste ist wohl, sie weiterreden zu lassen«, antwortete er auf ihre unausgesprochene Frage. »Kannst du sie sehen?«

Judy spähte in die Schwärze des Burghofs und schüttelte den Kopf.

»Ich glaube, es besteht keine Gefahr, solange Eleanor im Haus bleibt«, sagte Lloyd und hockte sich hin. Sanft krempelte er den zerrissenen Stoff an Judys Bein hoch. »Ich sollte es vielleicht noch ein Stück weiter aufreißen«, meinte er. »Damit es nicht an die Wunde kommt.«

Judy nickte und schloss die Augen, während Lloyd sich kümmerte.

»Alles in Ordnung?«, fragte er zweifelnd.

»Ja.« Unwillig schaute Judy auf ihre Verletzung. »Ich glaub nicht, dass es so schlimm ist, wie es aussieht. Höllisch weh tut's jedenfalls – ist das nicht ein gutes Zeichen?«

Lloyd schmunzelte und stand auf. »Mrs Wheeler?«, fragte er. »Sergeant Hill ist verletzt. Ich sollte sie ins Krankenhaus bringen.«

»Dann bringen Sie sie. Ich wollte sie nicht verwunden.«

Lloyd seufzte gedämpft. »Das weiß ich doch«, sagte er. »Ich glaube aber nicht, dass wir ohne Sie fahren können.«

Schweigen.

»Wir wissen jetzt, wie es sich abgespielt hat, Mrs Wheeler.«

»Aber ich musste ihn töten«, sagte die Pfarrersfrau. »Wir wären ihn nie losgeworden. Ich musste es tun. Ich hatte zwei Stunden, um mir auszudenken, wie ich es machen sollte. Ich hab's ziemlich clever gemacht, finden Sie nicht?«

Judy erschauerte.

»Ja«, bestätigte Lloyd. »Das war ganz schön clever.«

»Joanna erwartet ein Kind von ihm«, fuhr Marian fort. »Sie glaubt, ich wüsste es nicht. Aber als ich ihr armes, zerschlagenes Gesicht wusch, da habe ich gehört, wie sie flüsterte: *»Wenn nur dem Baby nichts passiert ist.«* Ich habe es *gehört*. Ein Kind. Ein Baby! Dann hätte er ein Recht an ihr gehabt. Selbst wenn sie ihn verlassen hätte. Ein Recht an *meinem* Enkelkind. Wir wären ihn niemals losgeworden. Ich musste ihn umbringen.«

Judy schloss die Augen, als eine Schmerzwelle durch ihr Bein schoss.

»Mrs Wheeler«, sagte Lloyd beschwichtigend. »Warum kommen Sie nicht hierher ins Licht, wo ich Sie sehen kann? Und die Waffe brauchen Sie doch jetzt nicht mehr, nicht wahr?«

»Aber ja«, erwiderte sie; es klang überrascht. »Nun ist ja alles vorbei. Verstehen Sie das nicht? Es ist vorbei. Ich wollte es Ihnen nur erklären.«

Der Schmerz nahm in dem Maß zu, wie Judys Herz schneller schlug. Sie blickte zu Lloyd auf und legte ihre Hand auf seine, die noch auf der Wagentür ruhte.

»Nein, Mrs Wheeler«, sagte er. »Es ist noch nicht alles vorbei. Man wird Ihnen zuhören. Man wird Ihnen helfen.«

»Sie werden mich ins Gefängnis stecken.«

Pragmatisch und vernünftig, dachte Judy. Aber schließlich war Marian Wheeler Realistin.

»Ja«, sagte Lloyd. »Das könnte passieren. Aber selbst wenn Sie ins Gefängnis kommen, würde man doch versuchen, Ihnen zu helfen. Das wissen Sie.« Er legte eine kurze Pause ein. »Sie haben Menschen geholfen, Mrs Wheeler. Sie wissen also, dass man auch Ihnen helfen wird.«

Da endlich bewegte sie sich. Sie konnten ihre Silhouette dicht neben der düsteren Burgmauer erkennen. Judy tätschelte Lloyds Hand.

»Mrs Wheeler«, sagte er. »Ich finde wirklich, dass Sergeant Hill ins Krankenhaus gehört. Würden Sie bitte mit uns kommen?«

Die Sirenen tönten zunächst nur schwach, kamen jedoch rasch näher. Schließlich wurde ihr Lärm fast unerträglich – nur unterbrochen vom Schuss eines Gewehrs.

Post mortem

Auspuffgase hingen in der eisigen Luft; die Sirenen erstarben, als die Motoren der Streifenwagen abgestellt wurden. Die Signalleuchten drehten sich jedoch weiter, und ihr blinkender Widerschein auf dem fahlen, uralten Gemäuer mutete beinahe feierlich an. An die Wagentür gelehnt schaute Judy dem Treiben zu, ohne etwas tun zu können.

Mit grimmigem Gesicht trottete Lloyd durch das Chaos auf sie zu. Er schüttelte den Kopf.

»Also schön, was ist hier los?« Eine Taschenlampe leuchtete in ihre Gesichter. »Inspector Lloyd?«, fragte eine ungläubige Stimme.

»Eine Frau hat sich erschossen«, sagte Lloyd wütend. »Ich bin mir zwar sicher, dass sie tot ist, aber ich will trotzdem einen Arzt hier haben. Sofort.«

Der Sergeant rannte zum nächsten Streifenwagen und griff nach dem Funkgerät. Einige Minuten später kam er zurück, immer noch verwirrt. »Ich soll Ihnen ausrichten, dass Freddie in der Dienststelle ist und sofort herkommt.«

»Gut!«, bellte Lloyd. »Und jetzt sagen Sie mir vielleicht mal, was dieser ganze Zirkus zu bedeuten hat!«

Der Sergeant wirkte gekränkt. »Einbruchsalarm«, sagte er. »Wir haben es für eine Übung gehalten.«

»Ein *Einbruchsalarm*?«, wiederholte Lloyd ungläubig, dann seufzte er, als er sich erinnerte. »Das Fenster«, sagte er zu Judy, »das sie zerschossen hat.« Er atmete kurz durch, um sich zu beruhigen, und erklärte dem immer noch verwirrten Sergeant, was geschehen war.

Dann wandte er sich wieder an Judy. »Glaubst du, dass du es bis zum Haus schaffst?«

»Ganz sicher.« Den Arm um Lloyd gelegt, humpelte sie zur Tür. Dort erwartete sie Eleanor Langton, die vor Kälte zitterte.

»Macht es Ihnen etwas aus, wenn wir …?«, fragte Lloyd.

»Natürlich nicht«, sagte sie.

»Mrs Langton«, mahnte er sanft. »Sie werden sich eine Lungenentzündung holen, wenn Sie nicht bald etwas Wärmeres überziehen.«

Eleanor blickte sichtlich erstaunt an sich herab. »Ja«, sagte sie. »Ja, sofort. Und dann mache ich Ihnen etwas Heißes zu trinken, Sergeant Hill. Ich glaube nicht, dass Sie etwas Stärkeres – es heißt ja immer, das sei nicht …« Sie verhaspelte sich. »In der Küche ist ein Verbandskasten«, sagte sie. »Ich hole ihn.«

Judy lächelte. »Machen Sie sich keine Mühe«, sagte sie. »Ziehen Sie sich nur erst an.«

Lloyd half ihr, sich aufs Sofa zu setzen. »Ich glaube, du solltest dein Bein besser hochlegen«, sagte er, streifte ihr den Schuh ab und zog den Couchtisch heran.

»Ich blute doch nicht den Teppich voll, oder?«, fragte sie besorgt. Hinschauen wollte sie lieber nicht.

Er schmunzelte und schüttelte den Kopf, dann setzte er sich neben sie. »Du bist mir ja ein schöner Feigling«, neckte er sie.

»Sie wollte sie erschießen, Lloyd!«

»Und da dachtest du, es ist besser, wenn sie *dich* erschießt.«

»Ich habe überhaupt nichts gedacht! Ich habe sie lediglich gewarnt.«

»Ich begreife das nicht«, sagte Lloyd. »Du hast wahnsinnige Angst, dein Leben zu ändern, drängst dich aber in die Schusslinie einer Gestörten, die eine Waffe in der Hand hält.« Er stand auf. »Ich muss zum Pfarrhaus«, sagte er seufzend. »Ihnen die schlimme Nachricht überbringen.«

Judy nickte. Armer George, dachte sie. Arme Joanna. »Sag Joanna, dass es mir leidtut, dass ich nicht selbst kommen kann.«

»Klar.« Er schaute sie einen Augenblick fest an. »Ich habe gedacht, du seist tot«, sagte er.

Sie nahm seine Hand und drückte sie. »Das habe ich auch gedacht.«

Joanna lächelte ihrem Vater ermutigend zu, als er mit dem Inspector abfuhr. Sie hatte ihm sagen wollen, dass es ihr leidtat, aber sie konnte es nicht; ihr Vater durfte das Schreckliche, das sie gedacht hatte, als sie endlich die Polizei angerufen hatte, niemals erfahren.

Ihr armer, sanfter Vater.

Die unvermeidliche Wahrheit, die erschütternd hätte wirken sollen, war fast eine Erleichterung gewesen, beinahe so, als hätte sie es die ganze Zeit über gewusst. Vielleicht stimmte das ja auch. Und vielleicht hatte auch ihr Vater es gewusst; er hatte sich einzureden versucht, dass Eleanor Langton die Täterin sei, aber seinen Magen hatte er nicht überzeugen können. Und jetzt war Mutter tot. Sie konnte es nicht fassen. Noch nicht.

Joanna wartete, bis sie den Motor des Streifenwagens nicht mehr hörte. Erst dann schloss sie die Haustür.

»Ich habe uns eine große Kanne Tee gemacht«, sagte die Polizistin. »Trinken Sie eine Tasse, meine Liebe.«

Joanna ließ sich von der Frau in die Küche führen, wo ein helles Feuer brannte und WPC Alexander eilfertig herumwuselte. Joanna hatte ihrem Vater angeboten, ihn zur Burg zu begleiten, aber er hatte gesagt, sie solle lieber im Haus bleiben. Vor zwei Stunden noch hätte er nicht die nötige Willenskraft für eine solche Entscheidung aufbringen können, doch jetzt konnte er es.

Denn auf die schrecklichen Nachrichten des Inspector war ein Wiedererwachen seiner Lebensgeister gefolgt.

Zumindest ihn hatte sie nicht verloren.

Eleanor suchte sämtliche kleineren Gefäße zusammen, die für Kaffee verwendet werden konnten, und versorgte die Leute, die draußen in der Eiseskälte arbeiten mussten, mit dem heißen Gebräu. Im Burgcafé, das auf der anderen Hofseite lag, gab es Dutzende von Tassen mit passenden Untertassen, doch das Café hatte geschlossen. Eleanor ertappte sich bei dem Gedanken, dass sie mal ein ernstes Wort mit ihren Arbeitgebern reden musste. Als ob jede Woche ein solcher Andrang herrschte! Die Absurdität dieser Vorstellung brachte sie fast zum Lachen.

Zum Glück war Tessa nicht da. Andererseits hatten die Ereignisse bei Eleanor kaum Spuren hinterlassen. Ein Schrei war ausgestoßen worden, ein Schuss war gefallen. Dann noch ein Schuss.

Erst jetzt, nachdem man ihr gesagt hatte, was passiert war, wusste Eleanor ihr knappes Entkommen zu würdigen. Doch immer noch kam es ihr in der Erinnerung vor wie eine bloße Abfolge von Ansichten und Geräuschen, wie eine Szene aus einem schlecht geprobten Theaterstück.

Eleanor übergab das Tablett an einen dankbaren Polizisten und holte endlich den Verbandskasten. Sergeant Hill hatte ihre Hilfe mehrmals abgelehnt, aber Eleanor fand, dass sie sich um die Frau kümmern sollte.

»Ah, genau das Richtige!« Ein hochgewachsener, dünner Mann mit breitem Grinsen erschien plötzlich in der Küche und nahm ihr den Verbandskasten ab. »Arzt«, fügte er erklärend hinzu.

»Oh, das ist gut«, sagte Eleanor. »Ich hätte es wahrscheinlich nicht besonders geschickt gemacht.«

»Ich auch nicht«, gab er zurück. »Aber man muss dem Volk geben, was es will.«

◇

George hatte bestätigt, dass es sich bei der Leiche um Marian handelte. Dann hatte er sich vom Ort des Geschehens entfernt, dem er sich ohnehin nicht zugehörig fühlte. Vielleicht lag es an den Tabletten. Lange Zeit stand er unbemerkt in der Dunkelheit und schaute den Polizisten zu, bis nur noch Chief Inspector Lloyd und der Polizist, der sie gefahren hatte, vor Ort waren. Als der Krankenwagen eintraf und über den gefrorenen Boden auf Marian zuholperte, schlüpfte er in den Hof.

Die Haustür stand offen; er ging hinein und sah Eleanor im Esszimmer sitzen. Als er hereinkam, erhob sie sich mit bleichem Gesicht.

»Die Polizei wartet auf mich«, sagte er. »Ich wollte mich nur vergewissern, dass es dir gut geht.«

Eleanor nickte, doch in ihren Augen las er die Sorge. »George?«, fragte sie. »Ist das alles meine Schuld?«

»Deine Schuld?« Er nahm ihre Hand. »Ach, Eleanor. Natürlich nicht.« Er schüttelte den Kopf. »Nein«, wiederholte er nachdrücklich.

Sie schoben Marian in den Krankenwagen; sie fragten, ob er warten wolle, bis der Wagen abfahre, doch George schüttelte den Kopf. Es war merkwürdig, sinnierte er, als er nach Hause gefahren wurde: Jetzt, wo es allen anderen so schlecht ging, fühlte er sich wieder gesund.

Lloyd schaute dem Krankenwagen mit Marian Wheelers Leiche nach und rieb sich die Augen. Wäre sie mitgekommen, wenn diese verdammten Streifenwagen nicht aufgetaucht wären? Er ging an dem zerbrochenen Fenster vorbei, das die Ursache für das Eintreffen der Polizei gewesen war, und zuckte die Achseln. Das würde er nun nie mehr erfahren. Er wusste lediglich, wie seine nächste Zukunft aussehen würde: Vernehmungen und Fragen und Aussagen – und die deprimierende Wahrscheinlichkeit, dass die Akte Graham Elstow ohne großes Aufsehen geschlossen werden konnte.

Er fröstelte und erreichte in dem Moment das Cottage, als Freddie herauskam.

»Verdammt kalt hier draußen«, bemerkte Freddie, dem die Atemwölkchen aus dem Mund strömten. Dann verzogen sich seine Lippen zu einem breiten Grinsen. »Hätte nie gedacht, dass ich Sergeant Hills Beinen mal so nahe komme.«

Lloyd rieb seine kalten Hände. »Schon mal was von ärztlicher Ethik gehört?«

»Ich muss die Feste feiern, wie sie fallen«, gab Freddie zurück. »Die meisten meiner Patienten haben ihre besten Jahre hinter sich.« Er öffnete die Wagentür und warf seine Arzttasche hinein. »Wie Mrs Wheeler«, fügte er hinzu.

»Musst du dabei eigentlich immer so ekelhaft fröhlich sein?«, fragte Lloyd. »Die Frau hat sich gerade das Hirn weggeblasen.«

Freddie grinste. »Ich schau mir lieber Mrs Wheelers Gehirn und Judy Hills Beine an als andersherum.«

Lloyd grinste widerwillig.

»Das Bein ist nicht so schlimm«, sagte Freddie. »Die Wunde, meine ich. Ich hab sie verbunden – aber sie sollte eine Tetanusspritze bekommen.«

»Jetzt?«, fragte Lloyd.

»Jetzt sofort wäre schon gut.« Freddie stieg ein. »Und sie sollte es ein paar Tage langsam angehen lassen«, fügte er noch hinzu. »Aber das werden sie ihr im Krankenhaus schon beibringen.«

Lloyd hob müde die Hand, als Freddie rückwärts aus dem Hof setzte und in die Nacht davonbrauste. Dann klopfte er leise an die Tür.

Eleanor Langton öffnete mit dem ersten echten Lächeln, das er an ihr sah. »Kommen Sie rein«, sagte sie. »Ich mach Ihnen einen Kaffee – Sie sehen ja ganz erfroren aus.«

»Wunderbar«, sagte Lloyd. »Ich danke Ihnen. Alles in Ordnung?«

»Ja«, erwiderte sie. »Ich habe eigentlich gar nicht mitbekommen, was passierte – erst, als es vorbei war.« Sie ging ein paar Schritte den Korridor entlang, dann drehte sie sich um, trat vor ihn hin. »Ihre Kollegin hat mir das Leben gerettet«, sagte sie.

Lloyd nickte kurz und ging ins Wohnzimmer, wo Judy immer noch saß, das bandagierte Bein auf dem Couchtisch. »Schön«, sagte er. »Noch schnell einen Kaffee, und dann muss ich dich ins Krankenhaus bringen.«

»Krankenhaus?«

»Freddie besteht darauf. Außerdem möchte ich, dass sich ein richtiger Arzt diese Wunde ansieht.«

Judy kicherte. »Freddie *ist* ein richtiger Arzt.«

Lloyd zog die Augenbrauen hoch. »Freddie, der Clown?«

»Das ist seine Art, mit allem fertigzuwerden«, sagte Judy. Sie klopfte neben sich auf das Sofa. »Komm her.«

Lloyd setzte sich neben sie. Judy nahm geschickt ihr Bein vom Couchtisch und rückte näher an ihn heran.

»Wir müssen etwas klären«, sagte sie.

»Ja«, stimmte Lloyd zu. »Aber ich glaube nicht, dass dies der richtige Ort dafür ist«, fügte er mit einem unruhigen Blick zur Tür hinzu. »Sie kann jede Minute wiederkommen.«

»Oh, aber es ist der ideale Ort«, widersprach Judy. Sie schaute für einen Moment zu Boden, dann hob sie entschlossen den Kopf. »Ich bin nicht sehr stolz auf mein Verhalten«, sagte sie. »Weder dir noch Michael gegenüber.«

Lloyd nahm ihre Hand.

»Als es mit uns anfing, hätte ich ihn verlassen sollen.« Sie schüttelte mit Nachdruck den Kopf. »Ich hätte ihn gar nicht erst heiraten sollen.« Wieder senkte sie den Blick. »Heute Abend habe ich einen Moment lang geglaubt, ich sei tot. Ich hab so viel von unser aller Zeit verschwendet. Michael verdient etwas Besseres als das, und du auch.« Sie lächelte traurig. »Also werde ich ihn verlassen.«

»Bist du sicher?« Sanft berührte Lloyd ihr bandagiertes Bein. »Ein besseres Stück Zauberkreide wirst du nie besitzen.«

»Ich bin mir ganz sicher.«

Ihre Lippen berührten seine, zuerst sanft, dann mit einem Feuer, das ihn überrumpelte. Sie fuhren auseinander, als im Korridor Tassen klirrten.

Lloyd runzelte die Stirn. »Du hast das arrangiert«, sagte er ungläubig.

Judy grinste. »Du wirst nicht umsonst ›Ermittler‹ genannt.«

»Du hast es ihr erzählt? Das von uns?«

»*Sie* hat es *mir* erzählt«, berichtigte Judy.

»Ich habe dir ja gesagt, dass sie eine Hexe ist«, brummte Lloyd, als Eleanor scheinbar unabsichtlich mit ihrer klirrenden Last an den Türrahmen stieß.

»Tut mir leid, dass es so lange gedauert hat!«, stieß sie hervor. »Ich hab ein paar Sandwiches gemacht.«

Ein Sandwich und einen Kaffee später ging Lloyd hinaus, um seinen Wagen vom Torhaus in den Hof vor das Cottage zu fahren. Einen Augenblick lang stand er da und schaute auf das mondüberglänzte Dorf. Alles sah genauso aus wie auf der Weihnachtskarte, die er von den Woodfords bekommen hatte.

Und von diesem friedlichem Ort habe ich eine Gänsehaut bekommen, dachte Lloyd, während er die rauen Mauersteine berührte. Aber vielleicht hatte sein walisischer Aberglaube am Ende recht behalten.

Mrs Anthony hätte ihnen von Anfang an alles sagen können. Sie hatte mit ihren Anspielungen gar nicht George gemeint, sondern in ganz schlichten Worten etwas über Marian gesagt. Und hatte er nicht selbst gewünscht, dass sie eine alte Dame finden sollten, die das Rätsel für sie löste? Wie schade, dass sie nicht richtig zugehört hatten.

Mord im Pfarrhaus, dachte er beim Einsteigen. Irgendwann würde er es mal wieder lesen müssen.

Anmerkung der Übersetzerin

»Fröhlich und triumphierend kamen sie« (S. 224)
»O come, all ye faithful, joyful and triumphant,
O come ye, o come ye to Bethlehem.«
Adeste fideles, Kirchenlied
(Melodie um 1750,
Text: bekannteste englische Fassung 1852)

Deutsche Fassungen:

»Herbei, o ihr Gläub'gen, fröhlich triumphieret,
o kommet, o kommet nach Bethlehem.«
(1823, F. H. Ranke)

»Nun freut euch, ihr Christen, singet Jubellieder
und kommet, o kommet nach Bethlehem.«
(Bekanntere Fassung von 1873, J. H. Mohr)

(https://de.wikipedia.org/wiki/Adeste_Fideles)

Die englische Originalausgabe erschien 1988
unter dem Titel ›Redemption‹ bei Macmillan Publishers, London.

Erste Auflage 2018

Übersetzung: Barbara Först
Umschlaggestaltung: Lübbeke Naumann Thoben, Köln
unter Verwendung der Originalgestaltung.
Umschlagbild: © GettyImages – GraphicaArtis
Satz: Fagott, Ffm
Gesetzt aus der Brandon und der Garamond
Druck und Verarbeitung: CPI books GmbH, Leck
Gedruckt auf säurefreiem und chlorfrei gebleichtem Papier
Printed in Germany
ISBN 978-3-8321-9884-8

www.dumont-buchverlag.de